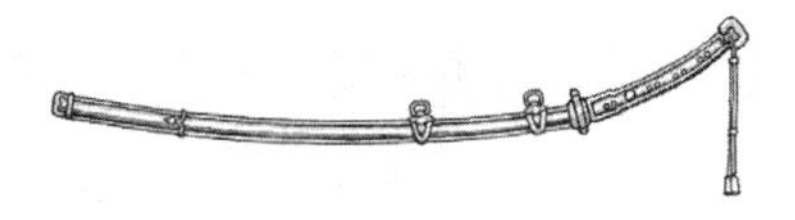

宮本武蔵

요시카와 에이지 대하소설

미야모토 무사시

3

불의 권

잇북
it BOOK

차례

수박 —— 6
사사키 고지로 —— 20
여우비 —— 50
환술 —— 60
원수 —— 91
미소년 —— 101
와스레가이 —— 131
무상 —— 154
오래된 약속 —— 167
모노호시자오 —— 177
산천무한 —— 202
신천 —— 223
겨울 아지랑이 —— 238
바람개비 —— 265
엇갈린 길 —— 300
겨울 나비 —— 341
심원의마 —— 354
공개장 —— 379
고독 속의 깨달음 —— 389
바늘 —— 405
미소 —— 426
물고기 무늬 —— 443

수박

1

후시미 모모야마伏見桃山의 성지城地를 에워싸고 흐르는 요도 강淀川은 수십 리를 흘러 오사카大阪 성의 돌담 아래를 흐르는 나니와 강浪華江으로 이어진다. 그래서인지 이곳 교토京都의 정치적인 움직임은 미묘하게나마 오사카 쪽에도 바로 영향을 미쳤고, 또 오사카 쪽 장졸 개개인의 여론도 무섭도록 민감하게 후시미 성에 전해지고 있었다.

셋쓰攝津와 야마시로山城 두 지방을 관통하는 이 큰 강을 중심으로 일본의 문화는 지금 큰 격변을 겪고 있었다. 다이코太閤(섭정의 높임말로 특히 도요토미 히데요시豊臣秀吉를 일컬을 때가 많음)의 사망 이후, 마치 지는 해의 아름다움처럼 더욱더 권위를 과시하고 있는 히데요리秀頼(히데요시의 아들)와 요도기미淀君(히데요시의 측실)의 오사카 성과 세키가하라関ヶ原 전투 이후 세력 확장에 박차를 가하고 있는 후시미 성에는 스스로 전후의 경륜經綸과 대책을 세우고 도요토미 문화의 구태를 뿌리부터 뜯어고치고 있는 도쿠가와 이에야스德川家康의 세력이 있었다.

그 두 문화의 조류가 예를 들면 강 사이를 왕래하고 있는 배에도, 육지를 오가는 남녀의 풍속에도, 유행가에도, 일자리를 찾아 헤매는 낭인의 표정에까지 뒤섞여 있었다.

"어떻게 될까?"

사람들은 금세 이처럼 세상이 돌아가는 형편에 흥미를 갖는다.

"뭐가?"

"세상 말이네."

"변하겠지. 이것만은 분명해. 변하지 않는 세상이란 애초에 후지와라 미치나가藤原道長 이래로 하루도 없었어. 미나모토 가源家와 다이라 가平家의 무사들이 정권을 잡은 뒤로는 더욱 빨라졌고."

"결국 또 전쟁인가?"

"이렇게 된 이상 이제 와서 전쟁이 없는 쪽으로 세상을 바꾸려고 해봐야 소용없는 짓이지."

"오사카에서도 각지의 낭인들에게 손을 쓰고 있는 모양이야."

"……그러겠지. 쉬쉬하고는 있지만 도쿠가와 님도 남만선南蠻船(서양인이 탄 외국선)에서 총이랑 탄약 따위를 잔뜩 사들이고 있다는군."

"그러면서도 손녀 센히메千姬를 히데요리 공에게 시집보낸 건 무슨 경우야?"

"높으신 양반들이 하는 일은 다 성현의 길이니 우리 같은 천것들이야 알 수가 있나."

돌은 뜨겁게 달아올랐고, 강물은 펄펄 끓어오르고 있었다. 벌써 가을이 무르익었건만 더위는 삼복보다 더 지독했다.

요도淀 교바시京橋 어귀의 버드나무는 축 늘어져서 하얗게 시들어 있었다. 매미 한 마리가 강을 가로질러 거리의 지붕들 사이로 미친 듯이 날아갔다. 그 거리도 불빛이 어딘가로 다 사라져버리고 재를 뒤집어쓴 듯 지붕들이 말라 있었다. 다리의 아래위로는 무수한 석선石船이 매여 있었고, 강물 속에도 돌, 땅 위에도 돌, 어디를 봐도 돌 천지였다.

돌도 대부분 다다미畳 두 장을 합쳐놓은 것 이상으로 큰 것들이었는데, 달궈진 돌 위에는 인부들이 무감각하게 누워서 자고 있거나 앉아 있거나 벌렁 드러누워 있었다. 마침 지금이 점심시간이어서 식후 휴식을 즐기고 있는 것이리라. 근처에서 목재를 내리고 있는 수레의 소는 온몸에 파리가 달라붙어도 꼼짝도 않고 침만 흘리고 있었다.

후시미 성의 수축修築 공사 현장이다.

언제부턴가 세상 사람들에게 '오고쇼大御所(은퇴한 쇼군將軍을 가리키거나 그 거처의 높임말)'라 불리기 시작한 이에야스가 이 성에 머무르고 있기 때문이 아니었다. 성城 공사는 도쿠가와의 전후 정책 중 하나였다.

후다이 다이묘譜代大名(세키가하라 전투 이전부터 대대로 도쿠가와 가문을 섬겨온 다이묘)들이 딴마음을 먹지 않게 하려는 수단이자, 도자마 다이묘外樣大名(세키가하라 전투 후 도쿠가와 가를 섬기기 시작한 다이묘)들의 축적된 힘을 경제적으로 소모시키기 위해서였다.

또 다른 이유는 일반 백성들로 하여금 어쨌든 도쿠가와 정책에 대해 입을 모아 칭송하게 하기 위해서는 각지에서 토목공사를 일으켜 하층민에게 돈을 흘려보내는 방법이 가장 좋았기 때문이다.

지금 성 공사는 전국적으로 시행되고 있었다. 대규모 공사만도 에도江戶 성, 나고야名古屋 성, 슨푸駿府 성, 에치고越後 다카다高田 성, 히코네彦根 성, 가메야마亀山 성, 오츠大津 성 등등.

2

후시미 성의 토목공사에 날품을 팔러 오는 노동자의 수만도 1,000명에 달했다. 그 대부분은 신축하는 성채의 돌담 공사에 동원되고 있었다. 그로 인해 후시미 거리는 창녀와 말파리와 행상인이 급격히 늘어났는데, 이를 두고 백성들은 "오고쇼 님의 특수야."라며 도쿠가와의 정책을 칭송했다.

게다가 마을 사람들은 또 "만약 전쟁이 일어나면." 하고 크게 돈을 벌 수 있는 기회를 찾느라 눈에 불을 켜고 있었다. 세상이 돌아가는 형세에 일일이 주판알을 튕기며 돈벌이가 될 만한 곳을 혈안이 되어 찾아다녔다.

물품 거래는 암암리에 활발하게 이루어졌고, 그 대부분이 군수품인 것은 말할 필요도 없었다.

서민들의 머릿속은 이미 다이코 시대의 문화를 그리워하기보다도 오고쇼 정책이 가져다준 눈앞의 이익에 도취되어 있었다. 그들에게 통치자는 누구든 상관없었다. 자신들의 작은 욕망 중에서 일상생활의 만족만 얻을 수 있다면 그것으로 불만은 없었던 것이다.

이에야스는 그러한 우민愚民 심리를 배신하지 않았다. 그것은 아이들에게 과자를 나눠주는 것보다 쉬운 문제였으리라. 게다가 도쿠가와 가의 돈을 쓰는 것도 아니다. 비대해질 대로 비대해진 도자마 다이묘에게 떠넘겨서 적당히 그들의 힘을 빼놓는 효과도 거두고 있었다.

그러한 도시 정책을 취하는 한편, 오고쇼 정치는 농촌에 대해서도 기존에 방만하게 자행되던 살인과 약탈을 철폐하고, 임의로 한 지방의 영토를 소유하는 것을 금했다. 도쿠가와 식 봉건정책을 조금씩 펼치기 시작한 것이다.

그리고 '백성으로 하여금 정치를 알게 하지 말고, 정치에 의지하게 하라.'라는 주의에서 '백성은 굶주리지 않게 하고, 제멋대로 행동하지 않게 하는 것이 백성에 대한 자비다.'라는 시정 방책을 내리고 도쿠가와를 중심으로 영원히 집권하겠다는 계획을 세웠다.

그것은 이윽고 다이묘들은 물론 조닌町人(일본 에도 시대의 경제 번영을 토대로 빠르게 성장한 사회 계층이다. 주로 상인과 수공업자들이었다)들에게도 똑같이 적용되어 자손대대로 손과 발을 꽁꽁 묶어놓는 봉건 통제의 신호탄이 되었지만, 그러한 100년 앞의 일까지는 아무도 생각하지 못했다. 아니, 토목공사에 돈을 벌러 온 노동자들은 내일의 일조차 생각할 수 없었다.

점심을 먹고 나면 빨리 밤이 되기를 바라는 것이 가장 큰 욕심이었다.

그래도 가끔은 "전쟁이 일어날까?" "일어나면 언제쯤일까?" 따위로 세상 돌아가는 이야기는 남 못지않게 나눴지만, 그 이면에는 '전쟁이 터져도 우린 이 이상 나빠질 게 없어.'라는 심리가 깔려 있었다. 따라서 진심으로 시국을 걱정한다거나 평화의 기로가 어찌 될지 진지하게 고민하며 어느 쪽으로 기울어지는 것이 나라와 백성을 위하는 길인지를 생각하고 있는 것은 결코 아니었다.

"수박 사세요."

점심때마다 쉬는 시간이면 늘 오는 농부의 딸이 수박 광주리를 안고 다가왔다. 돌담 그늘에서 엽전 뒤집기로 노름을 하고 있던 자들이 수박 두 개를 샀다.

"이쪽 분들은 안 사세요? 수박 사세요."

이쪽 무리에서 저쪽 무리로 옮겨 다니며 소리치자 욕설이 튀어나왔다.

"등신 같은 년, 땡전 한 푼 없다."

"공짜라면 먹어주마."

그런 말들뿐이었다.

그런데 단 한 사람 창백한 얼굴로 돌과 돌 사이에 기대 무릎을 안고 있던 젊은 인부가 힘없는 눈을 들고 그녀에게 말했다.

"수박이냐?"

눈이 푹 꺼지고 깡말라서 햇볕에 검게 탄 모습이 전과는 완전히 다른 사람이 되어 있었지만 분명히 혼이덴 마타하치本位田又八였다.

3

마타하치는 흙이 묻은 동전을 손바닥 위에 올려놓고 헤아린 후 수박 값을 치르고 수박 하나를 건네받았다. 그것을 품에 안고 또 잠시 돌에 기댄 채 맥없이 고개를 숙이고 있었다.

"웩…… 웩……."

그가 갑자기 한 손을 땅에 짚더니 소처럼 풀 속에 침을 게워냈다. 수박이 무릎에서 굴러 떨어져 나뒹굴었지만, 그것을 주울 만한 기력은 없어 보였다. 먹으려고 산 것도 아닌 것 같았다.

"……."

마타하치는 흐리멍덩한 눈으로 수박을 바라보고 있었다. 속이 텅 빈 구슬처럼 그의 눈동자에는 아무런 의지도 희망도 깃들어 있지 않았다. 숨을 쉬자 어깨만 겨우 움직였다.

"……제기랄."

그의 머릿속에 저주하는 자들만이 떠올랐다. 오코お甲의 허연 얼굴과 다케조武蔵의 모습이었다. 지금의 이 고단한 삶을 초래한 과거를 돌이켜볼 때마다 다케조가 없었다면, 오코를 만나지 않았다면, 하고 후회가 든다.

첫 번째 잘못은 세키가하라 전투에 참전한 것이었다. 다음은 오코의 유혹에 넘어간 것이었다. 그 두 가지 일만 없었다면 자신은 지금도 고향에서 살고 있었을 것이다. 그리고 혼이덴 가의 당주가 되어 아름다운 여인을 아내로 맞아 마을 사람들로부터 부러움의 시선을 한 몸에 받고 있었을 것이 틀림없다.

'오쓰お通는 날 원망하고 있겠지? 어찌 지내고 있을까?'

그에겐 지금 오쓰를 생각하는 것만이 유일한 낙이었다. 오코라는 여자의 본성을 알고 난 뒤로는 오코와 같이 살고 있어도 마음만은 오쓰에게 돌아가 있었다. '요모기야蓬屋'라 불리는 오코의 집에서 마침내 보기 좋게 쫓겨난 뒤로는 오쓰를 생각할 때가 더욱 잦아졌다.

그 후 또 종종 장안의 무사들 사이에서 화제가 되고 있는 미야모토 무사시宮本武蔵라는 신진 검객이 옛 친구인 다케조라는 것을 알자 마타하치는 가만히 있을 수가 없었다.

'좋아, 그렇다면 나도.'

그는 술을 끊었다. 게으른 습성도 버렸다. 그리고 새로운 생활로 접어들었다.

'오코 년이 후회하도록 만들어주마. 어디 두고 봐라.'

하지만 당장은 적당한 일자리를 찾을 수 없었다. 5년 동안이나 세상을 등지고 연상의 여인에게 얹혀서 생각 없이 살았던 것이 후회되었지만 이미 늦었다.

'아니야, 늦지 않았어. 난 아직 스물두 살밖에 안 됐어. 무슨 일을 해도…….'

이 정도의 흥분은 누구나 느낄 수 있는 것이었지만, 마타하치는 두 눈 질끈 감고 운명의 단층을 뛰어넘는 것과 같은 비장함으로 이 후시미 성의 토목공사에 품을 팔러 나온 것이었다. 그리고 여름부터 가을까지 이어진 찜통 같은 더위 속에서 스스로가 생각하기에도 용하다 싶을 정도로 그만두지 않고 버텼다.

'나도 누구나 부러워할 만한 당당한 사내가 되고 말겠어. 무사시도 하는데 나라고 못하란 법은 없지. 아니, 당장이라도 그 녀석을 뛰어넘어 출세한 모습을 보여주겠어. 그때는 오코에게도 아무 말 않고도 복수할 수 있을 거야. 두고 봐, 앞으로 10년 안에는…….'

하지만, 하고 그는 생각했다.

'10년이 지나면 오쓰가 몇 살이지?'

그녀는 무사시나 자신보다 한 살 아래다. 그렇다면 10년 후에는 서른하나가 된다.

'그때까지 오쓰가 결혼하지 않고 기다려줄까?'

고향을 떠나온 후로 마타하치는 그곳 소식을 전혀 듣지 못했다. 그렇게 생각하니 10년은 너무 멀다. 적어도 앞으로 5, 6년 안에는 해내야 한다. 무슨 일이 있어도 출세하여 고향으로 돌아가서 오쓰에게 사과하고 그녀를 신부로 맞아들여야 한다.

"그래…… 5, 6년 안에는……."

수박을 보고 있는 눈에서 빛이 나기 시작했다. 그때 커다란 돌 건너편에서 동료 하나가 팔꿈치를 올리며 말했다.

"야, 마타하치! 뭘 혼자서 중얼거리고 있어? 이런…… 바보처럼 창백한 얼굴로 비실비실. 어찌 된 거야? 썩은 수박이라도 먹고 배탈이라도 난 거냐?"

4

마타하치는 억지로 희미하게 미소를 지어 보였다. 하지만 이내 어지러운지 침을 뱉고 고개를 저었다.

"아, 아니, 별 일 아니야. 더위를 좀 먹었나 봐. ……미안하지만 정오부터 한 시진쯤 쉬게 해주게."

"나약해 빠진 녀석……."

다부져 보이는 동료는 불쌍하다는 듯 쓴웃음을 지었다.

"그 수박은 뭐야? 먹지도 않을 건데 샀나?"

"다른 사람들한테 미안해서 나눠주려고 샀어."

"거 참, 기특한 생각이군. 여보게들, 마타하치가 한턱 낸 거네. 다들 와서 먹어."

그가 돌 모서리에 수박을 쳐서 깨자 주변에 있던 자들이 개미떼처럼 몰려들어서 빨간 물이 뚝뚝 떨어지는 수박을 한 쪽씩 받아 먹어치웠다.

"자, 작업 시작이다."

작업반장이 돌 위로 올라가 소리쳤다. 공사 감독관인 무사는 더위를 피하러 들어갔던 오두막에서 채찍을 들고 나왔다. 갑자기 땀 냄새가 사방에서 진동했고, 말파리들까지 윙윙거렸다.

지렛대와 굴림대 위에 있던 거대한 돌이 팔뚝만 한 줄에 묶여 뭉게구름이 움직이듯 천천히 앞으로 나아갔다.

축성 시대의 출현은 전국적으로 돌 나르는 노래를 유행시켰다. 지금 여기서 인부들이 부르는 노래도 그것이다. 아와阿波의 성주 하치스카 요시시게蜂須賀至鎮가 축성 공사의 부역을 나와 자신의 영지로 보낸 편지에도 이런 한 구절이 적혀 있었다.

어젯밤 어떤 이에게 배운 나고야의 돌 나르는 노래를 적어 보내오.

그리고 그 가사가 이렇게 적혀 있었다.

우리네 남정네들은
도고로藤五郎 님을 위해
아와타粟田 어귀에서
돌을 끌어온다.
 어기영차, 어기영차.
죽을힘을 다해 끌어온다.
목소리조차 나오지 않고
팔다리는 후들후들
하나라도 더한다면
죽어나갈 판.

늙은이나 젊은이나 가릴 것 없이 부르는 노동요라오. 이런 노래라도 하지 않고는 힘든 세상인가 보오.

노동요가 겐카絃歌(샤미센三味線을 타면서 부르는 노래)가 되어서 하치스카 성주 같은 다이묘까지 흥얼거리게 된 모양이다.

거리에 노랫소리가 흘러넘치기 시작한 것은 도요토미 히데요시가 정권을 잡고 난 이후였다. 무로마치室町 쇼군將軍(일본의 역대 무신정권인 막부의 수장을 가리키는 칭호)이 집권할 당시에는 노래가 있었어도 실내에서 부르는 퇴폐적인 노래밖에 없었다. 그 무렵에는 어린아이들이 부르는 노래마저 세상을 비꼬는 어두운 노래가 많았지만, 도요토미 시대가 된 이후로는 노래도 밝고 희망적으로 바뀌었다. 자연스럽게 민중들은 태양 아래에서 땀을 흘리며 노래하는 것을 즐겼다.

세키가하라 전투 이후에는 세간의 문화에 이에야스의 색채가 점점 짙어지자 노래도 조금씩 달라지기 시작하면서 호방함은 사라졌다. 히데요시 시절에는 백성들 사이에서 독자적으로 노래가 생겨났지만, 이에야스의 세상이 된 뒤로는 도쿠가와 가문에 적을 두고 있는 작자가 만든 것으로 보이는 노래가 백성들 사이로 침투했다.

"……아아, 힘들다."

마타하치는 머리를 감싸 쥐었다. 머리가 불덩이처럼 뜨거웠다. 동료들이 부르는 노래가 등에에 둘러싸여 있는 것처럼 귓가에서 앵앵거렸다.

"……5년, 5년, 아아, 고향을 떠난 지 5년이나 되었는데 이게 무슨 꼴이란 말인가. 하루 벌어 하루 먹고, 하루를 쉬면 하루를 굶어야 하니."

마타하치는 식욕마저 잃고, 창백한 얼굴로 벌렁 드러누웠다.

그때 언제 왔는지 조금 떨어진 곳에 짚으로 만든 삿갓을 깊숙이 눌러 쓴 무사 수련생 차림의 키 큰 젊은이가 반쯤 편 쇠살 부채로 갓 끝을 밀어올리고 후시미 성의 지세와 공사 상황 따위를 유심히 살피고 있었다.

사사키 고지로

1

무슨 생각을 했는지 무사 수련생은 한 평쯤 되는 납작한 돌판 앞에 앉았다. 앉아서 보니 딱 책상 높이쯤 되는 곳에 팔꿈치가 닿는다.

"후…… 후……."

돌판 위에 쌓여 있던 돌가루를 불자 돌가루와 함께 줄지어 가던 개미들도 날아갔다.

그는 돌판에 양쪽 팔꿈치를 짚고 한동안 턱을 괴고 있었다. 한창 뜨거운 햇볕에 돌은 죄다 달궈져 있었고, 그의 얼굴을 향해 풀숲에서 불어오는 뜨거운 바람에 꽤 더울 텐데도 그는 미동조차 하지 않고 공사 현장만 뚫어져라 바라보고 있었다.

조금 떨어진 곳에 마타하치가 있는 것은 안중에도 없는 듯한 모습이었다. 마타하치도 그러는 무사 수련생이 있든 말든, 애초에 자신에겐 아무 말도 걸지 않았고, 머리와 가슴 등이 여전히 불편해서 이따금 침을 토해내며 등을 돌린 채 쉬고 있었다.

그런데 그때 마타하치의 괴로워하는 숨소리를 들었는지 삿갓이 마타하치를 돌아보며 말을 걸었다.

"어이, 거기. 왜 그러시오?"

"예…… 더위를 먹어서요."

"많이 괴롭소?"

"좀 진정되었지만…… 아직도 이렇게 구역질이 나는군요."

"그럼, 내가 약을 좀 주리다."

그는 인롱印籠(약 따위를 넣어 허리에 차는 타원형의 작은 합)을 열어 검은 환을 꺼내더니 일어나서 마타하치의 입에 넣어주었다.

"곧 괜찮아질 게요."

"감사합니다."

"쓰지요?"

"그렇진 않습니다."

"거기서 계속 쉴 생각이오?"

"예……."

"그럼, 누가 오면 나한테 바로 얘기 좀 해주시오. 작은 돌로 신호를 보내도 되고. 부탁하오."

무사 수련생은 그렇게 말하고 먼저 있던 자리로 돌아가 앉았다. 그러고는 전통에서 붓을 꺼내고 수첩을 돌 위에 펼치더니 무언가를 그리는 데 몰두하기 시작했다.

삿갓 너머로 그의 눈이 끊임없이 성으로 향했다가 성 밖으로, 또 성 뒤쪽의 능선과 하천, 덴슈카쿠天守閣(성의 중심부인 아성의 중앙에 3층 또는 5층으로 제일 높게 만든 망루) 등으로 옮겨가는 모습을 보니, 그는 후시미 성의 지리와 성 내·외곽의 모습을 그림으로 그리고 있는 것이 틀림없었다.

후시미 성은 세키가하라 전투 직전에 서군인 우키타浮田 군과 시마즈島津 군의 공격을 받아 마스다增田 성채와 오쿠라大藏 성채를 비롯한 여러 곳의 성채와 해자 등이 심하게 파괴되었지만, 지금은 도요토미 시대의 옛 모습에 철벽의 위엄을 더해 일의대수一依帶水의 오사카 성을 위압하고 있었다.

지금 무사 수련생이 열심히 그리고 있는 견취도見取圖(건물 따위의 모양이나 배치를 알기 쉽게 그린 그림)를 슬쩍 엿보니 성 뒤편에 우뚝 솟아 있는 오카메 골짜기大亀谷나 후시미 산伏見山에서 내려다보며 그린 듯 매우 정밀한 지도가 어느새 완성되어 있었다.

"……앗."

마타하치가 그렇게 놀랐을 때는 지도를 그리는 데 몰두하고 있는 무사 수련생 뒤로 공사를 맡은 다이묘의 신하인지, 후시미 성의 신하인지는 모르지만 짚신을 신고 등에 가죽 끈으로 칼을 둘러멘 한 무사가 이미 와 있었다. 그는 무사 수련생이 알아차릴 때까지 말없이 서 있었다.

'미안하게 됐군.'

마타하치는 정말로 미안하다고 생각했다. 하지만 이미 늦었다. 돌을 던지거나 소리를 질러도 이미 때는 늦었다.

그러는 사이에 무사 수련생은 땀이 밴 옷깃에 달라붙은 말파리를 손으로 쫓으며 무심코 고개를 돌렸다가 무사를 보고 깜짝 놀라서 눈이 휘둥그레졌다.

"어?"

공사를 감독하는 무사는 그의 눈을 가만히 마주보다가 돌 위의 견취도로 느닷없이 손을 뻗었다.

2

불볕더위 아래에서 각고의 노력 끝에 겨우 완성한 견취도를 어깨 너머에서 갑자기 튀어나온 손이 한 마디 말도 없이 빼앗아 가려는 것을 보자 무사 수련생은 화약 덩어리에 불이 붙은 것처럼 온몸의 힘을 모아 소리쳤다.

"무슨 짓이냐!"

손목을 붙잡고 일어서자 공사 감독관은 빼앗은 견취도를 되빼앗기지 않으려고 손을 하늘로 쭉 뻗어 올리면서 말했다.

"좀 봐야겠다."

"무례하다!"

"내 임무다."

"그래서 뭐 어쨌다고!"

"봐서는 안 되는 것이냐?"

"안 된다. 너 따위가 봐야 알지도 못하고."

"어쨌든 압수다."

"안 돼!"

지도는 양쪽의 손에 찢겨 서로가 반쪽씩 갖게 되었다.

"솔직히 말하지 않으면 끌고 가겠다."

"어디로?"

"부교쇼奉行所(무가 시대에 행정 사무를 담당한 각 부처의 장관인 부교의 관청)지 어디야?"

"너도 관리냐?"

"그렇다."

"어느 조의 누구냐?"

"그건 네가 알 바 아니다. 난 공사장 순찰을 맡은 사람, 수상하게 여겨지는 것은 뭐든지 취조해야 한다. 누구의 허락을 받고 성의 지세와 공사 상황 등을 그린 것이냐?"

"난 무사 수련생이다. 후학을 위해 각 지방의 지리나 축성 상황을 견학하고 있는 게 뭐가 잘못인가?"

"그런 구실로 서성거리는 적의 첩자는 파리나 개미떼처럼 많아. 어쨌든 이건 돌려줄 수 없다. 너도 일단 조사는 해야겠으니 저기까지 따라오너라."

"저기라니?"

"공사를 담당하는 부교의 시라스白洲(에도 시대에 재판을 하고 죄인을 문초하던 곳) 말이다."

"날 죄인 취급하는 거냐?"

"잠자코 따라와."

"어이, 관리 양반. 네놈이 그렇게 위압적인 표정만 지으면 어수룩한 백성이 무서워할 거라 생각하느냐?"

"따라오지 못할까!"

"따라오게 해보던가."

무사 수련생은 꼼짝도 하지 않겠다는 태도를 보였다. 순찰자는 핏대를 세웠다. 쥐고 있던 지도 조각을 땅바닥에 내던지고 발로 짓밟더니 허리춤에서 두 자 남짓한 긴 짓테十手(에도 시대에 포리가 방어와 타격을 위해 휴대하던 도구. 50cm 정도의 쇠막대로서 손잡이 가까이에 갈고리가 있으며, 손잡이에 늘어뜨린 술의 빛깔로 소관을 나타냄)를 빼들었다.

무사 수련생의 손이 칼로 가기만 하면 즉각 그 팔꿈치를 짓테로 내려치려는 듯 뒤로 물러나며 자세를 잡았지만, 그럴 기미가 보이지 않자 다시 말했다.

"따라오지 않으면 포박하겠다."

그의 말이 채 끝나기도 전에 무사 수련생 쪽에서 한 발 앞으로 나서며 뭐라고 소리를 지르는가 싶더니 순찰자의 멱살을 잡고 끌어당겼다. 그리고 동시에 다른 한 손으로 그의 허리춤을 움켜잡고 커다란 돌의 모서리를 향해 내던졌다.

"이 벌레 같은 놈."

순찰자의 머리는 방금 전 그곳에서 인부들이 쪼갠 수박처럼 박살이 나고 말았다.

"……앗."

마타하치는 얼굴을 감쌌다.

시뻘건 된장 같은 것이 그의 주변까지 튀었기 때문이었다.

무사 수련생은 아무 일도 없었다는 듯 태연했다. 이런 살인에 꽤나 익숙한 탓인지, 아니면 단숨에 화를 폭발시키고 난 후의 후련함 때문인지, 어쨌든 당황해서 도망가려는 기색도 없이 순찰자의 발에 짓밟힌 지도 조각과 근처에 떨어져 있는 종잇조각을 주워 모으더니 순찰자를 던지는 순간 끈이 끊어져서 날아간 삿갓을 차분한 눈길로 찾고 있었다.

"……."

마타하치는 처참한 광경에 충격을 받았다. 무시무시한 그의 힘을 보고 자신의 모공까지 곤두서는 듯했다. 무사 수련생은 겉보기에 아직 서른도 되지 않은 모습이었다. 햇볕에 그을리고 뼈대가 굵은 얼굴에 곰보가 나 있고, 귀밑에서 턱에 걸쳐 얼굴의 4분의 1 정도가 없다. 없다는 말이 좀 이상하지만 칼에 잘려나간 살이 변해서 오그라든 것인지도 모른다. 귀 뒤에도 검게 흉터로 남은 칼자국이 있었고, 왼손 손등에도 칼에 베인 상처가 있었다. 아마 옷을 벗으면 같은 상처가 더 많을 것이다. 그 얼굴은 함부로 다가갈 수 없는 사나운 인상을 풍기고 있었다.

3

무사 수련생은 삿갓을 주워 괴이한 얼굴을 가리고 걸음을 빨리해서 바람처럼 도망쳐버렸다. 물론 그러기까지의 행동은 지극히 짧은 순간에 일어났다. 개미처럼 일하고 있는 수백 명에 달하는 인부들도, 채찍이나 짓테를 들고 인부들을 독려하고 있는 감독관들도, 누구 하나 눈치 챌 틈이 없을 정도로…….

하지만 그 드넓은 공사장을 높은 곳에서 잠시도 쉬지 않고 살피고 있는 눈들이 있었다. 그들은 통나무로 쌓아올린 망루에 있는 도편수들과 공사 지휘관들이었다. 거기서 갑자기 큰 소리가 나는가 싶더니 망루 아래 판잣집에서 가마솥 불의 연기에 그을리며 일하고 있던 아시가루足輕(무가에서 평시에는 잡역에 종사하다가 전시에는 병졸이 되는 최하급 무사)들이 밖으로 뛰어나왔다.

"뭐야?"

"무슨 일이냐?"

"또 싸움인가?"

그때는 이미 공사장과 상가 경계에 세워져 있는 대나무 울타리의 출입구에 까맣게 모여든 사람들의 성난 고함 소리가 누런 흙먼지에 휩싸여 있었다.

"첩자다! 오사카의 첩자다!"

"뉘우칠 줄도 모르고 또……."

"때려죽여라!"

석공이든 토공이든 공사 부교의 수하든 모두 자신의 적이라도 되는 양 저마다 떠들어대면서 우르르 몰려들었다.

반쪽 턱이 없는 무사 수련생이 붙잡힌 것이다. 대나무 울타리 밖으로 나가는 수레에 숨어서 재빨리 출입구를 빠져나가려고 했지만, 그의 거동을 수상히 여긴 보초들이 못이 박혀 있는 사스마타刺叉(긴 막대 끝에 U자 모양의 쇠를 꽂은 무기. 에도 시대에 범인이나 난동을 부리는 자의 목이나 팔다리를 눌러 잡는 데 썼음)로 발목을 낚아챈 것이었다.

그때 마침 망루 위에서도 "그 삿갓 쓴 놈을 잡아라!"라고 외치는 소리가 동시에 들렸기 때문에 불문곡직하고 넘어뜨리려고 하자 무사 수련생은 야수처럼 돌변해서 미친 듯이 날뛰었다.

사스마타로 무사 수련생의 발목을 낚아챈 사내가 맨 먼저 그의 손에 머리가 잡혀 끌려갔다. 이어서 그는 네다섯 명을 더 거꾸러뜨리고 허리에 차고 있던 칼을 허공을 향해 빼들었다. 보통 칼보다는 큼직했지만 군도에 비하면 적당했다. 그는 빼든 칼을 전방을 향해 일직선으로 휘두르며 소리쳤다.

"이 새끼들아!"

그 소리만으로도 겹겹이 둘러싸고 있는 포위망의 한쪽이 갈라졌다. 무사 수련생은 그 틈을 노려 혈로를 뚫을 심산으로 포위망을 향해 돌진했다.

그러자 사람들은 위험을 피해 사방으로 흩어졌고 갑자기 여기저기서 돌멩이가 날아왔다.

"죽여라!"

"때려죽여라!"

정작 칼을 든 무사들이 겁을 먹고 다가가지 못하자, 평소 무사 수련생에 대해 하찮은 지식이나 학식을 내세우면서 세상을 돌아다니며 무위도식하는 자들이라 여기고 그것에 반감을 가지고 있던 석공과 토공 같은 인부들이 일제히 돌을 던지기 시작한 것이었다.

"이놈들이!"

무사 수련생이 소리를 지르며 달려들자 우르르 흩어졌다. 무사 수련생의 눈은 이미 자신의 살 길을 찾기보다도 돌을 던지는 사람들을 향해 이성을 잃고 있었다.

4

많은 부상자가 생겼고, 죽은 자도 몇 명 있었다. 큰 소동이 벌어지고 난 후 인부들이 각자 일터로 돌아가자 드넓은 공사장은 다시 조용해졌다.

아무 일도 없었다는 듯이 돌을 나르던 자들은 다시 돌을 나르고, 토공은 흙을 짊어지고, 석공은 끌로 돌을 깨고 있었다.

끌이 불꽃을 튀기는 뜨거운 소리, 곽란癨亂을 일으켜 날뛰는 말 울음소리, 더위가 여전히 기승을 부리고 있는 하늘은 오후로 접어들면서 현기증이 일 정도로 뜨거웠다. 후시미 성에서 요도 쪽으로 꼬리를 물고 있는 뭉게구름은 한동안 꼼짝도 하지 않았다.

"이미 죽기 직전까지 뻗어버렸으니 부교 님이 오실 때까지 이대로 놔둬라. 넌 거기서 이놈을 감시하고. 만약 죽더라도 그냥 내버려둬라."

마타하치는 도편수랑 감독관한테 그런 명령을 들은 듯했다. 하지만 머리가 어떻게 된 것인지 아까부터 목격했던 일과 그들의 명령이 마치 악몽을 꾸고 있는 것처럼 눈과 귀로는 의식해도 머릿속까지 와 닿지는 않았다.

'인간이란 참으로 허무한 존재구나. 방금 전까지만 해도 저기서 성의 견취도를 그리던 자가…….'

마타하치의 흐리멍덩한 눈동자는 열 걸음쯤 앞에 있는 한 물체를 바라본 채 조금 전부터 멍하니 허무한 생각에 사로잡혀 있었다.

'이미 죽은 모양이야. 아직 서른 전일 텐데.'

턱이 반쪽밖에 없는 무사 수련생은 굵은 밧줄에 묶여 피와 흙으로 뒤범벅이 된 검은 얼굴을 원통한 듯 찡그린 채 옆으로 돌리고 쓰러져 있었다.

밧줄은 옆에 있는 커다란 돌에 감겨 있었다. 더 이상 아무 말도 할 수 없는 사자의 몸을 저렇게 묶어놓지 않아도 될 텐데, 하고 생각하면서 마타하치는 그저 바라보고만 있었다. 무엇에 얻어맞았는지 찢어진 하카마袴(일본 옷의 겉에 입는 주름 잡힌 하의) 사이로 드러난 정강이는 살이 터지고 뼈가 부러져 튀어나와 있었다. 머리에서 흘러나온 끈적끈적한 피에는 파리 떼가 달라붙어 있었고, 팔과 다리에는 이미 개미 떼가 기어 다니고 있었다.

'무사 수련 길에 나섰을 때는 분명 희망을 품고 있었겠지. 고향은 어딜까? 부모는 있을까?'

그런 생각을 하자 마타하치는 갑자기 심란해지면서 무사 수련생의 인생을 생각하고 있는 것인지, 자신의 처지를 생각하고 있는 것인지 분간할 수가 없었다.

"희망을 품어도, 좀 더 영리하게 출세할 수 있는 길이 있을 텐데."

마타하치는 중얼거렸다.

시대는 젊은이의 야망을 부채질하며 "젊은이여, 야망을 가져라." "젊은이여, 일어나라." 하고 미완성에서 완성으로 가는 과도기에 있었다. 마타하치조차 그런 사회적 분위기를 느낄 수 있을 정도로 지금은 맨몸에서 한 성의 주인 자리를 바랄 수 있는 시절이다.

그런 이유로 청년들은 속속 고향을 떠난다. 또 집을 떠나 혈육조차 돌보지 않는다. 그 대다수가 무사 수련의 길로 나서는 것이다.

무사 수련생으로 돌아다니면 지금 세상에서는 어디를 가든 의식주에 곤란을 겪지 않는다. 촌부라 할지라도 무술에는 관심을 갖고 있기 때문이다. 절에 의탁해도 되고, 기회가 맞으면 지방 호족의 식객이 되고, 운만 좋으면 하루아침에 다이묘에게서 '스테부치捨て扶持'니 '가게부치蔭扶持'와 같은 명목으로 녹을 받을 수도 있다.

하지만 수많은 무사 수련생 중에서 그런 행운을 만나는 자가 과연 몇이나 될까. 틀림없이 극소수에 지나지 않을 것이다. 성공해서 이름을 날리고, 먹고사는 데 부족함이 없을 정도로 녹을 받는 자는 1만 명 중 두세 명도 되지 않을 것이다. 그러니 무사 수련이 고되고 험난한 것은 그렇다 쳐도, 또 수련을 달성하는 길이 지난한 일이라 해도 그 끝이 불투명한 것이 더 큰 문제일 것이다.

'어리석은 짓이야…….'

마타하치는 고향 친구인 미야모토 무사시가 걷는 길을 불쌍히 여겼다. 자기는 그런 어리석은 길은 가지 않겠다고 생각했다. 지금 눈앞에 죽어 있는 무사 수련생을 봐도 그런 생각이 들었다.

"어?"

마타하치는 놀라서 뒤로 홱 물러나며 눈이 휘둥그레졌다. 죽은 줄로만 알았던 무사 수련생의 손이 꿈틀거리더니 밧줄 틈으로 자라처럼 손만 내밀어 땅을 짚고는 얼굴과 허리를 들고 앞으로 한 자쯤 기어오는 것이 아닌가.

5

"꿀꺽……."

마타하치는 마른침을 삼키고 또다시 뒤로 물러났다. 워낙 심하게 놀랄 터라 목소리조차 나오지 않았다. 그저 눈만 동그랗게 뜨고 눈앞에서 벌어진 일에 망연자실했다.

"으어…… 으어……."

그는 무슨 말인가 하려는 것 같았다. 완전히 죽은 줄로만 알았던 사내가 아직 살아 있었던 것이다.

"크, 크헉……."

그의 숨소리가 끊어질 듯 말 듯 목구멍에서 새어나왔다. 입술은 까맣게 말라버렸고, 그 입술로 말을 한다는 것은 이미 불가능했다. 그런데도 필사적으로 한 마디라도 하려고 애쓰고 있으니 호흡이 끊긴 피리를 부는 듯한 소리가 나는 것이었다.

마타하치가 놀란 것은 이 사내가 살아 있었기 때문이 아니라 가슴 밑에서 묶여 있는 양 손으로 기어왔기 때문이었다. 그리고 그것만으로도 놀라기에 충분한데 그 밧줄이 감고 있는 수십 관은 되어 보이는 큼지막한 돌이 빈사 상태에 빠진 부상자가 끄는 힘에 조금씩 질질 앞으로 움직이는 것이었다.

흡사 괴물 같은 괴력이었다. 이 공사장의 인부 중에도 제법 힘을 쓸 줄 안다고 자부하며 열 명의 힘이라든가, 스무 명의 힘을 가졌다고 으스대는 자는 있었지만 이런 괴물은 일찍이 본 적이 없었다.

"크…… 큭…… 부, 부탁이오."

그가 다시 이상한 소리를 내며 말했지만 의미는 전혀 알 수 없었다. 단지 그의 눈빛을 통해 그가 죽음과 사투를 벌이고 있다는 것을 짐작할 수 있을 뿐이었다. 그의 눈빛은 자신이 죽어간다는 것을 이미 알고 있었고, 핏발 선 눈에서는 가느다란 눈물 같은 것이 흐르고 있었다.

"부…… 부…… 부……탁이오. 크윽."

목이 앞으로 푹 꺾였다. 이번에는 정말로 숨이 끊어졌는지 보고 있는 사이에 목덜미의 피부색이 검푸르게 변해갔다. 풀숲에 있던 개미들이 다시 흰 빛을 띠는 그의 머리카락으로 기어오르고 있었다. 피가 엉겨 붙은 콧구멍을 들여다보고 있는 개미도 있었다.

"……?"

뭘 부탁한다는 건지 마타하치는 그저 망연할 뿐이었다. 그러나 이 괴력의 무사 수련생이 죽으면서 남긴 말이 자신에게 족쇄라도 채운 것처럼 약속을 절대로 어길 수 없다는 부담감이 어깨를 짓눌렀다. 자기가 아픈 것을 보고 약을 주었고, 누가 오면 신호를 보내달라고 부탁받고도 멍청히 있다가 알려주지 못한 것도 묘한 전생의 인연처럼 여겨졌다.

인부들의 노랫소리는 점점 멀어지고 있었다. 성은 저녁 안개에 둘러싸이기 시작했다. 어느새 어둠이 깔리기 시작한 후시미 마을에는 이른 등불이 반짝이며 흔들리고 있었다.

"그래, 이 속에 뭔가……."

마타하치는 죽은 이의 허리에 묶여 있는 보따리를 만져보았다. 고향과 가족에 대한 것도 보따리를 풀어보면 알 수 있을 것이다.

'고향으로 유품을 보내달라는 것이겠지.'

그는 그렇게 판단했다.

보따리와 인롱을 죽은 이의 몸에서 끌러 품속에 넣었다. 그리고 머리카락이라도 같이 넣어 보내려고 한 줌 자르려다가 죽은 이의 얼굴을 보고는 소름이 돋았다.

발소리가 들렸다. 돌 사이로 보니 부교의 부하 무사들이었다. 마타하치는 시체에서 무단으로 빼낸 것들이 자신의 품속에 있다고 생각하자 위험을 느끼고 더는 그곳에 있을 수가 없었다. 허리를 잔뜩 숙이고 돌 뒤로 숨어가며 들쥐처럼 도망쳤다.

6

저녁 바람은 이미 가을이었다. 수세미가 제법 크게 자랐다. 그 아래에서 목욕하고 있던 막과자 집 여주인이 집 안에서 소리가 나자 판자문 사이로 하얀 몸을 내밀며 말했다.

"누구요. 마타하치 님이오?"

마타하치는 이 집에 묵고 있었다.

집에 돌아오자마자 찬장을 열고 홑옷 한 벌과 칼 한 자루를 꺼내 변장을 하고는 수건으로 얼굴을 가리고 곧바로 다시 짚신을 신으려던 참이었다.

"마타하치 님, 어둡지요?"

"아니요, 별로."

"금방 등을 켤게요."

"아니요, 그럴 필요 없습니다. 나가는 길이니까."

"목욕물은?"

"필요 없습니다."

"몸이라도 씻고 가세요."

"괜찮습니다."

그는 급히 뒷문으로 뛰어나갔다. 밖은 울타리도 집도 없는 초원지대였다. 그가 집에서 나오자 몇 명의 그림자가 집 반대쪽에서 막과자 집으로 들어가는 것이 보였다. 공사장의 무사가 섞여 있었다.

"위험할 뻔했군."

마타하치가 중얼거렸다.

반쪽 턱이 없는 무사 수련생의 시체에서 보따리와 인롱을 가져간 자가 있다는 것은 그 후 바로 발각되었을 것이다. 당연히 시체 옆에 있던 자신을 도둑으로 봤을 것이다.

'하지만…… 난 도둑질을 한 게 아니다. 죽은 무사 수련생의 부탁을 받고 어쩔 수 없이 그의 유품을 맡았을 뿐이야.'

마타하치는 꺼림칙했다. 그 물건은 지금 자신의 품속에 있었다. 잠시 자신이 맡아둔 것이라고 생각하면서 갖고 있었다.

'이제 더는 돌을 나르러 갈 수 없겠구나.'

그는 내일부터 시작될 방랑에 아무 목적도 없었다. 그러나 이런 전기轉機라도 없다면 앞으로 몇 년을 더 돌만 나르고 있을지도 모른다고 생각하니 오히려 앞날이 밝게 느껴졌다.

어깨 높이까지 자란 갈잎에 저녁 이슬이 잔뜩 맺혀 있었다. 멀리서 자신의 모습이 발각될 우려가 없었기 때문에 도망가기에는 안성맞춤이었다.

'그런데 이제부터 어디로 가야 되지? 어디로 가든 난 혈혈단신이구나.'

좋은 운인지 나쁜 운인지 모르겠지만 뭔가가 어쨌든 여러 방향에서 자신을 기다리고 있는 것 같았다. 지금 발길을 어디로 돌리느냐에 따라 그의 생애에 큰 차이가 날 것이다. 인생이 꼭 어떻게 될 것이라고 결정되어 있는 것은 아니라고 생각한다. 우연에 맡기고 가는 수밖에 없다.

오사카, 교토, 나고야, 에도…… 유랑의 행선지를 생각해보지만 어디나 아는 사람이 없으니 그저 주사위가 가리키는 숫자에 맡길 뿐이다. 주사위가 가리키는 숫자에 필연이 없듯이 마타하치에게도 필연이 없었다. 당장이라도 일어날 우연이 있다면 그 우연에 따르겠다고 생각했다.

그러나 후시미의 갈대밭을 걷고 또 걸어봐도 우연은 일어나지 않았다. 벌레 소리와 이슬만이 짙게 깔릴 뿐이었다. 홑옷 자락은 이슬에 젖어 다리에 감기고 종아리는 풀잎에 스쳐 근질거렸다.

마타하치는 낮의 아픔을 잊은 대신 심한 시장기를 느꼈다. 위액까지 말라버린 듯했다. 추격당할 염려가 사라지고 난 뒤로는 갑자기 걷는 것이 고통스러워졌다.

'……어디서든 자고 싶어.'

욕망이 그를 무의식적으로 여기까지 데리고 왔다. 그의 발길을 이끈 것은 들판 끝에 보이는 한 채의 집이었다. 가까이 다가가서 보니 폭풍에 쓰러진 담이며 문을 아무도 다시 세운 흔적이 없었다. 필시 지붕도 온전한 상태는 아니리라. 그러나 한때는 귀인의 별장쯤으로 쓰이며 도시에서 꽃가마를 탄 아름다운 여인이 드나들었을 법한 집이었다.

마타하치는 그 문이 없는 문을 지나 안으로 들어갔다. 가을 풀에 묻혀 있는 별채와 안채를 바라보다 문득 《교쿠요슈玉葉集》(가마쿠라鎌倉 시대에 칙명으로 시가나 문장 따위를 추려서 만든 노래 책)에 실려 있는 사이교西行(일본의 가인)의 글귀가 떠올랐다.

만나서 모시고 싶은 무사가
후시미에 산다는 소문을 듣고 찾아왔건만
뜨락을 뒤덮은 풀로 길은 보이지 않고
헤치고 들어가는 옷자락을 이슬이 적시며
풀벌레 소리만이 요란하노라.

몸에 스며드는 한기에 우뚝 선 채 꼼짝 못하고 있는데, 당연히 사람이 살지 않을 것이라고 여겼던 집 안에서 바람에 타오르기 시작한 화롯불이 빨갛게 보이더니 잠시 지나자 퉁소 소리가 들리기 시작했다.

7

마침 좋은 잠자리라 여기고 하룻밤을 보내고자 들어온 고무소虛無僧(보화종普化宗의 승려로 장발長髮에 장삼을 입고 삿갓을 깊숙이 쓰고 퉁소를 불며 각처를 수행함)인 듯했다. 화롯불이 빨갛게 타오르자 큼직한 사람 그림자가 벽에 일렁였다. 혼자 퉁소를 불고 있었다. 그것은 다른 사람에게 들려주기 위한 소리도, 스스로의 솜씨에 도취되어 있는 소리도 아니었다. 홀로 가을밤을 보내는 쓸쓸함을 달래며 무아의 경지에서 내고 있는 소리였다.

한 곡이 끝났다.

"아아."

고무소는 여기가 들판에 있는 외딴집이라 안심한 듯 혼잣말을 중얼거렸다.

"마흔이 불혹이라 했거늘 나는 마흔을 일곱 해나 넘기고도 그런 실책을 저질러서 녹을 빼앗기고 가문의 명예를 더럽히고 하나밖에 없는 자식까지 유랑의 길로 내몰고 말았구나. ……생각하면 생각할수록 부끄럽기 짝이 없다. ……나 같은 놈만 보더라도 마흔이 불혹이라는 말은 성인聖人에게나 어울리는 말, 범부의 40대만큼 위험한 게 없구나. 방심할 수 없는 고갯길이야. 하물며 여자는……."

그는 책상다리를 하고 앉아 퉁소를 세워 들고 그 끝에 양손을 얹고 있었다.

"20대, 30대 때도 난 걸핏하면 여자 문제로 곤경에 처했지만, 그 무렵에는 어떤 추문에 휩싸여도 사람들은 용서해주었고, 평생의 상처도 되지 않았다. ……하지만 40대가 되자 여자에 대해선 뻔뻔스러워지기도 했고, 오쓰 사건 같은 경우엔 세상이 용서하지도 않았어. 그리고 치명적인 소문이 나는 바람에 직업도 잃고 집과 아이들로부터는 떠나야만 하는 참담한 실패를 겪었다. ……게다가 이번 실패도 20대나 30대였다면 되돌릴 수 있을 테지만 40대인 지금은 두 번 다시 되돌릴 수 없겠지."

장님처럼 고개를 숙인 채 그렇게 말하고 있었다.

마타하치는 그가 있는 곳에서 가까운 방까지 들어갔지만 화롯불에 부옇게 드러난 그의 야윈 볼이며 들개처럼 깡마른 어깨, 기름기 없는 머리카락 등을 보면서 그의 고백을 듣고 있으려니 귀신이 떠올라 등골이 오싹해져서 가까이 다가가 말을 걸 엄두가 나지 않았다.

"아아…… 그것을…… 난……."

고무소가 천장을 올려다보자 해골처럼 콧구멍이 크게 보였다. 여느 낭인처럼 때에 전 옷을 입고, 가슴에 후케普化 선사의 제자라는 것을 증명하듯이 검은 가사袈裟를 걸치고 있었다. 깔고 앉은 한 장의 멍석은 늘 지니고 다니는 그의 유일한 이부자리이자 비와 이슬을 피하는 집이었다.

"말해봐야 돌이킬 수 없는 일이지만 40대만큼 방심할 수 없는 나잇대도 없구나. 저 혼자 세상을 관조하고, 인생을 다 안다는 듯 조금이라도 자리가 높아지면 여자에게도 후안무치의 짓을 저지르니까, 나 같은 실패를…… 운명의 신으로부터 배신당한 거야. ……부끄럽기 짝이 없구나."

누군가에게 사과하듯이 그는 머리를 조아리고 또 조아렸다.

"난 괜찮아. 난 그래도 괜찮다고 치자. 이렇게 참회하면서 용서를 베풀어주는 자연의 품속에서 살 수 있으니까."

그는 갑자기 눈물을 흘렸다.

"하지만 아들에게는 너무나 미안하구나. 내가 한 짓 때문에 나보다 조타로城太郎에게 더 많은 피해를 줬으니. 어쨌든 히메지姫路 이케다池田 가의 신하로서 내가 버젓이 일하고 있었다면 그 아이도 1,000석의 녹을 받는 무사의 아들로 살아갔으련만, 지금은 고향을 떠난 것도 모자라 아비마저 등지고……. 아니, 그보다도 조타로가 성인이 되어 이 아비가 마흔이 넘어서까지 여자 때문에 고향에서 쫓겨난 것을 알게 되는 날이 온다면 난 어찌 해야 한단 말인가. 아들을 볼 면목이 없구나."

잠시 두 손으로 얼굴을 감싸고 있더니 이윽고 무슨 생각을 했는지 화롯불 옆에서 일어서며 말했다.

"그만두자. 또 푸념을 하고 말았네. ……오오, 달이 떴구먼. 들판에 나가 생각들을 흘려버리자. 그래, 어리석음과 번뇌를 들판에 털어버리자."

그는 통소를 들고 밖으로 나갔다.

8

묘한 고무소였다. 비틀비틀 일어서서 나가는 그를 보니 그의 야윈 코 밑에 메기수염이 나 있는 듯했다. 그렇게 나이가 많아 보이지도 않는데 걸음걸이가 마치 노인네처럼 심하게 비칠거렸다.

그는 밖으로 나가더니 좀처럼 돌아오지 않았다. 정신이 좀 이상한가 보다고 생각하면서 마타하치는 무서움을 느끼는 한편으로 그가 가련하기도 했다. 그건 그렇고 화로에 남은 불씨가 자꾸만 신경에 거슬렸다. 밤바람이 불어와 불씨를 부채질하고 있었다. 타다 남은 불씨가 마루를 태우지는 않을까 불안했던 것이다.

"앗, 위험하다."

마타하치는 화롯가로 다가가서 병에 있는 물을 부었다. 이

곳이 들판의 쓰러져가는 폐가이니 망정이지 아스카飛鳥 왕조(593~686)나 가마쿠라 시대(1192~1333)의 이 땅에 두 번 다시 지을 수 없는 사원 같은 곳이었다면 어쩔 뻔했는가.

"저런 놈이 있으니까 나라奈良나 다카노高野에도 화재가 일어났지."

그는 고무소가 가고 난 자리에 앉아서 분수에 맞지 않게 공덕심에 휩싸여 있었다.

가산家産이나 처자도 없고, 사회에 대한 공덕심마저 전무한 부랑자에겐 불이 무섭다는 개념도 전혀 없는 모양이다. 그래서 그들은 금당벽화가 있는 곳에서도 태연히 불을 피운다. 세상에 아무 도움도 되지 않는 몸뚱이 하나 따뜻하게 하려고 불을 피운다.

"하지만…… 부랑자만 나쁘다고는 할 수 없지."

마타하치는 자신도 부랑자라고 생각하며 생각했다. 요즈음처럼 부랑자가 많은 시절은 일찍이 없었다. 무엇이 그렇게 만들었는가. 전쟁이었다. 전쟁에 의해 지위가 오르는 자도 많은 대신 쓰레기처럼 버려지는 인간도 어마어마하게 많았다. 이것이 다음 문화의 수갑이 되고 족쇄가 되는 것도 어쩔 수 없는 자연의 인과라 할 수 있었다. 그런 부랑자들이 국보급의 탑을 태워버리는 것보다 전쟁이 의식적으로 다카노나 에이 산叡山, 왕도王都의 건물들을 태워버리는 경우가 훨씬 많았다.

"호오, 제법 세련된 것들도 있군."

마타하치는 주위를 둘러보면서 중얼거렸다. 화로도 도코노마床の間(일본식 방의 상좌에 바닥을 한 층 높게 만든 곳)도 새삼스레 보니 원래는 다실에서나 사용했을 법한 우아한 것들이었다. 또 방 한구석에 놓인 찬장 위에는 그의 시선을 끄는 것이 있었다.

고가의 꽃병이나 향로 같은 것이 아니었다. 이 빠진 술병과 검은 냄비였다. 냄비에는 먹다 남은 잡탕 죽이 아직 반 정도 남아 있었고, 술병도 흔들어보니 출렁이는 소리가 나며 이 빠진 주둥이에서는 술 냄새가 났다.

"이게 웬 떡이냐."

이런 경우 인간의 위는 주인이 누구인지 생각할 여유를 주지 않는다. 술병의 탁주를 마시고 냄비를 비운 뒤 마타하치는 팔베개를 하고 누웠다.

"아아, 배부르다."

그는 어느새 화롯불 아래에서 꾸벅꾸벅 졸기 시작했다. 들판은 빗소리처럼 벌레 소리로 들끓기 시작했다. 문밖뿐만이 아니라 벽도 울고, 천장도 울고, 찢어진 다다미도 울기 시작했다.

"맞아."

마타하치는 무슨 생각이 들었는지 벌떡 일어나 앉았다.

'이렇게 시간이 있을 때 품속에 있는 보자기를, 반쪽 턱이 없는 그 무사 수련생이 죽기 직전에 맡겨서 가지고 온 보자기를 풀

어보자.'

갑자기 그런 생각이 든 모양이다.

마타하치는 보자기를 풀어보았다. 검붉은 물을 들인 더러운 보자기였다. 보자기 속에서 나온 것은 깨끗이 빤 속옷과 여행자들이 흔히 갖고 다니는 도구 등이었는데, 속옷을 펴보니 매우 소중한 물건인 듯 기름종이로 겹겹이 싼 두루마리 같은 것과 노잣돈 주머니로 보이는 것이 무거운 소리를 내며 무릎 앞에 툭 떨어졌다.

9

보랏빛 가죽 주머니였다. 그 주머니 속에는 금과 은을 비롯해 꽤 많은 돈이 들어 있었다. 마타하치는 돈을 세는 것만으로도 욕심이 생기는 자신의 마음에 두려움을 느끼고 무심코 중얼거렸다.

"이건 남의 돈이야."

또 다른 기름종이에 싸여 있는 것을 펴보니 짐작대로 두루마리였다. 모과나무 가름대에 금실을 넣은 낡은 비단이 표장으로 쓰인 것을 보니 왠지 모르게 비밀스러운 것을 들춰보는 듯한 기분이었다.

"뭐지?"

뭔지 전혀 짐작이 가지 않았다. 두루마리를 바닥에 놓고 끝 쪽부터 천천히 펴보니 이런 글이 쓰여 있었다.

인가印可

一. 주조류中條流 검법

一. 겉表

전광電光, 차車, 원류円流, 부선浮船

一. 안裏

금강金剛, 고상高上, 무극無極

一. 우칠검右七劍

신문지상神文之上

구전수수지사口傳授受之事

월月　일日

에치젠越前 우사카노쇼宇坂之庄 조교사淨教寺 마을村

도다 뉴도 세이겐富田入道勢源 문류門流

후학後學 가네마키 지사이鐘卷自齋

사사키 고지로 님佐々木小次郎殿

그 뒤에 다른 종잇조각을 붙인 듯한 곳에는 '오쿠가키奧書(사본 끝에 필자 이름, 베낀 사정, 연월일 등을 쓴 것)'라는 제목의 심오한 노래 한 수가 쓰여 있었다.

파지 않은 우물에

고이지 않은 물에

달이 비치고

그림자도 모습도 없는

사람만이 물을 긷는구나.

"……아하, 이건 검술의 비법을 전수한다는 목록이군."

거기까지는 마타하치도 금방 알 수 있었지만 가네마키 지사이라는 인물에 대해서는 전혀 아는 바가 없었다.

하긴 그런 마타하치도 이토 야고로 가게히사伊藤弥五郎景久라 하면 금방 '아아, 그 잇토류一刀流를 창시하고 잇토사이一刀齋라 불리는 달인인가?'라고 짐작할 수 있었을 것이다. 그러나 그 이토 잇토사이의 스승이 가네마키 지사이라는 사람으로, 또 다른 이름이 도다 미치이에外他通家라 해서 세상으로부터 완전히 잊힌 도다 뉴도 세이겐의 적통을 계승하고 말년을 어느 한적한 시골에서 보내고 있는 순박한 무사라는 것은 더욱 알 턱이 없었다.

"사사키 고지로 님? ……아아, 이 고지로가 오늘 후시미 성 공사장에서 무참하게 죽은 그 무사 수련생의 이름이었군."

그는 고개를 끄덕였다.

"강한 자였어. 이 목록만 봐도 알 수 있지. 주조류의 인가를 받았을 정도라면 원통하게 죽은 셈이야. ……틀림없이 이승에 미련이 남았겠군. 그의 마지막 얼굴은 정말이지 죽는 것이 원통하다는 표정이었어. 그리고 나한테 부탁한다는 것은 역시 이 물건이겠구나. 이걸 고향 사람한테 전해달라고 말하고 싶었던 것이 틀림없어."

마타하치는 죽은 사사키 고지로를 위해 입 속에서 염불을 외웠다. 그리고 이 두 물건은 죽은 이의 바람대로 반드시 전해주리라 마음먹었다.

다시 그는 벌러덩 누웠다. 한기를 느끼고 누워서 화로에 장작을 던져 넣고, 그 불꽃에 추위를 달래면서 꾸벅꾸벅 졸았다.

아까 나간 기이한 고무소가 불고 있는지 들판 저 멀리에서 퉁소 소리가 들려왔다.

무엇을 찾고, 무엇을 부르는 걸까? 그가 나가면서 중얼거렸듯이 어리석음과 번뇌를 떨쳐버리려는 절실한 마음 때문인지도 모른다. 어쨌든 그는 미친 듯이 퉁소를 불며 밤새도록 들판을 헤매고 다녔지만, 마타하치는 이미 지칠 대로 지쳐서 깊은 잠에 빠져버렸기에 퉁소 소리도 벌레 소리도 모두 다 암흑 속이었다.

여우비

1

들판은 잿빛으로 흐려져 있었다. 쌀쌀한 아침 공기는 입추를 떠올리게 하고, 눈에 보이는 모든 것에 이슬이 맺혀 있었다.

문짝이 떨어진 부엌 바닥에는 여우 발자국이 또렷이 남아 있었다. 날이 밝아도 다람쥐는 여전히 주위에서 서성이고 있었다.

"으으, 추워라."

고무소는 잠에서 깨 판자가 깔려 있는 넓은 부엌에 정좌했다.

새벽녘에 지친 몸을 끌고 돌아와서 퉁소를 쥔 채 잠이 들어버렸다. 밤새도록 들판을 헤매고 다닌 탓에 남루한 옷과 장삼이 여우에게 홀린 사내처럼 풀씨와 이슬로 더럽기 짝이 없었다. 어제의 늦더위와는 비교가 되지 않는 추위에 감기가 걸렸는지 얼굴을 잔뜩 찡그린 채 크게 재채기를 했다.

성긴 메기수염 끝에 콧물이 매달렸다. 고무소는 태연히 앉아서 그것을 닦으려고도 하지 않았다.

"어디 보자, 어젯밤에 먹다 남은 탁주가 아직 있을 텐데……."

중얼거리며 일어서더니 역시 짐승 발자국이 어지러이 찍혀 있는 복도를 지나 안쪽의 화로가 있는 방을 찾아갔다. 찾지 않으면 모를 정도로 이 빈 집은 낮이 되어서 보니 꽤 넓었다. 물론 찾아내지 못할 정도는 아니지만…….

'어라?'

그는 당황한 눈으로 주위를 두리번거렸다. 술병이 있어야 할 자리에 없었던 것이다. 그러나 곧 화로 옆에 쓰러져 있는 빈 술병을 발견했다. 그리고 동시에 빈 그릇과 함께 팔베개를 하고 침을 흘리며 자고 있는 낯선 사내도 발견했다.

"누구지?"

그는 허리를 숙이고 자세히 살폈다.

사내는 잠에 완전히 곯아떨어져 있었다. 한 대 쥐어박아봤자 깰 것 같지도 않을 정도로 코까지 드르렁드르렁 골며 자고 있었다.

'술은 이놈이 마셨겠군.'

그런 생각이 들자 코고는 소리에도 짜증이 났다. 사건은 또 있었다. 오늘 아침밥으로 먹으려고 남겨놓은 냄비의 밥이 한 톨도 남아 있지 않았다.

생사가 걸린 문제 앞에서 고무소는 낯빛이 바뀌었다.

"야, 이 새끼야!"

발로 걷어찼다.

"으…… 음……."

마타하치는 팔베개를 풀고 고개를 들었다.

"이놈 새끼!"

이어서 눈을 뜨는 데 다시 한 번 발길질을 당했다.

"무슨 짓이야?"

마타하치는 잠이 깬 얼굴에 핏발을 세우고 벌떡 일어났다.

"날 발로 찼겠다, 나를!"

"이 정도로는 분이 풀리지 않는다. 네 이놈, 대체 누구 허락을 받고 여기에 있는 잡탕 죽과 술을 먹은 것이냐?"

"네 것이었나?"

"내 것이었다!"

"그렇다면 미안하게 됐다."

"미안하다면 다냐?"

"사과한다."

"사과만으로 끝날 것 같아?"

"그럼, 어떻게 하면 되겠느냐?"

"내놔야지."

"내놓으라니, 이미 뱃속에 들어가서 나를 오늘까지 살게 해준 것을 어떻게 내놓으라는 거냐?"

"나도 꼭 살아 있어야 할 사람이다. 하루 종일 통소를 불며 문전걸식을 해도 밥 한 그릇과 탁주 한 사발 얻기가 쉽지 않은데…… 그, 그걸 생판 모르는 놈이 날름 먹어치웠는데도 가만히 있으란 말이냐? 내놔! 내놓으란 말이다!"

아귀 같은 목소리였다. 메기수염의 고무소는 허기진 얼굴에 핏발을 세우며 위압적으로 소리쳤다.

2

"치사하게 왜 이래?"

마타하치는 경멸하듯 툭 내뱉고 말을 이었다.

"냄비 바닥에 몇 숟갈 남지도 않은 잡탕 죽이랑 한 홉도 되지 않는 탁주 때문에 그렇게 핏발을 세워가며 말할 것까지는 없잖아?"

고무소는 더욱 화가 나서 소리쳤다.

"개소리 마라. 남은 죽이라도 나한테는 하루치 양식이다. 하루치 생명이야. 내놔, 내놓지 않으면……."

"어쩔 건데?"

"이놈이!"

고무소는 마타하치의 손목을 잡았다.

"가만 놔두지 않겠다."

"까불지 마!"

마타하치는 손을 흔들어 뿌리치고 그의 멱살을 잡았다.

굶주린 들고양이처럼 비쩍 마른 몸이었다. 흠씬 두들겨 패서 단박에 끽 소리도 못하게 해주려고 했지만, 멱살을 잡히면서 마타하치의 멱살을 맞잡은 고무소의 힘에는 의외로 끈기가 있었다.

"이놈이!"

마타하치는 다시 힘을 주어보았지만 웬일인지 상대의 다리는 꿈쩍도 하지 않았다.

오히려 마타하치가 턱이 들린 채 "크헉……." 하고 묘한 소리를 내면서 쿵쾅쿵쾅 옆방까지 밀려나 보기 좋게 벽으로 내동댕이쳐졌다.

등귀틀과 기둥 모두 심하게 부식된 집이었다. 사내 한 명의 몸무게도 견디지 못하고 벽이 무너져 마타하치는 온몸에 흙을 뒤집어썼다.

"퉤…… 퉤……."

거칠게 침을 뱉으며 일어선 마타하치는 살기등등한 표정으로 칼을 빼들고 달려들었다. 고무소도 익숙한 몸놀림으로 달려드는 마타하치를 향해 퉁소를 뻗었다. 그러나 안타깝게도 바로 재채기가 터져 나오면서 앙상한 어깨가 심하게 흔들렸다. 그에 반해 마타하치의 육체는 젊었다.

"맛 좀 봐라!"

마타하치는 압도적인 기세로 그에게 숨 쉴 틈도 주지 않고 공격했다. 고무소는 얼빠진 사람처럼 안색이 바뀌었다. 어정쩡하게 뒤로 물러나다가 비틀거리며 쓰러질 뻔하기를 몇 차례. 그때마다 괴성을 질러대면서도 요리조리 도망 다니며 용케 칼을 맞는 것만은 피했다.

그러나 결과는 마타하치의 패배였다. 자만심이 원인이었다. 고무소가 고양이처럼 마당으로 도망치자 그를 뒤쫓으려고 복도에 발을 디디는 순간 비에 삭은 마루가 푹 꺼지며 마타하치의 한쪽 발이 마루 밑으로 빠졌고, 그 바람에 마타하치는 엉덩방아를 찧고 말았다. 그리고 그 모습을 본 고무소가 득달같이 달려와서 그의 멱살을 잡고 가슴과 얼굴, 머리를 닥치는 대로 마구 때렸다.

"이놈, 죽어라, 죽어."

마타하치는 다리가 움직이지 않아서 꼼짝도 못하고 맞기만 했다. 얼굴이 눈 깜짝할 사이에 큼지막한 술통처럼 부어올랐다. 그때 발버둥 치며 저항하는 마타하치의 품속에서 금화와 은화가 떨어졌다. 또 맞을 때마다 청명한 소리가 나며 동전이 떨어져서 사방으로 흩어졌다.

"엇?"

고무소는 멱살을 풀었다. 마타하치도 겨우 그의 손에서 벗어나 뒤로 물러났다. 주먹이 아플 정도로 분풀이를 한 고무소는 어깨를 들썩이면서 주위에 흩어져 있는 금화와 은화에 시선을 빼앗기고 있었다.

"이런 빌어먹을 놈!"

마타하치는 부어오른 얼굴을 만지면서 욕지거리를 하고 이렇게 말했다.

"냄비에 남은 그깟 밥이 뭐라고! 한 홉도 안 되는 술이 뭐 대수라고! 이래 봬도 돈이라면 썩어 없어질 만큼 가지고 있단 말이다. 아귀 같은 놈, 욕심 부리지 마라. 그 정도는 갖고 싶다면 줄 테니 가지고 가. 대신 방금 네가 날 때린 만큼 이번엔 내가 널 때려주마. 자, 식은 밥과 탁주 값에 이자를 붙여서 돌려줄 테니 머리를 내밀어라. 대가리를 이리 가까이 대."

3

뭐라고 욕을 하든 고무소가 입을 꾹 다문 채 아무 대꾸도 하지 않자 마타하치의 마음은 차츰 진정되었다. 새삼스럽게 고무소를 쳐다보니 어찌 된 일인지 그가 마룻바닥에 고개를 처박은 채 울고 있었다.

"이런 짐승 같은 놈, 돈을 보더니 금세 불쌍한 척하는구나."

마타하치가 욕을 퍼부으며 수치심을 줘도 고무소는 이미 방금 전까지의 기세를 잃은 상태였다.

"한심하구나. 아아, 한심해. 난 왜 이리도 어리석단 말인가?"

고무소는 마타하치가 아닌 자신을 향해 혼잣말로 탄식을 내뱉고 있었다. 그렇게 자성하는 모습 또한 보통 사람들과는 달랐다.

"바보 같은 놈, 넌 도대체 몇 살이냐? 이 지경이 되도록 세상에서 낙오하고 영락했으면서도 아직 정신을 차리지 못한 것이냐? 얼빠진 놈 같으니라구."

그는 옆에 있는 검은 기둥에 자기 머리를 쿵쿵 찧으며 울었다.

"넌 왜 퉁소를 부는 것이냐? 어리석음, 사욕, 미망, 아집, 번뇌 모두를 여섯 구멍으로 불어 날려버리기 위해서가 아니더냐? 그런데 무슨 짓을 하고 있지? 식은 밥과 술 때문에 목숨을 걸고 싸움을 하다니. 게다가 자식 같은 어린 사내와."

이상한 남자다. 그렇게 말하며 분한 듯 우는가 싶더니 다시 자기 머리를 기둥에 찧는다. 그 머리가 두 개로 쪼개지지 않는 한 멈추지 않겠다는 듯.

그렇게 자책에서 비롯된 징계는 마타하치를 때린 수보다 훨씬 많았다. 마타하치는 어안이 벙벙해 있다가 시퍼렇게 부어오른 고무소의 이마에서 피가 흘러나오는 것을 보고는 말리지 않을 수 없었다.

"자, 이제, 그런 무모한 짓은 그만 멈추시오."

"상관 말게."

"왜 이러는 거요?"

"왜 이러는지도 상관 마."

"병이오?"

"병은 아니네."

"그럼 뭡니까?"

"이 몸이 저주스러울 뿐이네. 이 따위 육신은 내 스스로 때려 죽여서 까마귀 밥으로나 던져주는 편이 낫겠지만, 미련 맞은 놈은 죽는 것도 저주스러운 일. 하다못해 남들만큼의 지혜로움은 갖추고 나서 들판에 버려지고 싶네만, 내 스스로 내 몸을 어찌할 수 없으니 초조한 거네……. 이게 병이라면 병이겠지."

마타하치는 왠지 모르게 그가 갑자기 불쌍해져서 바닥에 떨어져 있는 돈을 주워 그의 손에 얼마쯤 쥐여주면서 말했다.

"나도 잘못했소. 이걸 줄 테니 용서해주시오."

"필요 없네."

고무소는 마타하치의 손을 뿌리쳤다.

"돈 따위는 필요 없어. 필요 없단 말이네."

냄비에 남은 밥을 갖고도 그렇게 성질을 부리던 고무소가 못 볼 것이라도 본 듯 거칠게 고개를 가로저으며 무릎걸음으로 뒷걸음질 쳤다.

"당신, 좀 이상한 사람이군."

"그렇지도 않아."

"아니, 아무래도 좀 이상한 데가 있소."

"뭐가 어떻다는 건가?"

"고무소, 당신 말투에는 이따금 주고쿠中國 사투리가 섞여 있군요."

"히메지 사람이니까."

"아…… 난 미마사카美作요."

"사쿠슈作州?"

그는 마타하치를 똑바로 쳐다보았다.

"사쿠슈 어디?"

"요시노고吉野鄕."

"응?……요시노고라, 그리운 곳이지. 난 히나구라日名倉의 초소에서 보초를 선 적이 있어서 그 일대에 대해선 잘 안다네."

"그럼, 당신은 전에 히메지 번藩의 무사였소?"

"그랬지. 이래 봬도 전에는 무사 나부랭이로 아오키……."

이름을 대려다가 지금의 자기를 되돌아보고 남에게 자신의 신분을 밝히기가 싫었는지 말을 돌린다.

"거짓말이네. 지금 한 말은 거짓말이야. 그럼 어디, 마을이나 구경하러 가 볼까?"

고무소는 느닷없이 일어나서 들판 끝으로 사라졌다.

환술

1

마타하치는 돈이 마음에 걸렸다. 돈을 쓸 생각을 하니 마음에 걸렸던 것이다. 많이는 아니지만 얼마쯤은 빌려서 써도 죄책감은 들지 않을 것이라는 생각이 들었다.

'죽은 이의 부탁으로 그의 유품을 고향에 가져다주는 데도 노자가 필요하다. 이 돈으로 그 비용을 충당하는 건 당연해.'

마타하치는 그렇게 생각하니 마음이 조금은 가벼워졌다. 그리고 마음이 가벼워졌을 때는 이미 조금씩 돈을 쓰기 시작할 무렵이었다. 그런데 돈 외에 죽은 이에게 받은 '주조류 인가 목록'에 있던 사사키 고지로라는 사람은 도대체 고향이 어딜까?

죽은 무사 수련생이 사사키 고지로가 틀림없다고는 생각하고 있었지만 주군 없이 떠도는 무사인지, 누군가의 수하인지, 또 어떤 경력을 갖고 있는지 전혀 몰랐고, 알 수 있는 방법 또

한 없었다.

유일한 실마리는 사사키 고지로에게 인가 목록을 준 가네마키 지사이라는 검술 스승뿐이었다. 그 지사이라는 사람이 누군지 안다면 고지로의 내력도 금방 알 수 있을 터였다. 그래서 마타하치는 후시미에서 오사카로 내려오는 길에 주막이나 음식점, 여관 등을 볼 때마다 들러서 물어보았다.

"가네마키 지사이라는 검술의 달인을 아십니까?"

"들어본 적이 없는 사람이네요."

"도다 세이겐의 법식을 이어받은 주조류의 대가입니다만."

"글쎄요."

아무도 아는 사람이 없었다. 그런데 길에서 만난 어느 무사가 무예에 대해 다소 조예가 있는 듯 이렇게 가르쳐주었다.

"그 가네마키 지사이라는 사람은 살아 있더라도 아마 꽤 노령일 거요. 필시 간토關東로 갔다가 말년에는 조슈上州의 어느 산골에 은거한 뒤로 세상에는 나오지 않는다는 말을 들은 것 같은데, 그 사람의 소식을 알고 싶거든 오사카 성에 가서 도미타 몬도노쇼富田主水正라는 사람을 찾아보시오."

도미타 몬도노쇼가 누구냐고 묻자 히데요리 공의 무예 사범 중 한 사람인데, 아마도 에치젠越前 우사카노쇼의 조쿄 사 마을 출신인 도다 뉴도 세이겐의 일족일 것이라고 했다.

조금 애매하다는 생각도 들었지만 어차피 오사카로 갈 생각이었던 마타하치는 시내로 들어가자마자 제일 번화한 거리에 있는 여관에 들러 성안에 그런 무사가 있는지 물어보았다.

“예. 도다 세이겐 님의 손자로 히데요리 공의 사범은 아니지만, 성안 사람들에게 무예를 가르치던 분이 있었습니다. 그런데 몇 해 전에 에치젠으로 돌아가신 줄로 압니다만.”

여관 사람의 말이었다. 그는 성안에 출입하며 일도 보는 사람이라 길에서 만난 무사의 말보다는 그의 말이 훨씬 더 신빙성이 있었다.

그는 다시 이렇게 말했다.

“에치젠까지 찾아가시더라도 몬도노쇼 님이 아직까지 거기에 계시는지는 알 수 없으니 그렇게 확실치 않은 분을 찾아 멀리까지 가시는 것보다 근래 유명하신 이토 야고로 선생님을 찾아가시는 것이 빠를 겁니다. 그분도 분명 주조류의 가네마키 지사이라는 분 밑에서 수련하시고 잇토류라는 독자적인 유파를 창시하신 분이니까요.”

일리 있는 말이었다.

그러나 야고로 잇토사이의 거처를 찾아가 보니 그 역시 몇 해 전까지 도성 밖인 시라카와白河에 암자 하나를 짓고 살았지만, 근래에는 수련 길에 나섰는지 교토와 오사카 부근에서는 본 적이 없다는 것이었다.

“에이, 귀찮아.”

서두른다고 될 일이 아니라고 혼잣말로 중얼거린 마타하치는 가네마키 지사이를 찾는 것을 단념했다.

2

마타하치는 오사카에 온 뒤로 잠자고 있던 야심을 깨워 일으켰다.

이곳 오사카에서는 인력 수요가 활발하게 이루어지고 있었다.

후시미 성(도쿠가와 쪽)에서는 새로운 정책을 수립하고 무가 제도를 새로 짜고 있었지만, 오사카 성(도요토미 쪽)에서는 인재를 규합하여 낭인 부대를 조직하고 있는 듯했다. 물론 그것이 공공연한 일은 아니었다.

"히데요리 공은 고토 마타베에後藤又兵衛 님과 사나다 유키무라眞田幸寸 님, 아카시 가몬明石掃部 님, 또 조소카베 모리치카長曾我部盛親 님 등에게도 생활 수당이라는 명목으로 은밀히 자금을 보내고 있다더군."

마을 사람들 사이에는 그런 소문이 자자했다. 그리고 오사카 성시에서는 다른 어디보다 낭인들이 존중을 받았고 살기에도 좋았다.

조소카베 모리치카 같은 젊은이들은 변두리 뒷골목에 집을 빌려서 머리를 빡빡 밀고 이름을 이치무사이一夢齊로 고치고 '뜬구름 같은 속세의 일 따위 내 알 바 아니다.'라는 얼굴로 풍아한 삶과 화류계의 쾌락을 넘나들며 살고 있었지만, 유사시에는 분연히 떨치고 일어나 다이코의 깃발 아래로 모여들 700~800명의 낭인들도 키우고 있었다. 그리고 그들의 생활비가 히데요리에게서 나오고 있다는 말도 들렸다.

마타하치는 두 달가량 오사카를 돌아다니며 보고 듣는 동안 '그래, 여기가 출세의 끈을 잡을 수 있는 곳이다.'라고 지레 흥분하기도 했다. 근래에 건강을 되찾은 마타하치는 맨몸에 창 한 자루 들고 무사시와 함께 세키가하라의 하늘을 바라보며 고향을 뛰쳐나왔을 때의 장대한 포부가 되살아나는 듯했다.

품속에 있는 돈은 야금야금 줄어들고 있었지만 자신에게도 기회가 찾아왔다는 생각에 하루하루가 즐겁고 유쾌했다. 돌부리에 걸려 넘어진 자리에서 뜻하지 않은 행운을 발견할 것 같은 기분이었다.

'우선 복장부터 갖춰야겠다.'

그는 우선 좋은 칼을 하나 사서 허리에 찼다. 벌써 한기가 느껴지는 늦가을이라 계절에 맞는 옷도 샀다. 여관에 묵는 것은 비경제적이라고 생각해서 도랑 근처에 있는 마구馬具를 만드는 집의 별채를 빌렸다. 식사는 밖에서 하고, 보고 싶은 것을 보러 다니고, 집에는 들어오고 싶을 때만 들어오며 마음 내키는 대로 살

다가 좋은 친구를 만나 연줄을 찾게 되면 녹봉도 받을 수 있을 것이라고 생각했다.

이 정도로 사는 것만 해도 그로서는 상당히 자제하면서 다시 태어났다 싶을 정도로 몸을 다스리는 것이었다.

“저기 큰 창을 들게 하고, 갈아탈 말을 끌게 하면서 무사들을 스무 명이나 데리고 다니는 저 사람이 오사카 성의 교바시 어귀에 있는 검문소의 책임자라오. 그런데 저 사람도 전에는 도랑 근처에서 흙을 져 나르던 낭인들 중 한 명이었지.”

마타하치는 이처럼 부럽기 짝이 없는 이야기를 거리에서 종종 들었지만 그가 보기에 현실은 그리 녹록치 않았다.

‘세상이 마치 돌담 같구나. 쓸 만한 돌들이 이미 견고하게 쌓여 있어서 비집고 들어갈 틈이 없으니.’

조금씩 지쳐갔지만 다시 마음을 다잡았다.

‘아냐. 아직 연줄을 찾지 못해서 그렇게 보일 뿐이야. 처음에 비집고 들어가기가 어렵지, 일단 들어가기만 하면 돼.’

세 들어 있는 집주인에게도 일자리를 부탁해놓았다.

“당신이야 젊고 실력도 있으니 성안 사람들에게 부탁하면 일자리는 금방 얻을 수 있을 게요.”

집주인도 일자리가 있다는 식으로 말했지만 일자리는 좀처럼 구할 수 없었다. 그러는 사이에 12월로 접어들자 갖고 있는 돈도 절반으로 줄어들었다.

3

번화가 공터에 난 풀에도 아침마다 서리가 새하얗게 내렸다. 서리가 녹고 길이 질척거릴 때쯤 되자 공터에서 징소리와 북소리가 울려 퍼지기 시작했다.

섣달, 겨울 햇빛 아래에서 바삐 움직이던 사람들이 태평스런 얼굴로 그곳에 잔뜩 모여 있었다. 밖에서 보이지 않도록 거적으로 둘러 임시로 만든 예닐곱 군데의 조잡한 울타리에서는 종이 깃발과 새털로 장식한 창을 세워놓고 사람들의 흥미를 자극하는 구경거리가 벌어지고 있었는데, 울타리마다 구경 온 사람들을 손님으로 끌어들이기 위해 혈안이 되어 있는 모습은 그야말로 전쟁터나 다름없었다.

혼잡한 사람들 사이에서 싸구려 간장 냄새가 풍겨왔다. 털이 수북한 정강이를 드러낸 채 꼬치를 입에 물고 시끄럽게 떠들고 있는 사내들이 있는가 하면 밤이 되자 분칠을 하고 소매를 잡아끄는 여자들이 울타리에서 풀려난 양처럼 우물우물 콩을 씹으면서 줄을 지어 돌아다니고 있었다.

노천에 의자를 내놓고 술을 팔고 있는 곳에서는 지금 한 무리의 사내들이 치고받고 싸우고 있었는데, 나중에 보니 어느 쪽이 이겼는지 모르지만 싸움의 회오리는 핏자국만 남긴 채 어지러이 흩어져서 마을 쪽으로 사라졌다.

"고맙습니다. 손님이 여기 계신 덕분에 그릇이 깨지는 걸 피했습니다."

술장수는 마타하치에게 다가와 몇 번이나 거듭해서 고개를 숙여가며 예를 표했다. 그리고 그 감사의 표시로 시키지도 않은 안주를 내놓으며 말했다.

"이번엔 술이 알맞게 데워진 듯합니다."

마타하치는 기분이 나쁘지 않았다. 장사치들 간의 싸움으로 혹여 이 집처럼 가난한 노점이 피해를 보면 호통이라도 쳐주려고 노려보고 있었는데 아무 일도 없이 끝나서 노점 주인을 위해서도 자신을 위해서도 다행이라 생각했다.

"주인장, 사람들이 꽤 많군요."

"섣달이라 그런지 사람들은 북적여도 가게에는 들르지 않습니다."

"요즘엔 계속해서 날씨가 좋군요."

북적이는 사람들 사이에서 솔개 한 마리가 무언가를 입에 물고 날아올랐다. 얼굴이 벌게진 마타하치는 문득 남의 일처럼 생각했다.

'그래, 난 돌을 나를 때 술을 끊겠다고 맹세했건만 언제부터 다시 마시기 시작한 거지?'

그러나 곧 스스로를 위안하듯 그럴싸한 이유를 갖다 붙였다.

'뭐, 어때. 사내가 술 정도는 마셔줘야지.'

그러고는 술집 주인에게 말했다.

"주인장, 한 잔 더 주시오."

그런데 아까부터 옆에 있는 의자에 한 사내가 와서 앉아 있었다. 한눈에 낭인이란 걸 알 수 있는 모습이었다. 사람들이 피할 정도로 위협적인 긴 칼을 차고 있었지만, 겹옷의 옷깃은 때에 절어 있었고, 그 위에 홑겹의 호구조차 걸치고 있지 않았다.

"여보시오, 주인장. 나한테도 어서 술을 한 잔 데워주시오."

의자에 한쪽 다리를 올리고 마타하치 쪽을 힐끗 돌아보았다. 그러고는 마타하치를 발끝에서부터 얼굴까지 쭉 훑어보더니 아무렇지 않게 웃으면서 말했다.

"여어."

마타하치도 똑같이 대꾸했다.

"여어."

그리고 사내에게 술잔을 건네며 말했다.

"술이 데워지는 동안 제가 한잔 대접해도 실례가 되지 않겠소?"

"나야 고맙지요."

사내는 바로 손을 내밀며 말을 이었다.

"술이란 놈이 참으로 해괴한 놈이지요. 실은 형씨가 여기에서 한잔하고 있는 모습을 보았는데, 갑자기 그 술 냄새가 내 코를 습격해서 이리로 끌고 오더군요."

술을 참 맛있게 마시는 사내였다. 마타하치는 그가 활달하고 호걸다운 면모가 있다고 생각하며 그의 술 마시는 모습을 바라보고 있었다.

4

잘 마신다.

마타하치가 술 한 홉을 마시는 동안 그는 다섯 홉을 넘게 마셨는데도 아직 멀쩡했다.

"주량이 얼마나 되시오?"

마타하치가 물어보았다.

"보통은 한 되 정도 되는데 작정하고 마시면 그 양을 나도 모르겠소."

시국을 논하자 그는 열변을 토했다.

"이에야스가 대체 뭐요? 히데요리 공을 무시하고 오고쇼라니, 어처구니가 없소이다. 그 늙은이한테 혼다 마사즈미本田正純와 휘하의 옛 가신들을 빼면 뭐가 남소? 교활하고 냉혹한 인간이 무인들은 지니지 못한 약간의 정치적인 재주를 갖고 있는 것에 불과하오. 이시다 미쓰나리石田三成가 이겼으면 좋으련만 애석하게도 그는 제후들을 자기 뜻대로 움직이기에 너무 순진했고, 또 신분이 낮았소."

그런 말을 하는가 싶더니 이번엔 마타하치에게 물었다.

"귀공은 가령 지금이라도 이에야스 세력과 히데요리 세력이 갈라선다면 어느 쪽에 붙겠소?"

마타하치는 주저하지도 않고 대답했다.

"오사카(히데요리) 쪽이지요."

그러자 사내는 잔을 들고 의자에서 벌떡 일어서더니 기쁘다는 듯 말했다.

"이야, 같은 편 무사였구먼. 이것도 인연인데 새로 한잔합시다. 그런데 귀공은 어느 번의 무사요? 아니, 이거 실례했소이다. 먼저 나부터 소개해야 하는데. 난 가모蒲生의 낭인으로 아카카베 야소마赤壁八十馬라 하오. 반 단에몬塙団右衛門이라고 아실지 모르겠소만, 그와는 죽마고우로 함께 훗날을 기약했소. 또 지금 오사카 성의 쟁쟁한 장수 중 한 명인 스스키다 하야토 가네스케薄田隼人兼相와는 그가 유랑하던 시절에 함께 여러 고장을 돌아다닌 적도 있소. 오노 슈리노스케大野修理亮와도 서너 번 만난 적이 있는데, 그는 조금 음침한 데가 있어서 별로였소. 가네스케보다야 세력은 있지만……."

혼자만 너무 떠들고 있다는 것을 깨달았는지 다시 원래 질문으로 돌아갔다.

"그런데 귀공은?"

마타하치는 그의 말을 전부 사실이라고는 믿지 않았지만 그래도 왠지 압도당한 듯한 느낌이 들어 자기도 허풍을 치고 싶은 기분이 들었다.

"에치젠 우사카노쇼 조쿄 사 마을의 도다류를 창시하신 도다 뉴도 세이겐 스승님을 아시오?"

"이름만은 들었소."

"그 전통을 이어받아 주조류를 연 무욕무사無慾無私의 큰 스승이신 가네마키 지사이라는 분이 나의 스승이시오."

사내는 그 말을 듣고도 별로 놀라지 않았다. 그는 잔을 기울이면서 말했다.

"그럼 귀공은 검술을……."

"그렇소."

마타하치는 거짓말이 술술 나오는 것이 유쾌했다. 대담하게 거짓말을 하자 취기가 더 올라 주흥이 돋는 것 같았다.

"어쩐지, 실은 나도 아까부터 그런 것 같아서 보고 있었소. 역시 수련을 쌓은 몸은 어딘가 다르구나 하고 말이오. 그런데 가네마키 지사이의 문하에서는 뭐라고 부르시오? 괜찮다면 성함을……."

"사사키 고지로라 하고, 이토 야고로 잇토사이는 나의 동문 선배이시오."

"예?"

그가 놀라며 소리를 지르는 바람에 마타하치도 깜짝 놀랐다. 마타하치가 당황해서 농담이었다고 취소하려는 순간 아카카베 야소마가 갑자기 땅바닥에 무릎을 꿇더니 머리를 조아렸다. 그 모습을 보니 마타하치는 이제 와서 농담이었다고는 차마 말할 수가 없었다.

5

"제가 미처 몰라 뵈었습니다."

야소마는 몇 번이고 사죄했다.

"사사키 고지로 님이라면 검술의 달인으로 널리 알려진 분인데, 모른다는 것은 미치지 않고서야 있을 수 없는 일이지요. 실례를 범한 점, 용서해주십시오."

마타하치는 마음이 놓였다. 사사키 고지로를 잘 알고 있거나 일면식이라도 있는 사이였다면 거짓말이 들통 나서 금방 난처한 상황에 처할 뻔했기 때문이다.

"자, 그만 일어나시오. 그러고 있으면 내가 인사를 할 수가 없잖소."

"아닙니다. 아까부터 허풍만 늘어놓았으니 얼마나 듣기에 거북하셨겠습니까?"

"무슨 말씀을. 나야말로 아직 출사도 하지 못하고 세상 물정도 모르는 풋내기에 불과합니다."

"하지만 검술에 있어서는……. 여기저기서 존함을 들었습니다. 그래, 역시 사사키 고지로라고."

야소마는 술에 취해 눈곱이 낀 눈을 굴리며 중얼거렸다.

"그런데도 아직 출사를 하지 못하셨다니 애석할 따름입니다."

"오로지 검술에만 전념해온 터라 세상에 지인이라곤 아무도 없으니까요."

"그러셨군요. 그럼 벼슬을 하고 싶은 마음이 전혀 없는 건 아니시군요?"

"물론 언젠가는 주군을 모셔야 하지 않을까 생각하고 있습니다만."

"그렇다면 어려울 것도 없습니다. 실력이 있으시니 따 놓은 당상이지요. 하긴 실력이 있어도 잠자코 있으면 쉽게 발탁될 리가 없지요. 이렇게 직접 뵌 저조차 존명을 듣고서야 비로소 알아볼 정도였으니까요."

그렇게 마타하치를 열심히 치켜세우더니 불쑥 말했다.

"제가 주선해보겠습니다. 실은 저도 친구인 스스키다 가네스케에게 몸을 의탁할 만한 곳을 부탁해놓은 참입니다. 오사카 성에서는 지금 녹봉으로 얼마를 주든 상관 않고 인재를 맞아들이고 있으니 귀공 같은 인물을 추천하면 스스키다도 흔쾌히 받아들일 것입니다. 맡겨주시지 않겠습니까?"

어쩐지 아카카베 야소마는 정말로 그럴 마음이 있는 것 같았다. 마타하치는 취직을 부탁하고 싶은 마음이야 굴뚝같았지만, 사사키 고지로라고 남의 이름을 도용한 것이 아무래도 마음에 걸렸다. 그렇다고 이제 와서 무를 수도 없는 노릇이었다.

자신이 미마사카의 시골 무사인 혼이덴 마타하치라고 이름을 밝히고 실제 이력을 말한다면 그도 마음을 접고 콧방귀를 뀌며 경멸할 것은 불을 보듯 뻔했다. 이 역시 사사키 고지로라는 이름이 가진 힘이었다.

'잠깐만.'

그때 마타하치는 문득 그렇게 걱정할 일은 아니라는 생각이 들었다. 사사키 고지로라는 자는 이미 죽은 사람이다. 후시미 성의 공사장에서 맞아 죽은 사람이 아닌가. 게다가 그가 사사키 고지로라는 것은 필시 자기 외에는 아무도 모른다.

죽은 사람이 지니고 있던 유일한 호적 증명인 '인가 목록'은 그의 마지막 말에 따라 자기가 갖고 왔으니 나중에 조사를 해도 그가 누구인지 밝혀질 염려는 없었다. 또 소란을 피워서 맞아 죽은 일개 무사에 대해 귀찮게 질질 시간을 끌어가며 언제까지나 조사할 리도 없었다.

'사람들이 알 리가 없어!'

마타하치의 뇌리에 대담하고 교활한 생각이 번뜩 떠올랐다. 그는 자신이 죽은 사사키 고지로가 되기로 마음을 굳혔다.

"주인장, 여기 얼마요?"

마타하치가 돈주머니에서 돈을 꺼내며 자리에서 일어서자 아카카베 야소마는 황급히 따라 일어서며 물었다.

"저어, 방금 한 얘기는?"

"부탁하고 싶은 마음이야 굴뚝같지만 이런 길바닥에서 제대로 이야기나 할 수 있겠소? 어디 조용한 곳으로 갑시다."

"아아, 그럴까요?"

야소마는 만족스러운 듯 고개를 끄덕이고, 자기가 마신 술값까지 계산하는 마타하치를 당연하다는 표정으로 바라보고 있었다.

6

마을 뒷골목의 이상야릇한 색주가였다. 마타하치는 좀 더 고급스러운 술집으로 안내할 생각이었는데 아카카베 야소마가 한사코 만류하며 말했다.

"그런 곳에 가서 쓸데없이 돈을 쓰는 것보다 더 재미있는 데가 있습니다."

야소마는 뒷골목 색주가를 뻔질나게 드나드는 듯했다. 비록 그의 손에 끌려왔지만 마타하치도 막상 와서 보니 자신의 취향과 아주 맞지 않는 분위기는 아니었다.

'비구니 골목'이라고도 불리는 이곳은 조금 과장해서 말하면 줄지어 늘어선 1,000개의 처마가 모두 매춘을 하는 집인데, 하룻밤 불을 밝히는 데 100섬의 기름이 필요할 정도로 장사가 잘 되는 곳이었다.

근처에 바닷물이 드나드는 검은 수로가 있어서 그런지 격자창이며 홍등 아래를 자세히 보니 갯강구와 민물 게 같은 것들이 슬금슬금 기어 다니고 있는 모습이 살인 전갈을 보듯 께름칙했다.

하지만 하얗게 분칠을 한 수많은 여자들 중에는 드물게 용모가 곱상한 여자도 있었고, 개중에는 이미 마흔에 가까운 얼굴에 이를 검게 물들이고 비구니 두건을 쓴 채 밤 추위를 원망하고 있는 여인처럼 어쩐지 슬퍼 보이는 모습이 간간이 눈에 띄며 오히려 사내들의 마음을 들뜨게 했다.

"대단하군."

마타하치가 한숨을 내쉬며 말했다.

"대단하지요. 어설픈 술집 여자나 기생보다야 훨씬 낫습니다. 매춘부라 하면 왠지 께름칙한 기분이 들지만, 이곳에서 겨울의 하룻밤을 지새우며 그녀들이 살아온 이야기나 이력 따위를 듣다 보면 다들 태어날 때부터 매춘부는 아니었다는 걸 알게 되죠."

사람들이 서로 어깨를 부딪치며 지나가는 길을 야소마는 득의양양해져서 이야기하며 걸어가고 있었다.

"이들 중에는 무로마치 쇼군을 모셨다는 비구니도 있고, 아비가 다케다武田의 가신이었다는 여자는 물론 마쓰나가 히사히데松永久秀의 친척이었다는 여자도 많습니다. 다이라平 가문이 몰락한 후에도 그랬지만 덴몬天文, 에이로쿠永禄 시대부터 여기는 그런 시대와 비교해보면 더 심한 성쇠盛衰가 되풀이되었으니 뜬세상의 수챗물에 이처럼 낙화의 찌꺼기가 고이는 것이겠죠."

그 후 한 집에 들어가 야소마가 하는 대로 맡겨놓은 채 지켜보니 그는 이런 방면에는 도가 텄는지 술을 주문하는 방법이며 여자들을 다루는 솜씨가 보통이 아니었다.

물론 그 집에서 하룻밤을 묵었다. 야소마는 해가 중천에 뜨도록 가자는 말을 하지 않았다. 오코의 요모기야에서는 늘 그늘 속에 숨어 있던 마타하치도 이곳에서는 다년간의 울분을 깨끗이 씻어낸 듯했다.

"그만, 이제 술은 그만. 그만하고 갑시다."

마침내 마타하치가 항복하고 말했다. 그러나 야소마는 꿈쩍도 하지 않았다.

"밤까지 같이 계시죠."

"밤까지 같이 있으면서 뭘 할 생각이시오?"

"오늘 밤, 스스키다 가네스케의 저택에 가서 그와 만날 약속을 잡아놓았습니다. 지금 나가 봐야 시간도 어중간하고……. 게다가, 그래요, 귀공께서 바라시는 바도 좀 더 구체적으로 들어놓아야 그 집에 가서 얘기도 할 수 있고."

"처음부터 녹봉 같은 걸 바라는 건 무리가 아니겠소?"

"아닙니다. 자신을 스스로 그렇게 싸게 팔아서는 안 됩니다. 어쨌든 주조류의 인가를 지닌 사사키 고지로라는 무사가 녹봉은 얼마를 받아도 상관없으니까 그저 벼슬만 내려달라고 한다면 오히려 상대로부터 무시를 당하게 마련입니다. 500석쯤 달라고 해도 됩니다. 자신감이 있는 무사일수록 녹봉이나 대우 등을 후하게 받을 수 있는 것이 통례이니 자존심 따위는 부리지 않아도 됩니다."

7

계곡의 절벽을 올려다보는 것처럼 어느덧 부근 일대에 짙은 그늘이 져 있었다. 오사카 성의 거대한 그림자가 저녁 하늘을 뒤덮고 있었기 때문이다.

"저기가 스스키다의 저택입니다."

해자를 등지고 두 사람은 추위에 떨며 서 있었다. 낮부터 마신 술도 해자 옆에 서자 말끔히 깨버렸고, 코끝에는 콧물마저 얼어붙었다.

"저기 가로대문 말이오?"

"아니, 그 옆의 모퉁이 집 말입니다."

"흠, 굉장한 저택이군."

"출세했지요. 서른 살 무렵까지만 해도 스스키다 가네스케는 무명에 지나지 않았지요. 그런데 어느새……."

마타하치는 아카카베 야소마의 이야기를 귓전으로 흘려듣고 있었다. 의심스러워서가 아니라 그의 말을 더 이상 주의 깊게 듣고 있을 필요를 느끼지 못할 만큼 그를 믿었기 때문이다. 마타하치는 이 거대한 성을 둘러싸고 있는 대신들의 저택을 보면서 자신도 저리 되고 싶다는 야심이 끓어오르는 것을 억누를 수 없었다.

"그럼, 오늘밤 우선 가네스케를 만나서 귀공에 대해 잘 부탁해놓겠습니다."

야소마는 그렇게 말하고 재촉했다.

"그런데 아까 말씀하신 돈은……?"

"아, 그렇군."

마타하치는 품속에서 가죽 주머니를 꺼냈다. 조금쯤은 써도 되겠지, 하고 생각하며 쓰던 돈이 어느새 가죽 주머니의 3분의 1까지 줄어들어 있었다. 그 남은 돈을 탈탈 털어서 야소마에게 건네며 말했다.

"겨우 이것밖에 없는데, 이 정도로도 되겠소?"

"되고말고요. 충분합니다."

"뭐로 좀 싸야 될 것 같은데."

"아니요. 벼슬자리를 청탁할 때 소개비나 헌금 명목으로 돈을 받는 것은 스스키다뿐만 아니라 누구나 공공연히 받고 있으니까 그렇게 은밀히 건넬 필요는 전혀 없습니다. 그럼, 다녀오겠습니다."

마타하치는 가지고 있는 돈을 거의 다 그에게 건네고 나자 조금 불안해졌는지 걷기 시작한 야소마를 쫓아가면서 다시 한 번 말했다.

"잘 부탁하오."

"걱정 마십시오. 만일 그쪽에서 부탁을 받고 곤란한 표정을 짓는다면 돈을 주지 않고 다시 가지고 오면 됩니다. 오사카에 세력가가 가네스케만 있는 것도 아니고, 오노든 고토든 부탁할 만한 사람은 얼마든지 있습니다."

"답은 언제쯤 알 수 있겠소?"

"글쎄요. 여기서 기다리고 계셔도 되지만, 해자 옆이라 바람이 심하니 서 있기도 힘들고, 또 남들이 보면 이상하게 생각할 테니 내일 만나시죠."

"내일…… 어디서?"

"어제 사람들이 모여들었던 공터에서 뵙지요."

"알겠소."

"우리가 처음 만났던 그 술 파는 노점에서 기다리고 계시면 됩니다."

아카카베 야소마는 시간 약속을 하고 저택의 문 안으로 거리낌 없이 들어갔다. 마타하치는 어깨를 흔들며 당당하게 들어가는 모습을 지켜보며 생각했다.

'저렇게 당당하게 들어갈 정도라면 스스키다 가네스케와는 정말 가난했을 때부터 함께한 오랜 친구인가 보군.'

안심한 마타하치는 그날 밤 이런저런 꿈을 꾸며 날이 밝기를 채 기다리지도 못하고 정해진 시간에 사람들이 모여드는 공터로 새벽이슬을 헤치고 갔다.

오늘도 선달의 겨울바람은 차가웠지만 겨울 햇살 아래에는 많은 사람들이 모여 있었다.

8

어찌 된 일일까? 그날 아카카베 야소마는 하루 종일 모습을 보이지 않았다.

다음 날.

'무슨 사정이 있겠지.'

마타하치는 이렇게 선의로 해석하고 다시 그와 만나기로 한 노점 의자에 앉아 공터의 인파를 둘러보면서 고지식하게 그를 기다렸다. 그러나 그날도 날이 저물도록 야소마는 나타나지 않았다.

사흘째 되는 날, 마타하치는 조금 초조한 마음을 안고 또다시 약속 장소로 나갔다.

"주인장, 또 왔소이다."

그가 그렇게 말하며 술상 앞에 앉자 요 며칠 날마다 찾아와서 앉아 있는 그의 거동을 수상히 여긴 술집 할아범이 도대체 누구를 기다리느냐고 물었다. 그는 실은 여차여차해서 언젠가 이곳에서 알게 된 아카카베라는 낭인과 만나기로 약속했다고 말했다.

"뭐요? 그 사내한테?"

할아범은 어이가 없다는 듯 되물었다.

"그럼, 벼슬자리를 주선해주겠다는 말에 넘어가 그자한테 돈을 빼앗겼단 말이우?"

"빼앗긴 것이 아니라 내가 부탁해서 스스키다 님에게 드릴 돈을 맡긴 것인데, 그 답을 빨리 알고 싶어서 이렇게 매일 기다리고 있는 것이오."

"쯧쯧쯧, 당신이 여기서 백년을 기다린들 그자는 오지 않을 게요."

할아범은 마타하치를 딱하다는 듯 바라보았다.

"예? 어, 어째서?"

"그놈은 유명한 사기꾼이외다. 이곳 공터에는 그런 사기꾼 같은 놈들이 많아서 조금이라도 어리숙해 보이면 사기를 치려고 바로 달려들지요. 조심해야 된다고 알려드리고 싶었지만 나중에 보복을 당할까 봐 두렵기도 했고, 손님도 그의 거동을 보면 알아챌 거라 생각했는데, 돈을 빼앗겼다니……. 뭐라, 드릴 말씀이 없구려."

할아범은 마타하치의 무지를 불쌍히 여기듯 말했다. 하지만 마타하치는 부끄럽다고는 생각하지 않았다. 갑작스러운 손실과 희망마저 빼앗긴 아픔에 몸을 부들부들 떨며 분노에 차서 그저 망연히 공터를 오가는 사람들을 바라보고 있었다.

"소용은 없겠지만 혹시 모르니 환술幻術을 하는 곳에 가서 찾아보시는 게 어떻겠소? 그곳에선 종종 사기꾼들이 모여서 노름을 하곤 하더이다. 그자도 돈이 생겼으니 어쩌면 그곳에 얼굴을 내밀지도 모르지요."

"그, 그런가요?"

마타하치는 황급히 의자에서 일어났다.

"그 환술을 한다는 데가 어디입니까?"

할아범이 손가락으로 가리키는 쪽을 보니 공터에서 가장 큰 울타리가 하나 보였다. 환술사들이 공연하고 있는 곳이라고 한다. 구경꾼들은 출입구에 운집해 있었다. 마타하치가 다가가서 보니 헨표 동자變兵童子니 가신 거사果心居士의 수제자니 하며 유명한 환술사들의 이름이 출입구에 세워져 있는 깃발에 쓰여 있었고, 휘장과 거적으로 둘러싸인 넓은 울타리 안에서는 해괴한 음악 소리와 함께 환술사의 기합 소리와 구경꾼들의 박수 소리가 들끓고 있었다.

9

뒤쪽으로 돌아가자 구경꾼들이 드나들지 않는 다른 출입구가 있었다. 마타하치가 그곳을 들여다보자 출입구를 지키던 사내가 물었다.

"도박장에 가는 거요?"

고개를 끄덕이자 사내가 들어오라는 듯한 눈짓을 보냈다. 마타하치가 안으로 들어가서 보니 천장이 뚫린 장막 안에서 스무 명 남짓한 부랑자들이 빙 둘러앉아 노름을 하고 있었다.

"이 사람들 중에 아카카베 야소마라는 사내가 있소?"

"아카카베? 그러고 보니 요즘 통 오지 않던데, 무슨 일이지?"

"여기에 올까요?"

"내가 어찌 알겠소? 자, 들어오슈."

"아니, 난 노름을 하러 온 것이 아니고 그자의 행방을 찾으러 왔소이다."

"어이, 누굴 놀리는 거요? 노름도 하지 않을 거면서 도박장엔 왜 온 거야?"

"미안하게 됐소."

"다리몽둥이를 확 분질러줄까 보다."

"미안합니다."

허둥지둥 나오는데 사내 하나가 뒤따라 나오며 소리쳤다.

"어이, 이봐. 여긴 미안하다는 말로 끝나는 데가 아니야. 수상한 놈이군. 노름을 하지 않으려거든 자릿세라도 내놓고 가."

"돈이 없소."

"돈도 없는 주제에 도박장을 기웃거려? 그러고 보니 기회를 엿보다 돈을 훔쳐갈 속셈이었구나. 이 도둑놈아!"

"뭐라고?"

마타하치가 발끈해서 칼자루를 잡자 사내는 재미있다는 듯 어디 한번 붙어보자는 태도였다.

"바보 같은 놈. 그 따위 위협에 일일이 겁을 먹었다가는 이 오사카 바닥에서 벌써 자취를 감췄을 거다. 자, 어디 벨 테면 베어봐라."

"정말 벤다?"

"베어라. 그만 떠들고 어디 덤벼봐."

"내가 누군지 모르느냐?"

"알아서 뭐 하게?"

"난 에치젠 우사카노쇼, 조쿄 사 마을의 도다 고로자에몬富田

五郎左衛門의 사후 제자 사사키 고지로다."

마타하치는 그렇게 말하면 상대가 도망칠 줄 알았지만, 그는 오히려 웃음을 터뜨리더니 뒤로 돌아서서 울타리 안에 있는 자들을 불렀다.

"어이, 모두 나와봐. 이자가 지금 뭐라고 이름을 댔는데, 우릴 상대로 붙어볼 심산인 것 같군. 어디 실력 좀 구경해볼까?"

그는 말이 끝나기도 전에 꽥 소리를 지르며 펄쩍 뛰어올랐다. 마타하치가 기습적으로 그의 엉덩이를 찔렀던 것이다.

"이런 썅!"

그의 욕지거리가 들리고 나더니 뒤에서 수많은 사람들의 고함 소리가 들렸다. 마타하치는 피 묻은 칼을 거두고 인파 속으로 들어가 가능한 한 사람들이 많은 곳으로 가서 몸을 숨기며 걸어갔다. 그러나 위험을 느낄 정도로 지나가는 사람들이 죄다 도박꾼으로 보여서 도저히 그냥 걷고 있을 수가 없었다.

마타하치는 문득 뒤를 돌아보았다. 눈앞에 있는 울타리에 커다란 호랑이 그림이 그려진 장막이 쳐 있고, 입구에는 겸창鎌槍(창날 부분에 낫이 달려 있는 창)과 뱀눈 무늬의 깃발이 세워져 있었다. 그리고 빈 상자 위에 장사치 한 명이 올라가 사람들을 끌어 모으려고 쉰 목소리로 가락을 붙여가며 소리치고 있었다.

"호랑이요, 호랑이. 천 리를 오가는 조선에서 건너온 호랑이가 있습니다. 가토 기요마사加藤清正 공이 맨손으로 때려잡은 호랑이요."

마타하치는 돈을 던져주고 안으로 뛰어 들어갔다. 그리고 한숨 돌리면서 호랑이가 어디에 있는지 둘러보니 정면에 문짝을 두세 장 나란히 놓고 거기에 마치 빨래를 널어놓은 것처럼 호피가 한 장 걸려 있었다.

10

구경꾼들은 죽은 호랑이를 보고도 신기해하고 있었다. 살아 있는 호랑이가 아니라고 화를 내는 사람은 없었다.

"이게 호랑이구나."

"엄청 크구먼."

사람들이 감탄하면서 입구에서 출구로 줄줄이 지나간다. 마타하치는 되도록 시간을 끌려고 호랑이 가죽 앞에 계속 서 있었다.

그때 나그네 차림의 노부부가 그의 앞에 멈춰 서더니 노파가 말했다.

"곤權 숙부, 이 호랑이 죽은 거 아닌가?"

늙은 무사는 대나무 칸막이 너머로 손을 뻗어 호랑이 털을 만지면서 말했다.

"죽은 호랑이 가죽입니다."

"입구에서 소리치던 자는 살아 있는 것처럼 말하지 않았나?"

"이것도 환술의 일종이겠지요."

늙은 무사는 쓴웃음을 지었지만, 노파는 화가 난 듯 뒤를 돌아보며 쭈글쭈글한 입술로 구시렁댔다.

"시답잖은 놈들. 환술이면 환술이라고 간판을 걸어놨어야지. 죽은 호랑이를 볼 바에는 그림을 보겠구먼. 입구에 가서 돈을 돌려달라고 하게."

"형수님, 사람들이 비웃습니다. 그런 일로 소란을 피울 수는 없지요."

구경꾼들을 헤치고 돌아서는데 갑자기 인파 속으로 얼굴을 숨기는 자가 있었다.

곤 숙부라고 불린 늙은 무사가 소리쳤다.

"앗, 마타하치다."

눈이 나쁜 오스기お杉가 놀라며 물었다.

"곤 숙부, 지금 뭐라고 했나?"

"형수님 바로 뒤에 마타하치가 서 있었는데 못 보셨어요?"

"뭐라고? 정말인가?"

"도망갔어요."

"어디로?"

두 사람은 울타리 밖으로 뛰어나왔다.

사람들로 붐비는 공터엔 이미 어스름이 깔려 있었다. 마타하치는 몇 번이나 사람들과 부딪쳤다. 그때마다 춤을 추듯 몸을 빙글빙글 돌리며 뒤도 돌아보지 않고 마을 쪽으로 도망갔다.

"이놈, 게 섰거라!"

마타하치가 뒤를 돌아보자 어머니 오스기가 미친 듯이 쫓아오고 있었다. 곤 숙부도 손을 치켜들고 소리치며 쫓아왔다.

"이놈아, 왜 도망치는 거냐? 마타하치! 마타하치!"

그래도 여전히 마타하치가 걸음을 멈추지 않자 오스기는 쭈글쭈글한 목을 앞으로 길게 빼고는 사람들을 향해 정신없이 소리쳤다.

"도둑이야, 도둑, 도둑 잡아라!"

그 소리에 사람들은 대나무 깃대를 뽑아들고 앞에서 뛰어가는 마타하치를 박쥐 패듯 두들겨 패서 쓰러뜨렸다. 길을 가던 사람들도 웅성거리며 에워싸더니 소리쳤다.

"잡았다."

"괘씸한 놈."

"두들겨 패라."

"때려죽여라."

발길질이 날아오고, 주먹이 날아오고, 침을 뱉는다.

곤 숙부와 함께 숨을 헐떡이며 뒤쫓아 온 오스기가 그 모습을 보고 사람들을 들이받더니 허리에 차고 있던 칼을 잡으며 으르렁거렸다.

"어찌 이리 무자비한 짓을…… 이놈들 대체 무슨 짓이냐?"

사람들은 어안이 벙벙해져서 소리쳤다.

"할머님, 이놈은 도둑놈입니다."

"도둑이 아니다. 내 아들이야!"

"예? 할머니 아들이라고요?"

"그래. 잘도 발길질을 했겠다? 장사치들 주제에 감히 무사의 아들을 발로 차? 어디 다시 한 번 무례한 짓거리를 해보거라, 내가 가만두지 않을 테다."

"농담이 아니군. 그럼, 아까 도둑이라고 소리친 사람은 누구요?"

"소리는 내가 쳤지만 당신들 마음대로 발로 차라고는 하지 않았다. 도둑이라고 소리치면 아들놈이 걸음을 멈출 거라고 생각했기 때문이야. 그것도 모르고 때리고 차다니, 무지막지한 자들 같으니."

원수

1

마을 안에 있는 숲이다. 상야등常夜燈이 희미하게 깜빡이고 있었다.

"이리 오너라."

오스기는 거리에서부터 마타하치의 멱살을 잡고 이곳 경내까지 끌고 왔다. 노파의 서슬에 놀랐는지 사람들은 더 이상 따라오지 않았다. 뒤에 남아 도리이鳥居(신사 입구에 세운 기둥 문) 아래에서 망을 보던 곤 숙부도 돌아왔다.

"형수님, 그만 나무라세요. 마타하치도 이제 어린애가 아니잖아요."

그는 오스기의 손을 마타하치의 멱살에서 떼어놓으려고 했다.

"무슨 말인가?"

오스기는 곤 숙부를 팔꿈치로 밀어젖히고 말했다.

"내 자식을 내가 혼내는 데 참견하지 말고 숙부는 그냥 잠자코 계시게. 네 이놈, 마타하치야!"

울며 기뻐해도 모자랄 판에 노파는 화를 내며 아들의 멱살을 잡고 아래위로 흔들어댔다.

누구나 노인이 되면 단순하고 조급해진다고 했다. 그러나 지금의 복잡한 심정은 고갈될 대로 고갈되어버린 그녀의 피에는 너무나 강렬한 것이었으리라. 그녀의 모습은 지금 울고 있는지, 화내고 있는지, 아니면 미칠 것 같은 기쁨의 괴상망측한 표현인지 분간할 수 없었다.

"어미를 보고도 도망가는 건 무슨 경우냐? 네놈이 다리 밑에서 주워 온 놈이더냐? 내 자식이 아니었던 게야? 이, 이놈. 이 얼빠진 놈아!"

오스기는 어린아이를 때리듯 마타하치의 엉덩이를 철썩철썩 때렸다.

"설마 네가 아직 이 세상에 살아 있을 것이라고는 생각도 못했건만, 뻔뻔스럽게 이 오사카에 살아 있었다니 한심하기 짝이 없구나. 어째서 고향에 돌아와 조상님들의 제사를 모시지 않는지, 이 어미한테마저 잠깐이라도 얼굴을 비치지 않는지, 우리가 별의별 생각을 다한 것을 네놈이 알기나 하느냐?"

"어, 어머니. 용서해주세요. 용서해주십시오."

마타하치는 어린아이처럼 어머니의 손 아래에서 소리쳤다.

"잘못인 줄은 알고 있었습니다. 아니까 더 돌아갈 수 없었어요. 오늘도 도망칠 생각은 아니었는데 너무 갑작스런 일에 놀라서 그만 저도 모르게 그렇게 된 거예요. 정말 면목이 없습니다. 어머님께도 숙부님께도 그저 면목이 없을 뿐입니다."

마타하치는 두 손으로 얼굴을 감쌌다.

그 모습을 본 오스기도 콧잔등에 주름을 잡아가며 흐느껴 울었다. 그러나 노파는 이내 나약해지려는 자신의 마음을 다잡으면서 말했다.

"조상님을 욕보이고도 면목이 없다는 걸 보니 그동안 제대로 살지도 못한 게로구나."

보다 못해 곤 숙부가 끼어들었다.

"형수님, 이제 그만 됐습니다. 그렇게 때리고 야단치기만 하다간 오히려 마타하치를 비뚤어지게 할 뿐입니다."

"또 참견하시는 겐가? 숙부처럼 남자가 너무 물러 터져도 못쓸 일. 마타하치에겐 아버지가 없기 때문에 내가 어미인 동시에 엄한 아버지의 역할도 해야 한단 말이네. 그래서 혼을 내고 있는 게야. 이 녀석한텐 이 정도로는 아직도 부족하네. 마타하치, 거기 꿇어앉거라."

오스기는 자신이 먼저 땅바닥에 꿇어앉더니 마타하치에게도 땅바닥을 가리키며 말했다.

"예."

마타하치는 흙투성이가 된 몸을 일으키더니 다시 초연히 그 자리에 꿇어앉았다.

2

마타하치에게 어머니는 무서운 존재였다. 다른 어머니들 이상으로 다정하기도 했지만, 조상님들을 들먹이며 이야기할 때면 마타하치는 고개를 들 수 없었다.

“숨김없이 다 털어놓아보거라. 세키가하라 전투에 나간 뒤로 도대체 뭘 한 게냐? 내가 납득할 때까지 빠짐없이 말해봐.”

“……말씀드리겠습니다.”

숨길 마음은 생기지 않았다.

마타하치는 친구인 다케조와 전장에서 낙오된 일과 이부키伊吹 부근에서 숨어 살던 일, 오코라는 연상의 여자에게 발목이 잡혀서 몇 년 동안 동거하며 겪은 아픈 경험들, 그리고 지금은 후회하고 있다는 것 등을 모두 털어놓자 뱃속의 썩은 것들을 토해낸 것처럼 마음이 가벼워졌다.

“흠…….”

곤 숙부가 신음 소리를 냈다.

“어처구니가 없는 녀석이군.”

노파도 혀를 차며 말하고 나서 마타하치를 보며 물었다.

"그래 지금은 뭘 하고 있느냐? 옷차림을 보니 제법 번듯하긴 한데, 벼슬자리라도 얻어서 녹봉이나마 좀 받고 있는 게냐?"

"예."

마타하치는 얼떨결에 대답했다가 들통 날 것이 두려워서 다시 말했다.

"아니, 벼슬은 하고 있지 않습니다."

"그럼, 뭘 해서 먹고사느냐?"

"검, 검술 같은 것을 가르쳐서……."

"호오."

노파는 그제야 마음이 놓인다는 듯 기분이 좋아져서 말했다.

"검술을? 그래, 그랬구나. 그렇게 살면서도 검술에 정진했다니 과연 내 아들이구나. 곤 숙부, 역시 내 아들이지요?"

이쯤에서 기분을 바꿔주고 싶었던 곤 숙부는 몇 번이나 크게 고개를 끄덕이며 말했다.

"그럼요. 조상님의 피가 어디 가겠습니까? 한때 길을 잘못 들었다고는 하나 그 핏줄이 어디 가겠습니까?"

"그런데 마타하치야."

"예."

"어느 분을 스승으로 모시고 검술을 연마했느냐?"

"가네마키 지사이 스승님입니다."

"흠…… 그 유명한 가네마키 스승님 말이냐?"

마치 어린아이처럼 정말로 기뻐하자 마타하치는 좀 더 기쁘게 해드리고 싶어서 품속에 있던 인가 목록을 꺼내 맨 마지막에 적혀 있는 사사키 고지로라는 부분만 감추고 상야등 불빛 아래에서 펼쳐 보이며 말했다.

"이걸 보세요."

"어디, 어디."

오스기가 손을 내밀었지만 마타하치는 건네주지 않고 말했다.

"어머니, 이제 마음 놓으세요."

"그래, 그래야지."

"곤 숙부 보셨는가? 대단하지? 어렸을 때부터 다케조보다 훨씬 똑똑하고 실력도 좋더니 결국 이렇게 되었네."

오스기는 침만 흘리지 않았을 뿐 어린애처럼 흡족해했다. 그런데 그때 두루마리를 말던 마타하치의 손이 미끄러지면서 마지막 한 줄이 오스기의 눈에 띄었다.

"잠깐만, 여기 사사키 고지로라고 쓰여 있는 것은 무엇이냐?"

"아…… 이거 말인가요? ……이건 가명이에요."

"가명? 가명은 왜 쓰는 것이냐? 혼이덴 마타하치라는 번듯한 이름을 놔두고?"

"하지만 돌이켜보니 저 자신에게도 부끄러운 삶을 살았던 터라 조상님의 이름을 더럽힐 수는 없었습니다."

"오오, 그랬느냐? 기특한 생각이구나. 참, 넌 아무것도 모를 테니 이제부터 고향에서 있었던 일을 들려주마. 잘 듣거라."

오스기는 그렇게 운을 떼고 나서 하나밖에 없는 자식을 더욱 고무시키고 격려하기 위해 마타하치가 떠난 후 미야모토 마을에서 일어난 일들을 혼이덴 가의 입장에서, 또 자신과 곤 숙부가 고향을 떠나 오쓰와 다케조를 잡으려고 수년간 둘의 행방을 찾아다닌 일 등을 과장할 마음은 없었지만 자기도 모르게 과장해 가며 이야기했다.

그녀는 말하다 몇 번이나 코를 풀면서 눈물을 흘리기도 했다.

3

마타하치는 가만히 고개를 숙인 채 노모의 열변을 듣고 있었다. 그러는 동안에는 그도 착하고 얌전한 아들이었다. 오스기의 말은 결국 가문의 체면이라든가 무사의 기개 따위에 중점을 두고 있었지만, 마타하치의 감정을 자극한 것은 그런 것이 아니었다.

'오쓰의 마음이 변했구나.'

처음 듣는 이야기에 그는 몹시 당황했다.

"어머니, 그게 정말입니까?"

그의 낯빛이 변한 것을 알자 오스기는 자신의 채찍질이 그를 분기시켰다고 생각했다.

"거짓말 같으면 숙부에게 물어보거라. 오쓰 년이 널 배신하고 다케조의 뒤를 쫓아갔단 말이다. 아니지, 더 나쁘게 생각하면 당분간 네가 고향에 돌아오지 않을 것이라는 걸 알고 다케조가 오쓰를 꾀어서 도망갔다고도 할 수 있다. 그렇지 않소, 숙부?"

"예, 맞습니다. 다쿠안沢庵 스님 때문에 싯포 사七宝寺의 천 년 묵은 삼나무에 다케조를 묶어놓았는데 오쓰의 손을 빌려 같이 도망가 버렸으니 그 연놈이 보통 사이가 아닌 것은 틀림없지요."

그 말에는 마타하치도 화가 치밀어 오르는 것을 억누를 수 없었다. 그렇지 않아도 다케조에게는 왠지 모르게 반감이 있던 참이었다.

오스기는 그를 더욱더 부추겼다.

"알겠느냐, 마타하치야? 이 늙은이와 곤 숙부가 고향을 떠나 이렇게 타향에서 떠돌아다니고 있는 심정을 말이다. 아들의 여자를 빼앗아 달아난 다케조, 혼이덴 가에 모욕을 안기고 사라진 오쓰. 그 두 연놈의 목을 칠 때까지 난 조상님의 위패와 고향 사람들을 볼 면목이 없구나."

"알겠습니다. ……충분히."

"너도 이대로 낯 두껍게 고향 땅을 밟을 수는 없을 게다."

"돌아가지 않겠습니다. 절대로 그냥은 돌아가지 않을 겁니다."

"원수를 꼭 갚아야 한다."

"예."

"대답에 힘이 없구나. 넌 다케조를 죽일 힘이 없다고 생각하는 게냐?"

"그런 건 아닙니다."

곤 숙부가 옆에서 거들었다.

"걱정하지 마라, 마타하치야. 나도 옆에 있지 않느냐."

"이 어미도 있다."

"오쓰와 다케조, 두 연놈의 목을 들고 떳떳하게 고향으로 돌아가자꾸나. 알겠느냐, 마타하치? 그러고 나서 너도 참한 색시를 맞아 혼이덴 가의 후사를 이어야 한다. 그래야만 무사의 체면도 서고 고향에서의 평판도 좋아질 것이다. 무엇보다도 요시노고에서 가문의 수치를 씻을 길은 그 길밖에 없다."

"자, 그럴 결심이 섰느냐, 마타하치?"

"예."

"착하구나. 숙부, 칭찬해주시게. 기필코 다케조와 오쓰를 처치하겠다고 맹세했으니……."

오스기는 그제야 직성이 풀린 듯 아까부터 참고 앉아 있던 얼음 같은 땅바닥에서 몸을 일으키기 시작했다.

"아, 아이고야."

"형수님, 왜 그러십니까?"

"차가운 데 앉아 있었더니 갑자기 허리가 결리고 아랫배가 쿡쿡 쑤시기 시작하는구려."

"그럼 안 되는데. 또 지병이 도졌나 봅니다."

마타하치는 오스기에게 등을 대면서 말했다.

"어머니, 업히세요."

"뭐? 날 업어주겠다고? ……업을 수 있겠느냐?"

그녀는 아들의 등에 업히며 기쁨의 눈물을 흘렸다.

"이게 몇 년 만인지 모르겠구나. 곤 숙부, 마타하치가 날 업어주겠다는구려."

어머니의 따뜻한 눈물이 살갗에 닿자 마타하치도 뭐라 말할 수 없이 기뻤다.

"숙부님, 숙소는 어디입니까?"

"이제부터 찾아봐야지. 어디든 상관없으니 일단 가 보자."

"알겠습니다."

마타하치는 노모를 업고 힘차게 걸으면서 말했다.

"아, 가볍다. 어머니, 너무 가벼워요, 돌보다 훨씬 가벼워요."

미소년

1

쌓여 있는 짐의 대부분이 쪽빛 물감과 종이였다. 그 외에 금지된 담배도 배 밑바닥에 감추고 있는 듯 애초엔 비밀이었지만 냄새로 알 수 있었다. 한 달에 몇 번, 아와에서 오사카를 오가는 배편으로 그런 화물과 함께 동승한 손님들 중 8, 9할은 세밑에 오사카로 장사 차 나오거나 돌아가는 장사치들이었다.

"어떻소? 돈 좀 벌었습니까?"

"못 벌었수다. 지방 경계선 부근은 경기가 참 좋다는데."

"총포를 만드는 대장장이들은 일손이 모자라서 쩔쩔맬 정도라고 합디다."

다른 장사치가 끼어들며 말했다.

"난 군수품인 깃대라든가 갑주 따위를 납품하고 있는데 예전만 못해요."

"그래요?"

"무사 양반들이 셈이 밝아져서 그렇지요."

"허허."

"옛날에는 노부시野武士(옛날에 산야에 숨어서 패잔병 등의 무기를 탈취하기도 하던 무사나 토민의 무리)들이 훔치거나 빼앗아 온 것들을 색깔만 바꿔서 진영에 다시 납품했지요. 그러면 또 다음 전투가 벌어져서 노부시들이 다시 패잔병들의 물건을 모아오면 새것으로 만들어서 납품하고…… 금과 은으로 지불하던 대금도 눈대중으로 대충 줬지요."

그들이 나누는 대화는 대개가 이러했다. 개중에는 바다를 바라보며 바다 저편에 있는 나라의 부를 동경하는 자도 있었다.

"이제 일본에선 돈을 벌어먹기가 글렀나 보오. 루손 스케자에몬呂宋助左衛門이라든가 쟈야 스케지로茶屋助次郎 같은 사람처럼 흥하든 망하든 바다 밖으로 나가야 하는데."

그런가 하면 또 이런 자도 있었다.

"그래도 역시 우리 같은 조닌이 무사들에 비하면 살기가 나은 편이지요. 무사란 자들은 다이묘가 부리는 사치는커녕 음식 맛 하나 제대로 즐기지 못하고, 전쟁이라도 벌어지면 쇠붙이와 가죽으로 무장하고 사지로 달려가야 하니까요. 또 평소에는 체면이나 무사도에 얽매여서 하고 싶은 일도 못하니 참으로 불쌍할 따름이지요."

"경기가 나쁘니 뭐니 해도 역시 조닌만 한 게 없지."

"그렇고말고요. 마음도 편하고."

"머리만 조아릴 수 있으면 아무 문제가 없으니까요. 그 울분이야 돈으로 얼마든지 메울 수 있고."

"이 세상을 마음껏 즐기고 살기에는 최고지, 암."

"뭣 때문에 태어났는지 한번 물어보고 싶을 때도 있으니까요."

이들은 장사꾼 중에서도 중간 이상은 되는 자들로 보였다. 그들은 배에 싣고 온 양탄자를 넓게 펼쳐놓고 은연중에 자신들의 계급을 나타내고 있었다.

그러고 보니 과연 모모야마桃山(도요토미 가문이 일본 전국을 지배하던 시기) 시대의 호사는 도요토미 히데요시가 죽은 후 무사에서 조닌들에게로 옮겨가고 있었다. 화려한 술잔이며 현란한 여행 도구와 복장, 소지품 등을 보면 아무리 인색한 상인이라도 천석지기 무사 따위는 감히 따라갈 수조차 없었다.

"좀 따분하지 않습니까?"

"지루함도 달랠 겸 시작해볼까요?"

"합시다. 거기 장막 한 장 둘러치고요."

그들은 장막을 둘러치고 첩이나 시종에게 술을 내오게 하더니 근래 남만선을 통해 일본에 전해진 가루타かるた(남만인에 의해 전해진 카드 놀이, 포르투갈어인 카르타에서 유래)라는 카드 놀이를 하기 시작했다. 그들이 그 놀이에 건 한 줌의 금화만 있으면

한 마을을 굶주림에서 구해낼 수 있었지만 그들은 마치 장난하듯 그것을 주고받았다.

물론 이런 자들은 같은 조닌 중에서도 열에 한 명 정도였지만, 같은 배에 타고 있는 산속 난민이나 낭인, 하급 관료, 스님, 무사 등은 그들의 말처럼 도대체 뭣 때문에 살고 있는지 모를 한심한 부류라는 것을 자인하듯 모두가 쌓여 있는 짐의 그늘 아래에 앉아 아무 의욕도 없는 얼굴로 멍하니 겨울 바다를 바라보고 있었다.

2

무료한 표정을 짓고 있는 그들 중에 한 소년이 섞여 있었다.

"이놈아, 가만히 있어."

짐짝에 기대 겨울 바다를 향해 앉아 있는 그는 무릎 위에 동그랗고 털이 수북한 짐승을 안고 있었다.

"오, 귀여운 새끼 원숭이로구나."

옆에 있는 사람이 내려다보며 말했다.

"길이 잘 든 것 같구나."

"예."

"기른 지는 오래 되었느냐?"

"아니요. 얼마 전에 도사에서 아와로 넘어오는 산속에서……."

"잡았다는 게냐?"

"어차피 어미 원숭이 무리에 쫓기다가 봉변을 당할 뻔했으니까요."

소년은 대화를 나누면서도 고개를 들지 않았다. 새끼 원숭이를 무릎 사이에 끼고 벼룩을 찾고 있었다.

앞머리에 자주색 끈을 늘어뜨리고 화려한 고소데小袖(통소매의 평상복)에 하오리羽織(일본옷의 위에 입는 짧은 겉옷)를 입고 있어서 소년으로는 보이지만, 나이는 소년이라고 부르는 것이 맞는지 맞지 않는지 가늠할 수 없었다. 담뱃대에도 다이코바리太閤張(도요토미 히데요시가 즐겨 쓰던 담뱃대를 모방하여 만든 것)라는 것이 생겨서 한때 유행했듯이 이처럼 화려한 풍속도 모모야마 전성기의 유풍이었는데, 스무 살이 넘어도 관례冠禮를 치르지 않고 스물대여섯이 지나도 여전히 동자머리를 하고 금실을 늘어뜨려 마치 어린 소년인 것처럼 겉모습을 꾸미고 다니는 풍습이 이때까지도 남아 있었기 때문이다.

그래서 이 소년도 겉모습만 보고 미성년자라고 볼 수 없었던 것이다. 몸집을 보더라도 풍채가 당당하고 흰 피부에 붉은 입술과 맑은 눈동자, 눈꼬리가 치켜 올라간 진한 눈썹은 그의 얼굴을 꽤나 강인해 보이게 했다.

"이놈아, 왜 자꾸 움직여?"

그런데 또 이런 말과 함께 새끼 원숭이의 머리를 쥐어박으며 벼룩 잡기에 여념이 없는 모습은 너무나 천진난만했다.

그의 나이가 그렇게 중요한 건 아니지만 어쨌든 이런저런 상황을 종합해서 대충 짐작해보면 열아홉에서 스무 살쯤 되어 보였는데, 그의 신분을 또 얼른 짐작할 수 없었다. 애초에 여행복 차림이었고, 가죽 버선에 짚신을 신고 있는 모습이 뭐라고 꼬집어 말할 수는 없지만 번에 소속된 가신은 아닌 듯했다. 그저 이런 배로 여행을 하면서 거지처럼 남루한 무사나 사당패, 수도자, 냄새나는 서민들 틈에 섞여 아무렇지도 않게 있는 모습을 보니 낭인 비슷한 자일 것이라고 짐작할 수 있을 뿐이었다.

그런데 낭인이라고 하기엔 너무나 멋진 물건을 하나 지니고 있었다. 그것은 등에 가죽 끈으로 비스듬히 매고 있는 군도였다. 휘어져 있지 않고 장대처럼 길다. 칼이 크고 만듦새가 좋아서 소년 곁으로 다가왔던 사람은 이내 소년의 어깨 너머로 우뚝 솟아 있는 칼자루에 시선이 갈 수밖에 없었다.

"좋은 칼을 갖고 있구나."

소년에게서 조금 떨어진 곳에 있던 기온 도지祇園藤次도 아까부터 칼에 시선을 빼앗기고 있었다. 교토에서도 좀처럼 보기 힘든 칼이라고 생각한 그는 좋은 칼을 볼 때마다 그 칼의 주인에서부터 이력까지 상상해보곤 한다.

기온 도지는 소년에게 말을 걸 기회를 엿보고 있었다.

배는 한겨울 오후 안개를 헤치며 나아가고 있었고, 햇볕을 가득 안고 있는 아와지淡路 섬은 점점 멀어지고 있었다. 바람에 펄럭이는 커다란 흰 돛은 마치 살아 있는 것처럼 사람들의 머리 위에서 파도가 밀려가는 소리를 내고 있었다.

3

도지는 여행에 지쳐 있었다. 선하품이 나온다. 따분한 여행만큼 다른 사람의 세계에 관심을 갖게 하는 것은 없다. 기온 도지는 벌써 열나흘 동안 그 무료하기 짝이 없는 여행을 하고 있었다.

'기별이 제때 들어갔을까? 제때 들어갔다면 오사카 선착장까지 틀림없이 마중을 나올 거야.'

그는 오코의 얼굴을 떠올리며 무료함을 달랬다.

무로마치 쇼군 가의 검술 도장에 출사해서 부와 명예를 동시에 거머쥔 요시오카吉岡 가문도 세이주로淸十郎 대에 이르러 방종한 생활로 인해 가세가 완전히 기울고 말았다. 4조 도장까지 저당 잡혀서 연말이면 조닌의 손에 넘어갈지도 모르는 형편이었다. 연말이 다가오자 여기저기에서 독촉하는 부채를 모두 합하니 어느새 엄청나게 불어나 있어서 아버지 겐포拳法의 유산을 모조리 넘겨주어도 부족했다.

"어떻게 하면 좋겠는가?"

어느 날 세이주로가 자신에게 의논을 청했다. 그를 부추겨서 가산을 탕진하게 한 책임의 절반은 자신에게도 있었다.

"제가 잘 정리할 테니 맡겨주십시오."

도지가 머리를 짜내 내놓은 안은 니시노토인西洞院의 서쪽 공터에 요시오카류 검법의 진무각振武閣을 세우자는 것이었다. 세상이 돌아가는 형편을 살피니 무술이 점점 성행하자 제후들은 무사를 필요로 하게 되었다. 이럴 때일수록 많은 후진을 양성하기 위해서는 기존의 도장을 확장하여 선대의 유업을 만천하에 알릴 필요가 있었다. 그것은 또 남아 있는 제자들이 당연히 해야 할 의무이기도 했다.

도지는 세이주로에게 그런 취지가 담긴 회람을 쓰게 하여 자신이 직접 들고 주고쿠, 규슈九州, 시코쿠四國 등지에 흩어져 있는 요시오카 겐포의 문하생들을 찾아다니며 진무각 건축에 필요한 기부금을 모으고 있었던 것이다. 선대인 겐포가 키워낸 제자들은 각지의 번에서 일하며 모두 상당한 지위에 올라 있었다. 그러나 그런 회람을 가지고 가도 도지가 예상했던 대로 쉽게 기부금을 내는 자는 별로 없었다.

"훗날 기별을 넣으리다."

"나중에 상경할 때 찾아뵙겠습니다."

그렇게 말하는 자가 대부분이었다. 실제로 도지가 모금한 돈은 예상했던 금액의 몇 분의 일도 되지 않았다.

하지만 그것은 자신의 문제가 아니었다. 그는 뭐, 어떻게든 되겠지, 하고 느긋하게 생각하면서 아까부터 세이주로의 얼굴보다도 오랫동안 보지 못한 오코의 얼굴을 상상하는 데 몰두하고 있었다. 그러나 상상하는 데도 한계가 있는지 그는 금방 또다시 따분함을 주체하지 못하겠다는 듯 늘어지게 하품을 했다.

도지는 아까부터 새끼 원숭이의 벼룩을 잡고 있는 미소년이 부러웠다. 그가 따분함을 달랠 수 있는 좋은 장난감을 가지고 있었기 때문이다. 도지는 소년의 곁으로 다가가서 마침내 말을 걸었다.

"젊은이, 오사카까지 가는가?"

미소년은 새끼 원숭이의 머리를 누르면서 커다란 눈을 들어 도지의 얼굴을 보았다.

"예, 오사카까지 갑니다."

"가족이 오사카에 사는가?"

"아니요, 다른 곳에."

"그럼 아와에 사는가?"

"그렇지 않습니다."

무뚝뚝한 젊은이였다. 그는 그렇게 말하곤 더는 말하기 싫다는 듯 새끼 원숭이의 털을 손가락으로 헤집고 있었다.

4

잠깐 대화가 끊겼다. 도지는 잠자코 있다가 그의 등에 있는 큰 칼을 보고 칭찬했다.

"좋은 칼이구나."

그러자 소년은 갑자기 도지 쪽으로 돌아앉더니 칭찬 받은 것이 기쁘다는 듯 말했다.

"예, 집안 대대로 전해 내려오는 칼입니다. 군도용으로 만들어진 것이라 오사카의 솜씨 좋은 도공刀工에게 맡겨 제게 맞는 패도佩刀(허리에 차는 칼)로 다시 만들려고 합니다."

"패도로 만들기에는 좀 긴 듯하구나."

"석 자입니다."

"장검이군."

"이 정도도 차지 못하면……."

미소년은 자신이 있다는 듯 보조개를 지으며 웃었다.

"석 자든, 넉 자든 못 찰 거야 없지. 하지만 실제로 사용할 때 그걸 자유자재로 다룰 수 있어야 비로소 제 힘을 발휘할 수 있는 게다."

도지는 소년의 우쭐해하는 모습을 꾸짖듯이 말했다.

"장검을 옆구리에 차고 으스대며 다니면 보기에는 멋있고 좋을지 모르지만, 그런 사람일수록 도망칠 때가 되면 칼을 어깨에

질 놈이다. 실례가 아니라면 어느 유파에서 배웠는지 말해줄 수 있겠느냐?"

검술에 관해서는 도지도 자연스럽게 이 젖비린내 나는 소년을 깔볼 수밖에 없었다.

소년은 도지의 자만에 찬 얼굴을 힐끗 쳐다보더니 말했다.

"도다류를……."

"도다류라면 단검일 텐데."

"단검입니다. 하지만 도다류를 배웠다고 해서 꼭 단검만 써야 한다는 법은 없습니다. 저는 남을 따라하는 것을 싫어합니다. 그래서 스승님의 뜻을 거스르고 장검을 공부하다가 스승님의 노여움을 사서 파문당했습니다."

"젊었을 때는 그런 반골 정신을 자랑하고 싶어 하는 법이지. 그래서?"

"그 후로 에치젠의 조쿄 사 마을을 뛰쳐나와, 역시 도다류에서 나와 주조류를 창시한 가네마키 지사이 스승님을 찾아갔더니 저를 불쌍히 여기시고 입문을 허락하셔서 4년 정도 수련하고 나니 이제 됐다는 스승님의 말씀까지 들었습니다."

"시골 선생들은 목록이나 인가를 쉽게 내주니까."

"그런데 지사이 선생님은 쉽게 인가를 내주지 않습니다. 선생님이 인가를 내준 것은 제 동문 선배인 이토 야고로 잇토사이 한 명밖에 없다고 하셨습니다. 그래서 저도 어떻게든 인가를 받고 싶어서 와신상담하며 고행을 하고 있었는데, 고향에 계신 어머님이 돌아가시는 바람에 중도에 귀향했습니다."

"고향은?"

"스오周防 이와쿠니岩國에서 태어났습니다. 그리고 고향에 돌아간 뒤로도 매일 수련을 게을리 하지 않고 긴타이錦帯 다리 근처에 나가 제비를 베고 버드나무를 베면서 혼자 검술을 연마했습니다. 어머니가 돌아가실 때 집안 대대로 전해 내려온 칼이니 소중히 다루라고 말씀하신 이 나가미쓰長光(가마쿠라 시대 후기의 도공으로 현존하는 수많은 명검을 만든 도공)의 장검을 가지고 말이죠."

"호오, 나가미쓰가 만들었다고?"

"이름은 새겨져 있지 않지만 그렇게 전해 들었습니다. 고향에서는 널리 알려져 있는 칼인데 모노호시자오物干竿라는 이름까지 붙어 있을 정도입니다."

말이 없는 편이라고 생각했는데 소년은 자기가 좋아하는 화제에 이르자 묻지도 않은 것까지 이야기하기 시작했다. 그리고 일단 입을 열고 나자 상대방의 눈치 따위는 안중에도 없었다.

그런 점이나 또 아까 스스로 밝힌 이력 등에 비춰볼 때 겉모습과는 달리 고집이 센 성격으로 보였다.

5

잠시 말을 멈추고 미소년은 하늘의 구름을 눈동자에 담고 뭔가 감회에 젖어 있는 듯했다.

"그런데 그 가네마키 스승님도 작년에 천수를 다하시고 병으로 돌아가시고 말았습니다."

그는 중얼거리듯 말했다.

"저는 스오에 있었는데 동문인 구사나기 덴키草薙天鬼에게서 그 소식을 듣고 스승님의 은혜에 감읍했습니다. 스승님의 병상을 지키던 구사나기 덴키는 저보다도 훨씬 선배였고, 또 스승님과는 숙질간이라는 혈연관계였는데도 그에게는 인가를 내주지 않고, 멀리 떨어져 있는 저를 생각해주시며 인가 목록을 써놓고는 한번 만나서 손수 저에게 주고 싶다고 말씀하셨답니다."

미소년의 눈동자에 물기가 맺히며 당장이라도 눈물을 쏟을 것 같았다.

기온 도지는 이 다감한 소년의 술회를 듣고는 있었지만, 젊은 그와 감정을 공유할 마음은 애당초 없었다. 단지 무료한 것보다는 낫다는 생각에 고개를 끄덕이며 듣고 있을 뿐이었다.

"흠, 그렇구나."

도지가 짐짓 열심히 듣고 있는 표정을 짓자 미소년은 울적한 마음을 달래려는 듯 말을 이었다.

"그때 바로 갔으면 좋았을 텐데, 저는 스오에 스승님은 조슈의 산속에 계셨으니 수백 리 길이었습니다. 또 공교롭게도 제 어머니가 그때를 전후하여 돌아가시는 바람에 스승님의 임종을 지키지 못했습니다."

그때 배가 조금 흔들리기 시작했다. 겨울 구름이 해를 가리자 바다는 갑자기 잿빛으로 변했고 뱃전에는 이따금 차가운 포말이 일었다.

미소년은 다정한 말투로 이야기를 이었다. 그 후 그의 이야기를 요약하면, 그는 지금 고향인 스오의 집을 정리하고 스승의 조카이자 동문이며 친구이기도 한 구사나기 덴키라는 자와 어딘가에서 만나기 위해 여행을 하고 있는 것으로 보였다.

"스승님께는 친척이 아무도 없습니다. 그래서 조카인 덴키에게 비록 얼마 안 되지만 유산이라며 돈을 남기셨고, 멀리 떨어져 있는 저에게는 주조류의 인가 목록을 남기셨습니다. 덴키는 제 인가 목록을 맡아서 지금 여러 지방을 돌아다니며 수련을 쌓고 있는데, 내년 춘분이나 추분 중 어느 날에 조슈와 스오의 중간쯤인 미카와의 호라이 사鳳来寺 산을 양쪽에서 올라가 만나자는 약속을 서면으로 주고받았습니다. 거기서 저는 덴키에게 스승님의 유품을 받기로 되어 있기 때문에 그때까지는 긴키近畿(일본 혼슈의 중앙부, 오사카, 교토 등지) 인근을 수련을 겸해서 구경하며 다니려고 생각하고 있습니다."

미소년은 그제야 할 말을 다 했다는 듯 도지를 보며 물었다.

"당신은 오사카입니까?"

"아니, 교토."

그 말만 하고 도지는 한동안 파도 소리에 귀를 기울이고 있었다.

"그럼, 자네 역시 검술로 입신하려는 겐가?"

아까부터 도지는 약간 경멸하는 듯한 표정을 짓고 있었는데, 지금도 지긋지긋하다는 듯 말했다. 요즘처럼 이렇게 시건방진 청년들이 검술을 한답시고 몰려다니며 인가 목록을 받았다고 자랑하는 꼴이 그에게는 아니꼬울 뿐이었다. 세상에 저토록 고수니 달인이니 하는 자들이 모기떼처럼 늘어만 가는 꼴을 도저히 가만히 보고만 있을 수가 없었다.

무엇보다도 자신조차 요시오카의 문하에서 20년 가까이나 수련을 쌓고 있었지만 겨우 이 정도인데, 하고 자신의 처지와 비교가 되었다.

'저런 자들은 앞으로 다들 어떻게 먹고살 생각일까?'

무릎을 끌어안고 잿빛 바다를 물끄러미 바라보고 있는가 싶더니 미소년이 중얼거리듯 말하며 도지 쪽을 바라보았다.

"교토? 교토에는 요시오카 겐포의 아들, 요시오카 세이주로라는 사람이 있다는데 지금도 도장을 하고 있습니까?"

6

잠자코 들어주니까 점점 못하는 말이 없다. 도지는 마음에 들지 않는 놈이라고 생각했다. 하지만 다시 생각해보니 이놈은 아직 자기가 요시오카 문하의 수제자인 기온 도지라는 것을 모른다. 알게 되면 틀림없이 먼저 한 말에 부끄러워하며 깜짝 놀랄 것이다.

도지는 무료하던 차에 요놈을 한 번 골려주어야 되겠다고 생각하고 물었다.

"글쎄, 4조의 요시오카 도장도 여전히 사람들로 북적인다는데 자네는 그 도장에 가 본 적이 있는가?"

"교토에 가면 꼭 한 번은 실력이 어느 정도인지 요시오카 세이주로와 겨뤄보고는 싶지만, 아직 가 본 적은 없습니다."

"픕……."

웃고 싶었다. 도지는 얼굴을 찡그리고는 경멸조로 말했다.

"그곳에 가서 불구가 되지 않고 무사히 나올 자신이 있는가?"

"무슨 말씀입니까?"

미소년은 발끈해서 말했다. 그리고 그 말이야말로 이상하다는 듯 웃기 시작했다.

"초대 겐포는 검술의 달인이었지만, 지금은 단지 도장이 크다고 해서 세간에서 과대평가하고 있는 것에 불과합니다. 세이주로나 그의 아우인 덴시치로伝七郎도 그리 대단한 인물은 아닌 것 같습니다."

"하지만 직접 겨뤄보지 않고는 모르는 일 아닌가?"

"여러 지방의 무사들이 한결같이 하는 소리입니다. 다만 소문인지라 모두가 맞는 말은 아니겠지만, 요시오카도 이젠 끝이라는 말은 종종 듣습니다."

적당히 하라고 말해주고 싶었다. 도지는 이쯤에서 이름을 밝히려고도 생각했지만 이대로 결말을 지었다간 자신이 놀린 것이 아니라 놀림을 당한 꼴이 되고 만다. 배가 오사카에 도착하려면 아직 시간도 꽤 남아 있었다.

"그렇군, 최근엔 어느 지방이나 자기 실력에 우쭐해 있는 자들이 많다고 하니 그런 소문이 날 법도 하지. 그런데 자네는 아까 스승과 떨어져서 고향에 있는 동안 매일이다시피 긴타이 다리 부근에 나가 날아다니는 제비를 베면서 장검 쓰는 법을 연구했다고 하지 않았나?"

"그랬습니다."

"그럼, 이 배에서 가끔 저렇게 스쳐 날아가는 바닷새를 그 장검으로 베어 떨어뜨리는 것도 식은 죽 먹기겠군."

"……."

미소년은 그제야 상대의 말에 악감정이 깃들어 있다는 걸 느낀 모양이다. 눈을 깜빡이며 도지의 거무스레한 입술을 힐끗 쳐다보더니 이윽고 말을 꺼냈다.

"할 수 있어도 그런 바보 같은 짓을 할 마음은 없습니다. 당신은 내게 그런 짓을 하게 할 속셈이군요."

"그래도 요시오카를 한 수 아래로 볼 정도로 자신이 있는 실력이면……."

"요시오카를 나쁘게 말한 것이 당신의 마음에 들지 않았던 모양이군요. 당신은 혹시 요시오카의 문하생이라도 됩니까? 아니면 친척?"

"아무 관계도 아니지만 교토 사람이라면 교토의 요시오카를 나쁘게 말하는 소리를 듣고 기분 좋을 사람은 없지."

"하하하, 소문일 뿐입니다. 제가 한 말이 아닙니다."

"젊은이."

"왜 그러십니까?"

"선무당이 사람 잡는다는 속담을 알고 있나? 자네의 장래를 생각해서 충고하는데 세상을 그렇게 만만하게 보다가는 출세와는 담을 쌓게 될 뿐이네. 주조류의 인가 목록을 갖고 있다느니, 날아가는 제비를 벤다느니, 장검 연구를 한다느니 하고 사람들을 모두 장님으로 여기는 듯한 허풍은 치지 말게. 알겠나? 허풍을 치는 것도 상대를 봐가면서 하란 말이야."

7

"절 허풍쟁이라고 했습니까?"

미소년이 발끈하며 되물었다.

"그랬다면 어쩔 텐가?"

도지는 가슴을 내밀며 일부러 상대에게 다가갔다.

"네 장래를 위해서 한마디 해준 것이다. 젊은 사람이 조금 잘난 체하는 것이야 애교로 봐줄 수 있지만 너무 지나치면 그냥 보고만 있을 수는 없지."

"……."

"처음에는 무슨 말을 해도 그러려니 하고 들어주었다마는 사람을 우습게보고 금방 허풍을 치는구나. 이 몸이 실은 요시오카 세이주로의 수제자, 기온 도지라는 사람이다. 앞으로 요시오카에 대해 악담을 하고 다니다간 가만두지 않겠다."

주위 사람들이 힐끗힐끗 쳐다보자 도지는 자신의 입장과 권위를 분명히 한 후 혼자 고물 쪽으로 걸어가며 중얼거렸다.

"요즘 젊은 것들은 너무 건방져서 못쓰겠어."

미소년도 아무 말 없이 그의 뒤를 따라갔다.

'뭔 사단이 나도 나겠어.'

그렇게 직감한 사람들은 멀찌감치 떨어져서 모두 두 사람 쪽으로 고개를 돌렸다.

도지는 말썽을 일으키고 싶지 않았다. 오사카에 도착하면 오코가 선착장에서 기다리고 있을지도 모른다. 여자와 만나기 전에 나이 어린 녀석과 싸움이라도 하면 사람들의 이목도 집중될 테고 뒷일이 성가셔질 것이다.

도지는 모르는 척, 뱃전 난간에 팔꿈치를 기대고 배 밑에서 소용돌이치고 있는 검푸른 물결을 보고 있었다.

"저기요."

미소년은 그의 등을 가볍게 두드렸다. 꽤나 끈질긴 성격이다. 하지만 감정은 격해져 있지 않은 듯 매우 침착한 말투였다.

"저기…… 도지 선생님."

도지는 더 이상 모르는 체할 수가 없어서 고개를 돌리며 물었다.

"무슨 일이냐?"

"당신이 사람들이 다 보는 데서 저를 허풍쟁이라고 말씀하시는 바람에 제 체면이 서지 않게 되었습니다. 그래서 아까 저에게 해보라고 한 것을 어쩔 수 없이 여기서 해 보이려고 합니다. 지켜봐주십시오."

"내가 뭘 요구했었나?"

"잊지는 않았을 겁니다. 당신은 제가 스오의 긴타이 다리 부근에서 날아다니는 제비를 베며 장검 수련을 했다고 했더니 비웃으면서 그렇다면 이 배를 스쳐 날아가는 바닷새를 베어보라고 하지 않았습니까?"

"그렇게 말했지."

"바닷새를 베는 것을 보면 그것 하나만으로도 제가 거짓말만 하고 다니는 인간은 아니라는 것을 알 수 있겠습니까?"

"그야 물론이지."

"그럼 베겠습니다."

"흠."

도지는 비웃듯이 말했다.

"괜히 오기를 부리다 웃음거리가 되지나 말게."

"아니, 하겠습니다."

"말리지는 않겠네만."

"그럼, 입회하겠습니까?"

"좋아. 지켜보겠네."

도지가 힘주어 말하자 미소년은 다다미 스무 장은 족히 깔 수 있는 고물 한가운데에 서서 등에 차고 있는 '모노호시자오'라는 장검의 칼자루를 잡으면서 말했다.

"도지 선생님, 도지 선생님."

도지는 그의 자세를 냉담한 눈빛으로 보면서 왜 그러느냐고 물었다. 그러자 소년은 진지하게 대답했다.

"죄송하지만 바닷새를 제 앞에 불러다 주십시오. 몇 마리든 베어 보이겠습니다."

8

미소년은 잇큐一休 화상의 기지가 넘치는 이야기를 그대로 빌려와서 도지에게 응수한 것이었다. 도지는 보기 좋게 소년에게 우롱당한 셈이었다. 사람을 바보 취급하는 것도 정도가 있다. 도지는 당연히 불같이 화를 냈다.

"닥쳐라! 저렇게 하늘을 날고 있는 바닷새를 생각대로 불러올 수 있다면 누구라도 베겠다!"

그러자 미소년이 말했다.

"바다는 천만 리, 검은 석 자, 곁에 오지 않는 것은 저도 벨 수 없습니다."

그럴 줄 알았다는 듯 도지는 두세 걸음 앞으로 나서며 말했다.

"핑계 한번 그럴싸하구나. 못하겠으면 못하겠다고 솔직하게 인정하고 사과하거라."

"아니요. 사과할 생각이었다면 이런 자세는 취하지도 않았습니다. 바닷새 대신 다른 것을 베어 보이겠습니다."

"뭘 말이냐?"

"도지 선생님, 다섯 걸음만 더 제 쪽으로 오시지 않겠습니까?"

"뭐라고?"

"당신의 목을 빌리고 싶습니다. 제가 허풍쟁이인지 아닌지를 시험해보라고 말한 그 목 말입니다. 아무 죄도 없는 바닷새를 베는 것보다는 그 목을 베는 게 이치에 맞을 테니까요."

"바, 바보 같은 소리!"

도지는 자기도 모르게 목을 움츠렸다. 그 순간 미소년의 팔꿈치가 쭉 펴지더니 등에 찬 장검을 뽑았다. 쉭—. 바람을 가르는 소리가 났다. 석 자짜리 장검이 가느다란 빛으로 보일 정도로 재빠른 속도였다.

"무, 무슨 짓이냐?"

도지는 비틀거리면서 목덜미를 만져보았다.

목은 분명히 붙어 있었고, 별다른 이상도 느껴지지 않았다.

"알겠습니까?"

미소년은 그렇게 말하고 짐짝 사이로 사라졌다.

도지는 흙빛으로 변한 자신의 얼굴을 어떻게 할 수가 없었다. 하지만 그때는 아직 자신의 몸에서 가장 중요한 부분이 잘려나갔다는 것을 깨닫지 못하고 있었다.

미소년이 사라진 후 겨울 햇빛이 흐릿하게 비치는 갑판을 문득 내려다본 도지는 이상한 것이 떨어져 있는 것을 보았다. 그것은 상투처럼 생긴 작은 털 뭉치였다. 앗! 도지는 그제야 깨닫고 자신의 머리로 손을 가져가 보니 역시 상투가 없었다.

"어, 어?"

놀란 얼굴로 머리를 여기저기 만지고 있는 동안 머리카락을 묶었던 끈이 풀어져서 머리카락이 얼굴을 뒤덮었다.

"그 풋내기한테 당했구나!"

가슴속에 분노가 치밀어 올랐다. 소년이 했던 말이 전부 거짓도 허풍도 아니라는 것을 순간 뼈저리게 깨달았다. 나이에 어울리지 않는 무서운 실력이었다. 젊은이들 중에도 저런 실력자가 있다는 것을 새삼 깨달았다.

그러나 머릿속에서의 경탄과 가슴속에서 치밀어 오르는 분노는 별개였다. 그 자리에서 소년이 간 쪽을 보자 소년은 아까 있던 자리로 돌아가 잃어버린 물건이라도 찾는 듯 자신의 발밑을 살피고 있었다.

도지는 그의 자세에서 결정적인 빈틈을 발견하고 손바닥에 침을 뱉고 칼자루를 단단히 움켜쥐었다. 몸을 숙이고 소년의 뒤로 몰래 다가가서 그의 상투를 베어버릴 생각이었다.

그러나 도지는 그 상투만 깨끗하게 벨 확신이 없었다. 당연히 얼굴을 벨 수도 있고, 두개골을 반으로 가를 수도 있다. 물론 그래도 문제될 것은 없다.

흐읍! 온몸이 벌겋게 부풀어 오른 채 그의 입술과 콧구멍에서 나오는 숨을 참은 순간이었다. 아까부터 저편에서 장막을 두르고 가루타라는 도박에 돈을 걸고 열중하고 있던 아와, 사카이, 오사카 부근의 상인들이 떠드는 소리가 났다.

"패가 부족해."

"어디로 갔지?"

"그쪽을 찾아봐."

"아니, 이쪽에도 없어."

그들은 깔고 앉았던 방석을 털며 소란을 피우다가 그중 한 명이 위를 쳐다보며 소리쳤다.

"앗, 새끼 원숭이가 왜 저기 있지?"

그는 높이 솟은 돛대 위를 손가락으로 가리켰다.

9

정말 원숭이였다. 원숭이가 있었다. 30척은 되어 보이는 돛대 꼭대기에.

밑에서는 다른 사람들까지 마침 물길 여행에 지루하던 터라 좋은 구경거리가 생겼다며 모두 얼굴을 들고 하늘을 올려다보았다.

"어, 뭔가 입에 물고 있는데?"

"골패다."

"하하하, 저기서 부자 양반들이 하던 골패를 훔쳐 달아났구나."

"저기 봐, 원숭이 녀석이 돛대 위에서 골패를 까는 흉내를 내고 있어."

그때 사람들 얼굴 위로 골패 한 장이 나풀거리며 떨어졌다.

"저놈이!"

사카이의 상인 한 명이 허둥지둥 그것을 집어 들었다.

"아직도 모자라. 분명히 서너 장 더 가지고 있을 거야."

도박을 하던 다른 자들도 저마다 말했다.

"누가 저 원숭이한테서 골패를 빼앗아오지 않으면 패를 돌릴 수가 없어."

"저렇게 높은 델 어떻게 올라가지?"

"선장이라면 가능할지도."

"그래, 그라면 올라갈 수 있을 거야."

"선장한테 돈을 주고 가지고 오라고 하면 어떨까?"

선장은 돈을 받고 승낙은 했지만 바다 위에서는 사법권자인 선장으로서 일단 이 사건의 책임을 묻지 않을 수가 없다는 표정으로 사람들에게 말했다.

"승객 여러분."

그는 짐짝 위에 올라 승객들을 돌아보며 말했다.

"저 새끼 원숭이의 주인이 도대체 누굽니까? 주인은 이리 나오시오."

자신이 주인이라며 나서는 이는 아무도 없었다. 그러나 그 근방에 있던 사람들은 누구나 알고 있었다. 바로 그 미소년에게 모두의 시선이 일제히 쏠렸다. 선장도 이미 알고 있었던 모양이다. 그래서 당연히 화가 더 치밀어 올랐으리라. 선장은 목소리를 한 층 더 높여서 소리쳤다.

"주인이 없소? 주인이 없다면 내 마음대로 처리할 테니 나중에 불평하지 마시오."

없는 것이 아니다. 소년은 짐짝에 기대 말없이 뭔가 생각하고 있는 모습이었다.

"……왜 저리도 뻔뻔합니까?"

누군가가 속삭였다. 선장도 눈을 부릅뜨고 미소년을 보고 있었다. 도박하는 데 방해를 받은 조닌들도 갑자기 술렁이며 철면피니 벙어리니 장님이라는 둥 욕을 해댔다. 하지만 미소년은 옆으로 잠깐 자세만 바꿔서 앉았을 뿐 어디서 개가 짖느냐는 모습이었다.

"바다에도 원숭이가 사는지 주인 없는 원숭이가 이 배에 뛰어들었소. 주인이 없는 짐승이라면 어떻게 처리해도 상관없겠지요? 여러분, 선장인 제가 이렇게까지 말하는데도 주인이 나타나질 않습니다. 나중에 귀가 잘 안 들린다, 듣지 못했다고 불평하지 않도록 증인이 되어주십시오."

"좋소이다. 우리가 증인이 되겠소."

도박을 하던 조닌들이 화를 내며 소리쳤다.

선장은 계단을 통해 배의 밑바닥으로 내려갔다. 그가 다시 올라왔을 때는 손에 불이 붙은 노끈과 화승총을 들고 있었다.

'선장이 화가 단단히 났군.'

동시에 사람들은 원숭이의 주인인 소년이 어떻게 나올지 궁금해하며 소년을 돌아다보았다.

10

한가로운 것은 원숭이뿐이었다. 바닷바람이 부는 돛대 꼭대기에서 골패를 보고 있는 모습이 흡사 인간을 조롱하고 있는 듯했다. 그런데 갑자기 원숭이가 하얀 이빨을 드러내고 끽, 끽, 끽 울더니 돛대의 횡목을 뛰어다니고 돛대 끝에 날아가 매달리는 등 미쳐 날뛰기 시작했다.

"……."

밑에서는 선장이 화승에 불을 댕기고 원숭이를 향해 총구를 겨누고 있었다.

"꼴좋구나. 저놈도 당황한 모양이야."

술을 꽤 마신 듯한 조닌들 중 한 명이 말했다.

"쉿."

사카이의 상인이 그자의 소매를 잡아끌었다. 그때까지 꿀 먹은 벙어리처럼 다른 곳을 보고 있던 미소년이 몸을 벌떡 일으키더니 선장을 불렀기 때문이다.

"선장."

이번엔 선장이 못 들은 척했다. 치직, 화승이 점화구의 화약에 불을 붙였다. 찰나의 순간마저 용납되지 않았다.

"앗."

"탕!"

총소리가 원숭이의 반대쪽 허공에서 울려 퍼졌다. 총은 이미 미소년의 손에 들려 있었다. 사람들은 일제히 귀를 막고 엎드렸다. 총알은 그들의 머리 위를 날아가 바닷물 속으로 떨어졌다.

"무, 무슨 짓이냐!"

선장은 소리를 지르며 소년에게 달려들어 그의 멱살에 매달렸다. 다부진 체격의 선원들도 소년 앞에 버티고 섰지만, 멱살에 매달렸다는 표현이 이상하지 않을 정도로 소년의 골격이나 키가 그들과는 차원이 다르게 늠름하고 당당했다.

"당신이야말로 무슨 짓이오? 총이라는 무기로 아무 사심이 없는 새끼 원숭이를 쏘아서 떨어뜨릴 생각이었소?"

"그렇다."

"비겁하지 않다고 생각하시오?"

"뭐가? 그래서 내가 미리 말하지 않았느냐?"

"뭐라고 했소?"

"너는 눈이 없느냐, 귀가 없느냐?"

"닥치시오. 이래 봬도 난 손님이고 무사요. 선장 따위의 신분으로 손님보다 높은 곳에 떡하니 서서 머리 위에서 그렇게 떠들어대는데 무사로서 어찌 대답할 수 있겠소?"

"발빼하지 마라. 그래서 내가 몇 번이나 말해두었다. 설령 그 말투가 마음에 들지 않았다 해도 어째서 내가 나서기 전에 저쪽 손님들에게 폐를 끼친 것을 잠자코 모르는 척했느냐?"

"저쪽 손님들이라니? 아아, 저 장막 안에서 아까부터 도박을 하던 장사치들 말이오?"

"건방 떨지 마라. 저 손님들은 다른 손님들보다 세 곱절이나 더 많은 뱃삯을 냈다."

"괘씸한 조닌들이군. 사람들 사이에서 큰돈을 걸고 도박을 하는 것도 모자라, 마음대로 자리를 차지하고 술판을 벌이며 이 배가 자기들 것인 양 활개를 치고 다니는 모습이 그렇지 않아도 눈에 거슬리던 참이었소. 새끼 원숭이가 골패를 훔쳐 달아났다고 해서 내가 시킨 것도 아니고 저들이 하는 짓거리를 원숭이가 흉내 낸 것에 지나지 않는데 내가 사과할 일이 뭐가 있단 말이오?"

말을 하는 중간부터 미소년은 혈기왕성한 자신의 얼굴을 한쪽에 무리 지어 모여 있는 사카이와 오사카의 조닌들 쪽으로 돌리고 비웃는 듯한 미소를 짓고 있었다.

와스레가이

1

밀물 소리가 들려오는 어둠 속에서 기즈 강木津川 나루터의 불빛이 빨갛게 흔들리고 있었다. 사방에서 비린내가 풍겨왔다. 육지가 가깝다는 의미다. 배에서 부르는 소리와 육지에서 왁자지껄한 소리가 서서히 거리를 좁혀가고 있었다.

"텀벙!"

닻이 하얀 물보라를 일으키며 내려갔다. 선원들이 밧줄을 던지고 발판을 걸쳤다.

"가시와 여관에서 나왔습니다."

"스미요시住吉 신관神官 댁 자제분은 이 배에 안 계십니까?"

"파발꾼은 어디 있소?"

"주인어른."

나루터에 마중 나와 있던 사람들의 제등이 물결을 이루며 배

옆으로 몰려들었다. 미소년도 사람들에 이리저리 밀리며 배에서 내렸다. 어깨에 새끼 원숭이를 태우고 있는 그의 모습을 보고 여관의 호객꾼이 두세 명 다가왔다.

“손님, 원숭이는 공짜로 묵게 해드릴 테니 저희 여관으로 오시지 않겠습니까?”

“저희 여관은 스미요시 신사 앞에 있어서 참배하기에도 좋을 뿐더러 전망도 아주 좋습니다.”

그들에게는 눈길 한 번 주지 않고, 그렇다고 해서 마중 나온 사람도 없는 듯 미소년은 새끼 원숭이를 어깨에 올린 채 곧바로 나루터에서 모습을 감추었다. 그 모습을 뒤에서 바라보던 사람들이 수군거렸다.

“검 좀 쓸 줄 안다고 꽤나 건방을 떠는군.”

“저 젊은 놈 때문에 배 안에서 한나절을 모두가 재미없게 보냈어.”

“우리가 장사꾼만 아니었어도 저대로 그냥 배에서 내리게 하지는 않았을 게야.”

“자자, 무사란 자들에겐 저렇게 거만하게 굴도록 내버려두는 게 낫네. 제 잘났다고 활개치고 다녀봐야 다 소용없는 짓이지. 우리 같은 장사치들이야 꽃은 다른 사람에게 줘도 열매는 먹으려는 족속들이니 오늘 같은 일은 분해도 어쩔 수 없네.”

이런 말을 하면서 짐을 잔뜩 진 여행자 차림으로 느릿느릿 내려오는 사람들은 사카이와 오사카의 상인들이었다. 그들 앞에는 많은 사람들이 제등이며 탈것 등을 준비해서 마중 나와 있었다. 여러 여자들에게 둘러싸여 있는 사내도 있었다.

기온 도지는 맨 뒤에서 몰래 육지에 올랐다.

뭐라 형용할 수 없는 표정이었다. 오늘만큼 불쾌한 날도 없었을 것이다. 상투가 싹둑 잘린 머리에는 두건을 쓰고 있었지만 눈가와 입술에는 참담한 기색이 역력했다.

그때 그를 발견하고 부르는 사람이 있었다.

"저기…… 도지 님 여깁니다."

그녀도 두건을 쓰고 있었다. 나루터에 서서 바람을 맞고 있던 얼굴이 추위로 굳어 있었고, 나이를 감추고 있던 하얀 분칠 위로 주름이 드러나 있었다.

"아, 오코. ……와 있었나?"

"와 있었냐니요? 이리로 마중 나와 있으라고 저한테 편지를 보냈으면서."

"편지가 제때 도착했는지 실은 걱정을 좀 했네."

"무슨 일 있었나요? 멍하니 정신을 놓고……."

"아니, 배 멀미를 좀 한 것 같아……. 우선 스미요시에 가서 괜찮은 숙소나 찾아보세."

"예, 저기 가마도 불러서 같이 왔어요."

"그거 고맙군. 그럼 숙소도 미리 잡아놓았나?"

"다들 기다리고 계실 거예요."

"응?"

도지는 의아한 표정으로 말했다.

"이보게 오코, 잠깐만 기다리게. 자네와 여기서 만나자고 한 건 우리 둘이 어디 조용한 집에서 2, 3일 느긋하게 쉬고 싶어서였네. 그런데 다들이라니 도대체 누구랑 누구를 말하는 건가?"

2

"타지 않겠네. 난 타지 않겠어."

기온 도지는 가마를 거부하고는 불같이 화를 내면서 오코를 앞질러 걸어갔다. 오코가 무슨 말인가 하자 "바보 같은 것!"이라고 소리를 지르며 더 이상 아무 말도 하지 못하게 했다.

그가 이토록 화를 내는 것은 오코가 말한 새로운 사정에도 원인이 있겠지만 배 안에서부터 쌓여 있던 울분이 더해져 지금 폭발한 것이라고 할 수 있다.

"난 혼자서 여관을 잡아 묵을 테니 가마는 돌려보내게! 빌어먹을. 남의 마음도 모르고 바보 같으니라고!"

도지는 소매를 뿌리쳤다.

강 앞의 어물전은 모두 문을 닫았고, 생선비늘이 조개껍질을 뿌려놓은 듯 길게 늘어선 어두운 상점들 앞에서 반짝이고 있었다.

뒤에서 계속 따라오던 오코가 인적이 뜸해지자 도지를 끌어안았다.

“그만 좀 하세요. 보기 안 좋아요.”

“놓게.”

“숙소를 따로 잡으면 기다리는 사람들이 뭐가 되겠어요?”

“상관없어.”

“그렇게 말하지 말고요.”

흰 분과 머리카락의 향기, 차가운 볼이 도지의 볼에 달라붙었다. 도지는 여행의 외로움에서 조금은 벗어나는 것 같았다.

“예? 부탁할게요.”

“실망했네.”

“그러시겠죠. 하지만 우리한테는 또 좋은 기회가 있을 거예요.”

“난 오사카에서 적어도 2, 3일은 둘만의 오붓한 시간을 기대하며 온 거야.”

“알고 있어요.”

“알고 있는데 왜 다른 사람들을 끌고 온 거지? 그건 내가 자네를 생각하는 것만큼 자네는 날 생각하지 않기 때문이 아닌가?”

도지가 힐책하듯 말하자 오코는 원망스러운 눈길을 보내며 금방이라도 울 것 같은 표정을 지어 보였다.

"또 그런……."

그녀가 변명하듯 한 말은 이러했다.

도지에게서 기별을 받은 그녀는 물론 혼자서 오사카에 올 생각이었다. 그런데 공교롭게도 요시오카 세이주로가 그날 또다시 예닐곱 명의 문하생들을 데리고 그녀의 요모기야로 술을 마시러 와서 어느 틈엔가 아케미朱實에게서 그 말을 들었던 것이다.

"도지가 오사카에 온다니 우리도 마중을 가야 하지 않겠나?"

세이주로가 말하자 그 말에 찬동하는 사람도 많고 아케미마저 가겠다고 설치는 바람에 안 된다고 할 수 없어서 오코는 10여 명의 일행과 함께 스미요시 여관에 도착하여 다른 사람들은 놀고 있는 사이에 자기만 혼자 가마를 빌려 여기로 마중 나왔다는 것이다.

오코의 말을 들어보니 사정은 어쩔 수 없다는 것을 이해하지만 도지는 속이 상했다. 오늘이라는 날에 무슨 살이라도 끼었는지 종일 불쾌한 일만 생기는 것 같았다. 무엇보다도 뭍에 오르자마자 세이주로와 문하생들에게 여행 이야기를 들려줘야 한다는 것이 괴로웠다.

아니, 그보다 더 싫은 것은 두건을 벗는 것이었다.

'뭐라고 하지?'

그는 상투가 없는 머리가 싫어서 죽을 지경이었다. 그에게도 무사로서의 체면이 있다. 사람들이 모르게 수치를 당하는 것은 상관없지만, 수치를 당한 것이 사람들에게 알려지는 것은 중대한 문제다.

"……그럼 어쩔 수 없지. 스미요시로 갈 테니까 가마를 불러오게."

"타시겠어요?"

오코는 다시 나루터 쪽으로 뛰어갔다.

3

그날 저녁, 배로 도착하는 도지를 마중하러 간다며 나간 오코는 아직 돌아오지 않았다. 그동안 다른 사람들은 목욕을 하고 여관에서 내어준 옷으로 갈아입었다.

"곧 도지와 오코가 올 텐데 그동안 이렇게 따분하게 기다리고만 있을 순 없지 않겠나?"

술을 마시며 기다리기로 한 것은 이들로서는 당연한 결정이었다. 그러나 도지가 올 때까지 무료함을 달래려 술을 마시며 기다리기로 한 것까지는 좋았으나 일단 술이 들어가자 어느새 도지는 오든 말든 상관없다는 식으로 취해버렸다.

"이 스미요시에는 노래하는 계집이 없나?"

"제군들, 예쁘장한 애들로 서너 명 부르는 건 어떻겠나?"

또 병이 도지기 시작했다. '그만둬, 재미없어.'라고 말하는 표정은 이들 중에서 한 명도 없었고, 그저 요시오카 세이주로의 안색을 살피기에만 급급했다.

"젊은 사부님 곁에는 아케미가 붙어 있으니까 다른 방으로 옮기시는 게 어떻습니까?"

세이주로는 무례하다며 쓴웃음을 지었다. 그러나 자신도 속으로는 바라고 있던 바였다. 화로가 있는 따뜻한 방에 들어가 아케미와 단 둘이 있는 것이 이들과 술을 마시고 있는 것보다 백배는 행복한 일이었다.

"자, 이제부터가 진짜다."

문하생들은 세이주로가 방을 옮기고 자기들만 남게 되자 소리를 질렀다. 이윽고 도사마 강十三間川의 명물이라는 여인이 피리와 샤미센 같은 악기를 들고 정원에 나타나더니 따지듯 물었다.

"당신들은 대체 싸움을 하는 거예요, 술을 드시는 거예요?"

이미 얼큰하게 취한 자가 대꾸했다.

"바보 같은 소리. 돈을 써가면서 싸움을 하는 놈이 어디 있단 말이냐! 기왕에 너희들을 불렀으니 실컷 마시고 놀아야겠다."

"그럼, 좀 조용히 해주시면 안 될까요?"

손님을 다루는 솜씨가 능수능란하다.

"허면 노래를 한 곡 불러보거라."

사내들은 쭉 뻗고 있던 다리를 오므리거나 누워 있던 몸을 일으켰다. 이윽고 노래가 절정에 이르렀을 때 한 소녀가 와서 그들에게 고했다.

"저, 손님께서 배에서 내리셔서 마중을 갔던 분과 함께 방금 도착하셨습니다."

"뭐? 누가 왔다고?"

"도지라는데."

"동지冬至? 오늘이 동지인가?"

오코와 기온 도지는 어이가 없다는 표정으로 방문 앞에 서 있었다. 그를 기다리고 있는 사람은 한 명도 없는 듯했다. 도지는 도대체 무엇 때문에 이 연말에 그들이 스미요시 같은 곳에 와 있는지 의아했다. 오코의 말에 따르면 분명 자기를 마중 나왔다고 했는데, 정말로 자기를 마중 나온 사람이 어디에 있는지 싶었다.

"얘야."

"예."

"젊은 사부님은 어디에 계시느냐? 젊은 사부님이 계신 방으로 가자."

복도를 돌아 나오려는데 만취한 자가 일어나더니 그에게 와서 그의 목에 매달렸다.

"어이, 선배님, 이제야 돌아오셨습니까? 다들 목이 빠져라 기다리는데 도중에 오코랑 재미나 보고 오다니 아무리 선배지만 괘씸합니다."

술 냄새가 역겹다. 도지가 도망가려고 하자 그는 도지를 억지로 끌고 들어오다가 술상을 밟고 방 안을 난장판으로 만들며 도지와 함께 넘어졌다.

"앗, 두건이……."

도지가 당황해서 두건으로 손을 뻗으려고 했지만 너무 늦었다. 술에 만취한 자가 미끄러져 넘어지면서 그의 두건을 잡고 뒤로 자빠졌던 것이다.

4

"어?"

기이한 것이라도 본 듯 모두의 시선이 상투가 없는 도지의 머리로 쏠렸다.

"머리를 어떻게 하신 겁니까?"

"허허허, 머리 모양이 기묘하군요."

"어찌 된 일입니까?"

무람없이 쏟아지는 의심의 눈초리에 도지는 얼굴이 빨개져서 황급히 두건을 다시 쓰며 거짓말을 했다.

"아니, 그게 머리에 종기가 좀 나서."

"와하하하."

모두가 한바탕 자지러지게 웃었다.

"여행 선물이 종기입니까?"

"종기 가리개군요."

"종기가 머리엔 나고 엉덩이엔 안 났나 보네요."

"백문이 불여일견."

"개도 쓸데없이 싸돌아다니면 몽둥이에 처맞는다더니."

그들은 짓궂은 농담을 하며 아무도 도지의 변명을 온전히 믿지 않았다.

그날 밤은 그렇게 주흥으로 끝났다. 다음 날이 되자 그들은 어젯밤과는 전혀 다른 사람이 되어 여관 바로 뒤에 있는 바닷가로 나가 천하 대사라도 논의하듯 어깨를 들썩이고 침을 튀겨가며 소나무가 나 있는 모래사장에 앉아 열변을 토하고 있었다.

"괘씸한 일이야."

"그런데 그 이야기는 확실한 건가?"

"이 귀로 똑똑히 들었다니까. 내가 거짓말이라도 하는 줄 아나?"

"그리 흥분하지들 말게. 흥분해봤자 어쩔 수가 없어."

"어쩔 수 없다고 묵과할 순 없어. 적어도 천하제일의 검술 도장이라고 할 수 있는 요시오카 도장의 명예가 걸려 있단 말이야. 절대로 이대로 넘어갈 수는 없어."

"그러면 어떻게 할 생각인가?"

"지금이라도 늦지 않았네. 그 새끼 원숭이를 데리고 다니는 애송이 무사 수련생을 찾아내야 해! 무슨 방법을 써서라도 찾아내야 하네! 그리고 그놈의 상투를 싹둑 잘라서 기온 도지 선배의 치욕이 아닌 요시오카 도장의 위엄을 보여주세. 이의 있나?"

어젯밤 술에 만취했던 술고래들이 오늘은 흡사 용이라도 된 듯 전혀 다른 모습으로 격앙되어 호언장담했다.

그들이 이렇게 흥분한 데는 이유가 있었다. 이날 아침, 그들은 아침 목욕을 하면서 어젯밤의 숙취를 달래고 있었다. 그런데 그곳에 목욕하러 온 자들 중 사카이의 상인이라는 자가 어제 아와에서 오사카로 오는 배 안에서 정말로 재미있는 일이 있었다며 새끼 원숭이를 데리고 다니는 미소년의 이야기를 꺼냈다. 그리고 기온 도지의 상투가 잘린 대목에 이르러서는 손짓과 표정까지 흉내 내며 이런 말을 하는 것이 아닌가.

"그런데 그 상투가 잘린 무사가 교토에 있는 요시오카 도장의 수제자라고 하더군. 그런 자가 수제자라니 요시오카 도장도 별것 아닌가 봐."

목욕하던 자들은 재미있다는 듯 한바탕 웃고 떠들다가 나갔다.

세이주로 일행의 분노는 그때부터 시작된 것이었다. 한심한 선배라고 도지를 붙들고 따져 물으려고 했지만 도지는 아침 일찍 요시오카 세이주로와 뭔가 이야기를 주고받더니 아침식사를 마치자마자 오코와 둘이서 먼저 교토로 떠났다는 것이었다.

그렇다면 더더욱 상인들의 이야기는 사실임이 분명했다. 그런 겁쟁이 선배를 쫓아가는 것은 어리석은 짓이다. 그럴 바에야 어떤 놈인지 모르지만 자신들의 손으로 새끼 원숭이를 데리고 다니는 애송이를 붙잡아서 요시오카 도장의 오명을 깨끗이 씻어내는 편이 훨씬 낫다.

"이의가 있는가?"

"물론 없네."

"그렇다면……."

그들은 머리를 맞대고 계획을 세운 다음 옷에 묻은 모래를 털고 자리에서 일어섰다.

5

스미요시 해변은 눈길이 닿는 모든 곳이 백장미를 깔아놓은 듯 하얀 파도가 일렁이고 있었다. 겨울이라고는 생각할 수 없는 갯냄새가 햇볕에 타오르고 있었다.

아케미는 하얀 종아리를 드러낸 채 파도에 희롱당하면서 뭔가를 주워서 유심히 보다가 다시 버리곤 했다. 무슨 일이 일어났는지 요시오카의 문하생들이 허리에 칼을 차고 제각기 다른 방향으로 흩어져 가는 것을 보고 아케미는 눈을 동그랗게 뜨고 파도가 치는 물가에 서서 의아해했다.

"어머, 무슨 일이지?"

맨 마지막에 남은 문하생 중 한 명이 그녀 곁으로 뛰어오자 그녀는 그에게 물어보았다.

"어디로 가시는 거예요?"

"아, 아케미구나."

그는 발길을 멈추며 말했다.

"너도 같이 찾지 않겠니? 다른 사람들도 모두 흩어져서 찾으러 갔는데."

"뭘 찾으러 갔는데요?"

"새끼 원숭이를 데리고 다니는 애송이 무사."

"그 사람이 뭘 어쨌는데요?"

"그냥 놔뒀다간 세이주로 사부님의 명예와도 관계된 일이다."

기온 도지의 황당한 사건에 대해 이야기를 들은 아케미는 별로 재미없다는 듯 힐난하는 표정으로 말했다.

"아저씨들은 만날 싸움거리만 찾아다니는군요?"

"우리도 뭐 싸움이 좋아서 이러는 게 아니다. 그런 애송이를 그냥 내버려두었다가는 천하의 검술 도장인 요시오카의 명예가 땅에 떨어지기 때문이야."

"좀 떨어지면 어때서요?"

"바보 같은 소리!"

"남자들은 참 재미없는 일만 찾아다니며 시간을 보내고 있군요."

"그럼, 넌 아까부터 이런 데서 뭘 찾고 있는 거냐?"

"나는……."

아케미는 발밑의 고운 모래로 눈길을 떨어뜨리며 말했다.

"난 조개껍데기를 찾고 있어요."

"조개껍데기? 거 봐라, 여자들이 더 하찮게 시간을 보내지 않느냐? 조개껍데기 따위는 애써 찾지 않아도 하늘의 별만큼이나 이렇게 많이 떨어져 있으니 말이다."

"내가 찾고 있는 것은 그런 시시한 조개껍데기가 아니에요. 와스레가이忘れ貝(조개의 일종. 껍질이 두껍고 편평한 편이다. 대부분 원형이고 지름이 6센티미터 내외다. 이 조개의 껍데기 중 떨어져 나간 한쪽을 주우면 사랑하는 사람을 잊을 수 있다고 한다)란 말이에요."

"와스레가이? 그런 조개도 있었나?"

"다른 곳에는 없지만 여기 스미요시 해변에는 있대요."

"없어."

"있다구요."

말다툼을 하다가 일어서며 아케미가 말했다.

"거짓말 같으면 증거를 보여드릴 테니 이쪽으로 와보세요."

아케미는 조금 떨어져 있는 소나무 가로수 아래로 그를 억지로 끌고 와서 비석 하나를 가리켰다.

시간이 나면

주우러 가렵니다.

스미요시 해변에 있다는

사랑의 와스레가이.

《신초쿠 선집新勅撰集》에 실려 있는 옛 노래 한 수가 비석에 새겨져 있었다. 아케미는 의기양양하게 말했다.

"어때요? 이래도 없다고 할 거예요?"

"전설일 뿐이야. 온전히 다 믿을 수만은 없는 가인들의 거짓말이라고."

"스미요시에는 아직 와스레미즈忘れ水랑 와스레구사忘れ草라고 하는 것들도 있어요."

"그래, 있다고 해두자. 그런데 그게 도대체 무슨 효험이 있다는 거지?"

"와스레가이를 허리끈 속에 숨겨두면 어떤 일이든 잊을 수 있대요."

"그 말은 잊고 싶은 게 있다는 것이냐?"

"예, 다 잊고 싶어요. 난 요즘 잊지 못해서 밤엔 잠을 못 자고, 낮에도 괴로워하고 있어요. ……그래서 찾고 있는 거예요. 아저씨도 같이 찾아주세요."

"그럴 때가 아니다."

그는 갑자기 생각났다는 듯 어딘가로 뛰어가 버렸다.

6

'잊고 싶어.'

아케미는 괴로워질 때면 그렇게 생각하다가도 다시 잊고 싶지 않다며 가슴을 부여잡고 모순의 갈림길에 섰다. 만약 정말로 와스레가이라는 것이 있다면 그것은 그 누구도 아닌 바로 세이주로의 소매에 몰래 넣어주고 싶었다. 그래서 그로 하여금 자신을 잊게 만들고 싶었다. 아케미는 한숨을 내쉬었다.

'끈질긴 사람…….'

아케미는 그를 생각만 해도 마음이 답답해졌다. 세이주로가 자신의 청춘을 저주하기 위해 살고 있다는 생각마저 들었다.

세이주로의 끈질긴 구애로 마음이 어두워질 때마다 그녀는 늘 마음 한구석에서 무사시를 떠올렸다. 무사시가 마음속에 있다는 것은 구원이기도 했지만 한편으로는 괴로움이기도 했다. 왜냐하면 무턱대고 현실에서 벗어나 꿈속으로 도망쳐버리고 싶어지기 때문이었다.

'그런데……?'

그러나 그녀는 몇 번이나 망설였다. 자신은 무사시를 이렇게까지 깊이 생각하고 있는데 무사시의 마음은 알 수 없었기 때문이다.

"아, 차라리 다 잊어버리고 싶어."

푸른 바다가 자신을 유혹하는 것만 같았다. 아케미는 바다를 바라보고 있자 자신이 무서워졌다. 아무런 망설임도 없이 곧장 바다를 향해 뛰어들 것 같았다. 더욱이 자신의 이런 답답한 마음을 어머니인 오코는 물론이고 세이주로도 알 리가 없었다. 아케미와 같이 지낸 사람들은 누구든 그녀가 매우 쾌활하고 말괄량이이며, 그리고 아직 남자의 마음을 받아들일 만큼 성숙하지 않았다고 생각하고 있는 듯했다.

아케미는 그런 남자들이나 어머니를 완전히 남이라고 생각하고 있었다. 어떤 농담이든 할 수 있다. 그리고 항상 방울이 달린 소매를 흔들며 응석이나 부리는 아이처럼 행동하고 있었지만, 혼자 있을 때면 봄철 풀숲에서 풍기는 열기처럼 뜨거운 한숨을 내쉬곤 했다.

"아가씨, 아가씨. 아까부터 선생님이 찾고 있습니다. 어디 갔느냐고 몹시 걱정하시면서요."

비석 옆에 있는 그녀를 발견하고 여관 사내가 달려오며 말했다.

아케미가 돌아가서 보니 세이주로 혼자서 차 끓는 소리가 고즈넉한 객실에서 비단 이불을 덮은 고타쓰炬燵(나무로 만든 밥상에 이불이나 담요 등을 덮은 것. 상 아래에 화덕이나 난로가 있다)에 손을 넣고 멍하니 앉아 있었다.

세이주로는 그녀의 모습을 보자 반색하며 말했다.

"어디에 갔었느냐? 이렇게 추운데……."

"아뇨, 하나도 춥지 않았어요. 해변엔 햇볕이 가득한걸요."

"뭘 하고 있었느냐?"

"조개를 줍고 있었어요."

"어린애 같구나."

"어린애인데요."

"새해가 되면 몇 살이 되는 줄 아느냐?"

"몇 살이 되든 어린아이로 있고 싶어요. 괜찮죠?"

"괜찮지 않다. 걱정하고 있는 어머니의 마음도 조금은 헤아려야지."

"어머니가 나를 조금이라도 생각하는 줄 아세요? 자기가 아직도 젊다고 생각하는걸요."

"자, 고타쓰로 들어오너라."

"고타쓰는 너무 더워서 싫어요. 나는 아직 늙은이가 아니거든요."

"아케미."

세이주로는 아케미의 손목을 잡고 자신의 무릎 쪽으로 끌어당겼다.

"오늘은 아무도 없는 것 같구나. 네 어머니도 먼저 교토로 돌아갔고……."

7

아케미는 세이주로의 이글거리는 눈을 보자 온몸이 굳어졌다.

"……."

무의식적으로 몸을 뒤로 뺐지만 그의 손은 그녀의 손목을 놓지 않았다. 그는 아플 정도로 아케미의 손목을 꽉 쥐고는 이마에 힘줄을 세우며 나무라듯 말했다.

"왜 도망가느냐?"

"도망가지 않았어요."

"오늘은 다들 나가고 없다. 이런 기회는 두 번 다시 오지 않아. 그렇지, 아케미?"

"뭐가 말이죠?"

"그렇게 쌀쌀맞게 말하지 마라. 너와 알고 지낸 지도 벌써 1년이니 내 마음도 알 것이다. 오코는 이미 승낙했다. 네가 내 말에 따르지 않는 것은 나에게 수완이 없기 때문이라고 네 어머니가 그러더구나. 그래서 오늘은……."

"안 돼요!"

아케미가 갑자기 몸을 엎드리면서 소리쳤다.

"놓아주세요. 이 손 놓으세요."

"못 놓겠다면?"

"싫어, 싫단 말이에요."

손목이 비틀려 끊어질 것처럼 빨개졌다. 세이주로는 그래도 놓지 않았다. 이럴 때 교하치류京八流(일본의 검술 유파. 헤이안平安 시대 말기에 기이치 호겐鬼一法眼이 교토 구라마 산鞍馬山에서 여덟 명의 승려에게 검법을 전수받은 것을 시조로 하여 오늘날까지 전해지는 일본의 모든 검술의 원류가 되었다)의 검법이 응용되었다면 아케미가 아무리 저항해도 소용이 없을 것이다. 게다가 세이주로는 여느 때와는 조금 달랐다. 언제나 자포자기해서 술을 퍼마시며 귀찮게 들러붙었지만 오늘은 술에 취하지도 않고 상기된 얼굴을 하고 있었다.

"아케미, 나를 이렇게까지 만들어놓고 넌 또다시 나를 모욕하는 것이냐?"

"몰라요!"

아케미는 결국 성질을 부렸다.

"이 손 놓지 않으면 모두가 듣도록 소리를 지르겠어요."

"어디 질러봐라. 여기는 안채에서 떨어져 있는 데다가 아무도 오지 말라고 미리 말해두었으니까."

"갈래요."

"못 보낸다!"

"당신 몸도 아니잖아요!"

"바보 같은 것! 네 어머니한테 물어보거라. 나는 이미 네 어머니한테 네 몸값을 치렀다."

"어머니가 나를 팔았다고 해도 난 팔린 기억이 없어요. 죽으면 죽었지 싫어하는 남자한테는 절대로 가지 않을 거예요."

"뭐라고?"

고타쓰를 덮었던 비단 이불이 아케미의 얼굴에 씌워졌다. 아케미는 심장이 터져라 소리를 질렀다. 그러나 아무리 불러도 아무도 오지 않았다. 희미한 햇살이 비치는 장지문에는 아무 일도 없었다는 듯 소나무 그림자가 멀리서 들려오는 파도소리처럼 흔들리고 있었다. 밖은 여전히 고즈넉한 겨울날이었다. 짹짹짹, 어디선가 인간의 부끄러움을 모르는 행동과는 아주 먼 새소리가 들려왔다.

얼마나 지났을까? 장지문 안에서 갑자기 아케미의 울음소리가 들려왔다. 그리고 한동안 조용하니 아무런 기척도 나지 않는가 싶더니 세이주로가 창백한 얼굴로 별안간 장지문 밖으로 모습을 나타냈다. 손톱에 할퀴였는지 피가 나는 왼쪽 손등을 누르면서…….

그리고 동시에 장지문이 부서져라 벌컥 열리더니 아케미가 밖으로 뛰어나갔다.

"앗!"

세이주로는 수건을 두른 손을 누르면서 아케미의 뒷모습을 바라보고만 있었다. 붙잡을 틈조차 없었다. 흐트러진 매무새로 쏜살같이 뛰쳐나가는 모습이 마치 미친 사람 같았다.

"……."

세이주로는 잠깐 불안한 표정을 지었지만 쫓아가지 않았다. 아케미가 어디로 가는지 지켜보던 그는 아니나 다를까 아케미의 그림자가 객사의 어느 한 방으로 들어가자 안도감과 함께 만족감을 드러내면서 엷은 미소를 지으며 얼굴을 찡그렸다.

무상

1

"이보시게, 곤 숙부."

"예, 왜 그러십니까?"

"피곤하지 않은가?"

"조금 노곤하네요."

"그럴 게야. 나도 오늘은 걷는 게 지겹구먼. 그래도 스미요시 신사는 과연 멋들어진 곳이네그려. ……오, 이것이 와카미야 하치만若宮八幡의 비목秘木이라는 귤나무로군."

"그런가 봅니다."

"진구神功 왕후가 삼한으로 건너가실 때 여든 척의 공물 중에서 가장 으뜸으로 쳤다는 전설이 있지 않은가?"

"형수님, 저 신메神馬(신사에 바친 말) 마구간에 있는 말은 정말 좋은 말이군요. 가모加茂 경주에 나가면 저 말이 1등은 따 놓은 당상일 것입니다."

"흐음, 불그스름하구먼."

"팻말에 뭐라고 쓰여 있네요."

"이 사료용 콩을 달여서 마시면 밤에 우는 것이랑 이 가는 것이 멎는다는군. 곤 숙부가 마시면 되겠어."

"놀리지 마세요."

곤로쿠는 웃으면서 주위를 둘러보았다.

"그런데 마타하치는요?"

"응? 정말 애가 어디 갔지?"

"어어, 저기 가구라덴神楽殿(신에게 제사지낼 때 연주하는 무악인 가구라를 연주하기 위한 건물) 아래에서 쉬고 있네요."

"마타야, 마타야!"

노파는 손을 흔들며 불렀다.

"그쪽으로 가면 다시 대 도리이 쪽으로 나가는 길이다. 고등롱高燈籠 쪽으로 가야 되지 않니?"

마타하치는 어슬렁어슬렁 걸어왔다. 두 노인네를 데리고 이렇게 매일 걷기만 하는 것이 그에게는 상당한 인내를 요구하는 일인 듯했다. 닷새나 열흘 정도 구경을 다니는 것이라면 몰라도 미야모토 무사시라는 적을 찾아 복수하기 위한 긴 여정이라고 생각하니 아무래도 우울해질 수밖에 없었다.

한번은 세 사람이 몰려다녀봐야 아무 소용이 없으니 각자 흩어져서 자기는 자기 나름대로 무사시의 소재를 찾아보겠다고 제의해보았다.

"이제 곧 설이니 오랜만에 모자가 함께 도소屠蘇(산초 · 방풍 · 백출 · 밀감 피 · 육계 피 따위를 섞어서 술에 넣어 연초에 마시는 약주)나 마시자꾸나. 언제 어떻게 될지 모르는 게 우리네 처지. 이번 설만은 함께 지내도록 하자."

어머니가 그렇게까지 말하자 마타하치는 뭐라고 대꾸할 말이 없었지만, 정월 초하루나 초이틀까지만 같이 보내고 바로 떠나겠다고 마음먹었다. 그런데 어머니나 숙부는 앞날이 얼마 남지 않아서인지, 아니면 불심이 깊은 탓인지 신사와 불당만 보면 새전을 바치고 시간 가는 줄 모르고 기도를 올리는 것이었다. 그런 탓에 오늘도 이 스미요시에서만 거의 하루를 다 보낼 것 같았다.

"어서 오지 못하겠느냐?"

부루퉁한 얼굴로 터벅터벅 걸어오는 마타하치를 보며 오스기는 젊은이처럼 안달을 하며 말했다.

"그렇게 멋대로 굴지 말라니까!"

마타하치는 말대꾸를 하며 전혀 걸음을 빨리하지 않았다.

"사람을 기다리게 할 때는 한정도 없으면서 왜 그러세요?"

"무슨 소리냐? 이 녀석아 신령님의 성역 안에 들어서면 신령님께 절을 하고 비는 것은 인간된 자로서 당연한 도리. 너는 신령님이나 부처님께 손을 모으는 모습을 한 번도 본 적이 없는데,

그런 태도로는 앞날이 걱정이구나."

마타하치는 고개를 돌리며 투덜거렸다.

"참 시끄럽기는."

그 말에 오스기가 발끈하며 소리를 질렀다.

"뭐가 시끄럽다는 게냐?"

처음 2, 3일 동안은 모자의 애정이 그야말로 꿀보다 달달했지만 시간이 흐름에 따라 마타하치가 사사건건 반항하며 노모를 무시하곤 하자 오스기는 여관에 돌아오면 그런 아들을 앉혀놓고 매일 밤 훈계를 늘어놓았다.

그것이 또 지금 여기서 시작되려고 하자 곤 숙부는 모자를 달래고는 다시 걷기 시작했다.

"자자, 그만들 하고 어서 갑시다."

2

곤 숙부는 참 못 말리는 모자라고 생각했다. 어떻게든 노파의 기분을 풀어주고, 마타하치의 부루퉁한 얼굴도 달래주어야 되겠다고 생각하면서 걷고 있었다.

"이거 어디서 좋은 냄새가 난다 했더니 저기 있는 주막에서 대합을 굽고 있었군. 형수님, 한잔 어떠십니까?"

고등롱 근처에 있는 해변의 갈대발을 친 주막이었다. 내키지 않아 하는 두 사람을 억지로 끌다시피 하며 곤 숙부가 먼저 안으로 들어갔다.

"주모, 여기 술 좀 내오게."

그리고 술이 나오자 잔을 내밀며 말했다.

"자, 마타하치도 기분을 풀거라. 형수님이 좀 심하셨어요."

그러나 오스기는 고개를 돌리며 외면했다.

"마시고 싶지 않네."

이왕 내민 술잔을 다시 되돌릴 수도 없어서 곤 숙부는 마타하치에게 잔을 건네고 술을 따랐다.

"자, 받거라."

마타하치는 뚱한 표정으로 술잔을 두세 잔 연거푸 비웠다. 그런 모습이 노모의 마음에 들지 않는 것은 당연했다.

"한 잔 더 주세요."

곤 숙부를 향해 마타하치가 넉 잔째의 술을 요구하자 오스기가 꾸짖으며 말했다.

"작작 좀 마시거라! 술이나 마시려고 떠난 여행인 줄 아느냐? 곤 숙부도 정도껏 하시게. 나잇살이나 먹고 마타하치와 같이 행동하다니. 나잇값을 해야지."

핀잔을 들은 곤 숙부는 술을 혼자 다 마신 것처럼 얼굴이 새빨개졌다.

"그렇군요, 맞습니다."

그는 쑥스러운 듯 손바닥으로 얼굴을 비비며 일어나더니 먼저 느릿느릿 밖으로 나갔다.

그 후에 시작된 듯하다. 마타하치를 붙잡아놓고 오스기는 타이르듯이 훈계를 늘어놓았다. 모친으로서 그녀의 지나친 근심과 사랑은 자식에게 본래의 모습을 일깨우려는 마음에 여관으로 돌아갈 때까지 도저히 참을 수 없는 듯했다. 다른 사람이 있거나 말거나 신경도 쓰지 않았다. 마타하치는 그런 어머니를 반항적인 표정으로 흘겨보고 있었다.

어머니의 말이 끝날 때까지 참고 듣던 마타하치가 마침내 입을 열었다.

"어머니. 그럼 나란 인간은 결국 기개도 없는 겁쟁이에다 불효막심한 놈이라는 겁니까?"

"그게 아니라면 오늘까지 네가 해온 행실에 기개라는 것이 있었더냐?"

"저도 그렇게 못난 놈은 아닙니다. 어머니가 뭘 알겠어요?"

"모른다고? 부모만큼 자식을 잘 아는 사람이 어디 있다더냐? 너 같은 자식이 혼이덴 가의 실패작이라는 거다."

"어디 한번 두고 보세요. 전 아직 젊습니다. 방금 하신 말씀 반드시 후회할 날이 올 겁니다."

"그래, 그 후회란 걸 나도 해보고 싶구나. 하지만 백년을 기다린들 그럴 가망이 있겠느냐? 한심한 놈."

"그런 한심한 자식이라 죄송하군요. 어쩌겠어요? 그럼 제가 사라져드리는 수밖에."

마타하치는 분연히 일어나서 휙 돌아서더니 성큼성큼 나가 버렸다.

노파는 당황해서 떨리는 목소리로 불러 세웠지만 마타하치는 뒤도 돌아보지 않았다.

"이, 이놈아!"

마타하치를 붙잡아야 할 곤 숙부는 곤 숙부대로 태평한 얼굴로 말없이 보고 있더니 다시 바다 쪽으로 고개를 돌리고는 큰 눈을 바다에 고정시킨 채 꼼짝도 하지 않았다.

할 수 없이 노파는 다시 주저앉으며 중얼거렸다.

"곤 숙부, 잡지 마시게. 잡아서는 안 돼."

3

그 말에 곤 숙부가 대답하며 돌아보았다.

"형수님."

그러나 그는 오스기의 기대와는 다른 말을 했다.

"저 여자아이가 아무래도 좀 이상하군요. 얘야, 잠깐만 기다려라."

곤 숙부는 말이 끝나자마자 주막집 처마 아래에 삿갓을 내던지고는 바다를 향해 쏜살같이 뛰어갔다.

노파는 깜짝 놀라서 소리쳤다.

"바보같이, 대체 어디로 가는 게야? 지금 그럴 때가 아니라고! 마타하치가……."

그러면서 그를 쫓아 달려가다가 해초에 발이 걸려 기세 좋게 나뒹굴었다.

"이런 제길."

오스기는 얼굴과 어깨가 모래 범벅이 되어 일어섰다. 그러고는 화가 잔뜩 나서 곤로쿠를 찾던 눈이 갑자기 커지는가 싶더니 그녀는 고래고래 소리를 질렀다.

"이 바보 같은 위인아! 실성이라도 한 겐가? 대체 어디로 가는 게야?"

그렇게 소리치던 그녀마저 실성한 것이 아닌가 의심되는 낯빛으로 곤로쿠가 뛰어간 바다를 향해 뛰어갔다.

곤로쿠를 쫓아가서 보니 곤로쿠는 이미 바다에 뛰어든 상태였다. 아직 바다가 얕아서 물이 종아리까지밖에 차지 않았지만 물살을 헤치고 정신없이 뛰어가는 그를 하얀 포말이 감쌌다.

그런데 그런 곤로쿠 앞에서도 젊은 여자 한 명이 무시무시한 기세로 바다를 향해 뛰어들고 있었다. 곤로쿠가 처음 그녀를 발견했을 때 그녀는 솔밭 그늘에 서서 파란 바다를 물끄러미 바라보고 있을 뿐이었다. 그런데 어느 순간 검은 머리를 풀어헤친 그녀가 이미 포말을 일으키며 곧장 바다로 뛰어가고 있었던 것이다.

다행히도 이 해변은 앞에서도 말한 대로 5, 6정(1정은 약 109미터) 연안까지 바닷물이 얕아서 앞에서 달려가는 여자도 아직 다리의 절반 정도밖에 물이 차지 않았다.

하얀 포말을 뒤집어쓴 소매의 안쪽과 금실의 허리띠가 반짝이고 있었다. 마치 다이라노 아쓰모리平敦盛가 영락해가는 모습을 보는 것 같았다.

"이보게, 처자! 처자. 어이……!"

겨우 근처까지 따라가서 곤로쿠가 여자를 부르는 순간, 그곳부터 갑자기 바닥이 깊어졌는지 여자가 기괴한 비명을 남기고 큰 파문 아래로 모습을 감추었다.

"저런, 무분별한 여자를 봤나. 죽으려고 작정한 모양이군."

그와 동시에 곤로쿠도 물속으로 쑥 가라앉았다.

해안에서는 오스기가 물가를 따라 이리저리 뛰어다니고 있었다. 그런데 물보라가 한 번 이는 것과 동시에 여자와 곤로쿠가 모습을 감추자 노파는 주위에 대고 소리를 질렀다.

"저기, 저기 누가 빨리 가서 구하지 않으면 두 사람 다 죽게 생졌소!"

노파는 마치 자신이 빠지기라도 한 것처럼 손을 흔들고 발을 동동 굴렀다.

"어서, 구하러 가 주시오. 이보시오들 어서요!"

4

"동반 자살인가?"

"설마……."

그들을 구해온 어부들은 모래사장 위에 눕힌 두 사람을 보며 웃었다.

곤로쿠는 젊은 여자의 허리띠를 꽉 움켜쥐고 있었는데 두 사람 다 숨을 쉬지 않았다. 머리카락이 어지럽게 흐트러져서 누워 있는 젊은 여자는 아직도 살아 있는 사람처럼 하얗게 바른 분과 연지가 도드라져 보였고, 자줏빛으로 변한 입술을 꽉 깨물고 있는 모습이 웃고 있는 것 같았다.

"아아, 이 여자는 본 적이 있네."

"아까 해변에서 조개껍데기를 줍고 있던 여자 아닌가?"

"맞아. 저 여관에 묵고 있는 여자야."

여관에 알리러 갈 필요도 없었다. 저편에서 뛰어오고 있는 네

댓 명이 여관에서 나온 사람들로 보였는데 그중에는 요시오카 세이주로도 있었다.

사람들이 모여 있는 곳으로 숨을 헐떡이며 뛰어온 세이주로는 놀라서 얼굴이 창백해졌다.

"앗, 아케미!"

그러나 남들 앞에 나서기를 꺼리듯 그 자리에 우뚝 서서 꼼짝도 하지 않았다.

"무사님, 일행이오?"

"그, 그렇네."

"빨리 물을 토해내게 해야 합니다."

"사, 살 수 있겠나?"

"그렇게 말할 시간이 있으면……."

어부들은 두 패로 나뉘어서 곤로쿠와 아케미의 명치를 누르고 등을 두드렸다. 아케미는 금방 숨을 되찾았다. 세이주로는 여관 사람에게 아케미를 업게 한 뒤 사람들의 눈에서 도망치듯 여관으로 돌아갔다.

"곤 숙부, 여보게 곤 숙부……."

오스기는 아까부터 곤로쿠의 귀에 얼굴을 갖다 댄 채 울고 있었다. 젊은 아케미는 소생했지만 곤로쿠는 노령이기도 하고 얼마간 술기운도 있었던 터라 숨이 완전히 끊어진 듯 보였다. 오스기가 아무리 불러보아도 다시는 눈을 뜨지 않았다.

온갖 방법을 쓰던 어부들도 단념하듯 말했다.

"이 노인은 안 되겠어."

그 말을 들은 오스기는 눈물을 거두고 여태까지 애써준 사람들을 잡아먹을 듯이 노려보면서 밀쳐냈다.

"뭐가 안 되겠다는 게냐? 여자는 숨을 되찾았는데 이 사람만 살려내지 못한다는 법이 어디 있느냐! 이 할멈이 살려내 보이겠다."

오스기는 곤로쿠를 살려내려고 그의 몸을 여기저기 주무르며 안간힘을 다했다.

일심불란한 그녀의 모습은 보는 이의 눈시울을 적실 정도로 간절했지만, 그곳에 모여 있는 사람들을 마치 하인 다루듯 누르는 방법이 잘못 됐다느니, 그렇게 해서는 효과가 없다느니, 불을 피우라느니, 약을 가지고 오라느니 하며 고압적으로 말하자 그녀와 아무 관련이 없는 사람들은 화가 나고 말았다.

"뭐야, 이 빌어먹을 할멈은?"

"죽은 사람과 기절한 사람은 다른 법이지. 살릴 수 있으면 살려보든가."

그들은 중얼거리더니 어느새 모두 뿔뿔이 흩어져서 그곳을 떠났다.

해변에는 이미 저녁 어스름이 내리고 있었다. 옅은 해무가 깔린 먼 바다에 주황색 구름만이 희미한 저녁놀을 흩뿌리고 있었다. 오스기는 아직 단념할 생각이 없는 듯했다. 그녀는 모닥불을 피우고 그 옆으로 곤로쿠를 끌고 왔다.

"이보게 곤 숙부…… 곤 숙부."

바다는 어두워졌다.

불을 피워도 곤로쿠의 몸은 따뜻해지지 않았다. 하지만 오스기는 여전히 곤로쿠가 갑자기 눈을 뜨고 자신에게 말을 걸 것이라고 믿어 의심치 않는 듯 인롱에서 약을 꺼내 씹어서 곤로쿠의 입속에 넣어주는가 하면 몸을 감싸 안고 흔들어대기도 했다.

"한 번만 눈을 떠보시게. 말이라도 해보란 말이야. ……이게 대체 무슨 일이란 말인가. 이 늙은이를 두고 먼저 가려는 겐가? 아직 다케조도 응징하지 못했고 오쓰 년을 처벌하지도 못하지 않았나."

오래된 약속

1

파도 소리와 솔바람 속에 저물어가는 장지문 안에서 아케미는 혼수상태에 빠져 있었다. 베개를 대주자 갑자기 열이 나기 시작하더니 계속해서 헛소리를 해댄다.

"……."

세이주로는 베개 위의 얼굴보다 더 창백한 얼굴로 그녀 옆에 숙연하게 앉아 있었다. 자신이 짓밟은 꽃의 끝 모를 고통에 대해 자책의 고개를 숙인 채 그의 양심 또한 고통을 받고 있는 듯했다.

야수와도 같은 폭력을 휘둘러서 이 밝고 순진한 처녀를 본능의 먹이로 삼아 만족을 느낀 것도 그라는 인간이었고, 또 베갯머리 옆에서 정신적으로도 육체적으로도 한때나마 목숨을 잃었던 그녀의 숨소리와 맥박을 걱정하면서 엄숙하기 그지없는 자세로 줄곧 자리를 지키고 있는 양심적인 인간도 같은 요시오카 세이주로였다.

하루라는 짧은 시간 속에서 그처럼 모순된 두 개의 자아가 숨을 쉬고 있었다. 그러나 당사자인 세이주로는 그것이 그다지 이상한 일은 아니라는 듯 침통한 눈빛과 참회의 입술로 아케미를 바라보고 있었다.

"……아케미, 어서 안정을 찾아야지. 나만 그런 것이 아니야. 사내란 본래 그런 존재야. ……너도 곧 이해하게 될 날이 오겠지. 내 사랑이 너무 뜨거운 나머지 네가 놀랐구나."

그는 아케미에게 하는 말인지 자신을 위로하기 위해 하는 말인지 모를 푸념을 아까부터 이렇게 베갯머리에 앉아서 계속 중얼거리고 있었다.

방 안은 먹물을 흩뿌려놓은 것처럼 음침했다. 아케미의 하얀 손이 이따금 이불 밖으로 삐져나왔다. 이불을 덮어주면 다시 귀찮다는 듯이 뿌리쳤다.

"……오늘이 며칠이지?"

"응?"

"앞으로…… 며칠 후면…… 정월이지?"

"앞으로 이레만 있으면 돼. 정월까지는 나을 거야. 설 전에는 교토로 돌아가자."

세이주로가 얼굴을 가까이 가져가자 아케미가 소리를 질렀다.

"싫어!"

그러고는 갑자기 울먹이듯이 자기 얼굴 위의 얼굴을 손바닥으로 후려쳤다.

"저리 가!"

광분한 목소리가 그녀의 입술에서 끊임없이 쏟아져 나왔다.

"나쁜 놈, 짐승."

"……."

"넌 짐승이야."

"……."

"꼴도 보기 싫어."

"아케미, 용서해줘."

"시끄러! 닥쳐, 닥치란 말이야!"

아케미의 하얀 손이 필사적으로 어둠 속을 때렸다. 세이주로는 괴로운 듯 숨을 삼키며 그녀의 광기 어린 모습을 바라보고 있었다. 조금 진정된 듯싶더니 다시 묻는다.

"오늘이 며칠이지?"

"……."

"정월은 아직이야?"

"……."

"설날 아침부터 7일까지 매일 아침 5조 다리에 가 있겠다는 무사시 님의 전언이 있었어. 학수고대하던 정월인데…… 아아, 어서 교토로 돌아가고 싶어. 5조 다리에 가면 무사시 님이 기다리고 있을 거야."

"……뭐, 무사시?"

"……."

"무사시라면 그 미야모토 무사시를 말하는 거야?"

세이주로가 놀라서 아케미의 얼굴을 내려다보았지만 아케미는 더 이상 아무 말도 하지 않았다. 파란 눈꺼풀은 깊은 잠에 빠져 있었다.

마른 솔잎이 장지문을 때린다. 어딘가에서 말 울음소리가 들리는가 싶더니 장지문 밖에서 등불이 비치고 여관집 여자의 안내를 받아 손님 한 명이 왔다.

"젊은 사부님, 여기 계십니까?"

2

"응, 누구지? ……난 여기 있다."

세이주로는 황급히 문을 닫고 아무 일도 없었다는 듯 태연한 척했다.

"우에다 료헤이植田良平입니다."

단단히 무장을 한 사내가 먼지를 뒤집어쓴 채 장지문을 열고 한쪽 가장자리에 앉았다.

"아, 우에다인가?"

세이주로는 우선 그가 무엇 때문에 여기까지 왔는지 의아했다. 우에다 료헤이라는 사내는 기온 도지, 난포 요이치베에南保余一兵衛, 미이케 주로자에몬御池十郎左衛門, 고바시 구란도小橋蔵人, 오타구로 효스케太田黑兵助 같은 고참 문하생들과 더불어 요시오카의 십검十劍이라 자칭하는 수제자들 중 한 명이었다.

물론 이번 여행에는 그들을 데리고 오지 않았다. 우에다 료헤이도 4조 도장에 남아 있었다. 그런데 그를 보니 여장도 기마 복장이고, 꽤나 급한 용무가 있는 듯한 낯빛이었다. 도장을 비우면서 마음에 걸리는 일이 한두 가지가 아니긴 했지만, 료헤이가 이렇게 말을 타고 달려올 정도로 급한 일이라면 연말로 다가온 부채 상환이나 자금 융통 같은 일은 아니지 싶었다.

"무슨 일이냐? 내가 없는 동안 무슨 일이라도 일어났는가?"

"서둘러 돌아가셔야 하니 여기서 바로 말씀드리겠습니다."

"흠……."

"다름이 아니라……."

우에다 료헤이는 양손을 품속에 넣고 뭔가를 허둥지둥 찾았다.

그런데 그때 장지문 너머에서 악몽에 시달리는지 아케미의 저주에 찬 목소리가 들려왔다.

"싫어! 짐승 같은 놈! 저리 가!"

료헤이는 깜짝 놀라서 물어보았다.

"앗, 저게 무슨 소리입니까?"

"아니…… 아케미가…… 여기 온 뒤로 몸이 좀 상해서 그 열 때문인지 가끔 헛소리를 하는군."

"아케미입니까?"

"그보다 급한 일이라는 게 마음에 걸리니 어서 말해봐."

"이것입니다."

료헤이는 복대 안에서 힘겹게 꺼낸 편지 한 통을 세이주로에게 내밀었다. 그러고는 재빨리 여관집 여자가 놓고 간 촛대를 세이주로 옆으로 밀었다.

세이주로는 무심코 편지를 내려다보다 소리쳤다.

"앗…… 무사시가 보낸 것인가?"

료헤이는 목소리에 힘을 주어 대답했다.

"예, 그렇습니다."

"열어보았는가?"

"급한 일인 듯해서 도장에 남아 있던 사람들과 상의한 뒤 읽어보았습니다."

"뭐라고 쓰여 있던가?"

세이주로는 편지를 바로 집어 들 수가 없었다. 두 말할 필요도 없이 그의 가슴속에는 늘 미야모토 무사시가 남아 있었지만, 그가 또다시 자신에게 편지를 보내올 일은 있을 수 없다고 단정하고 있었다. 그러나 지금 그 예상이 빗나가자 등골이 서늘해지고 소름이 돋아서 그는 그것을 펼쳐볼 엄두도 내지 못한 채 한동안 가만히 바라보고만 있었던 것이다.

료헤이는 분노를 억누르려는 듯 입술을 깨물며 말했다.

"마침내 왔습니다. 올봄에 놈이 그렇게 호언장담하고 떠나긴 했지만, 설마 또다시 교토에 발을 들여놓으리라고는 생각지 않았습니다. 그런데 건방진 그놈은 비록 약속이었다고는 해도, 보십시오, 요시오카 세이주로 님과 일문에게 신멘 미야모토 무사시라는 놈이 단신으로 도장을 깨부수겠다며 보낸 도전장입니다."

3

무사시는 지금 어디에 있을까? 그의 행방이 확인되지 않았기 때문에 편지에서 알아낼 수 있는 것도 없었다. 어디에 있든 그가 잊지 않고 요시오카 일문의 제자들에게 약속을 이행할 것이라는 전갈을 보내온 이상 이미 그와 요시오카 일문 사이에는 죽느냐 죽이느냐는 교전 상태에 돌입한 것이라고 생각할 수밖에 없다.

시합은 결투다. 결투는 목숨을 거두느냐 빼앗기느냐의 대사를 무사의 검과 체면을 걸고 겨루는 것이지 말싸움이나 잔재주를 다투는 것이 아니다. 목숨을 걸고 임하는 것이다. 그런 결투에 당면한 요시오카 세이주로가 그것을 모른다는 것은 위험하기 짝이 없는 일이다. 하물며 그날이 코앞으로 다가왔는데도 한가로이 여행이나 다니고 있다는 것은 말이 안 된다.

교토에 있는 제자들 중 강경파들은 세이주로의 행실에 정나미가 떨어져서 당치도 않은 일이라며 화를 내는 자가 있는가 하면 '겐포 스승님이 살아 계셨다면…….' 하고 일개 무사 수련생에게 받은 모욕에 이를 갈며 비탄의 눈물을 흘리는 자도 있었다.

그래서 우선은 '어쨌든 소식을 전해 당장 교토로 데리고 와야 한다.'는 사람들의 의견에 따라 우에다 료헤이가 말을 달려 온 것인데, 어찌 된 일인지 세이주로는 무사시의 편지를 무릎 앞에 놓고 바라만 볼 뿐 좀처럼 펼쳐 보려고 하지 않았다.

"어서 읽어보시지요."

료헤이가 초조한 마음에 재촉했다.

"음…… 이것인가?"

세이주로는 그제야 편지를 손에 들고 읽기 시작했다.

편지를 읽는 동안 그는 손끝이 떨리는 것을 숨길 수가 없었다. 그것은 편지의 내용 때문이 아니었다. 그의 마음이 지금처럼 금방이라도 부서질 듯 나약해진 때가 없었기 때문이다.

장지문 너머로 들리는 아케미의 헛소리는 그도 평소 조금이나마 가지고 있었던 무사의 마음가짐이라는 것을 흙배가 물속으로 가라앉듯이 완전히 무너뜨려놓았다.

무사시에게서 온 편지의 내용은 지극히 간단명료했다.

그 이후로 건재하리라 생각하오.

약속한 바와 같이 이렇게 서신을 보내오.

귀공도 검술 수련에 매진하고 있겠소만, 본인 또한 얼마간 수련에 매진하고 있소.

만날 장소는 어디, 날짜는 며칠, 시간은 몇 시가 좋겠소?

본인은 딱히 원하는 바가 없으니 귀공의 뜻에 따라 전에 약속한 승부를 겨루고자 하오.

외람된 말이오만 정월 초이레까지는 5조의 다리 근방에 답을 써서 붙여주시오.

월 일

신멘 미야모토 무사시

"당장 돌아가자."

세이주로는 편지를 소매에 찔러 넣고 그렇게 말하며 일어섰다. 이런저런 복잡한 심경에 잠시라도 이곳에 머물러 있을 수가 없었다. 그는 황급히 여관 사람을 불러 돈을 주면서 아케미를 잘 돌봐달라고 부탁했다. 여관 사람은 귀찮은 기색을 보였지만 차마 싫다고는 하지 못하고 결국 맡아주었다.

세이주로는 오로지 이 집에서, 이 거북한 시간에서 도망치고 싶은 마음뿐이었다.

"자네 말을 빌려야겠네."

세이주로는 서둘러서 돌아갈 채비를 끝내고 도망치듯이 말을 타고 달렸다. 우에다 료헤이도 그 뒤를 따라 어두운 스미요시 거리를 내달렸다.

모노호시자오

1

“하하, 봤습니다. 어깨에 원숭이를 얹은 화려한 차림의 젊은이 말이죠? 그런 차림의 젊은이라면 아까 지나갔습니다.”

이렇게 말하는 자가 있었다. 어디서 보았는지 묻자 고즈高津의 신곤 고개眞言坂를 내려와 노닌農人 다리 쪽으로 갔는데, 그 다리는 건너지 않고 히가시보리東堀의 칼집 앞에서 봤다는 것이다.

‘드디어 실마리를 잡았다. 그래, 그놈이 틀림없어.’

“그리로 가자.”

저녁 무렵, 구름을 잡듯 상대를 쫓아 오가는 사람들을 살피며 가는 한 무리의 사내들이 있었다.

히가시보리 거리의 상점들은 벌써 문을 닫기 시작했다. 한 사람이 안으로 들어가 그곳의 도공刀工에게 무언가를 문초하듯이 위압적으로 묻더니 이윽고 밖으로 나왔다.

"덴마天満로 가자, 덴마로."

그는 앞장서서 재촉했다. 함께 달려가던 다른 사내가 물었다.

"알아냈나?"

"알아냈네."

그는 힘주어 대답했다. 사내들은 오늘 아침부터 스미요시를 중심으로 나루터에서 새끼 원숭이를 데리고 시내로 들어간 미소년을 찾아다니고 있는 요시오카의 문하생들이었다. 방금 칼집 도공에게 묻자 신곤 고개부터 행적을 쫓아온 그자가 틀림없는 듯했다. 분명 가게 문을 닫는 황혼 무렵에 마에가미前髮(여자나 관례 전의 사내아이가 이마 위에 땋아 올리는 머리)를 한 무사가 어깨에 있던 새끼 원숭이를 가게 앞에 내려놓고 앉아 있었다고 했다.

"주인장 있는가?"

미소년이 가게 주인을 찾았지만 공교롭게도 가게 주인은 부재중이어서 도공이 이유를 묻자 이렇게 대답했다는 것이다.

"맡기고 싶은 칼을 갖고 왔는데 천하에 비할 데가 없는 명검이라 주인이 없다니 선뜻 맡기기가 불안하군. 그래서 칼을 다듬는 솜씨가 어떤지 확인하고 나서 결정하고 싶은데 이 집 주인이 연마한 칼이 있으면 보여주게."

그래서 도공이 마음에 들 만한 칼을 몇 자루 꺼내서 보여주었더니 하나하나 쭉 훑어본 후 그가 말했다.

"여기선 형편없이 무딘 칼만 만드는 것 같군. 그런 도공의 손에는 맡길 수가 없겠어. 내가 맡기려는 칼은 등에 차고 있는 모노호시자오라는 이름의 유서 깊은 명검, 이름은 새겨져 있지 않지만 아직 슴베(칼, 괭이, 호미 따위의 자루 속에 들어박히는 뾰족하고 긴 부분)도 갈지 않은 비젠備前 산 명검이네."

그러고는 칼을 쓱 뽑아서 한바탕 자랑을 늘어놓았다. 도공은 조금 가소로운 생각이 들어서 "모노호시자오라니 이름 한 번 그럴듯하게 붙였군. 굽은 데도 없이 그냥 길기만 한 것이 장점인가?"라고 중얼거리자 그는 기분이 좀 상했는지 갑자기 일어나 덴마에서 교토로 가는 배는 어디에서 타느냐고 길을 물은 뒤 "교토에서 갈아야겠군. 오사카는 어딜 가도 병졸들이나 쓰는 싸구려만 대충 만들고 있으니 괜히 시간만 낭비했어."라고 혼잣말을 하며 미련 없이 훌쩍 떠났다는 것이다.

그에 대한 이야기를 들으면 들을수록 그가 건방진 자로 보일 뿐이었다. 기온 도지의 상투를 자르더니 한껏 기고만장해진 것이 틀림없다. 이렇게 자기를 저세상으로 보내려는 무리가 뒤를 바짝 쫓고 있다는 것도 모르고 득의만면한 얼굴로 활개를 치며 다니고 있는 듯했다.

"두고 보자, 애송이."

"이미 목덜미를 움켜쥔 것이나 마찬가지이니 서두를 필요가 없겠군."

아침부터 쉬지도 않고 계속 걸었던 터라 녹초가 된 사내가 이렇게 말했다. 그러자 앞에서 뛰어가던 자가 숨을 헐떡이며 말했다.

"아니지, 서두르지 않으면 안 돼. 요도 강을 거슬러 올라가는 배편은 지금쯤이 마지막일 테니까."

2

맨 앞에서 달려가던 자가 덴마 강을 보더니 소리쳤다.

"앗, 안 돼!"

"왜 그래?"

뒤에서 따라오던 자가 묻자 그가 대답했다.

"선착장에 있는 주막에서 벌써 의자를 치우고 있네. 강에도 배가 보이지 않아."

"벌써 떠났단 말인가?"

가쁜 숨을 몰아쉬며 우르르 몰려든 그들은 강가에 우두커니 서서 잠시 넋이 빠진 듯 수면 위를 바라보고 있었다. 가게 문을 닫고 있는 주막집 주인에게 묻자 분명 새끼 원숭이를 데리고 마에가미를 한 무사가 배를 탔다고 했다. 또 마지막 배편이 방금 떠났지만 아직 다음 선착장인 도요사키豊崎까지는 거슬러 올라가지 못했을 것이라고도 했다. 게다가 내려가는 배는 빠르지만 강을 거슬러 올라가는 배는 느리다. 그때 누군가가 육지에서 뛰어가면 따라잡을 수도 있다고 말했다.

"맞아. 아직 실망하긴 일러. 여기서 놓쳤으니 이제 서두르지 않아도 돼. 한숨 돌리고 가세."

그들은 차를 마시거나 떡과 과자 따위를 입이 미어지도록 먹은 다음 또다시 강을 따라 어둠에 잠긴 길을 서둘러 갔다.

넓게 깔린 어둠 저편에 은색 뱀을 닮은 강이 두 줄기로 갈라져 있었다. 한 줄기로 이어오던 요도 강이 나카쓰 강中津川과 덴마 강으로 나뉘는 곳이다. 그 근처에서 언뜻 불빛이 보였다.

"배다."

"따라잡았다."

일곱 명의 무사들은 활기를 되찾았다.

마른 갈대가 모두 칼날처럼 반짝이고 있었다. 풀 한 포기조차 보이지 않는 논과 밭이었다. 서릿발처럼 차가운 바람이 불어왔지만 춥다는 생각은 전혀 들지 않았다.

"됐어."

배와의 거리가 점점 좁혀지는 것이 분명해지자 누군가가 소리를 질렀다.

"어이, 멈추시오!"

그러자 배에서 어렴풋이 목소리가 들렸다.

"왜 그러시오……?"

육지에서는 먼저 달려가서 소리친 사내를 다른 동료가 나무라고 있었다.

"지금 여기에서 왜 소리를 지르나? 앞으로 몇 십 정만 더 가면 선착장이고 그러면 타고 내리는 손님도 분명히 있을 텐데, 여기에서 괜히 소리를 질러서 배 안에 있는 적에게 마음의 준비라도 시킬 셈인가?"

"자, 어쨌든 상대는 겨우 한 놈일세. 기왕 소리를 질렀으니 우리가 누군지 밝히고 놈이 강물로 뛰어들어 도망치지나 않도록 조심하세나."

"옳은 말이야. 그렇게 하세."

때마침 중재하는 자가 있어서 동료들 간의 말다툼은 진정되었다. 그들은 다시 의기투합하여 요도 강을 거슬러 올라가는 밤배의 속도에 맞춰 뛰면서 배를 불렀다.

"어이!"

"뭐요?"

손님은 아니고 선장인 듯했다.

"배를 강기슭에 대라."

"바보 같은 소리."

배 안에 있는 사람들이 누구랄 것 없이 웃음을 터뜨렸다.

"대지 못할까!"

위협하듯 말하자 이번엔 손님인 듯한 자가 그 말투를 흉내 내며 소리쳤다.

"대지 못한다!"

육지에 있는 일곱 명의 얼굴은 김이 피어오르듯 하얀 입김을 토해내고 있었다.

"좋다. 배를 대지 못하겠다면 다음 선착장에서 기다리겠다. 그런데 그 배 안에 새끼 원숭이를 데리고 마에가미를 한 애송이가 있을 것이다. 부끄러운 줄 안다면 뱃전으로 나오라고 전해라. 만약 또다시 놈을 도망치게 한다면 배에 있던 자들을 놈과 한패로 간주하고 전부 육지로 끌어내릴 테니 그리 알아라."

3

배 안에 있는 사람들의 동요를 육지에서도 똑똑히 알 수 있었다. 큰일 났다며 핏기를 잃은 모습이다.

강기슭에 배를 대면 무슨 일이 일어날 것이 틀림없다. 육지에서 걷고 있는 일곱 명의 무사들은 그렇게 말하며 모두 옷자락과 소매를 걷어 올린 채 단단히 벼르고 있었다.

"선장, 대답하지 마시오."

"무슨 소릴 하든 잠자코 있어요."

"모리구치守口까지는 배를 대지 않는 게 좋겠소. 모리구치에 가면 강을 지키는 초소에 관리가 있으니까요."

손님들은 저마다 이렇게 속삭이며 마른침을 삼키고 있었다. 방금 전까지 무사들의 말투를 흉내 내며 대거리하던 사내들도 지금은 꿀 먹은 벙어리처럼 아무 말도 없이 목을 움츠리고 있었다. 유일하게 의지할 수 있는 것은 육지와 강 사이의 거리뿐이었다.

육지에 있는 일곱 명의 무사들은 배의 속도에 맞춰 따라오고 있었다. 배에서 어떻게 나오는지 두고 보려는 듯 그들은 한동안 아무 말이 없었다. 그러나 아무리 기다려도 대답이 없자 그들은 다시 소리쳤다.

"알아들었나? 새끼 원숭이를 데리고 있는 코흘리개 무사는 뱃전으로 나와라. 뱃전으로 나와!"

그러자 무슨 말을 하든 대답하지 말라던 배 안의 손님 중에서 갑자기 한 젊은이가 일어서며 말했다.

"나 말인가?"

"앗!"

"있었군."

"쥐새끼 같은 놈!"

그의 모습을 확인하자 육지에 있는 일곱 명의 무사들은 눈을 부라리거나 손가락질을 하면서 거리만 좁혀지면 강을 건너서라도 뛰어들 태세였다.

마에가미의 무사는 모노호시자오라는 긴 칼을 등에 차고 가만히 서 있었다. 그의 발밑에서는 뱃머리를 치는 물보라가 하얀 이빨을 드러내고 있었다.

“새끼 원숭이를 데리고 마에가미를 한 애송이 무사라면 나밖에 없는데 너희들은 누구냐? 밥벌이를 못하는 노부시들이냐? 아니면 배고픈 사당패들이더냐?”

목소리가 강을 건너왔다.

“뭐라고?”

무사들은 강가에 나란히 서서 저마다 이를 갈면서 소리쳤다.

“터진 주둥아리라고 함부로 지껄이는구나, 이 원숭이 애비야!”

그들의 입에서 튀어나온 온갖 욕설이 수면을 뒤덮었다.

“주제도 모르는 놈! 당장 대가리를 조아리고 사과해라!”

“우리가 누군지 모르느냐? 지금 네놈 말은 우리가 요시오카 세이주로의 문하생이라는 것을 알고 하는 말이냐, 모르고 하는 말이냐?”

“마침 잘됐다. 거기서 손을 뻗어서 네 가느다란 목이나 씻어 두어라.”

배는 게마毛馬 제방에 다가가고 있었다. 제방에는 배를 붙잡아 매는 말뚝과 판잣집만 있었다. 게마 마을의 선착장을 보고 일곱 명의 무사들은 먼저 그곳으로 달려가 배에서 내리는 출구를 막고 기다리고 있었다.

하지만 배는 멀리 강 한복판에 멈춰 서더니 제자리에서 빙글빙글 돌고 있을 뿐이었다. 손님들이나 선장이나 사태가 심상치 않다는 것이 걱정되어서 배를 대지 않는 것이 좋겠다고 주장하고 있는 듯했다. 요시오카의 문하생들은 그 모습을 보고 소리쳤다.

"이놈들! 왜 배를 대지 않는 것이냐?"

"내일이나 모레까지 대지 않고 버틸 수 있겠느냐? 나중에 후회하지 마라."

"배를 대지 않으면 그 배에 타고 있는 놈은 한 놈도 남기지 않고 모조리 베어주겠다."

"작은 배를 타고 가서 베어버릴 수도 있다."

온갖 위협과 욕설을 퍼부어대자 마침내 배가 기슭 쪽으로 뱃머리를 돌렸다. 그와 동시에 강물이 요동칠 정도로 큰 목소리가 들렸다.

"시끄럽다! 네놈들의 원대로 지금 그곳으로 갈 테니 꼼짝 말고 기다려라."

정말로 마에가미의 젊은이가 선장과 손님들의 만류를 뿌리치고 직접 삿대로 강물을 저으며 천천히 기슭으로 다가오고 있었다.

4

"온다."

"목숨 귀한 줄 모르는군."

일곱 명의 무사들은 칼자루를 잡고 배가 다가오는 강기슭 근처의 강변을 둘러싸고 있었다.

배는 강물을 가르며 곧장 다가오고 있었다. 부동자세로 그 배에 우뚝 서 있는 마에가미를 한 미소년의 모습이 숨을 죽이고 강기슭에서 기다리고 있는 일곱 명의 눈동자에 한가득 들어왔다고 생각한 순간이었다.

마른 갈대의 개흙으로 뱃머리가 파고들었다. 일곱 명의 무사들은 마치 자신들의 가슴을 향해 돌진해온 것처럼 무의식적으로 뒤로 물러났다. 그와 동시에 뱃머리에서 둥그런 물체가 네다섯 간間(1간은 약 1.8미터) 떨어진 마른 갈대밭을 향해 뛰어오르더니 무사들 중 한 명의 머리로 달려들었다.

"으악!"

그의 비명과 함께 일곱 명의 손에서 일곱 개의 하얀 빛이 칼집을 벗어나 허공을 갈랐다.

"원숭이다!"

그것을 알아차렸을 때는 이미 허공에 일격을 가한 뒤였다. 원숭이를 적인 미소년이라고 착각하고 당황한 자신들이 민망했는지 그들은 서로에게 주의를 주었다.

"당황하지 마라!"

괜히 말려들지 않으려고 배의 한쪽 구석에 모여 웅크리고 있던 손님들은 무사들이 당황하는 모습에 긴장이 풀리며 우스운 생각이 들었지만 아무도 소리 내어 웃지는 않았다.

그런데 그때 삿대를 잡고 있던 미소년이 기합 소리와 함께 삿대로 갈대밭 한가운데를 푹 찌르더니 그 탄력을 이용해서 먼저 뛰어오른 원숭이보다도 가볍게 기슭 저편으로 날아갔다.

"어?"

상대가 자신들의 예상과는 조금 다른 방향으로 움직이자 일곱 명의 무사들은 일제히 그쪽을 향해 돌아섰다. 만반의 준비를 하고 기다리고 있었건만 갑작스런 전개에 그들의 얼굴에는 당황한 기색이 역력했다. 원을 지어 상대에게 달려들 틈도 없이 그대로 기슭을 따라 건너뛰었기 때문에 당연히 그들의 진형은 종대가 되었고, 소년에게는 결국 마음의 준비를 충분히 할 수 있는 여지를 주고 말았다.

일렬종대의 맨 앞에 서게 된 자는 이미 두려워도 물러설 수 없는 위치였다. 그의 눈은 순식간에 충혈되었고, 귀로는 아무 소리도 들리지 않게 되었다. 평소 수련하던 검법 따위는 전혀 생각나지 않았다. 이를 드러내며 잡아먹을 듯이 마에가미의 소년을 향해 칼을 겨누고 달려들었다.

"……."

그때 그렇지 않아도 덩치가 산만 한 소년은 발돋움하듯 가슴을 쫙 펴며 오른손을 어깨 위로 가져가더니 등에 차고 있던 칼의 칼자루를 잡았다.

"요시오카의 문하생들이라고 했느냐? 바라던 바다. 일전엔 상투만으로 용서해주었지만 그것으로는 좀 부족했나 보구나. 나도 조금 부족했다."

"헛소리는 집어치워라!"

"어차피 이 모노호시자오를 좀 손볼 생각이었으니 오늘은 거칠게 다뤄주마."

그의 선언에 맨 앞에서 경직되어 있던 자는 마치 발이 땅에 박힌 듯 꼼짝할 수가 없었다. 모노호시자오는 수박을 자르듯 그를 두 동강 내버렸다.

5

앞에 있던 자의 등이 뒷사람의 어깨를 덮쳤다. 맨 앞에 있던 자가 적의 단칼에 목숨을 잃는 것을 본 나머지 여섯 명은 순식간에 판단력을 상실하고 단결된 행동을 완전히 잃어버렸다. 이렇게 되자 여섯이라는 무리는 하나보다 약해졌다. 그에 반해 기세가 오른 소년은 삿대에 버금가는 긴 장검으로 다음 사내를 가로로 후려쳤다.

허리는 잘리지 않았다. 그러나 그것만으로도 충분히 효과가 있었다. 뭐라고 외마디 비명을 지른 그는 갈대밭으로 날아가 곤두박질쳤다.

소년이 다음 상대를 지목하듯 매서운 눈빛으로 주위를 둘러보자 싸움에 서툰 그들도 그제야 자신들이 불리한 형세라는 것을 깨닫고 진형을 바꿨다. 그들은 다섯 개의 꽃잎이 꽃술을 감싸듯 소년을 에워쌌다.

"물러서지 마라."

"물러서지 마."

자기편끼리 서로 격려했다. 그리고 다소 승산이 있다고 판단한 그들은 그 기세를 몰아 소리쳤다.

"이 애송이야!"

그러나 그것은 용기라기보다는 두려움을 망각한 만용이 빚어낸 행동이었다. 그 상황에서는 많은 말이 필요 없었다.

"주제를 알아라!"

그들 중 한 명이 고함을 지르며 달려가 칼을 휘둘렀다. 그는 자신이 칼을 꽤 깊이 휘둘렀다고 생각했지만 칼은 소년의 가슴에서 두 자 정도 떨어진 허공을 내려쳤을 뿐이었다. 자신감이 흘러넘쳤던 그 칼끝은 땅바닥의 돌을 강하게 때렸다. 칼 주인은 스스로 죽음의 구덩이에 거꾸로 머리를 처박은 자세가 되어 칼자루와 발바닥을 높이 치켜든 채 적 앞에 몸통을 고스란히 드러내고 말았다.

하지만 소년은 손쉽게 베어버릴 수 있는 발밑의 패자를 그대로 놔두고 몸을 돌린 기세에 탄력을 더해 붕 날아올라서 그 옆에 있는 적을 공격했다.

"으악."

생을 마감하는 비명이 또 한 번 그곳에 울려 퍼졌다. 그러자 더 이상 진형을 정비해서 싸울 기력마저 잃은 나머지 세 사람은 뿔뿔이 흩어져서 도망치기 시작했다.

적이 도망치는 모습을 보면 인간은 가장 살벌한 맹기猛氣가 솟게 마련이다. 소년은 모노호시자오를 양손에 들고 도망치는 그들을 쫓아갔다.

"그것이 요시오카의 검술이냐? 비겁하다, 돌아와라."

소년은 야유를 퍼부으면서 걸음을 멈추지 않았다.

"멈춰라, 멈춰. 기껏 배에서 불러내놓고 도망치는 무사가 어디 있단 말이냐? 그대로 도망친다면 교하치류의 요시오카를 천하의 웃음거리로 만들어주겠다. 그래도 좋겠느냐?"

웃음거리로 만들어주겠다는 말은 무사가 무사에게 던지는 최대의 모욕이었다. 침 세례를 받는 것 이상으로 수치스러운 일이었다. 그러나 이미 도망치고 있는 자들의 귀에는 그것도 아무 소용이 없었다.

마침 그때 게마 제방에 서늘한 말 방울 소리가 울렸다. 서리와 요도 강물에 반사된 빛에 주변은 등불이 필요 없을 정도로 밝았다. 말 위의 사람도 말 뒤에서 따라오는 사람들의 그림자도 추위를 잊은 듯 하얀 입김을 토해내며 길을 재촉하고 있는 모습이었다.

"앗!"

"미안하오."

말 머리에 부딪힐 뻔한 세 명의 무사는 아슬아슬하게 몸을 돌려 피하고는 뒤를 돌아보았다.

6

황급히 말고삐를 잡아당기는 바람에 말이 발을 구르며 울어 댔다. 말 위에 있던 자는 말 앞에서 어쩔 줄을 모르고 있는 세 무사를 내려다보고는 깜짝 놀라서 소리쳤다.

"앗! 너희들이구나."

그는 뜻밖이라는 표정을 짓더니 이내 화를 내며 꾸짖었다.

"얼빠진 놈들, 대체 어디에서 하루 종일 싸돌아다니고 있었던 게냐?"

"아, 젊은 사부님이십니까?"

그때 말 뒤에서 우에다 료헤이가 앞으로 나서며 소리쳤다.

"그 꼴은 대체 뭐냐? 젊은 사부님을 모시고 온 놈들이 사부님이 돌아가시는 것도 모르고 또 술 마시고 싸움질이나 한 것이냐? 바보 같은 짓도 정도껏 해라."

세 무사는 평소처럼 자신들이 술이나 마시고 싸움질이나 한 것처럼 보이는 것이 견딜 수 없었다.

그들은 불만이 가득한 말투로 그러기는커녕 자신들은 교하치류의 권위와 사부님의 명예를 위해 싸운 것이라고, 그날 있었던 일의 자초지종을 목도 마르고 당황하기도 한 터라 빠른 말투로 단숨에 고했다.

"저, 저기 쫓아왔습니다."

점점 다가오는 발소리에 귀를 기울이는 그들의 눈빛이 금방 겁에 질렸다. 약해 빠진 그들의 모습에 우에다 료헤이는 정나미가 떨어졌다.

"뭘 그리 호들갑을 떠느냐? 네놈들 말대로라면 교하치류의 오명을 씻은 것이 아니라 오히려 먹칠을 한 셈이구나. 좋다, 내가 상대해주마."

말 위의 세이주로도 세 무사를 뒤에 세워놓고 혼자 열 걸음 정도 앞으로 나아갔다.

'와보거라, 애송이.'

그는 자세를 잡고 다가오는 발소리를 기다리고 있었다. 이를 알 리 없는 소년은 장검을 휘두르면서 바람같이 달려왔다.

"이놈들 거기 서라. 도망치는 것이 요시오카류의 비법이냐? 난 살생을 하고 싶지 않지만 이 모노호시자오가 아직 용서할 생각이 없다는구나. 돌아와라, 돌아와. 도망가더라도 그 목은 놓고 가라."

소년은 게마 제방 위에서 소리를 지르며 그들을 향해 달려오고 있었다. 우에다 료헤이는 손에 침을 묻히고 칼자루를 고쳐 쥐었다. 질풍 같은 기세로 달려오는 미소년은 그곳에 몸을 웅크리고 있는 료헤이가 보이지 않는지 그대로 머리를 짓밟을 것 같은 보폭이었다.

"이얍!"

잔뜩 힘을 준 채 벼르고 있던 료헤이는 천지를 뒤흔드는 듯한 기합 소리와 함께 팔을 비틀며 칼을 휘둘렀다. 밤하늘의 별을 벨 것처럼 높이 치켜 올라간 칼끝은 그러나 그저 허공을 가르는 데 지나지 않았다. 미소년은 한쪽 다리로 멈춰 서더니 반대쪽으로 몸을 획 돌리며 돌아보았다.

"호, 새로운 적인가?"

소년은 곤두박질치듯 날아오는 료헤이의 칼을 모노호시자오로 받아쳤다. 우에다 료헤이는 여태껏 소년이 휘두르는 검기와 같은 뜨거운 기운을 느낀 적이 없었다. 그 살기등등한 검기로부터 차마 몸을 피하지 못한 그는 게마 제방에서 논두렁으로 굴러 떨어졌다.

다행히 제방이 낮고 논두렁은 얼어 있었지만 좋은 기회를 놓친 것은 분명했다. 다시 제방으로 올라와 보았을 때 적은 분기탱천한 사자처럼 보였다. 그의 모노호시자오는 섬광을 번뜩이며 세 명의 문하생을 날려버리고 그대로 말 위에 있는 요시오카 세이주로에게로 돌진했다.

7

세이주로는 적이 자신에게 오기 전에 처리될 줄 알고 마음을 놓고 있었다. 그러나 그 위험은 금방 닥쳤다. 그야말로 가공할 기세로 돌진해온 모노호시자오는 느닷없이 세이주로가 타고 있는 말의 옆구리를 찌르려고 했다.

"간류岸柳, 잠깐만!"

세이주로는 고함을 지르면서 등자에 걸치고 있던 한쪽 발을 재빨리 안장 위로 옮기고는 그 안장을 차듯이 벌떡 일어섰다. 그 순간 말은 소년을 뛰어넘어 저편으로 쏜살같이 달리기 시작했고, 세이주로는 반대로 세 간이나 뒤로 훌쩍 뛰어내렸다.

"훌륭하군."

세이주로를 칭찬한 것은 아군이 아니라 적인 미소년이었다. 소년은 모노호시자오를 고쳐 쥐고 세이주로 쪽으로 한 걸음 다가서며 말했다.

"지금 몸놀림은 매우 훌륭하군. 딱 보니 요시오카 세이주로인 것 같은데, 마침 잘됐다. 자, 덤벼라."

세이주로를 향해 돌진해오는 모노호시자오의 칼끝은 투지로 불타오르고 있었다. 하지만 세이주로는 역시 겐포의 적자답게 그것을 받아칠 만한 여유와 실력이 충분해 보였다.

"이와쿠니의 사사키 고지로, 과연 안목이 높으시오. 내가 바로 세이주로인데 이유도 없이 그대와 칼을 섞을 생각은 없네. 승부는 언제든 겨룰 수 있으니 먼저 무슨 연유로 이러는지 이유를 알고 싶군. 우선 그 칼을 거두시게."

소년은 처음에 세이주로가 자신을 간류라고 불렀을 때는 듣지 못한 듯했으나 다시금 분명하게 이와쿠니의 사사키라고 부르자 깜짝 놀랐다.

"아니, 내가 간류 사사키 고지로라는 것을 어떻게 아시오?"

세이주로는 무릎을 치며 앞으로 걸어왔다.

"역시 고지로 님이었군. 이렇게 직접 뵙는 것은 처음이지만 말씀은 늘 듣고 있었소."

"누구한테?"

고지로는 조금 멍한 표정으로 물었다.

"그대의 동문 선배인 이토 야고로 님에게서……."

"아, 잇토사이 님과 친분이 있습니까?"

"지난가을까지 잇토사이 님은 시라카와의 가구라가오카神楽ヶ丘 근방에 암자를 짓고 지내셨소. 저도 종종 찾아뵈었고 선생께서도 이따금 4조의 저희 집에 오시곤 하셨소."

"아……!"

고지로는 미소를 지으며 말을 이었다.

"그럼, 귀공과도 완전한 초면은 아니군요."

"잇토사이 님은 종종 그대에 대해 말씀을 하셨소. 이와쿠니에 간류 사사키라는 자가 있는데, 자신과 마찬가지로 도다 고로자에몬의 검술을 전수받고, 가네마키 지사이 스승님에게 사사를 받은 자로 동문 중에서는 가장 나이가 어리지만 장차 천하에 자신과 이름을 겨룰 자는 그밖에 없다고……."

"하지만 그것만으로 제가 사사키 고지로라는 것을 어떻게 아셨습니까?"

"아직 나이가 어린 것과 인품이 이러저러하다는 등의 말을 잇토사이 님께 들었소. 또 그대가 간류라 불리게 된 연유도 상세히 알고 있었기 때문에 그 장검을 자유자재로 다루는 것을 본 순간 혹시나 하는 마음에 짐작으로 불러보았는데 정말로 맞았던 것이오."

"기묘하군요! 이건 정말 기이한 인연입니다."

고지로는 쾌재를 부르다 문득 자신의 손에 들려 있는 피 묻은 모노호시자오를 바라보며 이 사태를 어떻게 수습하면 좋을지 난감해했다.

8

이야기를 주고받다 보니 서로 오해가 풀렸는지 얼마 후 사사키 고지로와 요시오카 세이주로는 오랜 친구처럼 어깨를 나란히 하고 게마 제방 위를 걷고 있었고, 그 뒤에서는 추위에 떨며 우에다 료헤이와 세 명의 문하생이 따르고 있었다. 그들은 교토 쪽으로 밤새 걸어가고 있었다.

"처음부터 저는 이상하게 싸움에 말려든 것이지 절대로 제가 좋아서 한 것은 아닙니다."

고지로는 변명했다.

세이주로는 고지로의 입에서 기온 도지가 아와에서 오는 배 안에서 한 짓과 그 후의 행동 등을 직접 전해 듣고 그를 떠올리며 말했다.

"괘씸한 자로군. 돌아가면 명확하게 규명하겠소. 이는 그대를 탓할 것이 아니라 오히려 문하생들을 통제하지 못한 나의 잘못이 크니 정말 면목이 없구려."

그의 말에 고지로도 겸손할 수밖에 없었다.

"아닙니다. 저도 성격이 이런 탓에 잘난 척 허세를 부렸고, 싸움이라면 물러서지 않고 누구를 막론하고 상대했으니 꼭 문하생들만의 잘못은 아닙니다. 오히려 요시오카류의 명예와 스승님의 체면을 위해 나선 오늘 밤의 제자들은 비록 실력은 부족했지만 그 마음만은 참으로 가상합니다."

"내 불찰이오."

세이주로는 그렇게 자책하면서 침통한 얼굴로 걷고 있었다. 그러자 고지로가 다시 말했다.

"이번 일은 모두 저기 흘러가는 강물에 떠내려 보내는 것이 어떨까요?"

세이주로가 고개를 끄덕이며 대답했다.

"나 역시 바라던 일이오. 오히려 이번 일을 인연으로 삼아 앞으로는 교분을 쌓았으면 좋겠소."

뒤에서 따르던 제자들도 두 사람이 의기투합하는 모습을 보면서 마음을 놓았다. 언뜻 보기에 덩치만 커다란 어린아이 같은 마에가미의 미소년을 이토 야고로 잇토사이가 늘 '이와쿠니의 기린아'라고 극구 칭찬하던 간류 사사키라고 누가 짐작이나 했겠는가. 기온 도지가 얕잡아봤다가 된통 당한 것도 무리는 아니었지 싶다.

그것을 알고 간담이 서늘해지는 것은 고지로의 칼끝에서 목숨을 건진 우에다 료헤이와 나머지 세 문하생이었다.

'저 사람이 간류였단 말인가?'

그들은 다시 한 번 소년의 널찍한 등짝을 보면서 과연 그 사실을 알고 나서 보니 어딘지 비범한 데가 있다고, 새삼 자기들의 얕은 안목을 인정했다.

이윽고 다시 게마 마을의 선착장에 도착해서 보니 그곳엔 모노호시자오의 희생양이 된 몇 구의 시체가 차가운 겨울 하늘 아래에서 얼어붙어 있었다. 시체의 뒤처리는 세 명의 문하생들에게 시키고 우에다 료헤이는 아까 도망쳤던 말을 찾아서 끌고 왔다. 사사키 고지로는 휘파람을 불어서 품속에서 기르던 새끼 원숭이를 부르고 있었다.

곧이어 휘파람 소리를 듣고 어딘가에서 나타난 새끼 원숭이가 그의 어깨로 뛰어올랐다. 세이주로는 부디 4조의 도장에 와서 머무르길 바란다며 자신이 타고 있던 말을 고지로에게 권했지만 고지로는 고개를 저으며 말했다.

"아니 될 말입니다. 저는 아직 미숙한 일개 젊은 후배이지만 귀공께서는 헤이안의 명가 요시오카 겐포의 적자이자 수백의 문하생을 거느린 일류 종가의 당주가 아닙니까?"

고지로는 말의 재갈을 잡으며 말을 이었다.

"개의치 마시고 어서 오르시지요. 저는 그냥 걷는 것보다 이렇게 재갈을 잡고 걷는 게 더 편합니다. 말씀을 받들어 잠시 신세를 질까 하니 교토까지 이렇게 이야기를 나누면서 제가 모시겠습니다."

오만불손한 줄로만 알았는데 고지로는 의외로 예의도 차릴 줄 알았다. 곧 올해가 가고 초봄이 되면 미야모토 무사시라는 인간과 겨루어야 하는 숙제를 안고 있는 세이주로는 때마침 고지로라는 인물을 자신의 집에 맞아들일 수 있는 기회를 잡고 어쩐지 마음이 든든해지는 듯했다.

"그럼, 먼저 실례를 하고 피곤하시면 교대하기로 하지요."

그 역시 이렇게 예의를 차리고 말안장에 올랐다.

산천무한

1

에이로쿠 시대, 아즈마노쿠니東國(지금의 간토關東 지방)에서는 쓰카하라 보쿠덴塚原卜伝이나 가미이즈미 이세노카미上泉伊勢守가 검술의 명인으로 이름을 떨쳤다면 가미가타上方(지금의 간사이關西 지방)에서는 교토의 요시오카와 야마토大和의 야규柳生 가가 그에 필적했던 것으로 보인다.

그런데 이 외에도 이세伊勢 구와나桑名에 기타바타케 도모노리北畠具教가 있었다. 도모노리도 검술에 있어서는 달인이었고, 또한 훌륭한 고쿠시國司(옛날 조정에서 지방에 파견한 지방관)이기도 한 듯 백성들로부터 '태수 나리'라고 불리며 존경을 받았다. 이세의 백성들은 그가 죽은 후에도 그가 통치하던 시절, 번영하던 구와나와 그의 선정을 그리워했다.

기타바타케 도모노리는 보쿠덴으로부터 히토츠노타치一の太

刀라는 검술을 전수받았는데 이로 인해 보쿠덴의 정통 검술은 아즈마노쿠니에선 전파되지 못하고 이세에서 계승되었다.

보쿠덴의 아들인 쓰카하라 히코시로塚原彦四郎는 부친으로부터 상속은 받았지만 히토츠노타치의 비법은 전수받지 못했다. 그래서 그는 부친이 죽고 나자 고향인 히타치常陸에서 이세로 넘어와 도모노리를 만나 이렇게 말했다.

"저도 일찍이 아버님께 히토츠노타치를 배웠습니다만 생전에 아버님께서 말씀하시기를 당신한테도 전수하셨다기에 이 둘이 같은 것인지 다른 것인지를 비교하여 서로 그 비전의 길을 규명해보고자 하는데 어찌 생각하십니까?"

그러자 도모노리는 스승의 아들인 히코시로가 자신에게서 비전을 배우기 위해 왔다는 것을 이내 알아차렸지만 모른 척 흔쾌히 허락했다.

"좋습니다. 보여드리지요."

도모노리는 그 자리에서 바로 히토츠노타치의 비술을 보여주었다.

이렇게 해서 히코시로는 히토츠노타치를 모사할 수는 있었지만 요컨대 그것은 자세만 흉내 낸 것일 뿐 애초에 그럴 만한 그릇도 아니었기에 보쿠덴류는 이세에서만 널리 퍼지게 되었고, 그 여파로 이 지방에서는 검술의 달인이나 고수가 지금도 많이 배출되고 있었다.

이세에 발을 들여놓게 되면 반드시 그러한 자랑을 듣게 되는데, 선부른 자기 자랑에 비하면 귀에 거슬리지도 않고 구경을 하는 데도 참고가 되었기 때문에 지금도 구와나의 성시에서 다루사카 산垂坂山으로 오르는 길에서는 말을 탄 나그네가 마부에게 그 이야기를 들으며 연신 고개를 끄덕이고 있었다.

"과연, 그렇군."

때는 12월 중순으로 이세가 따뜻한 고장이라고는 해도 나코那古 연안에서 불어오는 바람은 꽤나 쌀쌀했다. 돈을 주고 빌린 말을 타고 있는 나그네는 나라의 무명으로 만든 속옷에 겹옷 한 겹을 입고 그 위에 소매 없는 하오리를 걸치고 있었는데 옷이 너무 얇고 지저분했다.

삿갓을 쓸 필요도 없을 정도로 햇볕에 새까맣게 그을린 얼굴에, 길에 떨어뜨려도 주워갈 사람이 없을 만큼 낡은 삿갓을 쓰고 있었다. 머리는 며칠이나 감지 않았는지 새 둥지처럼 부수수한 것을 그저 묶어놓은 것에 지나지 않았다.

'말 삯이나 받을 수 있을까?'

마부는 내심 걱정하면서 태운 손님이었다. 게다가 행선지도 벽촌이어서 돌아오는 길에 손님도 태울 수 없는 산골이었다.

"손님."

"왜 그러나?"

"욧카이치四日市까지 빠르면 점심, 가메야마亀山까지는 저녁 무렵, 거기서 다시 우지이雲林院 마을까지 가면 한밤중이 될 겁니다."

"흐음."

"괜찮겠습니까?"

"그렇네."

무슨 말을 해도 고개만 끄덕일 뿐 무뚝뚝한 손님은 말 등에 앉아 나코 연안에 정신이 팔려 있었다.

손님은 바로 무사시였다.

봄의 끝자락부터 지난겨울이 다 가도록 어디를 그렇게 돌아다녔는지 피부는 감물을 먹인 종이처럼 비바람에 누레지고 두 눈만이 날카롭게 반짝였다.

2

마부가 다시 물었다.

"손님, 아노고安濃鄕의 우지이 마을이라면 스즈카 산鈴鹿山의 능선에서도 20리나 더 들어가야 합니다. 그런 벽촌에는 무슨 일로 가시는 겁니까?"

"누굴 좀 만나러 가네."

"그 마을에는 나무꾼이나 농사꾼밖에는 없을 텐데요."

"구와나에서 쇄겸鎖鎌(낫과 추가 달린 쇠사슬로 이루어진 무기)의 고수가 있다는 말을 들었네."

"하하, 시시도 님을 말씀하시나 보군요."

"음, 시시도 뭐라고 하던데."

"시시도 바이켄宍戸梅軒입니다."

"그래, 맞아."

"그 사람은 낫을 만드는 대장장이인데, 쇄겸을 쓴다더군요. 그러면 손님은 무사 수련 중이십니까?"

"그렇네."

"그렇다면 대장장이 바이켄보다 마쓰자카松坂로 가시면 이이세에서 널리 알려진 고수를 만나실 수 있습니다."

"누구 말인가?"

"미코가미 덴젠神子上典膳이라는 사람입니다."

"하하, 미코가미 말인가?"

무사시는 고개를 끄덕였다. 그 이름은 익히 알고 있다는 듯 더는 묻지 않았다. 말없이 말 등에 앉아 흔들리는 몸을 맡기고 발아래로 가까워지는 욧카이치의 여관 지붕을 바라보고 있었다.

이윽고 마을로 들어서자 무사시는 노점의 한쪽 자리를 빌려 도시락을 먹었다. 그런데 그의 한쪽 발이 천에 싸여 있었다. 걸을 때도 다리를 약간 절뚝거렸다. 발바닥의 상처가 곪았던 것이다. 그래서 오늘은 말을 빌려서 타고 온 듯했다.

그는 요즘 매일 자신의 몸에 세심한 주의를 기울이고 있었다. 그렇게 주의를 기울였는데도 혼잡한 나루미鳴海 부두에서 못이 튀어나와 있는 짐 상자를 밟고 말았다. 어제부터 상처에서 열이 나더니 발등이 홍시처럼 부어올랐다.

'이건 불가항력의 적일까?'

무사시는 못에 대해서도 승패를 생각했다. 못이라 할지라도 무사로서 이런 실수를 했다는 것이 수치스러웠다.

'못은 분명 위를 향하고 있었다. 그것을 밟은 것은 내 눈에 허점이 있고, 마음이 항상 온몸에 가 있지 않다는 증거다. 또 발바닥이 찔리도록 밟았다는 것은 오체에 즉각적인 자유가 결여되었기 때문이고, 진정 무애자존한 몸이었다면 짚신 바닥에 못 끝이 닿는 순간 몸이 저절로 그것을 알아차렸을 것이다.'

그는 자문자답하며 이렇게 결론을 내리고 이래서는 안 된다고 자신의 미숙함을 반성했다. 검과 몸이 아직 일체가 되지 않았다. 실력만 늘고 몸과 정신은 따로 논다. 무사시는 일종의 불구 상태와 같은 자신에게 화가 치밀어 올랐다.

하지만 올해 늦은 봄 야마토의 야규 암자를 떠나고 나서 오늘까지 약 반년 동안을 결코 헛되이 보내지 않았다는 자부심은 갖고 있었다. 야규 암자를 떠난 뒤로 이가伊賀로 가서 오우미近江 가도를 따라 미노美濃, 비슈尾州를 거쳐 이곳에 이른 것인데, 그는 어디를 가든 검의 진리를 찾기 위해 혈안이 되었다.

'검의 심오한 진리란 무엇인가?'

마침내 그도 이 문제에 봉착했건만 '이것이 바로 검의 진리다.'라고 할 수 있는 것은 어느 마을이나 산골에서도 찾을 수 없었다. 지난 반년 동안 각지에서 만난 검술가가 몇 십 명인지 헤아릴 수 없을 정도였고, 그중에는 이름 있는 달인도 몇 명 있었지만, 요컨대 그들은 모두 칼을 다루는 기술이나 재주가 뛰어난 대가들뿐이었다.

3

만나기 어려운 것이 사람이다. 이 세상에는 사람이 너무 많이 늘어났지만 사람다운 사람을 만나기란 참으로 어렵다. 무사시는 세상을 돌아다니면서 이를 통감했다. 통감하면서 탄식할 때마다 그의 가슴에는 다쿠안이 떠올랐다. 너무나 사람다운 사람이.

'만나기 어려운 사람을 난 일찌감치 만났다. 혜택도 이런 혜택이 없다. 그러니 그 인연을 헛되이 해서는 안 된다.'

무사시는 다쿠안을 생각하자 지금도 양손의 손목에서부터 온몸이 욱신욱신 아파왔다. 이 기묘한 통증은 천 년 묵은 삼나무 우듬지에 매달렸던 그때의 신경이 아직도 그대로 생리적인 기억 속에 살아 있다는 증거였다.

'두고 봐. 언젠간 그를 천 년 묵은 삼나무에 매달아놓고 땅위에서 오도悟道(불도의 진리를 깨달음. 또는 그런 일)를 깨우쳐주겠다.'

그는 늘 그런 생각을 했다. 원망도, 복수심도 아니다. 그런 감정 때문이 아니라 무사시는 다쿠안이 선禪으로 인생의 최고 경지에 이르려고 한다면 자신은 검으로 다쿠안보다 더 높은 경지에 이를 수 있는지 없는지를 원대한 숙원의 하나로 가슴속에 품고 있었던 것이다.

설령 그런 형태가 아니더라도 자신의 수련이 눈부신 발전을 이루어서 다쿠안을 천 년 묵은 삼나무의 우듬지에 매달아놓고 지상에서 그를 향해 그의 어리석음을 깨우쳐줄 수 있는 날이 온다면 다쿠안은 우듬지 위에서 무어라 할 것인지, 무사시는 그 말을 듣고 싶었다.

필시 다쿠안은 '장하다! 만족, 대만족이야.'라고 말하며 기뻐할 것이 틀림없다. 아니, 그라면 그렇게 솔직하게는 말하지 않을 것이다. 껄껄 웃으면서 '풋내기가, 제법이구나!'라고 할지도 모른다.

뭐라 하든 상관없다. 무사시는 그에게 갚아야 할 은혜와 의리로서 어떤 형태라도 좋으니 다쿠안에게 한 번이라도 자신의 우월함을 보여주고 싶었다.

하지만 그것은 무사시의 부질없는 공상이었다. 그조차 이제 겨우 하나의 길에 들어섰을 뿐, 인간이 어떠한 경지에 도달하고자 하는 여정이 얼마나 지난하고 많은 시간을 필요로 하는지 매순간 느끼기 시작했던 것이다.

그런 만큼 다쿠안의 경지를 생각할수록 공상은 막다른 길에 다다른다. 하물며 끝내 만나지는 못했지만, 야규 골짜기의 검종劍宗 세키슈사이의 높은 경지를 생각하면 분하기도 하고 서글프기도 하며 자신은 아직 풋내기에 지나지 않는다는 것을 통감했다. 검술이니 도道니 하는 말들을 입에 담는 것조차 부끄러웠고, 보잘것없는 인간들만 보이던 이 세상이 갑자기 확 넓어지면서 두려워졌다.

'벌써부터 그렇게 그럴싸한 핑계를 대기엔 이르다. 검은 핑계가 아니다. 인생도 논의할 대상이 아니다. 행동하는 것이요, 실천하는 것이다.'

무사시는 곧장 산으로 들어갔다. 그가 산속에 틀어박혀서 어떤 생활을 하는지는 그가 산에서 마을로 내려오는 모습을 보면 대강 짐작이 간다.

그의 얼굴은 사슴처럼 볼이 핼쑥해져 있었고, 온몸에 긁히고 맞은 상처가 가득했다. 폭포를 맞아 기름기가 없어진 머리카락은 바짝 오그라들었고, 맨땅에서 잔 탓에 이만 이상하게 하얗다. 그리고 인간이 사는 마을을 향해 무서우리만치 오만한 신념을 불태우면서 상대하기에 부족함이 없는 자를 찾으러 내려오는 것이었다.

지금이 마침 구와나에서 들은 그런 상대를 찾아가는 길이었다. 쇄겸의 달인 시시도 바이켄이라는 자가 정말로 이 세상에서 만나기 힘든 인간인지, 아니면 흔해빠진 밥벌레인지, 아직 초봄까지는 열흘 남짓 남았기 때문에 교토로 가는 길에 한번 시험해 보려는 생각이었다.

4

무사시가 목적지에 도착했을 때는 이미 깊은 밤이었다.

"수고가 많았네. 이제 돌아가도 돼."

무사시가 마부의 노고를 위로하고 말 삯을 주고 가려는데 마부가 지금처럼 늦은 시간에는 이런 산골에서 돌아가는 것도 엄두가 나지 않으니 날이 밝을 때까지 그가 찾아가는 집의 처마 아래에서라도 잠을 자고 가겠다고 했다. 그리고 아침이 되어 스즈카 고개를 내려오는 손님을 태우고 돌아가는 편이 돈도 벌 수 있고, 무엇보다 너무 추워서 지금은 한 발짝도 움직이지 못하겠다는 것이었다.

마부의 말을 듣고 보니 이 근방은 이가, 스즈카, 아와의 산들이 둘러싼 첩첩산중이라 어디를 둘러봐도 산뿐이었고, 그 산 꼭

대기는 하얀 눈이 덮여 있었다.

"그럼 내가 찾아가는 집을 당신도 함께 찾아주겠나?"

"시시도 바이켄 님 댁 말입니까?"

"그렇네."

"그리 하겠습니다."

그 바이켄이라는 자가 이 근방의 농사꾼이자 대장장이라고 하니 낮에는 금방 찾을 수 있겠지만 이미 마을에는 불이 켜져 있는 집이 한 채도 보이지 않았다.

다만 어디선가 아까부터 차갑게 얼어붙은 밤하늘을 울리는 다듬이질 소리가 들려오고 있었다. 그 소리를 따라 걸어간 두 사람은 이윽고 불빛 하나를 발견했다.

그런데 천만다행히도 그 다듬이질 소리가 나고 있는 집이 대장장이 바이켄의 집이었다. 처마 아래에 오래된 쇠붙이가 잔뜩 쌓여 있었고, 새까맣게 그을린 차양을 보니 대장장이의 집이 틀림없었다.

"주인을 불러주게."

"예."

마부가 먼저 문을 열고 들어가자 넓은 토방이 나왔다. 일은 하고 있지 않았지만, 풀무 주변에서는 벌건 불이 이글거리고 있었다. 그리고 한 아낙네가 그 불을 등지고 앉아서 다듬이질을 하고 있었다.

"밤늦게 실례 좀 하겠습니다. 아아, 불을 보니 살 것 같다."

낯선 사내가 불쑥 들어와서 풀무 옆에 있는 불가에 쭈그리고 앉자 아낙네는 다듬이질을 멈췄다.

"댁은 뉘시오?"

"예, 말씀드리지요. 저는 멀리서 이 집 바깥양반을 찾아온 손님을 태우고 방금 도착한 구와나에 사는 마부입니다."

"예?"

아낙네는 무사시를 무뚝뚝하게 올려다보았다. 조금 귀찮다는 듯 눈살을 찌푸리는 것을 보니 이 집을 찾아오는 무사 수련생들이 꽤 많은 모양이다. 아낙네는 그런 나그네와 식객을 어떻게 다뤄야 하는지도 잘 알고 있는 듯했다. 서른쯤 되어 보이고 얼굴은 예쁘장했지만 어딘지 건방져 보이는 것이 아니나 다를까 무사시를 향해 어린아이에게 명령하듯 말했다.

"뒤에 문 좀 닫아요. 찬바람이 들어오면 아이가 감기에 걸리니까."

무사시는 고개를 숙이며 순순히 대답하고 뒤의 판자문을 닫았다. 그러고는 풀무 옆의 그루터기에 앉아서 새카맣게 그을린 작업장과 멍석이 깔려 있는 세 칸쯤 됨직한 집 안을 둘러보니 과연 벽 한쪽에 소문으로만 듣던 쇄겸이라는 처음 보는 무기가 열 자루가량 판자에 박힌 고리에 걸려 있었다.

'저것이구나.'

무사시는 이런 무기와 이런 무기로 펼치는 일종의 무술과 상대해보는 것도 수련의 하나라고 생각하고 있던 터라 그것을 보는 눈빛이 이내 달라졌다.

아낙네는 다듬이 방망이를 내려놓더니 벌떡 일어나 멍석 위로 올라갔다. 차라도 끓여주려는가 싶었으나, 그녀는 그곳에 깔려 있는 젖먹이의 이불 속으로 들어가 팔베개를 하고 눕더니 아이에게 젖을 물리고는 웃으면서 말했다.

"거기 젊은 무사 양반, 당신도 우리 집 양반과 싸워서 괜히 피나 토하려고 찾아온 게요? 그런데 공교롭게도 우리 집 양반이 여행 중이라 목숨은 건진 것 같네요."

5

한낱 대장장이의 아낙네에게 조롱거리나 되려고 이 먼 산골까지 찾아왔는가 싶어 무사시는 울컥했다. 어떤 아내든 남편의 사회적인 위치를 잘못 인식하고 있는 경우가 많은데, 이 여자도 자신의 남편만큼 대단한 사람은 세상에 없다고 믿고 있는 듯했다. 그렇다고 여자와 싸울 수도 없는 노릇이었다.

"집에 없다니 유감이군. 여행을 떠났다고 하셨는데 어디로 가셨소?"

"아라키다荒木田 님께 갔지요."

"아라키다 님이 누구요?"

"이세에 와서 아라키다 님을 모르다니, 호호호."

여자가 또 웃었다. 젖을 물리고 있던 아기가 칭얼대자 여자는 토방의 손님 따위는 까맣게 잊은 듯 사투리로 자장가를 부르기 시작했다.

자장자장
자는 아기 귀엽고
깨서 우는 아기는
나쁘다네
나쁘다네
엄마를 울리네.

풀무 끝에 남아 있는 불이 그나마 구경거리였다. 누가 초대해서 온 것도 아니니 포기할 수밖에 없다.

"아주머니, 거기 벽에 걸려 있는 것이 남편께서 사용하시는 쇄겸입니까?"

무사시가 쇄겸을 한 번 봐두는 것도 좋은 공부가 될 것 같아 만져봐도 되겠냐고 묻자 꾸벅꾸벅 졸면서 자장가를 부르던 여자는 애매모호하게 고개를 끄덕였다.

"괜찮겠습니까?"

무사시는 손을 뻗어 벽에서 쇄겸 하나를 들고 유심히 살펴보았다.

"흠, 이것이 요즘 많이들 쓰고 있다는 쇄겸인가?"

얼핏 보기에는 허리에도 찰 수 있는 한 자 네 치 정도의 막대기에 지나지 않았다. 막대기 끝의 고리에 긴 쇠사슬이 달려 있었고, 그 쇠사슬 끝에는 휘두르면 사람의 두개골을 깨버리기에 충분한 쇳덩이가 달려 있었다.

"허허, 여기에서 낫이 나오나?"

막대기 옆에 홈이 패여 있고, 그 속에 감춰져 있는 낫의 등이 반짝였다. 손톱으로 낫을 끄집어내자 드러난 날은 능히 사람의 목을 자를 수 있을 만큼 날카롭게 갈려 있었다.

"음…… 이렇게 사용하는 건가?"

무사시는 왼손에 낫을 들고, 오른손에 쇠사슬이 달린 쇳덩이를 잡고 가상의 적이 있다고 상상하면서 자세를 잡고 혼자 생각하고 있었다.

그런데 갑자기 아낙이 팔베개를 풀고 무사시를 보더니 소리쳤다.

"뭐 하는 거예요? 꼬락서니 하고는."

그녀는 젖을 아기의 입에서 빼고 토방으로 내려왔다.

"그런 자세로 있다가는 바로 상대의 칼을 맞을 거요. 쇄겸은 이렇게 잡는 것이오."

그녀는 무사시의 손에서 쇄겸을 빼앗더니 자세를 취해 보였다.

"앗……."

무사시는 자기도 모르게 눈이 휘둥그레졌다. 가슴을 드러낸 채 누워 있을 때는 젖소처럼 보이던 여자가 쇄겸을 들고 자세를 취하자 너무나 멋있고 근엄한 것이 아름답기까지 했다. 그리고 고등어 등처럼 시퍼런 낫의 칼날에는 시시도 야에가키류宍戸八重垣流라는 글자가 선명하게 새겨져 있었다.

6

'아! 멋있다.'

무사시가 좀 더 자세히 들여다보려고 하는 순간 대장장이의 아낙네가 자세를 풀더니 말했다.

"자, 이렇게 하는 거예요."

그녀는 쇄겸을 다시 접어서 원래 있던 벽에 걸었다.

무사시는 그녀가 취했던 자세를 기억할 틈이 없었다는 것을 아쉬워하면서 한 번 더 보고 싶었다. 그러나 아낙은 아무 일도 없었다는 듯이 무심한 얼굴로 다듬이를 치우고는 아침밥을 지으려는지 부엌 쪽에서 달그락거리며 분주하게 움직였다.

'그의 아내조차 저 정도인데 남편인 시시도 바이켄이라는 자의 실력은 어느 정도일까?'

무사시는 빨리 바이켄이라는 자를 만나보고 싶어서 안달이 날 정도였다. 하지만 그녀의 말대로라면 바이켄은 이세의 아라키다라는 사람의 집에 가고 없었다. 아까도 이세에 와서 아라키다 님을 모른다고 비웃음을 샀던 것이 생각난 무사시는 부끄러움을 무릅쓰고 마부에게 물어보았다.

"이세 신궁을 지키는 분입니다."

마부는 풀무 옆의 벽에 기대 기분 좋게 따뜻해진 온기를 즐기며 잠결에 말했다.

'그럼, 이세 신궁의 신관이란 말인가? 그곳에 가 보면 바로 알 수 있겠지. 좋아…….'

물론 그날 밤은 멍석 위에서 잤다. 대장간 아이가 일어나서 토방 문을 여는 바람에 더 이상 잘 수 없었지만.

"마부, 내친김에 야마다山田까지 태워다 줄 수 있겠나?"

"야마다요?"

마부의 눈이 휘둥그레졌다.

그러나 어제의 삯도 제대로 받았으니 못 받을 걱정은 없었는지라 흔쾌히 응하고 무사시를 태우고 마쓰자카를 거쳐 저녁 무렵에는 이세 대신궁을 향해 몇 십 리나 이어져 있는 가로수 길로 접어들었다. 겨울이라 해도 길가의 찻집은 너무나 썰렁했다. 커다란 가로수가 비바람에 몇 그루나 쓰러져 있었고, 오가는 사람이나 말 방울 소리도 드물었다.

무사시는 야마다의 여관에서 신관인 아라키다의 집으로 사람을 보내 시시도 바이켄이라는 자가 머무르고 있는지 물어보았다. 그러자 그 집의 집사에게서 그런 사람은 묵고 있지 않은데 뭔가 잘못 안 건 아니냐는 답이 왔다.

무사시는 실망과 동시에 발에 난 상처에서 통증을 느꼈다. 못에 찔린 상처는 그제보다 더 심하게 부어 있었다. 그는 콩비지를 짜낸 따뜻한 물로 씻으면 좋다는 말을 듣고 다음 날 여관에서 하루 종일 반복해서 상처를 씻었다.

'올해도 벌써 섣달 중순이구나.'

무사시는 따뜻한 콩비지 물에 발을 담근 채 초조해했다. 이미 나고야에서 파발로 요시오카 도장에 결투장을 보내놓았다. 그때가 되어 발을 다쳐서 못하겠다는 따위의 말은 오기로라도 할 수 없다. 날짜도 상대에게 일임하겠다고 했다. 게다가 다른 약속도 있어서 정월 초하루까지는 어떻게든 5조의 다리까지 가야만 했다.

"이세 가도로 돌아가지 않고 곧장 갔으면 좋았을 걸 그랬군."

가벼운 후회를 하면서 무사시는 따뜻한 물에 잠긴 자신의 발등을 보고 있으려니 발이 두부처럼 부풀어 오르는 것 같았다.

7

이런 약이 집안 대대로 내려오고 있다느니, 이 유약油藥을 발라보라느니 하며 여관 사람이 이런저런 처방을 알려줬지만 무사시의 발은 날이 갈수록 더 부어올라서 한쪽 발은 마치 통나무처럼 무거웠고, 이불 속에 넣고 있을라치면 열과 극심한 통증으로 견딜 수가 없었다.

곰곰이 생각해보니 철이 들고 나서 아직 몸이 아파서 사흘 이상 누워 있었던 기억이 없다. 어렸을 때 머리의 정수리 근처, 딱 사카야키月代(에도 시대에 남자가 이마부터 머리 한가운데까지 머리털을 깎은 일이나 부분)에 해당되는 부분에 종기를 앓았는데 지금도 멍이 든 것처럼 거무스름한 자국이 남아 있어서 사카야키를 하지 않았다. 하지만 그 외에는 병다운 병은 앓은 적이 없었다.

'병 역시 인간에게는 강한 적이다. 병을 이길 수 있는 검이란 무엇일까?'

그의 적은 항상 외부에만 있는 것은 아니었다. 나흘 내내 자리에 누워서 명상의 과제로 삼아 그런 생각을 하던 그는 연말로 다가가는 달력을 보고 요시오카 도장과의 약속이 생각났다.

'앞으로 며칠 안 남았구나. 이렇게 있어선 안 돼.'

무사시는 터질 듯이 요동치는 심장을 진정시키기 위해 가슴을 쫙 펴고 통나무처럼 부어오른 발로 이불을 힘껏 걷어찼다.

'이 따위 적조차 이기지 못하면서 요시오카 일문을 이길 수 있겠는가.'

병마를 깔아뭉갤 요량으로 억지로 무릎을 꿇고 앉아보았다. 아팠다. 정신이 아득해질 만큼 아팠다.

무사시는 눈을 감고 창문을 향해 앉아 있었다. 붉게 달아오른 얼굴이 이윽고 진정되기 시작했다. 그의 완고한 신념이 병마를 이겨냈는지 머리가 다소 맑아진 듯했다. 눈을 뜨자 창문 정면으로 외궁과 내궁의 숲이 펼쳐져 있고, 그 숲 위로 마에 산前山과 동쪽에 아사마 산朝熊山이 보였다. 그리고 두 산을 잇는 산과 산의 능선 사이에는 그 모든 산들을 호령하듯 검과 같이 높이 솟아 있는 봉우리 하나가 보였다.

"와시 령鷲嶺이구나."

무사시는 그 산을 응시했다. 매일 누워서 바라보던 와시가타케鷲ヶ岳(타케岳는 높은 산을 뜻함)다. 그 산을 바라보면 왠지 모르게 투지가 끓어올랐다. 정복욕에 휩싸였다. 술통처럼 부어오른 다리를 부여잡고 누워 있자니 산의 오만함에 괜히 심사가 뒤틀렸다.

주변의 산들을 뚫고 하얀 구름 위에 초연하게 솟아 있는 와시령의 뾰족한 정상을 바라보고 있자니 무사시는 야규 세키슈사이의 모습이 자기도 모르게 떠올랐다. 세키슈사이라는 인물은 필시 저런 느낌의 노인이 아닐까 생각했다. 아니, 어느새 무사시는 와시가타케라는 산이 세키슈사이 그 자체로 느껴졌다. 아득한 구름 위에서 자신의 나약함을 조롱하고 있는 것 같은 기분이 들었다.

"……."

산과 눈싸움을 벌이고 있는 동안에는 잊고 있었던 발의 통증이 제정신으로 돌아오니 마치 대장간의 아궁이 속에 들어 있는 것처럼 되살아났다.

"아으, 아파라."

자기도 모르게 꿇었던 다리를 풀고 자기 것이 아닌 듯한 굵고 둥그런 발목에 눈살을 찌푸렸다.

"이보시오, 누구 없소?"

무사시는 극심한 통증을 쏟아내는 듯한 말투로 갑자기 여관 여종업원을 불렀다.

하지만 좀처럼 오지 않자 그는 다시 주먹으로 방바닥을 두세 번 두드렸다.

"거기, 아무도 없는가? 곧 여길 떠날 테니 계산서를 가지고 오게. 그리고 도시락과 볶은 햅쌀, 튼튼한 짚신 세 켤레도 준비해 주고."

신천

1

《호겐 이야기保元物語》(1156년에 일어난 호겐의 난을 배경으로 쓴 군담소설)에 묘사된 이세의 무사 다이라노 다다키요平忠清는 이곳 후루이치古市 태생이다. 하지만 지금은 거리에서 차를 끓여주는 여자가 게이초慶長 시대의 후루이치를 대표하고 있었다.

대나무를 엮어 만든 주렴을 들창에 매달아놓고, 빛바랜 장막 같은 것을 둘러쳤다. 그 앞에는 길가의 가로수만큼이나 많은 여자들이 하얗게 분칠을 하고 나와서는 길 가는 나그네들을 붙잡았다.

"잠깐 들렀다 가세요."

"차라도 한잔하세요."

"거기 젊은이들!"

"나그네 양반!"

밤이고 낮이고 없었다. 내궁으로 가려면 싫어도 입이 건 여자들의 눈총을 받거나 소맷자락이 잡힐까 조심하면서 지나갈 수밖에 없었다. 야마다를 나선 무사시도 무서운 표정으로 아픈 다리를 질질 끌면서 느릿느릿 이곳을 지나갔다.

"어머, 무사 수련하시는 양반."

"발을 다치셨나요?"

"낫게 해드릴게요."

"주물러드릴게요."

여자들은 길을 막고 무사시의 소맷자락부터 삿갓, 손목 따위를 붙잡으며 말했다.

"그렇게 무서운 얼굴을 하면 잘생긴 얼굴이 못쓰게 돼요."

무사시는 얼굴을 붉히며 아무 말도 못하고 그저 갈팡질팡했다. 그는 이런 적에게는 아무런 대비도 없는 듯했다. 연신 미안하다는 말만 되풀이했다. 그렇게 정색을 하고 변명하는 모습에 여자들은 새끼 표범처럼 귀여워 죽겠다며 웃었다.

그러나 하얀 손의 폭력은 멈추지 않았다. 무사시는 너무 당황한 나머지 체면 불고하고 빼앗긴 삿갓도 내버린 채 도망치기 시작했다.

여자들의 웃음소리가 어디든 따라오는 것만 같았다. 무사시는 그 하얀 손들이 헤집어놓은 마음이 쉽게 진정되지 않아서 괴로웠다.

그도 여자라는 존재에 결코 무감각할 수만은 없었다. 그는 오랜 여행을 하는 동안 어디를 가나 이 같은 곤란한 상황에 처하곤 했다.

어느 날 밤에는 그 때문에 잠을 이루기 힘든 적도 있었다. 하얀 분 냄새가 생각나 격렬하게 날뛰는 피를 진정시키고 잠을 청해보려 했지만 검 앞의 적과는 달리 그도 어떻게 할 수가 없었던 것이다. 성적 욕망으로 온몸이 타올라 뒤척이기만 하다 밤을 하얗게 지새울 때면 오쓰의 모습조차 추한 욕정의 대상으로 변할 정도였다.

다행히 지금은 한쪽 다리만 아팠다. 조금 무리해서 뛰었더니 다리가 마치 끓는 쇳물을 밟은 것처럼 화끈거렸고, 한 걸음 디딜 때마다 심한 통증이 발바닥에서 타고 올라와 눈으로 튀어나오는 것 같았다.

하지만 이렇게 아플 것은 이미 각오하고 떠나온 터였다. 보따리처럼 큼지막하게 싸맨 한쪽 발은 들어 올릴 때마다 온몸의 힘이 필요했다. 그 때문에 붉은 입술과 달콤한 꿀처럼 끈끈한 손과 감미로운 머리카락의 향기가 이내 그의 머릿속에서 사라졌다. 그는 평소의 자신으로 돌아와 있었다.

'제기랄! 빌어먹을!'

한 걸음 한 걸음, 불을 밟는 것 같았다. 이마에 땀이 배어나왔다. 온몸의 뼈가 산산조각이 나는 것 같았다. 하지만 이스즈 강五

十鈴川을 건너 내궁으로 한 걸음 들어서자 왠지 살 것 같은 기분이 들었다. 풀이나 나무를 봐도 이곳에선 신의 숨결이 느껴졌다. 무슨 영문인지 몰라도 새의 날갯짓 소리까지 속세의 것이 아니었다.

"으으으……."

가제노미야風宮 앞까지 온 무사시는 고통을 참을 수 없었는지 신음 소리를 내면서 큰 나무 뿌리에 쓰러지더니 다리를 가만히 끌어안았다.

2

무사시는 죽어서 돌이 되어버린 듯 언제까지나 움직이지 않았다. 몸속에서는 곪고 부어오른 환부가 불덩이처럼 고동 치고 있었고, 몸 밖에서는 겨울밤의 한기가 살갗을 도려내는 듯했다.

"……."

무사시는 결국 감각을 잃었다. 도대체 무슨 생각으로 느닷없이 여관의 침상을 박차고 뛰쳐나온 것일까? 이런 고통을 겪게 되리라는 것은 당연히 알고 있었는데도 말이다. 이불 속에서 저절로 발이 낫기를 기다리고 있다가는 한이 없을 것이라는 환자의 초조함이나 짜증 때문이었다면 너무나 무모하고 난폭한 짓이었다. 고통스럽기만 할 뿐 나중에 더 악화될 것은 불을 보듯 뻔한 일이었다.

하지만 정신만은 무서울 정도로 긴장하고 있는 듯했다. 무사시는 이내 고개를 번쩍 들더니 날카로운 눈으로 허공을 응시했다. 웅웅, 신궁 정원의 거대한 삼나무가 어두운 바람에 날리며 허공 속에서 하염없이 울고 있었다. 하지만 지금 무사시의 귀를 아프게 자극하고 있는 것은 그 바람을 뚫고 흘러온 생황笙篁과 필률篳篥과 피리가 합주하는 고대 음악의 곡조였다.

귀를 기울이자 그 연주 소리와 함께 소녀들의 싱그러운 노랫소리가 들려왔다.

"으으!"

무사시는 또다시 입술을 깨물며 억지로 일어섰다. 몸이 마음처럼 움직이지 않았다. 가제노미야의 흙담을 양손으로 짚으며 게처럼 옆으로 걸어갔다. 천계天界의 음악은 멀리 불빛이 새어 나오는 덧문에서 들려왔다. 그곳은 고라노타치子等之館라고 해서 대신궁에서 시중을 드는 가련한 여인들이 사는 집이었다. 아마도 옛날 덴표天平(729~749. 나라 시대의 최전성기) 시절처럼 그 여인들이 생황이나 필률 등의 악기를 연주하며 가구라 연습을 하고 있는 듯했다.

무사시가 벌레처럼 기어간 곳은 그 고라노타치의 뒷문인 듯했다. 안을 들여다보았지만 아무도 없었다. 무사시는 도리어 그

편이 더 낫다는 듯 허리에 찬 칼을 풀어 등에 지고 있던 무사 수련 보따리와 함께 하나로 매서 담장 안쪽의 도롱이를 거는 못에 걸었다. 그리고 양손을 허리께에 대고 다리를 끌면서 어딘가로 사라졌다.

그로부터 얼마 후, 고라노타치에서 5, 6정쯤 떨어진 이스즈 강의 바위 부근에서 한 벌거벗은 사내가 얼음을 깨고 온몸에 물을 끼얹고 있었다. 다행히 신관이 몰랐기에 망정이지 만약 그 모습을 보았다면 '미친놈.'이라고 야단이 났을 것이다.

그 정도로 물을 끼얹고 있는 벌거벗은 사내의 행동은 미친 짓처럼 보였다.

《다이헤이키太平記》라는 책에 의하면 옛날 이곳 이세 지방에는 닛키 요시나가仁木義長라는 활을 잘 쏘는 바보 천치가 있었다. 그는 신사에 딸린 세 군으로 쳐들어와서 이곳을 점령하고 이스즈 강의 고기를 잡아먹고 가미지 산神路山에 매를 풀어서 새들을 잡아 구워 먹으며 무위를 떨치다가 미쳐버렸다는데, 이날 밤 벌거벗은 사내에게는 마치 그의 악령이 들러붙은 듯했다.

이윽고 그는 물새처럼 바위 위로 올라가 몸을 닦고 옷을 입었다. 바로 무사시였다. 곤두선 머리카락이 한 올 한 올 바늘처럼 얼어 있었다.

3

'이 정도의 육체적 고통도 이기지 못하고 어찌 평생의 적을 이길 수 있단 말인가.'

무사시는 스스로를 질타했다. 평생의 적은커녕 머지않아 요시오카 세이주로와 그 일문이라는 큰 적을 상대해야만 한다.

요시오카 쪽과 자신의 사정은 꽤 험악하고 복잡했다. 상대는 이번에야말로 일문의 실력을 자랑하며 체면을 세우겠다고 달려들 것이 틀림없다. 필살의 진을 치고 손에 침을 바르며 다가올 날을 기다리고 있을 것이다.

흔히 난다 긴다 하는 무사들이 염불처럼 말하는 필사라든가 각오 따위의 말도 무사시에게는 부질없는 헛소리처럼 들렸다. 대개 평범한 무사가 이런 경우에 직면했을 때 필사적이 되는 것은 당연한 동물적인 본능이다. 각오라는 것은 필사보다 다소 고등적인 마음가짐이지만 그 또한 죽을 각오라면 그리 어려운 것도 아니다. 도저히 살 가망이 없는 사태에 직면해서 죽을 각오를 하는 것은 누구나 갖는 마음이다.

무사시가 고민하는 것은 필사의 각오가 되어 있지 않은 것이 아니라 이기는 것이었다. 반드시 이긴다는 신념을 갖는 것이었다.

길은 멀지 않다.

여기서 교토까지 400리도 채 안 된다. 조금 부지런히 걸으면 사흘 안에 도착할 수 있다. 그러나 마음의 준비는 며칠 정도로 할 수 있는 것이 아니다.

결투장은 이미 나고야에서 요시오카 쪽에 보냈다. 그 후 무사시는 스스로에게 물어보았다.

'마음의 준비는 되었느냐? 반드시 이길 수 있겠느냐?'

그러나 유감스럽게도 마음 한구석에 나약한 부분이 있다는 걸 인정하지 않을 수 없었다. 그것은 자신의 미숙함을 스스로 알고 있다는 것이었다. 그는 자신이 아직 달인의 경지에도 명인의 경지에도 이르지 못한 미완성의 인간이라는 것을 잘 알고 있었다.

오쿠조인奧藏院의 닛칸과 야규 세키슈사이를 떠올리고, 또 다쿠안 스님이 이루어놓은 것을 생각하면 아무리 자신의 가치를 높이 평가하려 해도 '미숙하다.'고 자신의 약점과 허점을 시인할 수밖에 없었다.

그런 미숙한, 아직 완성되지 않은 자신을 끌고 필살의 태세로 기다리고 있을 다수의 적들 속으로 들어가는 것이다. 게다가 이기려고 한다. 무사라는 존재의 근본적인 의의로서 아무리 잘 싸워도 싸운 것만으로는 훌륭한 무사라고 할 수 없다. 이겨야 한다. 천수를 누릴 때까지 이겨서 이 세상에 멋지게 큰 획을 그어 보이지 않으면 진정한 무사로서의 삶이었다고 할 수 없다.

무사시는 몸을 부르르 떨며 외쳤다.

"난 이긴다!"

그는 이스즈 강의 상류를 향해 크고 작은 바위 사이를 원시인처럼 기어서 갔다. 사람의 발길이 닿은 적 없는 태곳적 골짜기 숲에는 소리가 나지 않는 폭포가 걸려 있었다. 폭포수도 모두 얼음기둥이 되어 얼어붙어 있었다.

4

무사시는 도대체 어딜 향해, 무엇을 목적으로 이토록 애를 쓰면서 가는 것일까?

발가벗고 신천神泉에서 목욕한 죄로 벌을 받아 정말로 미친 것은 아닐까?

"그래, 해보는 거다. 해보자."

귀신같은 낯빛이었다. 바위를 기어오르고 덩굴에 매달리며 기암괴석을 발 아래로 정복해가는 한 걸음 한 걸음의 노력이라는 것은 보통의 의지로는 할 수 있는 것이 아니다. 거기에 장대한 목적이 없다면 제정신이라고는 할 수 없다.

이스즈 강의 이치노세一之瀨에서 약 15정쯤 떨어진 계곡은 은어조차 거슬러 오르지 못한다고 할 정도로 암석이 많고 급류가

흐른다. 거기서부터는 원숭이나 덴구天狗(얼굴이 붉고, 코가 높으며 신통력이 있어 하늘을 자유로 날면서 심산深山에 산다는 상상 속의 괴물) 외에는 들어갈 수 없는 절벽이었다.

"음, 저기가 와시 령이구나."

그의 정신상태 앞에서 불가능이란 장애물은 보이지 않는 듯했다. 칼과 소지품들을 고라노타치에 두고 온 것은 이런 상황에 대비한 것이리라. 무사시는 절벽에 늘어져 있는 덩굴을 붙잡고 조금씩 기어 올라갔다. 인간의 힘이 아니었다. 우주의 인력이 땅 위의 물체를 천천히 끌어 올리고 있는 듯했다.

"이얏호!"

무사시는 정복한 절벽 위에서 큰 소리로 고함을 질렀다. 이스즈 강의 하얀 물줄기 끝에서 후타미가우라二見ヶ浦의 해안가까지 아득하게 내려다보였다. 그리고 그가 눈길을 돌린 전방에는 어둠에 잠긴 성긴 숲 속으로 험준한 와시가타케의 산자락이 이어져 있었다. 아픈 다리를 부여잡고 누워 있던 여관 방에서 매일이다시피 올려다보던 눈엣가시 같은 와시 령에 그는 지금 이렇게 바싹 다가온 것이다.

'이 산은 세키슈사이다.'

무사시는 그렇게 생각하며 여기까지 왔다. 퉁퉁 부어오른 다리로 분연히 여관을 뛰쳐나와 신천에서 목욕을 하고 이곳으로 기어온 목적이 비로소 그의 형형한 눈에 또렷해졌다. 요컨대 그는 여전히 극심한 패배감에 시달리며 야규 세키슈사이라는 거인이 머리 위에서 짓누르고 있는 것 같아 견딜 수가 없었던 것이다.

그 때문에 이 산의 형상이 왠지 모르게 세키슈사이처럼 보였던 무사시는 상처 난 발에 괴로워하고 있는 자신을 매일 조롱하듯이 내려다보고 있는 산의 형상이 께름칙하게 여겨졌던 것이다.

'눈엣가시 같은 산이다.'

그렇게 무사시는 며칠 동안 쌓였던 울분을 가슴에 품고 단숨에 정상으로 기어올랐다.

'세키슈사이, 이제 어쩔 테냐!'

흙발로 짓밟아주면 필시 가슴이 후련해질 것이다. 또 그 정도의 자신감도 없다면 교토 땅을 밟고 요시오카 쪽과의 대결에 어찌 승산이 있겠는가.

발로 밟고 있는 풀이며 나무며 얼음이며 적이 아닌 것이 없다. 이기느냐 지느냐! 한 걸음 한 걸음이 승패를 결정 짓는 호흡이었다. 신천 속에서 얼어버린 온몸의 피가 지금은 열천熱泉처럼 온몸의 숨구멍에서 뜨거운 김을 뿜어내고 있었다.

무사시는 불도를 닦는 사람도 오르지 않는다는 와시가타케의 붉은 속살에 안겨 있었다. 디딜 곳을 찾던 발이 바위에 닿자 부서진 바위 조각이 성긴 숲 속으로 굴러 떨어지는 소리가 까마득히 들려왔다.

100척, 200척, 300척…… 하늘로 올라가는 무사시가 점점 작아졌다. 하얀 구름이 다가와 그를 에워쌌다가 사라질 때마다 그의 모습이 하늘과 하나가 되어갔다. 와시 령은 거인처럼 그의 행동을 냉담하게 바라보고 있었다.

5

무사시는 바위에 들러붙은 게처럼 산의 9부 능선 근처에 매달려 있었다. 그의 손이든 발이든 조금이라도 느슨해지는 순간 그의 몸은 무너져 내리는 바윗돌과 함께 천 길 낭떠러지로 굴러 떨어질 것이다.

"후우……."

온몸의 숨구멍으로 호흡한다. 여기까지 오니 심장이 입 밖으로 튀어나올 것처럼 고통스러웠다. 조금 오르고는 바로 쉰다. 그리고 무의식중에 기어 올라온 곳을 내려다보았다.

신궁 정원의 태곳적 숲도, 이스즈 강의 하얀 물줄기도, 가미지 산, 아사마朝熊, 마에 산의 봉우리들도, 도바鳥羽의 어촌도 이세의 넓은 바다도 모두 발아래에 있었다.

"9부까지 왔다."

물큰한 땀내가 가슴팍에서 확 올라왔다. 무사시는 문득 어머니의 품속에 머리를 파묻고 있는 듯한 도취감에 빠졌다. 거친 산거죽과 자신의 살갗이 구별되지 않아 그대로 잠이 들고 싶었다.

엄지발가락으로 짚고 있던 바위가 우르르 무너졌다. 그의 생명이 꿈틀 요동치며 무의식적으로 다음에 짚을 곳을 찾았다. 숨을 한 번 쉬는 것조차 이루 말할 수 없이 괴로웠다. 그것은 마치 호각지세에서 베느냐 베이느냐는 검과 검의 대치 상태와 흡사했다.

"이제 얼마 안 남았다."

무사시는 또다시 산을 할퀴듯이 손발을 움직였다. 여기서 주저앉을 나약한 의지와 체력이라면 무사로서 장차 언제든 다른 무사에게 패배의 치욕을 당할 것은 자명했다.

"제기랄."

땀이 바위를 적셨다. 그 땀에 몇 번이나 미끄러질 정도였다. 무사시의 몸은 한 조각 구름처럼 물기를 흠뻑 머금고 있었다.

"세키슈사이."

무사시는 주문을 외듯 계속 중얼거렸다.

"닛칸, 다쿠안."

한 발 한 발 그는 평소 자기보다 뛰어난 인물이라고 생각하는 사람들의 머리를 밟고 오른다는 생각으로 올라갔다. 산과 그는 더 이상 두 개의 다른 존재가 아니었다. 이런 인간이 들러붙은 것에 산도 놀란 듯 갑자기 큰 소리로 울부짖더니 굵은 자갈과 모래를 날렸다.

무사시는 손으로 입을 막듯이 숨을 멈췄다. 바위를 붙잡고 있어도 몸이 질질 끌려가는 듯한 엄청난 바람이었다. ……잠시 눈을 감은 채 꼼짝 않고 엎드려 있었다.

그러나 무사시의 마음은 환희로 가득 차 있었다. 엎드린 순간 사방팔방 무한한 천공天空을 보았던 것이다. 게다가 밤의 구름바다에는 새벽빛이 아스라하니 하얗게 비치고 있었다.

"아, 이겼다!"

정상을 밟았다고 생각한 순간 그는 의지의 활시위가 뚝 끊어진 듯 쓰러져버렸다. 산 정상의 바람은 끊임없이 그의 등으로 작은 돌멩이를 날려 보냈다.

그렇게 한참을 무아지경에 빠져서 엎드려 있는 동안 무사시는 뭐라고 형용할 수 없는 쾌감에 온몸이 가벼워지는 것을 느꼈다. 땀으로 흠뻑 젖은 몸은 정상의 대지 위에 찰싹 달라붙어서 산성山性과 인간성人間性이 여명의 대자연 속에서 장엄한 생식을 영위하듯이 그는 신비로운 황홀감에 빠져 언제까지나 누워 있었다.

그러다 퍼뜩 정신이 들어서 고개를 들어보니 머리가 수정처럼 투명한 느낌이 들었다. 작은 물고기처럼 몸을 팔딱팔딱 움직여보고 싶었다.

"아아, 내 위에는 아무것도 없다. 난 와시 령을 밟고 있다!"

산뜻하고 아름다운 아침 햇살이 그와 산 정상을 물들이고 있었다. 무사시는 원시인처럼 굵은 두 팔을 하늘로 힘껏 쳐들었다. 그리고 산 정상을 굳게 디디고 있는 두 발을 물끄러미 내려다보았다.

그러다 문뜩 깨달았다. 발등에서 시퍼런 고름이 한 되나 흘러나와 있었다. 그것은 또 이 맑고 투명한 천계와는 어울리지 않는 인간의 냄새와 수만 가지 울분이 곪아 터진 냄새를 풍기고 있었다.

겨울 아지랑이

1

고라노타치에 기거하고 있는 묘령의 무녀巫女들은 물론 모두 처녀였다. 어린 이는 열서너 살의 소녀부터 큰 이는 스무 살가량의 아가씨였다.

하얀 비단으로 만든 고소데에 붉은색 하카마는 가구라를 연주할 때 입는 정장이고, 평소 이곳에서 공부를 하거나 청소를 할 때는 무명의 하카마를 입고 소매가 짧은 웃옷을 입었다.

아침 제례가 끝나면 각자 책 한 권씩 들고 신관인 아라키다의 학교로 국어와 와카和歌(일본에서 옛날부터 내려온 정형의 노래. 31음을 정형으로 하는 단가를 이르는데, 넓은 뜻으로는 중국에서 온 한시에 대해 일본 고유의 시를 이르기도 한다)를 배우러 가는 것이 일과였다.

"어머, 저게 뭐지?"

지금 막 그 학교로 가려고 뒷문을 나서던 무녀들 중 한 명이 뭔가를 발견하고 소리쳤다. 지난밤에 무사시가 그곳에 걸어두고 간 칼과 무사 수련 보따리였다.

"누구 걸까?"

"글쎄."

"무사님 물건 같은데."

"그건 알겠는데, 어디 무사님일까?"

"분명 도둑이 잊어버리고 간 걸 거야."

"어쨌든 손대지 않는 게 좋을 것 같아."

그녀들은 눈을 동그랗게 뜨고 마치 소 가죽을 뒤집어쓴 도둑놈이 낮잠이라도 자고 있는 모습을 발견한 것처럼 빙 둘러서서 소곤거렸다.

"오쓰 님께 말하고 올게."

그중 한 명이 안으로 달려가더니 난간 아래에서 오쓰를 불렀다.

"선생님, 선생님, 큰일 났어요. 어서 와보세요."

숙소 끝에 있는 방에서 오쓰가 책상 위에 붓을 놓고 창을 열고 얼굴을 내밀었다.

"무슨 일이죠?"

어린 무녀는 손가락으로 가리키며 말했다.

"저기, 도둑놈이 칼과 보따리를 놓고 갔어요."

"아라키다 님께 가져다 드리도록 해요."

"그런데 다들 만지기를 꺼려해서 가지고 갈 수가 없어요."

"괜한 수선이네요. 그럼, 나중에 내가 가지고 갈 테니 여러분은 그런 것에 시간 빼앗기지 말고 어서 학교로 가세요."

잠시 후 오쓰가 밖으로 나왔을 때는 이미 아무도 없었다. 밥 짓는 노파와 몸이 아픈 무녀만이 방에 조용히 남아 있을 뿐이었다.

"할머니, 이게 누구 건지 짐작 가는 사람 없으세요?"

오쓰는 그렇게 물어보고는 무사 수련 보따리에 둘둘 말려 있는 칼을 내려다보았다. 그리고 무심코 칼을 들었다가 무거워서 떨어뜨릴 뻔했다. 어떻게 이리도 무거운 것을 남자들은 아무렇지도 않게 허리에 차고 다닐 수 있는지 의아했다.

"잠깐 아라키다 님께 다녀올게요."

그녀는 노파에게 말하고 그 무거운 칼을 양손으로 들고 나갔다.

오쓰와 조타로가 이곳 이세 대신궁의 신관 집안에 몸을 의탁한 것도 벌써 두 달 전의 일이었다. 그날 이후 이가, 오우미, 미노 등지로 무사시의 뒤를 쫓아 각처를 헤매다가 겨울이 되자 여자의 몸으로 산을 넘기도, 눈길을 헤치고 여행을 다니기도 버거워서 도바 인근에서 피리를 가르치며 머물던 중 신관인 아라키다가 그녀의 소문을 듣고 고라노타치의 소녀들에게 피리 부는 법을 가르쳐줄 수 있겠냐고 청해왔던 것이다.

하지만 그녀는 가르치는 것보다 이곳에 전해 내려오는 고악古樂을 배우고 싶었고, 또 신림神林에 사는 소녀들과 며칠이나마 지내보는 것도 괜찮을 것 같아 몸을 의탁했다. 난처한 것은 조타로였다. 아무리 어린 소년이라고 해도 소녀들과 한 숙소에 머물게 하는 것은 당연히 허락되지 않았다. 그래서 어쩔 수 없이 그는 낮에는 신궁 정원을 청소하고 밤이 되면 아라키다 가의 장작을 쌓아두는 창고에 가서 지냈다.

2

정원에 부는 미풍에 앙상한 겨울나무들이 이 세상이라고는 생각할 수 없는 쓸쓸한 소리로 울고 있었다. 한 줄기 연기가, 이 연기조차 왠지 속세와는 무관한 듯 성긴 숲 속에서 피어오르고 있었다. 그 연기 아래에서 대나무 빗자루를 들고 있을 조타로의 모습이 떠올랐다.

오쓰는 걸음을 멈추고 생각했다.

'저기서 일하고 있겠구나.'

그렇게 생각만 하는데도 저절로 미소가 번졌다.

그 개구쟁이가.

그 고집쟁이가.

요즘에는 제법 순순히 자신의 말을 들었다. 또 한창 뛰어놀 나이인데 저렇게 열심히 일하고 있는 모습이 기특했다.

따악, 딱! 나무를 부러뜨리는 듯한 소리가 들렸다. 오쓰는 무거운 칼을 양손으로 안은 채 숲으로 난 샛길로 들어가 조타로를 불렀다.

"조타로야."

그러자 이윽고 저 멀리에서 여전히 활기찬 조타로의 대답이 들려왔다.

"여기요!"

금세 이쪽으로 뛰어오는 발소리가 들리더니 조타로가 눈앞에 섰다.

"오쓰 님!"

"어머, 청소하고 있는 줄 알았더니 모습이 왜 그러니? 작업복을 입고 웬 목검이지?"

"연습하고 있었어요. 나무를 상대로 혼자서 검술 연습이요."

"연습이야 좋지만 이곳 신궁 정원이 어떤 곳인지 모르니? 청정과 평화를 기원하기 위한 우리들의 마음의 정원이야. 백성들의 어머니로 모시는 여신님이 계시는 신성한 곳이라고. 그리고 저기를 봐. 정원의 수목을 부러뜨리면 안 된다, 새나 짐승의 살생을 금한다는 팻말이 있잖아. 그런데 정원 청소를 담당하는 사람이 목검으로 나무를 부러뜨려서야 되겠어?"

"저도 알아요."

조타로는 그렇게 말하고 무시하지 말라는 듯한 표정을 지었다.

"알면서 왜 그런 걸로 나무를 부러뜨렸지? 아라키다 님께 들키면 혼나."

"말라서 죽은 나무를 때리는 것은 괜찮잖아요. 그것도 안 되나요?"

"안 돼."

"뭐가 그래? 그럼 오쓰 님께 하나 물어볼게요."

"뭘?"

"그렇게 고귀한 정원이라면서 왜 요즘 사람들은 하나같이 소중하게 여기지 않는 거죠?"

"부끄러운 일이지. 그건 마치 자기들의 마음속에서 잡초가 자라도록 내버려두는 것과 같으니까."

"잡초 정도면 괜찮지만 벼락에 맞아 쪼개진 나무는 쪼개진 채 썩어가고, 폭풍우에 쓰러진 나무는 뿌리를 드러낸 채 여기저기서 말라죽고 있어요. 주위의 신사에는 새들이 날아와서 지붕을 쪼아대는 바람에 비가 새고, 처마가 부서진 곳이며 등롱이 기울어진 게 허다한데 이런 곳이 그렇게 소중해 보이나요? 예? 오쓰 님, 묻고 싶어요. 오사카 성은 셋쓰의 바다에서 보면 눈이 부실 정도로 빛나고 있잖아요. 도쿠가와 이에야스는 지금 후시미 성을 비롯해 여러 지역에 열 개가 넘는 거대한 성을 쌓고 있대요. 교토와 오사카에선 어느 다이묘나 부자들의 저택을 봐도 집은 번쩍번쩍 광택이 나고 정원에는 리큐利休니 엔슈遠州니 하며 티끌조차 없는데, 그래도 이곳이 그렇게 소중한가요? 이 넓은 정원에 빗자루를 들고 있는 사람은 나하고 작업복을 입은 귀머거리 할아버지, 이렇게 서너 명밖에 없다구요."

3

오쓰는 하얀 턱을 들어 올리며 킥 웃었다.

"조타로, 그 말은 언젠가 아라키다 님이 강의하신 이야기와 똑 닮았는데?"

"아, 오쓰 님도 그때 들었나요?"

"듣다마다."

"에이, 들켰네."

"그렇게 다른 사람 말을 자기 말처럼 해서는 안 돼. 하지만 아라키다 님이 그렇게 말씀하시며 한탄한 것은 맞는 것 같아. 네가 따라한 말엔 감탄할 수 없지만."

"맞아요. ……아라키다 님의 말을 들어보면 노부나가도, 히데요시도, 이에야스도 다 위대하진 않은 것 같아요. 위대한 것은 틀림없겠지만 천하를 손에 넣고 그 천하에서 자기만 위대하다고 생각하는 것이 바로 위대하지 않은 거죠."

"그래도 그나마 노부나가나 히데요시는 나은 편이야. 세상이나 자신에 대한 속죄의 뜻이긴 해도 교토에 고쇼御所(일왕의 거처, 궁궐)를 짓거나 백성들을 위하는 일도 했으니까. 그런데 아시카가 막부幕府(1336~1573, 아시카가 다카우지가 정권을 잡은 무로마치 시대. 오다 노부나가에 의해 멸망) 시절에는 대단했지."

"예? 어떻게요?"

"그 사이에 오닌의 난応仁の乱(일본 무로마치 시대의 오닌 원년인 1467년 1월 2일에 일어난, 쇼군 후계 문제를 둘러싸고 지방의 슈고 다이묘守護大名들이 교토에서 벌인 항쟁. 센고쿠 시대가 시작되는 계기가 되었다)이 일어난 해가 있었지?"

"예."

"무로마치 막부가 무능했기 때문에 내란이 끊임없이 일어났고, 힘 있는 자들은 힘 있는 자들끼리 자기만 권력을 차지하려고 싸우는 바람에 백성들은 하루도 편할 날이 없을 정도였으니까. 나라를 진심으로 걱정하는 사람도 없었어."

"야마나山名와 호소카와細川의 싸움 말이죠?"

"맞아. 자아를 위해서만 싸우는, 지극히 개인적인 전쟁의 시대였지. 그 무렵 아라키다 님의 먼 선조인 아라키다 우지쓰네荒木田氏経라는 분이 역시 대대로 이 이세 신궁의 신관을 맡고 계셨는데, 세상 사람들이 자기 이익만을 위해 싸우느라 오닌의 난이 일어나던 무렵부터는 아무도 이런 곳을 돌보는 사람이 없어서 의식이며 제사며 모두 폐하고 말았대. 그런 사정을 총 스물일곱 번이나 정부에 탄원을 올려서 황폐해진 이곳을 일으켜보려고 했지만 조정에는 비용이 없고, 막부에는 성의가 없고, 사람들은 자기들의 잇속을 챙기느라 혈안이 되어 거들떠보지도 않았다는 거야. 우지쓰네 님은 그런 시대에 당시의 권력이나 빈곤과 싸워 가며 뭇사람들을 설득해서 메이오明応 6년(1497) 경에 임시 신궁인 고센 궁御遷宮을 세울 수 있었대. 참 어이없지 않니? 하긴 생각해보면 우리도 어른이 되면 우리 몸속에 어머니의 젖이 들어와 빨간 피가 되었다는 것을 잊어버리니까."

오쓰만 열심히 떠들게 해놓고, 조타로는 손뼉을 치며 달아났다.

"하하하. 웃겨 죽겠네. 내가 잠자코 듣고 있으니까 모르는 줄 아나 본데, 오쓰 님도 남의 말을 그대로 옮기고 있잖아요."

"어머, 알고 있었구나. 못됐어!"

오쓰는 때리는 시늉을 했지만 양손에 안고 있는 칼의 무게에 한 걸음만 쫓아가고는 멈춰 서더니 웃으면서 눈을 흘겼다.

"어?"

조타로가 다가오더니 물었다.

"오쓰 님, 그 칼 누구 거예요?"

"안 돼. 이건 남의 거니까 손대지 마."

"빼앗지 않을 테니까 보여만 줘요. 무거워 보이네요? 칼이 참 크구나."

"거 봐, 금방 탐을 내면서."

4

그때 뒤에서 잔달음질로 달려오는 발소리가 들렸다. 좀 전에 고라노타치에서 나갔던 어린 무녀들 중 한 명이었다.

"선생님, 선생님, 저기서 아라키다 님이 부르세요. 부탁할 게 있다는데요."

오쓰가 돌아보자 무녀는 왔던 곳으로 바로 돌아갔다. 조타로는 뭔가에 놀란 듯 주위의 나무들을 돌아보았다. 겨울나무 가지 사이로 흘러들어온 햇살이 잔물결처럼 살랑거리는 나뭇가지를 지나 대지로 흘러나가고 있었다. 조타로는 그 빛의 파장 속에서 어떤 환상이라도 그리는 듯한 눈빛을 짓고 있었다.

"조타로, 무슨 일이니? 뭘 그렇게 두리번거리고 있어?"

"……아무것도 아니에요."

조타로는 외로운 듯 손가락을 깨물었다. 그리고 이렇게 말했다.

"방금 저쪽으로 간 여자애가 '선생님' 하고 불렀잖아요? 그래서 문득 제 스승님이 생각나서 가슴이 뛰었어요."

"무사시 님 말이니?"

"아, 예."

조타로가 얼이 빠진 듯 공허하게 대답하자 오쓰도 서글퍼졌는지 순간 울고 싶은 듯 눈이며 코가 일그러지며 알 수 없는 감정선을 그렸다.

'내가 괜한 걸 물었구나.'

조타로가 무심코 한 말이 속절없이 원망스러웠다.

단 하루도 무사시를 잊을 수 없다는 것이 오쓰에게는 고통스러운 짐이었다.

"왜 그렇게 무거운 짐을 버리지 못하느냐? 그리고 왜 평화로운 고장에서 살며 어진 아내가 되어 착한 아이를 낳으려고 하지 않는 것이냐."

언젠가 무정한 다쿠안이 그렇게 말했지만 오쓰는 사랑을 모르는 그가 오히려 안쓰럽게 여겨졌다. 오쓰는 자신이 부여잡고 있는 지금의 사랑을 버리고 싶은 마음은 꿈에도 없었다.

사랑은 충치처럼 어쩔 도리가 없는 아픔을 지니고 있다. 잠시 다른 일에 정신이 팔려서 시름을 잊고 있는 동안에는 오쓰도 아무렇지 않았지만, 다시 생각나면 애가 달아서 정처 없이 발길 닿는 대로 찾아다니다가 무사시의 가슴에 얼굴을 묻고 울고 싶었다.

"……아아."

오쓰는 말없이 걷기 시작했다.

'어디에, 어디에 있을까?'

살아 숨 쉬는 사람의 수많은 고민들 중에서도 안달이 나고 안타까워서 어쩔 도리가 없는 번민은 만날 수 없는 사람을 만나려 하는 사람의 초조함일 것이다.

오쓰는 눈물을 주르륵 흘리면서 가슴을 부여잡고 말없이 걸음을 옮기고 있었다. 그녀의 손과 가슴 사이에는 땀내 나는 무사 수련 보따리와 손잡이에 묶어놓은 끈이 썩은 것 같은 무거운 칼이 안겨 있었다.

그러나 오쓰는 몰랐다. 시큼한 그 땀내가 무사시의 체취라고 어찌 상상이나 할 수 있었겠는가. 무겁다는 느낌 외에 오쓰는 자기가 들고 있다는 것조차 까맣게 잊고 있었다. 그녀의 마음은 온통 무사시에 대한 생각으로 가득 차 있었다.

"……오쓰 님."

조타로는 그녀의 뒤에서 미안한 표정으로 따라왔다. 그녀의 쓸쓸한 뒷모습이 아라키다의 집으로 들어가려는 순간 조타로가 그녀 옆으로 뛰어왔다.

"화났어요?"

"……아니야, 아무것도."

"미안해요. 오쓰 님, 미안해요."

"네 탓이 아니야. 그냥 내 울음보가 또 터진 거야. 아라키다 님이 무슨 일로 날 부르셨는지 여쭙고 올 테니 넌 돌아가서 열심히 청소하고 있어."

5

아라키다 우지토미荒木田氏富는 자기 집을 '배움의 집'이라고 이름 짓고 학교로 운영하고 있었다. 그곳에서 공부하는 학생은 신궁의 귀여운 무녀들뿐만 아니라 신사의 관할지에 있는 세 고을에서 온 다양한 계층의 아이들도 40~50명 정도 되었다.

아라키다는 요즘 사회에서는 별로 가르치지 않는 학문을 이곳에서 어린 학생들에게 가르치고 있었다. 그것은 문화 수준이 높다는 도시일수록 경시하며 배척하는 고가쿠古學(에도 시대에 일어난 유학儒學의 일파로 일본의 고대 문화와 사상 등을 밝히고자 한 학문)였다.

이곳 아이들에게 고가쿠를 배우게 하는 것은 이세의 향토 문화와도 관계가 있었고, 또 국가 전체를 위해서이기도 했다. 무가의 번성이 국가의 번성이라 생각하고 지방의 쇠락이 국가의 쇠락이라고는 아무도 생각하지 않는 세태에 하다못해 이 지역의 백성들에게만이라도 마음의 씨앗을 심어두면 언젠가는 이 숲처럼 정신문화가 무성해질 날도 있지 않을까, 라는 그의 비장하고도 외로운 과업이었다.

아라키다는 어려운 《고지키古事記》나 중국의 경서 등도 아이들이 쉽게 이해할 수 있도록 사랑과 인내를 가지고 매일 이야기해주었다.

그가 그렇게 10여 년을 싫증내지 않고 가르친 덕분인지 이세에서는 도요토미 히데요시가 간파쿠關白로서 천하를 장악해도, 도쿠가와 이에야스가 세이이타이쇼군征夷大將軍이 되어 위세를 떨쳐도 여느 세상 사람들처럼 영웅별을 태양으로 착각하는 일은 세 살 어린아이도 하지 않았다.

지금 아라키다는 그 '배움의 집'의 넓은 마루에서 땀이 송글송글 맺힌 얼굴로 나왔다.

학생들은 그곳에서 나오자 재잘거리며 돌아갔다. 그러자 한 무녀가 그에게 고했다.

"신관님, 오쓰 님이 저기서 기다리고 있습니다."

"그래, 그렇구나."

아라키다는 그제야 생각났다는 듯 물었다.

"내가 불러놓고 까맣게 잊고 있었군. 어디에 와 있느냐?"

오쓰는 여전히 그 칼을 품에 안은 채 학교 밖에 서서 아까부터 아라키다가 아이들에게 열심히 해주고 있는 이야기를 듣고 있었다.

"아라키다 님, 저 여기 있습니다. 제게 무슨 하실 말씀이라도 있으신지요?"

6

"오쓰구나. 기다리게 해서 미안하다. 이리 들어오너라."

아라키다는 자신의 거처로 그녀를 데리고 가더니 자리에 앉으려다가 그녀가 안고 있는 칼을 보고는 눈이 동그래져서 물었다.

"그게 뭐냐?"

그러자 오쓰는 오늘 아침, 고라노타치의 담장 안 도롱이 걸이에 주인을 모르는 이 칼이 걸려 있었고, 다른 물건과는 달리 무녀들이 꺼림칙해해서 자기가 알려드리러 가지고 왔다고 이야기했다. 아라키다도 하얀 눈썹을 찌푸리며 괴이쩍게 바라보았다.

"흠, 참배객의 물건도 아닌 것 같고."

"참배객이 그런 곳까지 들어올 리 없습니다. 게다가 어제저녁엔 볼 수 없었는데 오늘 아침에 아이들이 발견한 것을 보면 담장 안으로 들어온 것도 한밤중이거나 새벽녘인 것 같습니다."

"흐음……."

아라키다는 언짢은 표정으로 입속에서 중얼거렸다.

"어쩌면 나에게 알아맞혀보라고 이곳 고시鄕士(농촌에 토착해서 사는 무인, 또는 토착 농민으로 무인 대우를 받는 사람) 중 한 명이 짓궂은 장난질을 한 건지도 모르겠구나."

"누가 그런 장난을 했는지 짚이는 사람이라도 있으세요?"

"있지. ……실은 너를 부른 것도 그것을 의논하기 위해서란다."

"그럼 혹시 저와 관련된 일인가요?"

"기분 나빠하지 말고 듣거라. 실은 너를 고라노타치에 머물게 하는 것이 바람직하지 않다며, 물론 날 생각해서 한 말이겠지만, 나한테 대들던 고시가 있었다."

"어머, 저 때문에……."

"네가 그렇게 미안해할 이유는 전혀 없다. 그러나 세상 사람들의 눈이라는 것으로 보면…… 화내지 말고 듣거라. 너를 보고 사람들이 넌 이미 남자를 모르는 처녀가 아니다, 처녀도 아닌 여자를 고라노타치에 머물게 하는 것은 신지神地를 모독하는 것이라고 하더구나."

아라키다는 담담하게 이야기했지만 오쓰의 눈 속엔 분해서 억울하다는 듯한 눈물이 가득 맺혀 있었다. 누구에게 화를 낼 수도 없는 원통함이었다. 그러나 한편으로는 익숙하게 객지 생활을 하며 낯선 사람들과도 쉽게 친해지고 또 가슴에 오랜 연정을 품고 세상을 떠돌아다니는 여자를 세상 사람들이 그렇게 보는 것도 당연할지 모른다고 생각했다. 하지만 그렇다 해도 처녀가 처녀가 아니라는 소리를 듣는 것은 참기 어려운 수모를 당한 것처럼 온몸이 떨렸다.

아라키다는 그렇게 큰 문제라고는 생각하지 않는 듯했다. 하지만 사람들은 이러쿵저러쿵 떠들어대며 이제 며칠만 있으면 봄도 되니 이쯤에서 무녀들에게 피리를 가르치는 일은 중단하는 것이 좋겠다고…… 그러니까 고라노타치에서 내보내라는 것이었다.

오쓰도 애당초 오래 머물 생각은 없었고, 아라키다에게 그런 폐를 끼치는 것은 더욱 안 될 일이라고 생각했다. 그녀는 두 달 남짓 베풀어준 은혜에 감사를 표하고 오늘이라도 당장 떠나겠다고 대답했다.

"아니 그렇게 서두르지 않아도 된다."

아라키다는 그렇게 말하긴 했지만 그녀의 신상에 대해 단편적으로만 들었던 터라 몹시 측은해하며 어떻게 위로해야 할지 몰라 고민하는 듯하더니 이윽고 손궤를 끌어당겨 무언가를 싸기 시작했다.

오쓰의 그림자처럼 어느새 뒤쪽 툇마루에 와 있던 조타로가 그때 살짝 고개를 내밀고 소곤거렸다.

"오쓰 님, 이세를 떠나나요? 나도 같이 가요. 이제 이곳 청소는 넌덜머리가 나거든요. 마침 잘됐네. 잘됐어요, 오쓰 님."

7

"정말 얼마 되진 않지만 내 성의이니 노자에 보태 쓰도록 하거라."

아라키다는 손궤에서 꺼낸 약간의 돈을 싸서 오쓰에게 내밀었다. 오쓰는 당치도 않다는 표정으로 돈에는 손도 대지 않았다. 고라노타치에서 무녀들에게 피리를 가르치긴 했지만 자기도 두 달 남짓한 동안에 많은 신세를 졌다. 사례를 받을 것이 아니라 자기야말로 숙박비를 내야 한다며 한사코 사양하자 아라키다가 말했다.

"아니다. 그 대신에 네가 앞으로 교토에 들렀을 때 부탁하고 싶은 일도 있으니, 그 부탁도 들어주어야겠고, 이 돈도 받아주었으면 좋겠구나."

"부탁하시는 일은 뭐든지 하겠습니다만 이 돈은 마음만으로도 충분합니다."

오쓰가 한사코 받지 않으려고 하자 아라키다는 그녀 뒤에 조타로가 있는 것을 보고 말했다.

"옳지, 그럼 이건 너한테 줄 테니까 네가 갖고 있다가 필요할 때 쓰거라."

"감사합니다."

조타로는 냉큼 손을 내밀어 돈을 받더니 오쓰를 돌아보며 물었다.

"오쓰 님 받아도 되죠?"

그렇게 사후 승낙을 받으니 오쓰도 어쩔 수가 없었다.

"송구합니다."

아라키다는 그제야 만족해하며 말했다.

"부탁할 일이란 너희들이 교토에 가거든 이걸 호리 강堀川의 가라스마루 미쓰히로烏丸光広 경에게 전해달라는 것이다."

그는 벽에 붙은 선반에서 두루마리를 두 권 내리더니 다시 말을 이었다.

"재작년쯤에 미쓰히로 경의 부탁을 받고 이제야 겨우 완성한 그림인데 미쓰히로 경이 그림에 설명문을 쓰신 후에 헌상하실 생각이라는구나. 심부름꾼이나 파발로 보내도 되지만 마음이 놓이지 않아서 말이지. 행여나 비를 맞지 않도록, 또 부정을 타는 일도 없도록 너희들이 각별히 유의해서 전해주었으면 좋겠다."

오쓰는 생각지도 못한 중요한 일을 맡게 되자 다소 당황한 표정이었다. 그러나 차마 거절할 수 없어서 그녀가 승낙하자 아라키다는 따로 만든 듯한 상자와 기름종이를 가져와 두루마리를 싸서 봉인하기 전에 조금은 자랑하고 싶기도 할 테고, 또 자신의 작품을 남의 손에 건네는 게 못내 아쉬웠는지 두 사람 앞에 두루마리를 펼쳐서 보여주었다.

"그래, 너희들한테도 잠깐 보여주마."

"어머!"

오쓰는 저도 모르게 소리를 질렀다. 조타로도 눈을 크게 뜨고 그림 앞으로 고개를 쑥 내밀었다. 아직 설명문이 달려 있지 않아서 어떤 이야기를 그림으로 그린 것인지 알 수 없었지만, 그림으로 표현된 헤이안 시대의 풍속과 생활이 도사류土佐流의 섬세한 필치로 화려한 화구畫具며 모래를 이용해 채색되어 있어서 보는 내내 질리지 않고 온전히 몰입할 수 있었다. 그림을 모르는 조타로조차 감탄하며 말했다.

"우와, 이 불은 정말로 타오르고 있는 것 같아요."

"손으로 만지지 말고 봐."

두 사람이 숨을 죽이고 그림에 마음을 빼앗기고 있을 때 정원으로 들어온 잣쇼雜掌(귀족이나 신사 등에 소속되어 그 대리로서 소작료의 징수, 기타 용무를 담당하던 사람)가 아라키다를 향해 뭔가 이야기했다.

아라키다는 잣쇼가 한 말을 듣고 고개를 끄덕이면서 말했다.

"음…… 그런가, 수상한 자는 아닌 듯하군. 하지만 혹시 모르니까 당사자에게 수령증 같은 거라도 한 통 받고 내주는 게 좋겠네."

그러고는 아까 오쓰가 갖고 온 칼과 땀내 나는 무사 수련 보따리를 잣쇼에게 들려 보냈다.

8

피리 선생님이 갑자기 떠난다는 소식을 듣고 고라노타치의 무녀들은 몹시 섭섭해했다.

"정말이에요?"

"정말 떠나세요?"

마치 친언니와 헤어지는 것처럼 슬퍼하며 말했다. 그때 조타로가 뒤쪽 흙담 밖에서 소리쳤다.

"오쓰 님, 준비 다 됐어요."

조타로는 평소 입던 소매가 짧은 옷으로 갈아입고, 허리에는 목검을 차고 있었다. 그리고 아라키다에게 부탁 받은 두루마리가 있는 상자를 이중삼중으로 싸서 등에 비스듬하게 매고 있었다.

"어머나, 빠르기도 해라."

오쓰가 창문을 통해 대답했다.

"빠르죠? 오쓰 님은 아직이에요? 여자하고 어딜 가려면 준비하는 데 너무 오래 걸린다니까."

남자는 문 안으로 한 발짝도 들어올 수 없다는 규칙 때문에 조타로는 잠시 동안 햇볕을 쬐면서 안개가 낀 가미지 산 쪽으로 하품을 하고 있었다. 그의 활발한 성격은 금방 지루함을 느끼고 잠시라도 가만히 있을 수 없는 모양이다.

"오쓰 님 아직이에요?"

안에서 오쓰가 대답했다.

"지금 바로 가."

오쓰도 이미 준비는 다 마쳤지만 무녀들이 좀처럼 그녀를 놓아주려고 하지 않았다. 불과 두 달 남짓이지만 함께 살면서 친언니처럼 친하게 지내던 사람을 떠나보내게 되자 아쉽고 섭섭한 마음을 쉽게 떨칠 수 없었던 것이다.

"또 올 테니까 다들 잘 지내고 있어."

과연 다시 올 날이 있을까, 오쓰는 거짓말을 하고 있는 듯한 기분이 들었다. 무녀들 중에는 훌쩍이며 우는 아이조차 있었다. 한 아이가 이스즈 강의 다리까지 배웅하겠다고 하자 너 나 할 것 없이 자기도 가겠다며 오쓰를 둘러싸고 밖으로 나왔다.

"어머나?"

밖에 나와 보니 그렇게 재촉하던 조타로가 없었다. 무녀들은 작은 입술에 손나팔을 만들어서 조타로를 불렀다.

"조타로 님."

"조타로 님."

오쓰는 그의 습성을 알고 있었기 때문에 그다지 걱정하지 않았다.

"분명히 기다리다 지쳐서 혼자 먼저 다리로 갔을 거야."

"심술쟁이."

그리고 한 아이가 오쓰를 올려다보며 물었다.

"그 아이, 선생님 아들이에요?"

오쓰는 웃어넘길 수가 없었다. 저도 모르게 정색을 하고 말했다.

"무슨 말이니? 조타로가 내 아들이냐고? 난 새해가 되어도 스무 살에서 겨우 한 살 더 먹을 뿐이야. 내가 그렇게 나이가 들어 보이니?"

"하지만 누가 그러던데요."

오쓰는 아라키다가 말해준 소문이 떠올라서 또다시 화가 났다. 하지만 세상 사람들 모두가 어떻게 말하든 자신을 믿어주는 사람은 한 명이면 된다, 그 사람만 믿어준다면 그것으로 됐다고 생각했다.

"오쓰 님, 너무해요, 너무해!"

먼저 간 줄 알았던 조타로가 뒤쪽에서 뛰어오며 소리쳤다.

"사람을 기다리게 해놓고 아무 말 없이 먼저 가 버리는 게 어딨어요? 너무해요."

조타로가 입을 삐죽거렸다.

"나와 보니까 없던데?"

"없으면 찾아보는 친절함 정도는 갖춰야죠. 난 도바 가도 쪽으로 무사시 님을 닮은 사람이 가기에 깜짝 놀라서 확인해보러 갔던 거예요."

"뭐? 무사시 님을 닮은 사람이라고?"

"그런데 다른 사람이었어요. 가로수 길까지 쫓아가서 뒷모습을 보았는데 멀리서도 알 수 있을 정도로 다리를 심하게 절어서 실망했어요."

9

이렇게 두 사람이 여행을 다니다 보면 방금 조타로가 겪은 일처럼 씁쓸한 환멸은 매일 경험했다.

문득 소매만 스쳐도 혹시나 하는 생각이 들었고, 뒷모습을 닮은 사람을 보면 얼른 앞으로 뛰어가서 얼굴을 확인해보았다. 거리 이층집에서 얼핏 본 사람도, 먼저 떠난 배 위에 서 있는 사람도, 말 위, 가마 안…… 조금이라도 무사시의 모습을 떠올리게 하는 사람을 보면 떨리는 가슴을 안고 확인해보았다. 그러나 그것을 확인하기까지의 노력과 덧없는 실망감에 서로를 씁쓸한 표정으로 마주보았던 적이 몇 십 번인지 몰랐다.

그런 까닭에 오쓰는 지금도 조타로가 실망하는 만큼 그의 이야기에 집착하지 않았다. 더구나 다리를 저는 무사라는 말을 듣고는 천연덕스럽게 웃으며 말했다.

"수고했어. 하지만 길을 떠나려는 데 기분이 나쁘면 끝까지 그 기분이 이어진다고 하니 기분 좋게 떠나자."

"이 여자애들은요?"

조타로는 졸졸 따라오는 무녀들을 둘러보며 무례하게 물었다.

"왜 저렇게 따라오는 거야?"

"그런 말 하면 못써. 헤어지는 것이 섭섭해서 이스즈 강의 우지宇治 다리까지 배웅해주려는 것이니까."

"수고했어요."

조타로가 오쓰의 말투를 흉내 내자 모두가 웃었다. 그가 일행에 합류하자 그때까지는 이별을 아쉬워하며 슬픈 얼굴로 걸어오던 무녀들도 갑자기 활기를 되찾은 듯했다.

"선생님, 그쪽으로 가면 다른 길이에요."

"아, 그래?"

오쓰는 알아들은 듯 다마구시고몬玉串御門 쪽으로 돌아 멀리 내궁의 정전正殿을 향해 합장을 하고 잠시 고개를 숙이고 있었다. 그 모습을 본 조타로가 중얼거렸다.

"아, 신령님께 작별 인사하는구나."

조타로가 멀리서 보고만 있자 무녀들은 그의 등이며 어깨를 손가락으로 찌르며 물었다.

"조타로 님은 왜 참배하지 않아요?"

"난 싫어요."

"싫다니, 그런 불경스러운 말을 하면 입이 비뚤어져요."

"쑥스러워서 그래요."

"신령님께 참배를 올리는 것이 왜 쑥스러워요? 시중에 차고 넘치는 신이나 미신 같은 것이 아니라 멀리 떨어져 있는 어머니와 같은 신이라고 생각하면 아무렇지도 않을 거예요."

"그 정돈 나도 알아요."

"그럼 참배를 드리고 와요."

"싫다니까요."

"고집불통!"

"수다쟁이! 국자머리! 조용히 해!"

"어머나!"

조타로가 소리를 지르자 같은 가랑머리를 한 무녀들 모두가 눈을 동그랗게 뜨고 한마디씩 했다.

"어머나."

"어머."

"어머, 무서워라."

그때 오쓰가 망배望拜를 마치고 돌아왔다.

"다들 무슨 일이니?"

그녀가 묻자 무녀들은 기다렸다는 듯이 대답했다.

"조타로 님이 우리더러 국자머리라고 놀렸어요. 그리고 신령님께 참배하는 것이 싫다고도 했어요."

"그럼 못써, 조타로."

"뭐가요?"

“언젠가 야마토大和의 한냐般若 들판에서 무사시 님이 호조인寶藏院의 중들과 싸우려고 할 때 너도 하늘을 향해 손을 모으고 신령님께 큰 소리로 기도를 드렸다고 하지 않았니? 자, 어서 가서 절하고 와.”

“그렇지만 모두 보고 있잖아요.”

“그럼 모두들 뒤로 돌아서주렴. 나도 돌아서 있을 테니까.”

그녀들은 한 줄로 서서 조타로를 등지고 돌아섰다.

“이러면 됐지?”

오쓰가 물었지만 아무 대답도 들리지 않아서 슬쩍 돌아보았더니 조타로는 어느새 다마구시고몬 앞까지 뛰어가서 그곳에서 꾸벅 인사를 하고 있었다.

바람개비

1

무사시는 겨울 바다를 향해 조개구잇집의 긴 나무 의자에 앉아서 신발과 발감개를 매만지며 떠날 채비를 하고 있었다.

"손님, 배를 타고 섬 구경을 가는 손님이 있는데 아직 두 사람 정도 모자랍니다. 함께 타지 않으시겠수?"

뱃사공이 다가와서 권했다.

뿐만 아니라 조개를 담은 바구니를 팔에 건 해녀 두 명도 아까부터 자꾸만 조개를 사라고 권했다.

"손님, 선물로 이 조개를 가지고 가세요."

"조개 사세요."

"……."

무사시는 피고름으로 더러워진 발감개를 풀고 있었다. 그를 그토록 괴롭히던 환부는 부기와 열이 말끔히 가시고 깨끗해져 있었다. 하얗게 부었던 피부에 잔주름만 잡혀 있을 뿐이었다.

"됐어요, 필요 없어."

그는 손을 저어 해녀와 뱃사공을 물리치고서 부었던 발로 모래를 밟으며 파도가 치는 바다로 가서 바닷물에 첨벙첨벙 발을 담갔다.

이날 아침부터는 발의 통증도 거의 사라졌을 뿐만 아니라 건강을 걱정하지 않아도 될 정도로 몸도 기력을 회복했다. 그에 따라서 마음이 침착해지는 것도 물론이지만 그는 한쪽 다리가 치유된 사실보다 오늘 아침의 심경이 분명 어제보다도 하루 더 성숙해진 것을 스스로도 인정하며 한없이 기뻤다.

조개구잇집 딸에게 사오게 한 가죽 버선과 새 짚신을 신고 땅을 밟아보았다. 아직 절룩거리던 버릇이 남아 있었고, 통증도 조금은 신경 쓰였지만 대수롭지 않은 정도다.

"사공이 소리를 지르고 있구먼요. 손님께선 오미나토大湊로 건너가시는 게 아니슈?"

소라를 굽고 있는 노인네가 깨우쳐주었다.

"그렇소. 오미나토에 가면 거기서 츠津로 가는 배편이 있을 텐데."

"암요. 욧카이치四日市는 물론 구와나桑名로 가는 배도 있습죠."

"영감님, 오늘이 대체 며칠이오?"

"하하하, 한가하신 분이시군, 연말에 날짜를 다 잊어버리다니.

오늘이 벌써 섣달 스무나흘입니다."

"아직 그렇게밖에 안 됐습니까?"

"젊은 양반이 노인네가 부러워할 말씀을 하시는구려."

무사시는 다카조高城 해안의 나루터까지 달리듯이 걸었다. 좀 더 빨리 달려보고 싶은 기분이 들었다.

바로 건너편에 있는 오미나토로 가는 배는 벌써 손님들로 가득했다. 마침 그 무렵, 오쓰와 조타로는 무녀들의 배웅 속에 삿갓과 손을 흔들며 이별을 아쉬워하면서 이스즈 강의 우지 다리를 건너고 있었을지도 모른다.

그 이스즈 강의 강물은 오미나토의 어귀로 흘러들었고, 무사시를 태운 나룻배는 파도를 가르는 노 젓는 소리와 함께 앞으로 나아가고 있었다.

무사시는 오미나토에서 바로 출발하는 배로 갈아탔다. 오와리尾張로 가는 배에는 대부분 여행객이 타고 있었는데, 왼편으로 후루이치古市와 야마다山田, 마쓰자카松阪 가도의 가로수를 보면서 커다란 돛에 바람을 가득 안고 이세의 바다 중에서도 잔잔한 해안선을 따라 유유히 나아가고 있었다.

육로를 통해 같은 방향으로 가고 있는 오쓰와 조타로의 걸음과 비교하면 어느 쪽이 빠르고 어느 쪽이 느리다고도 할 수 없었다.

2

마쓰자카까지 가면 이세 출신으로 근래에 무예의 귀재라 불리는 미코가미 덴젠이 있다는 것을 알고 있었지만, 무사시는 단념하고 츠에서 내렸다.

항구에서 내릴 때 무사시는 앞에서 걸어가는 사내의 허리에 두 척 정도의 봉이 있는 것을 보았다. 봉에는 쇠사슬이 감겨 있었고, 쇠사슬 끝에는 추가 달려 있었다. 그 외에도 칼자루에 가죽을 감은 노다치野太刀(일본도 중에서 칼날이 가장 긴 칼)를 차고 있었는데 나이가 마흔두세 살은 확실해 보였다. 무사시와 버금가는 까만 피부에는 곰보 자국이 있었고, 머리카락은 붉은 곱슬머리였다.

"주인 나리, 주인 나리."

뒤에서 그를 그렇게 부르는 사람이 없었다면 누가 봐도 노부시로밖에 보이지 않았다. 배에서 내린 뒤로 한 발 늦게 쫓아온 사람을 보니 열예닐곱쯤 된 대장간 아이로 코 양옆에는 검댕이 묻어 있고, 어깨에는 자루가 긴 철퇴를 메고 있었다.

"주인 나리, 기다려주십시오."

"어서 오너라."

"배에 철퇴를 놓고 와서요."

"장사 밑천을 두고 온 게냐?"

"다시 가지고 왔습니다."

"당연히 그래야지. 만약 잃어버리기라도 했다간 대갈통을 쪼개버리겠다."

"주인 나리."

"거 참, 되게 시끄럽게 구네."

"오늘 밤은 츠에서 묵는 게 아니었습니까?"

"아직 해가 많이 남았으니 묵지 말고 그냥 가자."

"묵고 가시죠. 여행을 떠났을 때만큼은 좀 편안해지고 싶습니다."

"까불지 마라."

배에서 마을로 들어가는 길에는 이곳도 예외 없이 여관의 호객꾼과 토산물 가게가 진을 치고 있었다.

철퇴를 메고 있는 대장간의 도제徒弟는 거기서 다시 주인을 잃어버리고 인파 속에서 두리번거리고 있는데, 근처 가게에서 장난감 바람개비를 사들고 주인이 그의 앞에 나타났다.

"이와고岩公."

"예."

"이걸 가지고 가자."

"바람개비네요."

"손에 들고 있으면 사람들한테 부딪혀서 망가질 테니 옷깃에 꽂고 가거라."

"선물인가요?"

"그래……."

어린아이가 있는 모양이다. 며칠 동안의 바깥일을 마치고 집에 돌아갔을 때 가장 행복한 것은 아이가 웃는 모습을 보는 것이리라.

이와고의 옷깃에서 돌고 있는 바람개비가 걱정되는지 주인나리라 불린 사내는 이따금 뒤를 돌아보며 앞장서서 걸어갔다. 그리고 우연히도 그는 무사시가 가려는 방향과 같은 방향으로 앞서 걸어갔다.

'흐음…….'

그때 무사시는 짐작이 가는 바가 있어서 고개를 끄덕였다.

'이 사내가 틀림없구나.'

하지만 또 세상에는 대장장이도 많고 쇄겸을 차고 다니는 자도 적지 않았기 때문에 무사시는 혹시 몰라 앞서거니 뒤서거니 하면서 그를 주의 깊게 보았다. 그리고 츠의 성시를 가로질러 스즈카鈴鹿 산길로 접어들었을 때 단편적으로 들리는 두 사람의 대화에 무사시는 더 의심할 게 없다고 확신하고 말을 걸어보았다.

"우메하타梅畑로 가십니까?"

사내는 무뚝뚝하게 대답했다.

"음. 그렇네만."

"그럼 혹시 시시도 바이켄宍戸梅軒 님이 아니십니까?"

"흠…… 잘 알고 있군. 내가 바이켄인데, 자네는?"

3

스즈카를 넘어 미나쿠치水口에서 고슈江州 구사쓰草津로 이어지는 이 길은 교토로 올라가려면 당연히 거쳐야 할 길이었다. 무사시는 얼마 전에도 지나온 길이었지만, 연말까지는 목적지에 당도해서 봄에는 그곳에서 도소주나 마셔야겠다는 생각도 있고 하여 곧바로 온 것이었다.

얼마 전에 찾아갔다가 집을 비우는 바람에 만나지 못한 시시도 바이켄은 다음에 기회가 있으면 모르겠지만 무리를 해가며 만나려는 집착은 버렸었다. 그런데 여기서 우연히 만나게 되자 이것은 아무래도 바이켄의 쇄겸을 한 번 볼 인연이었다고밖에는 생각할 수 없었다.

"아무래도 깊은 인연인가 봅니다. 실은 얼마 전에 댁에 안 계실 때 우지이 마을의 귀댁을 방문해서 부인만 뵈었습니다. 저는 미야모토 무사시라는 수련생입니다만."

"아아, 그런가?"

바이켄은 어떻게 된 영문인지 알겠다는 표정으로 말했다.

"야마다의 여관에 묵으며 나와 대련을 하고 싶다고 했던 사람이군."

"들으셨습니까?"

"집사람한테 내가 아라키다 님 댁에 가지 않았느냐고 물어보지 않았나?"

"물었습니다."

"나는 아라키다 님의 일 때문에 간 것은 맞지만 아라키다 님 댁에 머물렀던 것은 아니네. 가미야시로초神社町에 있는 동료의 작업장을 빌려서 내가 아니면 할 수 없는 일을 마무리 짓고 있었지."

"아…… 그래서."

"야마다 여관에 묵고 있는 무사 수련생이 나를 찾고 있다는 말은 들었지만 귀찮아서 잠자코 있었는데, 그게 바로 자네였군."

"그렇습니다. 쇄겸의 달인이라는 소문을 듣고."

"하하하. 집사람을 만났다면서?"

"예. 부인께서 잠깐 야에가키류八重垣流의 자세를 보여주셨지요."

"그럼 그것으로 된 것 아닌가? 구태여 내 뒤를 쫓아와서 겨뤄볼 필요까지는 없을 텐데. 내가 해도 마찬가지네. 그 이상을 보여줄 수도 있지만, 그것을 본 순간 자네는 저승에 가 있을 테니 말이야."

집을 지키고 있던 아내도 그랬지만 남편이란 작자도 오만하기 그지없었다. 무예 실력과 오만함은 바늘과 실의 관계라 할 수 있는데, 그 정도의 자존심도 없다면 그 세계에서는 살아갈 수 없기 때문이다.

무사시만 하더라도 마음 한 구석에는 이미 그런 바이켄을 꺾고야 말겠다는 기개가 충만했다. 하지만 그에게는 분별없이 무작정 덤빌 마음 따위는 없었다. 그것은 새로운 인생의 첫발을 떼는 순간 세상에는 수많은 고수가 있다는 실례를 자신을 옴짝달싹하지 못하게 만든 다쿠안의 가르침을 통해 깨달았기 때문이고, 또 호조인과 고야규小柳生 성에서 겪은 일 덕분이다.

무사시는 기개와 자존심을 갖고 상대에게 무턱대고 덤벼들기보다는 세심한 눈으로 다양한 각도에서 상대의 가치를 헤아려 보았다. 때로는 소심하고 비굴해 보일 정도로 상대보다 낮은 자세를 취하며 '이 사람은 이 정도 되는 사람이다.'라고 정확한 평가를 내린 후가 아니면 여간해서는 상대의 말이나 불손한 태도에 대해 자신의 감정을 드러내 보이지 않았다.

"예."

무사시는 나이가 어린 사람답게 겸손하게 대답했다.

"말씀하신 대로 부인께서 보여주신 것만으로도 충분히 공부가 되었습니다만, 여기서 이렇게 만난 것도 인연이니 쇄겸에 대한 고견이라도 들을 수 있다면 감사하기 그지없겠습니다."

"고견이라…… 그 정도라면 해줄 수 있지. 그래, 오늘 밤엔 세키주쿠関宿(도카이도東海道의 53개 역참 중에서 47번째 역참이다. 교통의 요충지로 동서 약 1.8킬로미터에 여관이 모여 있는 마을이다)에서 묵을 생각인가?"

"그럴 생각이었습니다만, 괜찮으시다면 겸사겸사 귀댁에서 하룻밤 더 신세를 질 수 없겠습니까?"

"우리 집은 여관이 아니라 침구는 없네. 여기 이 이와고와 같이 자도 상관없다면 묵고 가도 되고."

4

바이켄의 집에는 저녁 무렵에 도착했다.

붉은 저녁노을 아래로 스즈카 산에 안겨 있는 마을은 호수처럼 잔잔하게 가라앉아 있었다.

이와고가 먼저 달려가서 알렸는지 대장간 집 처마 아래에는 일전에 본 아낙이 아기를 안고 바이켄이 선물로 사온 바람개비를 아기와 함께 높이 쳐든 채 나와 있었다.

"저기 보렴. 아빠가 저기에서 오시는 게 보이지? 아빠가 보이네, 아빠가……."

오만하게 굴던 바이켄도 멀리서 아기를 보자 환한 웃음을 띠며 더없이 자상하게 굴었다.

"어이구, 내 새끼."

그는 손을 들어 다섯 손가락으로 춤을 추어 보였다. 여행에서 돌아온 길이니 어쩔 수 없겠지만, 부부는 집 안으로 들어가 앉자 아기와 이야기를 하느라 같이 온 무사시는 안중에도 없었다.

이윽고 저녁을 먹을 때가 되어서야 바이켄은 생각이 났는지 작업장인 토방에서 아직 신발도 벗지 않고 풀무의 불을 쬐고 있는 무사시를 보며 아내에게 일렀다.

“아 참. 저기 무사 수련생에게도 밥을 내어주게.”

아내는 여전히 무뚝뚝하게 말했다.

“저 사람은 얼마 전에도 당신이 집에 없을 때 와서 자고 갔었는데.”

“이와고와 함께 자기로 했네.”

“지난번에도 풀무 옆에서 멍석을 깔고 잤으니 오늘 밤에도 그렇게 하면 되겠네요.”

“이보게, 젊은이.”

바이켄 앞에 있는 화로에는 술이 데워져 있었다. 그는 잔을 들고 무사시를 돌아보며 말했다.

“술은 마시는가?”

“싫어하지는 않습니다.”

“한 잔 마시게.”

“예.”

무사시는 토방과 방 사이에 앉았다.

“잘 마시겠습니다.”

그는 술잔을 들고 예를 표한 뒤 입으로 가져갔다. 시큼한 토주土酒였다.

"제 잔도 받으시지요."

"아, 그 잔은 갖고 있게. 나는 이 잔으로 마실 테니까. 그건 그렇고 이보게."

"예."

"젊어 보이는데 몇 살이나 됐나?"

"새해가 되면 스물둘이 됩니다."

"고향은?"

"미마사카입니다."

무사시가 대답하자 다른 곳을 보고 있던 바이켄의 눈이 무사시의 온몸을 샅샅이 훑었다.

"……아까, 뭐라고 했지……? 이름이…… 이름이…… 자네 이름 말이네."

"미야모토 무사시입니다."

"무사시라."

"다케조라고도 씁니다."

그때 아내가 국이 담긴 그릇과 절임반찬, 젓가락과 밥공기를 가지고 와서 멍석 위에 내려놓았다.

"드세요."

"그렇군……."

시시도 바이켄은 잠시 말이 없더니 혼잣말하듯 중얼거리며 고개를 끄덕였다.

“다 데워졌군.”

그는 무사시의 잔에 술을 따르고 불쑥 이렇게 물었다.

“그럼 자네는 다케조가 아명이었나?”

“그렇습니다.”

“열일곱 살 무렵에도 그렇게 불렀나?”

“예.”

“자네, 열일곱 살 때 마타하치라는 사내와 세키가하라關ヶ原 전투에 참전하지 않았었나?”

무사시는 잠깐 놀라는 듯하더니 이내 물었다.

“저를 아십니까?”

5

“알다마다. 나도 세키가하라에서 싸운 사람이니까.”

그 말을 듣고 나니 무사시는 그에게 친밀감을 느꼈다. 바이켄도 갑자기 태도를 바꾸며 말했다.

“어디서 본 것 같다 싶더니 전장에서였군.”

“그럼, 우키타浮田 가의 진영에 계셨습니까?”

“난 그 무렵, 고슈江州 야스 강野洲川에서 야스 강의 고시들과 함께 선봉에 섰었네."

"그렇습니까? 그럼 얼굴 정도는 본 적이 있겠군요."

"자네와 함께 있던 마타하치란 자는 어떻게 되었나?"

"그 후로 만나지 못했습니다."

"그 후라면 언제부터?"

"전투가 끝나고 나서 한동안 이부키의 어느 외딴집에 숨어서 상처를 치료한 적이 있는데, 그 집에서 헤어진 뒤로 만나지 못했습니다."

"……어이."

바이켄은 아기를 안고 잠자리에 들어 있는 아내에게 말했다.

"술이 떨어졌어."

"이제 그만 마셔요."

"오늘은 더 마시고 싶군."

"오늘 밤엔 어쩐 일이슈?"

"이야기가 꽤나 재밌어서 말이야."

"술은 이제 없어요."

"이와고."

토방 구석을 향해 부르자 판자벽 건너편에서 개가 일어나는 것처럼 지푸라기가 버석거리는 소리가 나더니 이와고가 밑으로 빠져나갈 정도로만 문을 열고 얼굴을 내밀었다.

"주인 나리, 무슨 일입니까?"

"오노사쿠斧作에게 가서 술 한 되 빌려오너라."

무사시는 밥공기를 들고 말했다.

"먼저 먹겠습니다."

"기다리게."

바이켄은 황급히 젓가락을 들고 있는 무사시의 손목을 잡았다.

"술을 가지러 보냈으니 잠시 기다리세."

"저 때문이라면 그만두시지요. 더 이상 마시지 못합니다."

"뭐, 어때서."

그는 고집을 부렸다.

"그래, 나한테 쇄겸에 대해 묻고 싶은 게 있다고 했는데, 내가 아는 한 뭐든지 말해주지. 그러자면 술이라도 마시면서 이야기하는 게 낫지 않겠나?"

이와고는 금방 돌아왔다.

바이켄은 술을 항아리에서 술병으로 옮겨 담고 화로에 데우면서 쇄겸을 들고 싸울 때의 장점에 대해 자신의 모든 지식을 동원하여 역설했다.

쇄겸을 들고 적과 싸울 때 가장 이로운 점은 검과 달리 적에게 방어할 틈을 주지 않는 것이다. 또 적과 싸우기 전에 적이 들고 있는 무기를 쇠사슬로 감아서 빼앗아버리는 이점도 있다.

"이렇게 왼손에 낫, 오른손에 추를 들고 있다고 가정해보세."

바이켄은 앉은 채 자세를 취해 보였다.

"적이 달려들면 낫으로 막고, 막은 순간 적의 얼굴에 추를 던지는 방법이 있네."

그리고 다시 자세를 바꿨다.

"이렇게 적과 간격을 두고 마주 섰을 때는 상대의 무기를 쇠사슬로 감아서 빼앗는 것이 목적인데 칼, 창, 봉 무엇이든 빼앗을 수 있네."

그런 이야기를 하고는 다시 또 추를 던지는 열 가지 방법과 쇠사슬이 뱀처럼 자유롭게 선을 그린다는 것, 낫과 사슬을 번갈아 사용해서 적을 혼란에 빠뜨리고, 적이 방어를 하면 오히려 치명상을 입힐 수 있다는 것이 이 무기의 신묘한 장점이라는 것 따위를 이야기했다.

무사시는 열심히 듣고 있었다.

이런 이야기를 들을 때면 그의 온몸은 귀가 되고 지식 꾸러미가 되어 이야기하는 사람의 말 속으로 스스로를 옮겨놓았다.

쇠사슬과 낫.

두 개의 손.

무사시는 바이켄의 이야기를 들으면서 그만의 생각을 펼치며 마음속으로 중얼거렸다.

'검은 한 손에 들고, 사람은 두 손.'

6

두 번째 항아리의 술도 어느새 바닥을 드러냈다. 바이켄도 마시기는 했지만 무사시에게 권한 술이 더 많았다. 무사시는 무심코 주량을 넘겨버려서 전에 없이 취했다.

"여보, 우린 안방으로 들어가서 잡시다. 여기 이불은 손님에게 내어주고. 안방에 자리를 깔아줘."

그의 아내는 항상 여기서 잤는지 바이켄과 무사시가 술을 마시고 있는 동안에도 거리낌 없이 바로 옆자리에 이부자리를 펴고 아기와 함께 들어가 있었다.

"손님도 피곤한 모양이니 어서 잘 수 있게 해드리게."

바이켄은 아까부터 무사시에게 갑자기 친절하게 굴었지만, 아내는 왜 여기에 무사시를 재우는지, 자기들의 이부자리는 왜 안방에 깔라고 하는지 남편의 말을 이해할 수 없었다. 또 기껏 따뜻하게 데워놓은 이부자리에서 일어나기가 싫었는지 퉁명스럽게 말했다.

"손님은 이와고와 함께 헛간에서 재운다고 했잖아요?"

"멍청하긴."

바이켄은 이부자리에서 대꾸하는 아내를 흘겨보았다.

"그것도 손님 나름이지. 잠자코 안방에 자리를 펴게."

"……."

아내는 잠옷 차림으로 일어나서 안으로 휙 들어갔다. 바이켄은 자고 있는 아기를 안아들었다.

"이불이 좀 지저분하지만 여긴 화로도 있고 밤중에 목이 마르면 마실 따뜻한 차도 있네. 피곤할 텐데 이부자리에 들어가 푹 쉬게."

그가 안으로 들어가고 나서 잠시 후에 아내가 와서 베개를 바꿔주고 갔다. 아내도 그때는 부루퉁한 표정을 지우고 친절하게 말했다.

"남편이 많이 취한 데다가 여행길도 피곤했을 테니 내일 아침엔 늦잠을 잘 거예요. 그러니 당신도 푹 자고 아침에 일어나면 따뜻한 밥이라도 먹고 가세요."

"예. 고맙습니다."

무사시는 그 말밖에 할 수 없었다. 짚신과 윗도리를 벗는 것조차 귀찮을 정도로 취기가 돌았다.

"그럼, 신세 좀 지겠습니다."

그는 그 말을 마치자마자 방금 전까지 바이켄의 아내와 아기가 누워 있던 이불 속으로 파고들었다. 이불 속에는 모자의 온기가 아직 남아 있었다. 그러나 무사시의 몸은 그 온기보다 더 뜨거웠다. 안방과의 경계에 서서 그 모습을 가만히 지켜보던 아내가 조용히 말했다.

"……안녕히 주무세요."

그러고는 불을 끄고 안으로 들어갔다.

찌잉…… 머리를 쇠줄로 조이는 것처럼 취기가 심하게 올라왔다. 관자놀이가 지끈지끈 아팠다.

'이상하군, 오늘 밤엔 어쩌다가 내가 이렇게 과음한 걸까?'

무사시는 괴로운 나머지 살짝 후회를 했다. 바이켄이 자꾸 권했기 때문이 아닐까 생각했다. 그런데 사람을 사람같이 생각하지 않는 바이켄이 갑자기 술을 더 구해오고, 그 무뚝뚝하던 아내가 친절하게 대해주고, 따뜻한 이부자리도 양보해주고…… 왜 갑자기 태도를 바꾸었는지 영문을 알 수 없었다.

무사시는 문득 의심이 들었지만, 그 생각을 정리하기도 전에 정신이 몽롱해지면서 눈꺼풀이 무거워지자 숨을 크게 두 번 정도 내쉬고 이번에는 조금 한기가 드는지 이불을 눈 밑까지 끌어올려 덮었다.

타다 남은 화로의 장작에서 가끔 작은 불꽃이 피어올라 무사시의 이마 위에서 명멸했다. 이윽고 잠에 곯아떨어진 숨소리가 들렸다.

"……."

그때까지 하얀 얼굴이 안방과의 경계에 서 있었다. 바이켄의 아내였다. 자박, 자박, 멍석을 밟는 발소리가 남편이 있는 방으로 조용히 돌아갔다.

7

무사시는 꿈을 꾸고 있었다. 꿈의 단편 같은 똑같은 꿈을 몇 번이나 꾸었다. 꿈이라 할 만큼 정리되어 있는 꿈이 아니었다. 그저 어렸을 때의 기억이 어떤 작용에 의해 자고 있는 뇌세포 위로 벌레처럼 꾸물꾸물 기어나와 뇌막에 도깨비불처럼 어지러이 새겨지는 환각이었다.

……어쨌든 그는 꿈속에서 이런 자장가를 들었다.

자장자장
자는 아기 귀엽고
깨서 우는 아기는
나쁘다네
나쁘다네
엄마를 울리네.

이 자장가는 얼마 전 이곳에 들렀을 때 남편이 없는 집을 지키며 아기에게 젖을 물리고 있던 바이켄의 아내가 부르던 노래다. 이세 사투리가 섞여 있는 이 노래가 무사시가 태어난 고향인 미마사카에서 들려온다.

그리고 아직 갓난아기인 무사시가 피부가 하얀 서른 살 정도의 여인에게 안겨 있었다. 그 여인이 어머니라는 것을 알고 있는 갓난아기인 무사시는 젖가슴을 잡고 어린 눈으로 여인의 하얀 얼굴을 올려다보고 있었다.

나쁘다네
나쁘다네
엄마를 울리네.

어머니는 자신을 어르면서 자장가를 부르고 있었다. 야위고 인자한 어머니의 얼굴은 배꽃처럼 창백했다. 긴 돌담에는 드문드문 이끼가 끼어 있고, 흙담 위의 나뭇가지 끝에는 저녁놀이 걸려 있고, 집 안에서는 불빛이 새어나오고 있었다.

어머니의 두 눈에서 눈물이 방울방울 흐르는데 아기인 무사시는 이상한 듯 그 눈물을 바라보고 있다.

"나가."

"친정으로 돌아가!"

집 안에서 아버지 무니사이無二斎의 엄한 목소리가 들렸지만 모습은 보이지 않았다. 어머니는 어쩔 줄 몰라 하며 긴 돌담을 끼고 도망쳐 다니다 결국엔 아이다 강英田川의 강변으로 나가 눈물을 흘리며 강물 속으로 첨벙첨벙 걸어간다.

아기인 무사시가 어머니에게 위험을 알리려고 품속에서 몸부림을 쳤지만 어머니는 점점 깊은 강물 속으로 들어가면서 발버둥치는 아기를 아플 정도로 꼭 끌어안고는 젖은 뺨을 아기의 뺨에 바싹 붙이고 속삭인다.

"다케조야, 다케조야. 너는 아버지의 아들이니, 어머니의 아들이니?"

그때 강기슭 쪽에서 아버지 무니사이의 화난 목소리가 들렸다. 어머니는 그 소리를 듣자 아이다 강의 물결 아래로 모습을 감추었다. 강가 자갈밭에 내던져진 아기 무사시는 달맞이꽃 속에서 자지러지듯 울고 있다.

"……응?"

꿈이라는 것을 깨닫고 눈을 뜬 무사시가 비몽사몽간에 있을 때 어머니인지 다른 사람인지, 꿈속 여인의 얼굴이 그의 꿈을 들여다보면서 그를 깨우고 있었다.

무사시는 자신을 낳아준 어머니의 얼굴을 모른다. 어머니는 그리웠지만 어머니의 얼굴은 떠올릴 수 없었다. 그저 다른 사람의 어머니를 보며 자신의 어머니도 저런 사람이 아니었을까 하고 상상하는 것에 지나지 않았다.

"어머니가 왜 꿈에 나타났을까?"

술도 깨고, 정신도 차린 무사시가 천장을 바라보았다. 타다 남은 화로의 불꽃이 까맣게 그을린 천장에 빨간 불빛으로 명멸하고 있었다.

그러고 보니 누워 있는 그의 얼굴 위로 바람개비가 허공에 매달려 있었다. 아기에게 줄 선물로 바이켄이 사온 바람개비였다. 뿐만 아니라 얼굴까지 덮고 있던 이불자락에도 젖내가 깊이 스며들어 있었다.

무사시는 그래서 생각지도 않았던 죽은 어머니의 꿈을 꾸었구나 하고 생각했다. 그는 그리운 물건이라도 본 것처럼 그 바람개비를 넋을 잃고 바라보고 있었다.

8

깨어 있는 것도 아니고 자고 있는 것도 아닌, 그런 비몽사몽간에 게슴츠레 눈을 뜨고 천장을 바라보던 무사시는 문득 허공에 매달려 있는 바람개비에서 수상한 느낌을 받았다.

"……?"

바람개비가 돌기 시작했던 것이다.

애초에 돌리려고 만든 바람개비가 돌아가는 것은 전혀 이상할 것이 없지만 무사시는 무슨 생각이 들었는지 이불 속에서 몸을 일으키며 귀를 기울였다.

"……뭐지?"

어디선가 가만히 문이 열리는 소리가 나더니 문이 닫히자 돌고 있던 바람개비의 날개가 멈췄다.

아까부터 사람들이 이 집 뒷문을 분주하게 들락거리고 있었다. 발소리에 주의하면서 인기척조차 내지 않을 정도로 은밀한 움직임이었지만, 문을 여닫을 때마다 들어오는 미세한 바람은 주렴이 걸려 있는 판자 사이를 지나 바람개비를 매달아놓은 실을 흔들었고, 그때마다 대팻밥으로 만든 오색의 바람개비 날개가 나비처럼 돌다가 멈추기를 반복했다.

일으켰던 머리를 다시 슬쩍 베개에 내려놓은 무사시는 가만히 집 안의 분위기에 촉각을 곤두세웠다. 나뭇잎 한 장을 뒤집어쓰고 천지의 기상氣象을 속속들이 알고 있는 곤충처럼 바짝 곤두선 신경이 무사시의 온몸을 돌아다녔다.

자신이 지금 어떤 위험에 처했는지 무사시는 대충 파악되었다. 그러나 자신의 목숨을 다른 사람이, 더구나 이 집 주인인 시시도 바이켄이, 무슨 이유로 빼앗으려고 하는지 그 이유는 알 수 없었다.

'도적의 소굴인가?'

처음엔 그렇게 생각했다.

하지만 도적이라면 첫눈에 보고도 대략 상대의 행색이나 소지품의 많고 적음을 간파할 수 있었을 것이다. 자기를 죽여서 무슨 소득이 있단 말인가?

'원한일까?'

그것도 아닌 듯했다.

결국 무사시는 합당한 이유를 찾아내지 못했다. 그러나 자신의 목숨을 노리는 무언가가 시시각각 다가오고 있다는 것은 느낄 수 있었다. 이대로 그 무언가가 다가오기를 기다리고 있는 것이 나은지, 아니면 선수를 치는 게 나은지, 당장 둘 중 하나를 선택해야 할 만큼 그것은 눈앞에 바싹 다가와 있었다.

무사시는 토방으로 손을 뻗어 짚신을 찾았다. 그리고 하나씩 이불 속으로 끌어당겼다.

그때 갑자기 바람개비가 맹렬하게 돌기 시작했다. 명멸하는 등불을 받으며 빙글빙글 마법의 꽃처럼 돌았다.

발소리가 집 밖에서도, 집 안에서도 또렷이 들렸다. 발소리는 무사시의 잠자리를 둘러싸고 은밀하게 포위망을 만들고 있었다. 이윽고 주렴 밑으로 두 쌍의 눈이 불쑥 나타났다. 무릎으로 기어오는 사내는 칼을 빼들고 있었고, 다른 한 명은 창을 들고 벽에 붙어서 이불 끝자락으로 돌아갔다.

"……."

두 사내는 숨소리를 확인하려는 듯 불룩해져 있는 이불을 보고 있었다. 그때 주렴 뒤에서 또 한 명의 사내가 연기처럼 들어와서 우뚝 섰다. 시시도 바이켄이다. 왼손에는 쇄겸을 들고, 오른손에는 추를 쥐고 있었다.

"……."

"……."

"……."

눈과 눈과 눈.

세 사람이 기민한 눈짓으로 호흡을 맞추더니 머리 쪽에 있던 자가 먼저 발로 베개를 걷어찼고, 이불 끝자락 쪽에 있던 사내는 바로 토방으로 뛰어내리며 창으로 이불을 겨누었다.

"무사시, 일어나라!"

바이켄은 추를 잡은 손을 뒤로 뺐다.

9

그러나 이불 속에선 아무 반응이 없었다.

쇄겸을 들고 다가가도, 창으로 쿡쿡 찔러도, 소리를 쳐도, 이불은 그저 이불일 뿐 꿈쩍도 하지 않았다. 그 속에서 자고 있어야 할 무사시가 이미 어디론가 사라지고 없었던 것이다.

"앗…… 사라졌다."

창으로 이불을 들춰본 사내가 당황한 표정으로 주위를 둘러보자 바이켄은 얼굴 앞에서 팽글팽글 돌고 있는 바람개비를 보고 그제야 알아챘다.

"어딘가 문이 열려 있을 것이다."

그는 토방으로 뛰어내리며 소리쳤다.

"들켰군."

또 다른 사내가 실망하며 중얼거렸다.

작업장에서 토방을 따라 뒤편 부엌으로 통하는 바깥문이 석 자 정도 열려 있었다. 달밤처럼 문밖에는 서리가 맑게 반짝이고 있었다. 그곳에서 불어오는 바늘처럼 살갗을 찌르는 바람 때문에 바람개비가 세차게 돌았던 것이다.

"이곳으로 도망쳤다."

"문밖에 있던 놈들은 대체 뭘 하고 있었던 거야?"

바이켄은 당황해서 소리를 지르며 집밖을 둘러보았다.

"야, 이놈들아!"

그러자 처마 밑이며 근방의 그늘에서 검은 그림자가 느릿느릿 무릎걸음으로 나왔다.

"두목…… 두목, 무사히 해치웠습니까?"

그들은 소리를 낮추어 물었다.

바이켄은 화가 치밀어 오른 듯 소리를 질렀다.

"무슨 개소리야! 네놈들은 뭣 때문에 거기에 숨어 있었던 거냐? 놈이 벌써 눈치 채고 밖으로 달아났단 말이다."

"응? 달아났다니…… 언제 말입니까?"

"그걸 나한테 물으면 어떡해?"

"이상한데."

"얼간이 같은 놈들."

바이켄은 문을 들락날락거리며 초조해했다.

"스즈카를 넘든, 츠 가도로 돌아가든 길은 두 곳밖에 없다. 아직 그렇게 멀리 가지 못했을 테니 쫓아라!"

"어디로 말입니까?"

"스즈카 쪽으로는 내가 가 볼 테니 너희들은 아랫길로 서둘러 가 봐라."

집 안팎에 있던 자들이 모두 모이니 열 명 정도 되었다. 그중에는 총을 들고 있는 자도 있었다.

행색은 제각각이었다. 총을 들고 있는 자는 사냥꾼으로 보였고, 칼을 차고 있는 자는 나무꾼임이 분명했다. 그 외의 자들도 대체로 비슷한 신분이었는데, 모두가 시시도 바이켄의 명령에 따라 움직이는 점이나 어딘가 흉악해 보이는 눈빛으로 보나, 누구보다도 우선 바이켄이란 자가 평범한 대장장이로는 보이지 않았다.

"발견하거든 총을 쏴서 알린다. 그 소리를 들으면 모두 그곳으로 모여라."

그들은 두 패로 나뉘어서 무사시를 쫓았다.

그러나 빠른 걸음으로 반 시진가량을 쫓다 보니 모두 맥이 빠진 듯했다. 이윽고 서로가 실망한 듯 투덜거리며 느릿느릿 돌아왔다.

두목인 바이켄에게 야단을 맞지 않을까 두려워했던 것도 쓸데없는 걱정에 지나지 않았다. 그 바이켄이 이미 다른 사람보다 먼저 돌아와서 대장간의 토방에 걸터앉은 채 멍하니 고개를 숙이고 있었기 때문이다.

"글렀습니다, 두목."

"아깝게 놓치고 말았습니다."

사내들이 위로하는 얼굴로 말하자 바이켄도 포기한 듯 말했다.

"어쩔 수 없지."

바이켄은 치밀어 오르는 화를 풀 데를 찾는 듯 장작을 움켜쥐더니 무릎에 대고 부러뜨리고는 화로의 남은 불씨를 긁어모은 뒤 난폭하게 던져 넣었다.

"여보, 술 없어? 술이라도 내와."

10

한밤중의 소란에 젖먹이 갓난애도 깨서 울고 있었다. 바이켄의 아내가 자리에 누운 채 술이 없다고 대답하자 한 사내가 그러면 자기 집에 있는 것을 가지고 오겠다며 문 밖으로 나갔다.

모두 근방에 살고 있는 듯했다. 술도 금방 가지고 왔다. 그들은 술을 데울 틈도 없이 바로 잔에 따라 마시며 소 잃고 외양간 고치는 것에 지나지 않는 말들을 지껄였다.

"도저히 화가 나서 못 참겠어."

"애송이 새끼가 화를 돋우는군."

"목숨이 질긴 놈이야."

"두목, 화를 가라앉히세요. 밖에서 망보던 놈들이 실수한 겁니다."

그들은 바이켄을 취하게 만들어 먼저 재우려고 애썼다.

"나도 잘못했어."

바이켄은 그렇게 다른 사람 탓을 하지 않았다. 단지 술이 쓴 듯 얼굴만 찡그리고 있을 뿐이었다.

"그런 애송이 놈 하나쯤은 누구 손을 빌려서 만반의 태세를 갖추고 자시고 할 것도 없이 그냥 나 혼자 상대해도 됐을지 몰라. ……하지만 4년 전, 그놈이 열일곱 살 때, 내 형님인 쓰지카제 덴마辻風典馬를 때려죽인 놈이라고 생각하니 섣불리 손댈 수 없겠다는 생각에 그만……."

"그런데 두목, 오늘 밤에 묵었던 그 무사 수련생이 정말로 4년 전에 이부키의 오코네 뜸쑥집에 숨어 있던 놈일까요?"

"죽은 형님이 만나게 해주신 게지. 나도 처음에는 전혀 몰랐으니까. 놈도 한두 잔 술을 마시는 동안 내가 설마 쓰지카제 덴마의 동생이자 야스 강의 노부시인 쓰지카제 고헤이辻風黃平라는 것을 몰랐으니까 어떤 이야기 끝에 세키가하라 전투에 나갔던 일이며, 그 무렵엔 다케조라고 불렸지만 지금은 미야모토 무사시라고 부른다는 둥 묻지도 않은 말들을 술술 털어놓았겠지. 나이나 생김새로 봐도 형님을 목검으로 때려죽인 그때의 다케조가 틀림없어."

"복수를 해야 하는데, 정말 안타깝습니다."

"요즘엔 세상이 너무 평화로워서 설령 형님이 살아 있어도 나처럼 먹고살려고 대장장이가 되거나 산적이 될 수밖에 없었겠지만, 이름도 없는 세키가하라의 패잔병 애송이에게 목검으로 맞아 죽은 형님을 생각할 때마다 가슴속에서 울화가 치밀어 올라서……."

"그때 다케조라고 한 오늘 밤의 애송이 말고도 젊은 녀석이 한 명 더 있지 않았습니까?"

"마타하치."

"맞다, 맞아. 그 마타하치란 놈은 오코와 아케미를 데리고 그날 밤에 바로 야반도주를 했다는데, 지금쯤 어떻게 됐을까요?"

"형님은 오코에게 속아서 그런 신세가 된 거야. 앞으로 또 언제 어디서 오늘 밤처럼 오코를 우연히 만나게 될지 모르니 너희들도 정신 바짝 차리고 있어."

술기운이 올라오는지 바이켄은 자리에 앉은 채 장작불 앞에서 졸린 듯 고개를 숙이고 있었다.

"두목, 누우시지요."

"두목, 그만 주무시는 게 좋겠습니다."

무사시가 빠져나간 이불을 덮어주고, 토방에 떨어져 있던 베개를 주워 머리맡에 대주자 시시도 바이켄은 금방 코를 드르렁 드르렁 골며 잠이 들었다.

"돌아가세."

"가서 자야지."

이들은 원래 전쟁 통에 노부시로 생계를 꾸리던 이부키의 쓰지카제 덴마와 야스 강의 쓰지카제 고헤이의 수하로 있던 자들이다. 시대가 바뀌어 농사꾼이나 사냥꾼이 된 지금도 남을 물어뜯는 이빨은 결코 빠지지 않았다. 여전히 눈매가 날카로운 그들이 이윽고 느릿느릿 대장간에서 나와 서리가 내린 이슥한 밤길로 흩어졌다.

11

그 후로는 아무 일도 없었다는 듯이 어두운 집 안에서는 잠을 자는 숨소리와 들쥐가 무언가를 갉아대는 소리만이 어디선가 들릴 뿐이었다. 젖먹이 아기가 아직 잠이 들지 않은 듯 안방에서 이따금 칭얼거리는 소리가 났지만 그 소리마저 어느새 잠잠해졌다.

그때 부엌과 작업장 사이에 있는 장작을 쌓아둔 토방 구석의 도롱이와 삿갓 등이 걸려 있는 초벽칠만 한 벽에 딸린 부뚜막에서 도롱이가 쓱 움직였다.

도롱이는 저 혼자 올라가듯이 원래 걸려 있던 자리로 돌아가 벽에 걸렸고, 그 벽 뒤에서 연기처럼 사람의 그림자가 나오는가 싶더니 그 자리에 우뚝 섰다.

무사시였다. 그는 이 집에서 밖으로 한 발자국도 나가지 않았다. 아까 잠자리에서 빠져나오자마자 덧문을 열어놓고는 도롱이를 뒤집어쓰고 장작 사이에 몸을 숨기고 있었던 것이다.

"……."

그는 토방에서 걸어 나왔다. 시시도 바이켄의 숨소리는 꿈속에서 노닐고 있었다. 바이켄은 비염이라도 걸렸는지 코고는 소리가 보통 사람과는 비교도 되지 않을 정도로 컸다.

무사시는 조금 우습게 되었다는 듯 어둠 속에서 무심코 쓴웃음을 지었다.

"……."

그런데…… 무사시는 그의 코고는 소리를 들으면서 생각했다.

'시시도 바이켄과의 싸움은 이미 내가 이겼다. 완벽하게 이겼어.'

하지만 아까 들은 이야기에 따르면 이 사내의 이름인 시시도 바이켄은 나중에 지은 이름이고 전에는 야스 강의 노부시인 쓰지카제 고헤이라고 불렀다고 했다. 그리고 자기가 전에 때려죽인 쓰지카제 덴마와는 형제 사이로 오늘 밤 자기를 죽여서 형의 원수를 갚겠다는, 노부시치고는 꽤나 기특한 마음을 갖고 있었다.

이놈을 살려둔다면 앞으로도 기회가 있을 때마다 날 죽이려고 할 것이다. 일신의 안전을 위해서라면 죽여버리는 것이 낫지만 죽일 만한 가치가 있는지는 모르겠다.

"……?"

무사시는 그런 생각을 하다가 마침내 결심이 섰는지 자고 있는 바이켄의 발밑으로 돌아가 벽에 걸려 있는 쇄겸 한 자루를 손에 쥐었다. 바이켄은 깨지 않았다. 무사시는 그의 얼굴을 내려다보며 낫의 날을 손톱으로 빼냈다. 시퍼런 날과 자루가 갈고리 모양이 되었다.

무사시는 그 날에 물에 적신 종이를 감아 바이켄의 목덜미에 몰래 걸쳐놓았다.

'됐다!'

공중에 매달려 있는 바람개비도 자고 있었다. 만약 낫의 날에 물에 적신 종이를 감아두지 않아서 내일 아침 그의 목이 베개에서 떨어져 있기라도 하면 바람개비는 미친 듯이 돌아가고 있을 것이다.

쓰지카제 덴마를 죽인 것은 죽일 만한 이유가 있었기 때문이다. 또 무사시의 혈기가 전쟁을 치르며 한창 끓어오른 탓도 있었다. 그러나 시시도 바이켄의 목숨을 빼앗는 것은 아무런 득이 되지 않는다. 득이 되지 않을 뿐만 아니라 이 바람개비가 돌게 된 인과관계처럼 머지않아 그의 자식이 자신을 아버지의 원수라며 복수하러 올 것이다.

그렇지 않아도 무사시는 오늘 밤 웬일인지 자꾸만 돌아가신 부모님이 생각났다. 바이켄의 가족이 잠들어 있는 어두운 집 안에 감도는 달콤한 젖 냄새가 부러워서 왠지 이곳을 떠나고 싶지 않다는 생각마저 들었다.

'신세가 많았소. ……그럼, 내일 아침까지 안녕히 주무시오.'

무사시는 마음속으로 인사한 후 가만히 덧문을 열고 밖으로 나와 아직 날이 새지 않은 밤길을 재촉했다.

엇갈린 길

1

여행도 처음 며칠 동안은 기분이 상쾌했다. 다리가 아프기는 커녕 피곤한 줄도 몰랐다.

어젯밤 늦게 세키주쿠에서 묵은 두 사람은 오늘 아침에도 새벽안개가 걷히기도 전에 후데스테 산筆捨山에서 욘켄四軒 찻집에 이르러 등 뒤로 떠오르는 장엄한 태양을 돌아보며 발길을 멈췄다.

"아아, 아름다워라……."

오쓰의 얼굴도 붉게 타오르며 그 순간만큼은 반짝반짝 빛났다. 아니, 살아 있는 모든 생명이 충실함과 자부심을 가득 담은 모습으로 지상을 물들이고 있었다.

"오쓰 님, 아직 아무도 올라오지 않았어요. 오늘 아침엔 이 길을 우리가 제일 먼저 지나가고 있나 봐요."

"별걸 다 자랑스러워하는구나. 길이야 먼저 가든 나중에 지나든 같은 거 아니니?"

"달라요."

"그럼, 먼저 가면 100리 길이 70리로 줄어드나?"

"그런 게 아니라 같은 길이라도 걸을 때 말 뒤꽁무니나 부랑자들의 뒤에서 가는 것보다는 먼저 가는 게 기분이 좋잖아요."

"그거야 그렇지만 너처럼 으스대며 자랑하는 것은 좀 아닌 것 같다."

"그래도 아무도 지나가지 않은 길을 걷고 있으면 내 땅을 걷고 있는 것 같은 기분이 든단 말이에요."

"그럼 내가 앞에서 길을 안내하며 갈 테니 어디 한 번 마음껏 으스대며 가 봐."

오쓰는 길에 떨어져 있는 대나무를 주워 들더니 노래를 부르듯 장난쳤다.

"어이, 물렀거라. 길을 비켜라!"

그 소리에 문이 닫혀 있는 줄로만 알았던 욘켄 찻집에서 어떤 사람이 얼굴을 내밀자 오쓰는 얼굴이 빨개져서 뛰어갔다.

"어머나! 창피해라."

"오쓰 님, 오쓰 님."

조타로는 그녀를 쫓아가면서 놀렸다.

"주인 나리를 내팽개치고 도망가면 벌 받아요."

"이제 장난은 그만해. 싫어."

"자기가 먼저 장난쳐놓고."

"너한테 말려든 거야. 어머나, 욘켄 찻집 사람이 아직도 이쪽을 보고 있네. 아마 미쳤다고 생각할 거야."

"저기로 돌아가요."

"뭐 하러?"

"배 고파요."

"벌써?"

"여기서 점심으로 주먹밥을 반만 먹고 가요."

"적당히 좀 해. 아직 20리도 못 걸었어. 너는 잠자코 있으면 하루에 다섯 끼는 먹는 것 같아."

"그 대신 난 오쓰 님처럼 가마를 타거나 말을 빌려 타지는 않잖아요."

"어제는 세키주쿠에서 묵으려고 무리해서 재촉하느라 그랬지. 그렇게 말하니 오늘은 타지 않을게."

"오늘은 내가 탈 차례예요."

"아직 어린애가 무슨 말을 타니?"

"한번 타보고 싶어요. 괜찮죠?"

"그럼, 오늘만이야."

"아까 욘켄 찻집에 삯말이 매여 있는 걸 봤는데, 그걸 빌려 올게요."

"안 돼, 안 돼. 아직은."

"거짓말한 거예요?"

"피곤하지도 않은데 말을 타다니, 그런 사치는 안 돼."

"그렇게 친다면 나는 매일 천 리를 걸어도 피곤하지 않으니 말을 탈 일이 없겠네요. 사람이 많이 다니면 위험하니까 지금 태워줘요."

이러고 있다간 새벽같이 길을 나선 보람이 없을 것이다. 오쓰가 고개를 끄덕이기도 전에 조타로는 신이 나서 욘켄 찻집 쪽으로 뛰어갔다.

2

욘켄 찻집은 말 그대로 네 채의 찻집을 가리키는 이름인데, 욘켄이라는 말이 처마가 나란히 늘어서 있다는 말이 아니라 후데스테, 구쓰카케沓掛 등의 산 고개에 있는 네 개의 찻집을 합쳐서 그렇게 부르는 것이었다.

"아저씨."

조타로가 찻집 앞에 서서 소리쳤다.

"말을 빌려주세요."

이제 막 문을 연 찻집 주인은 신이 나서 떠드는 조타로를 떨떠

름하게 쳐다보며 말했다.

"왜 그렇게 큰 소리로 떠드느냐?"

"말이요. 어서 말을 빌려주세요. 미나쿠치까지 얼마죠? 싸면 구사쓰까지 타고 갈 수도 있어요."

"넌, 어디 애냐?"

"사람의 애요."

"난 천둥의 자식인 줄 알았구나."

"천둥은 아저씨 아닌가요?"

"요놈, 말하는 것 보게."

"말이나 내주세요."

"저 말이 삯말로 보이느냐? 저 말은 삯말이 아니라 내줄 수 없다."

"왜 내줄 수가 없어요?"

"이놈이 건방지게."

만두를 찌고 있던 찻집 주인이 부뚜막 아래에서 불이 붙어 있는 장작을 조타로를 향해 던졌지만 잘못 날아가서 처마 아래에 매어놓은 늙은 말의 다리에 맞고 말았다.

망아지로 태어나서 이 나이가 될 때까지 매일 사람들의 생활 수단으로 이용되며 쌀섬이나 된장 같은 짐을 짊어지고 고개를 넘어 다니면서도 불평 한 번 없던 늙은 말은 오랜만에 깜짝 놀란 듯 울부짖으며 등으로 처마를 들이받을 것처럼 펄쩍펄쩍 뛰었다.

"이놈이!"

말을 꾸짖는 건지, 조타로를 야단치는 건지 분간이 가지 않았다. 찻집 주인은 뛰어나와서 말고삐를 풀어 집 옆에 있는 나무로 데려가려고 했다.

"이랴, 이랴."

"아저씨, 빌려주세요."

"안 된다니까."

"왜 안 돼요?"

"마부가 없어서 안 된다."

그때 오쓰가 다가와 마부가 없으면 삯을 먼저 내고 말은 미나쿠치에서 이쪽으로 돌아오는 나그네나 마부에게 부탁해도 되지 않느냐고 하자, 찻집 주인은 오쓰의 행색을 보고 믿음이 갔는지 미나쿠치의 숙소든 구사쓰까지든 상관없으니 말은 이쪽으로 오는 사람에게 맡겨달라며 고삐를 그녀에게 넘겨주었다.

그것을 본 조타로는 혀를 차며 말했다.

"내 말은 귓등으로도 안 듣더니 오쓰 님이 예쁘니까 바로 들어주네."

"조타로, 말이 듣고 있는데 주인아저씨한테 못되게 굴면 이 말이 화가 나서 가다가 떨어뜨릴지도 몰라."

"이런 늙다리 말에서 떨어질 것 같아요?"

"탈 수나 있니?"

"탈 수 있어요. ……단지, 키가 닿지 않지만."

"그렇게 말 궁둥이를 안아도 안 돼."

"그럼, 안아서 태워주세요."

"성가시게도 하네."

그녀가 겨드랑이에 양손을 넣어 말 등에 태워주자 조타로는 갑자기 기세등등해져서 눈을 내리깔며 말했다.

"오쓰 님, 걸어서 잘 따라와요."

"그렇게 앉으면 위험해."

"괜찮아요."

"자, 그럼 출발한다."

오쓰는 말고삐를 잡고 찻집에서 돌아서며 인사를 하고 걷기 시작했다. 그런데 100걸음도 가기 전에 아침 안개에 묻혀 모습은 보이지 않지만 큰 소리로 그들을 부르며 황급히 쫓아오는 소리가 들렸다.

3

"누구지?"

"우릴 말하나?"

말을 세우고 뒤돌아보자 연기 같은 하얀 안개 속에서 한 사람의 그림자가 점점 짙어지더니 이윽고 윤곽이며 피부색, 나이와 형체까지 가늠할 수 있을 만큼 거리가 좁혀졌다.

밤이었다면 그가 다가오는 동안 두 사람은 도망쳤을지도 모른다. 긴 노다치를 허리춤에 높이 차고 앞에는 쇄겸을 차고 있는 눈빛이 험상궂은 사내였다. 거센 바람이 불어온 듯했다. 오쓰 옆으로 불쑥 다가와 멈춘 그의 주변에서는 공기가 격렬하게 움직이고 있었다.

그는 그녀가 쥐고 있던 고삐를 순식간에 빼앗아들더니 조타로를 보며 명령하듯 말했다.

"내려라!"

따그닥, 따그닥, 따그닥, 늙은 말이 놀라서 뒷걸음질 치자 조타로는 말갈기에 바짝 달라붙으며 소리쳤다.

"뭐, 뭐 하는 짓이야! 쓸데없는 짓 하지 마! 이 말은 우리가 빌린 거야!"

"시끄럽다."

쇄겸을 든 사내는 들은 체도 하지 않았다.

"거기, 여자."

"예."

"난 세키주쿠에서 조금 안으로 들어간 우지이 마을에 사는 시시도 바이켄이다. 사정이 있어서 오늘 새벽에 이 길로 도망친 미야모토 무사시라는 자를 쫓는 중이다. 그자는 이미 미나쿠치도 지났을 것으로 보이는데, 고슈 어귀의 야스 강 부근에서는 무슨 일이 있어도 놈을 잡아야 한다. 그러니 그 말을 내게 양보해라."

그는 몸을 들썩이며 빠르게 말했다. 아지랑이가 나뭇가지 끝에 걸려 얼음 꽃이 될 정도로 추운 날씨에도 바이켄의 목덜미는 파충류의 피부처럼 땀으로 번들거렸고 굵은 핏줄이 돋아나 있었다.

오쓰는 온몸의 피가 땅속으로 빨려 들어간 것처럼 그 자리에 우뚝 서 있었다. 그녀의 얼굴은 순식간에 창백해졌다. 그녀는 귀를 쫑긋 세우고 한 번 더 듣고 싶은 듯 보랏빛 입술을 움찔거리다가 황급히 다물었다.

"무, 무사시라고?"

조타로가 말 등에서 소리쳤다. 말갈기에 찰싹 달라붙어 있는 그는 손과 다리를 부들부들 떨고 있었다. 찰나의 순간이었지만 예사롭지만은 않은 두 사람의 반응이 길을 재촉하느라 초조해하는 바이켄의 눈에는 보이지 않는 듯했다.

"자, 꼬마야. 어서 내려라. 꾸물거리다간 끌어내리겠다."

말고삐를 채찍처럼 휘두르며 위협하자 조타로는 고개를 세차게 흔들며 소리쳤다.

"싫어!"

"싫다고?"

"내 말이야. 이 말로 먼저 간 사람을 쫓아가려고 하다니 그렇게는 안 돼!"

"여자랑 아이라고 왜 이러는지 이유까지 말해주었더니, 버르장머리 없이 구는구나!"

"오쓰 님!"

조타로는 바이켄의 머리 너머로 오쓰를 불렀다.

"이 말은 내줄 수 없죠? 이 말을 내주면 안 되죠?"

오쓰는 조타로를 기특하다고 칭찬해주고 싶었다. 말을 내주기는커녕 이 사내도 먼저 보내서는 안 된다고 생각했다.

"맞아요. 당신이 얼마나 바쁘신지 모르지만, 저희도 길을 재촉해야 하는 이유가 있습니다. 조금만 더 가면 고개가 나오는데 거기에 좋은 말과 가마가 얼마든지 있을 겁니다. 남이 타고 있는 것을 빼앗아 자신이 타고 간다는 건 방금 저 아이가 말했듯이 도리가 아닙니다. 그렇게는 할 수 없습니다."

"나도 안 내려. 죽어도 이 말을 줄 수 없어."

두 사람은 합심해서 바이켄의 요구를 단호하게 거절했다.

4

오쓰와 조타로가 합심해서 단호한 태도를 보이자 바이켄은 조금 의외라고 생각했겠지만, 본래 이 사내의 눈에는 그런 반항 따윈 대수롭지 않은 것이었다.

"그럼, 이 말은 도저히 내게 양보할 수 없다는 것이냐?"

"당연한 말씀."

조타로의 말투는 마치 어른이 하는 말 같았다.

"이놈이!"

바이켄이 어른답지 못하게 버럭 소리를 지른 것도 무리는 아니었다. 그는 말 등으로 뛰어올라 말갈기에 들러붙어 있는 벼룩 같은 조타로를 잡아 내동댕이치려고 느닷없이 조타로의 한쪽 다리를 잡아당겼다.

조타로는 이럴 때야말로 빼서 휘두르라고 있는 허리의 목검을 까맣게 잊은 듯했다. 자기보다 강하다는 것을 아는 적에게 발목이 잡힌 그는 거꾸로 매달려서 버둥거렸다.

"칵, 퉤!"

조타로는 바이켄의 얼굴을 향해 연신 침을 뱉었다. 살다 보면 언제 어디서 봉변을 당할지 모른다. 방금 전까지만 해도 일출을 보며 삶의 기쁨을 느끼던 생명이 암흑 같은 전율에 휩싸여 있다. 오쓰는 이런 곳에서 이런 사내 때문에 다치고 싶지 않았다. 하물며 죽는 것은 더 싫었다. 두려움에 입 안이 바싹바싹 말랐다.

하지만 이 사내에게 사과를 하고 말을 넘겨줄 마음도 전혀 없었다. 이 사내의 흉포한 살의는 먼저 갔다는 무사시를 향한 것이다. 뭔지 모를 큰 위험이 무사시를 쫓고 있음이 틀림없었다. 이 사내를 잠깐이라도 여기서 지체하게 한다면 무사시는 그만큼 더 위험으로부터 멀리 달아날 수 있다. 설령 그것이 모처럼 같은 길 위에 있게 된 자신과 무사시의 거리를 더 멀어지게 할지라도 결코 이 사내에게 말을 내줄 수 없다고 그녀는 입술을 깨물며 다짐했다.

"무슨 짓이에요!"

오쓰는 자신의 용기와 무모함에 놀라면서 바이켄의 가슴을 힘껏 때렸다. 얼굴에 묻은 침을 닦고 있던 차에 연약하게만 생각하던 여자의 의외로 강한 힘에 바이켄은 움찔했다. 뿐만 아니라 여자의 담력이라는 것이 늘 남자의 의표를 찌르듯 바이켄의 가슴팍을 때린 오쓰의 손이 곧바로 다음 순간 바이켄이 차고 있는 노다치의 칼자루를 잡고 있었다.

"이년이!"

바이켄은 고함을 지르며 오쓰의 손목을 제압하려고 손을 뻗었다. 그런데 하필이면 칼집에서 나오던 시퍼런 칼날을 잡는 바람에 그의 오른손 새끼손가락과 약지가 잘려나가면서 피를 튀기며 땅바닥에 떨어졌다.

"아, 악!"

바이켄이 비명을 지르며 손을 감싼 채 뒤로 껑충 물러나는 바람에 스스로 칼집에서 칼을 뺀 꼴이 되어 오쓰의 손에는 저절로 시퍼런 칼이 쥐여졌다.

적어도 무예로 일가를 이룬 시시도 바이켄으로서는 어젯밤의 실수를 뛰어넘는 치명적인 실수였다. 애초에 여자와 아이라고 얕잡아보고 덤빈 것이 큰 화근이었던 것은 말할 필요도 없다.

자신의 실수를 자책하면서 자세를 바로잡으려는 순간 이제 아무것도 무서울 것이 없는 오쓰가 그의 몸통을 향해 칼을 휘둘렀다. 그러나 석 자에 가까운 칼은 몸통을 베는 두꺼운 강철로 만들어진 것으로 남자도 쉽게 휘두를 수 있는 게 아니었다. 바이켄이 몸을 돌려 피하자 오쓰의 팔은 허공에서 물결을 그렸고, 칼을 휘두른 기세에 몸은 비틀거렸다.

그리고 쿵 하고 나무를 때린 듯한 울림이 팔에 전해지자 검붉은 핏줄기가 얼굴을 뒤덮듯이 쭉 솟아오르며 눈앞이 아득해졌다. 조타로가 매달려 있는 말의 엉덩이를 찌르고 말았던 것이다.

5

늙은 말은 잘 놀라는 습성이 있었다. 그리 깊게 찔리지도 않았건만 말의 비명에 가까운 울음소리는 기괴하기까지 했다. 말은 엉덩이에 난 상처에서 피를 흩뿌리며 사납게 날뛰었다.

바이켄은 의미를 알 수 없는 소리를 지르며 오쓰에게서 자신의 칼을 되빼앗아오려고 그녀의 손목을 잡으려고 했다. 그런데 바로 그때 미친 듯이 날뛰던 말이 그 두 사람을 튕겨내고는 뒷다리로 곧추서서 콧구멍을 벌렁거리며 또다시 큰 소리로 울부짖더니 그대로 바람을 일으키며 쏜살같이 내달리기 시작했다.

"앗! 야, 야 이놈아!"

먼지를 일으키며 달려 나가는 말을 잡으려던 바이켄은 앞으로 푹 고꾸라졌다. 분노는 하늘을 찔렀지만 말을 따라잡기에는 이미 늦었다. 그는 핏발이 선 눈으로 오쓰가 있는 쪽을 돌아다봤지만 어찌 된 영문인지 그녀의 모습도 보이지 않았다.

"어?"

그의 얼굴에 파란 힘줄이 돋았다. 주위를 둘러보니 그의 칼은 길섶 적송 둥치에 버려져 있었다. 냉큼 뛰어가 칼을 집어 들고 내려다보니 야트막한 절벽 아래에 농가의 초가지붕이 보였다.

말에 의해 튕겨져 나갔을 때 오쓰가 그곳으로 굴러 떨어진 것으로 보였다. 그때는 이미 바이켄도 그녀가 무사시와 어떤 관계가 있는 것이 틀림없다고 생각했다. 무사시를 뒤쫓는 일도 급했지만 오쓰를 놔두고 갈 수도 없었다.

그는 절벽을 뛰어 내려갔다.

"어디로 갔지?"

바이켄은 중얼거리면서 농가 주위를 성큼성큼 돌아다녔다.

"어디로 사라진 거야?"

마루 밑을 들여다보고, 헛간 문을 열어젖히며 미친 듯이 찾아다니는 그의 모습을 곱사등이처럼 허리가 굽은 농가의 노인이 물레방아 너머에서 두려운 눈길로 바라보고 있었다.

"아! 저기 있었구나."

마침내 그는 오쓰를 발견했다. 노송이 우거진 깊은 계곡에는 아직 눈이 남아 있었다. 오쓰는 그 계곡을 향해 경사가 급한 노송나무 숲을 꿩처럼 달려 내려가고 있었다.

"거기 서라!"

바이켄이 위에서 고함을 지르자 오쓰는 저도 모르게 뒤를 돌아보았다. 그는 흙이 무너져내리는 것보다 더 빠르게 오쓰의 뒤를 쫓아왔다. 그의 오른손에는 주워든 칼이 그대로 들려 있었지만 그것으로 상대를 벨 생각은 없었다. 그의 짐작대로 무사시와 관계가 있다면 그녀를 인질로 삼아 무사시의 행선지를 캐물을 생각이었다.

"이년!"

왼손을 뻗자 손끝이 오쓰의 검은 머리카락에 닿았다.

오쓰는 몸을 움츠리며 나무 밑동에 매달렸다. 그러나 발이 미끄러지며 몸이 추처럼 절벽을 향해 심하게 좌우로 흔들렸다. 얼굴과 가슴으로 흙과 자갈이 쏟아져 내렸다. 바이켄의 커다란 눈과 시퍼런 칼날이 위에서 내려다보고 있었다.

"멍청한 것. 도망칠 수 있을 줄 알았느냐! 그 아래는 강물이 흐르는 절벽이다."

힐끗 내려다보니 몇 길이나 되는 아래로 잔설 사이를 가르며 흐르고 있는 강물이 파랗게 보였다. 오쓰는 강물을 보며 살 수 있을 거란 느낌도, 두려운 마음도 들지 않았다. 그저 허공에 몸을 맡길 기회를 기다리고 있을 뿐이었다.

오쓰는 죽음을 느끼자 죽는다는 것에 대한 두려움보다도 무사시가 어디에 있는지가 먼저 궁금했다. 아니, 자신의 기억과 상상력이 미치는 범위 내에서 무사시의 환영이 소름 돋은 머릿속에서 폭풍우가 몰아치는 하늘의 달처럼 그려졌다.

"두목님, 두목님!"

그때 어디선가 자신을 부르는 소리가 계곡에 메아리치자 바이켄은 시선을 돌렸다.

6

절벽 위에 사람의 얼굴이 보였다. 두세 명의 사내들이다.

"두목님."

그 얼굴이 큰 소리로 바이켄을 부르고 있었다.

"뭘 하고 계십니까. 어서 이리로 오십시오. 방금 욘켄 찻집의 주인에게 물었더니 날이 밝기 전에 거기서 도시락을 사서 고가甲賀 계곡 쪽으로 뛰어간 무사가 있었답니다."

"고가 계곡 쪽으로?"

"그렇습니다. 그런데 고가 계곡으로 빠지든지 쓰치 산土山을 넘어 미나쿠치로 나가든지 이시베石部의 숙소까지 가는 길은 하나밖에 없으니 빨리 야스 강으로 가서 기다리고 있으면 틀림없이 놈을 잡을 수 있을 겁니다."

바이켄은 멀리서 그들이 하는 소리를 흘려들으면서 자기 앞에서 두려움에 떨며 옴짝달싹 못하고 있는 오쓰를 눈빛으로 옭아매듯이 노려보고 있었다.

"너희들도 잠시 이리로 내려와라."

"내려오라고요?"

"빨리 와!"

"하지만 우물쭈물하고 있는 사이에 무사시란 놈이 야스 강을 건너가 버리면……."

"알았으니까 내려오라고."

"네."

그들은 어젯밤 바이켄과 함께 헛수고를 한 그의 수하들이다. 산길을 다니는 데는 익숙한 듯 멧돼지처럼 곧장 비탈을 뛰어내려온 그들은 오쓰를 보고는 그제야 알았다는 듯 서로 시선을 주고받았다.

바이켄은 빠른 말로 자초지종을 설명하고 세 사람에게 오쓰를 맡기면서 나중에 야스 강으로 끌고 오라고 명령했다. 수하들은 고개를 끄덕이고 오쓰를 밧줄로 묶으면서 안쓰러운 기분도 드는지 고개를 숙이고 있는 창백한 그녀의 옆얼굴을 자꾸만 음탕한 눈빛으로 힐끔거렸다.

"알겠느냐. 너희들도 늦으면 안 된다."

바이켄은 그 말을 남기고 원숭이처럼 산허리를 가로질러 고가 계곡의 시냇물로 내려가 멀리서 절벽 쪽을 돌아보며 손을 입에 모으고 소리쳤다.

"야스 강에서 합류하는 것이다. 난 지름길로 쫓아갈 테니 너희들은 큰길 쪽을 유심히 살피면서 가거라."

절벽에서도 수하가 소리쳤다.

"알겠습니다."

메아리가 되돌아오자 바이켄은 눈이 군데군데 남아 있는 계곡을 뇌조가 뛰어가듯이 껑충껑충 뛰어서 바위 사이를 지나 멀어져갔다.

늙고 쇠약한 말이라도 미쳐 날뛰기 시작하자 어설픈 고삐질로는 좀처럼 세울 수 없었다. 하물며 말을 타고 있는 사람은 조타로였다.

꽁무니에 불이 붙은 것처럼 엉덩이에 시뻘건 상처가 난 말은 그 이후로 뒤도 돌아보지 않고 달리기 시작해서 팔백팔곡八百八

谷이라는 스즈카의 산마루를 순식간에 통과한 뒤 가니 고개蟹坂를 돌파하고 쓰치 산의 역참을 지나 지금은 마쓰오松尾 마을에서 누노비키 산布引山의 기슭을 가로지르고 있었다. 마치 일진광풍一陣狂風과 같은 기세로 멈출 줄을 몰랐다.

조타로는 용케도 그런 말에서 떨어지지 않았다.

"위험해, 위험해, 위험하다고!"

조타로는 주문을 외듯 소리를 지르면서 더 이상은 말갈기를 붙잡고 있기가 힘들어지자 목덜미를 꽉 끌어안았다. 말 엉덩이가 춤을 출 때마다 그의 엉덩이도 덩달아 말 등을 떠나 허공에서 춤을 추었기 때문에 말을 타고 있는 조타로보다도 그 모습을 본 마을 사람들이나 역참 사람들이 간담이 서늘해지며 더 위험하게 느꼈다.

말을 타는 법을 모르니 말에서 내리는 방법도 애초에 모를 것이고 달리는 말을 세울 줄은 더더욱 알 턱이 없었다.

"위험해요, 위험해!"

예전부터 말을 타고 싶다, 말을 타고 마음껏 달려보고 싶다고 오쓰에게 졸라대던 조타로는 마침내 오늘에서야 그 소원을 이루었다.

하지만 그의 목소리는 점점 울먹임으로 바뀌었고, 주문처럼 내지르던 소리도 여지없이 울음소리였다.

7

길에는 어느새 사람들이 하나둘 다니기 시작했다. 누가 한 명 나서서 맹렬하게 질주하는 말을 멈춰주면 좋으련만 괜한 일에 나섰다가 다치기라도 하면 자기만 손해라는 듯 길섶으로 비켜서서 "뭐야, 저거?" "멍청한 새끼." 하고 멀뚱히 바라보거나 조타로의 뒷모습에 대고 욕지거리나 할 뿐 아무도 나서는 사람이 없었다.

말은 순식간에 미쿠모三雲 마을과 나쓰미夏身의 역참을 지났다. 근두운을 탄 손오공이었다면 이 부근부터 이마에 손 그늘을 만들고 이가伊賀와 고가甲賀의 봉우리와 계곡 들의 아침 풍광을 내려다보며 누노비키 산과 요코타 강橫田川의 절경에 감탄하면서 저 멀리 한 조각 거울인지 상서로운 구름인지 착각할 정도로 아름다운 비와琵琶 호수를 찾아냈을 것이다. 하지만 조타로에게 그렇게 한눈을 팔 여유 따위는 없었다.

"세워줘, 세워줘, 세워달란 말이야."

위험해요, 위험해가 어느새 세워달라는 말로 바뀌어 있었다. 그러다가 고지 고개柑子坂의 경사가 심한 비탈 위에 다다르자 갑자기 "살려주세요."라고 다시 바뀌었다. 비탈길을 달려 내려가는 말 등에서 그의 몸은 고무공처럼 튕기다가 결국 땅바닥으로 내동댕이쳐질 것이 뻔한 상황이었던 것이다.

그런데 고개의 7부 능선 부근에 있는 절벽 옆에서 푸조나무인지 떡갈나무인지 모를 거목의 나뭇가지가 일부러 길을 막고 있는 것처럼 가로로 뻗어 나와 있었다. 그 가지가 얼굴에 닿자 조타로는 이 나무야말로 자신의 기도가 하늘에 닿아 구원의 손길을 뻗어준 것이라고 생각했는지 개구리처럼 풀쩍 말 등에서 뛰어올라 가지에 매달렸다.

말은 몸이 가벼워지자 더욱 기세를 올리며 고개 아래로 날아갈 듯이 내달렸다. 조타로는 양손으로 나뭇가지를 잡고 허공에 대롱대롱 매달려 있을 수밖에 없었다.

허공이라고 해도 땅에서 불과 열 자도 되지 않는 높이라서 손을 놓으면 무사히 땅으로 내려올 수 있을 텐데 그런 점에서 보면 인간이 원숭이가 아니라는 증거일 것이다. 까불거리며 세상 무서운 줄 모르던 조타로도 머리가 조금 어떻게 된 모양인지 떨어지면 죽기라도 할 것처럼 필사적으로 다리를 감고 힘이 빠진 팔을 바꿔가며 자신의 몸을 주체하지 못하고 있었다.

그러는 사이에 나뭇가지가 뚝 하고 부러지는 소리가 났다. 조타로는 이제 죽었구나 하고 생각했지만, 떨어진 몸이 아무 탈 없이 땅바닥에 앉아 있자 그는 오히려 정신이 멍해졌다.

"휴우……."

말은 이미 보이지 않았다. 눈앞에 있더라도 더는 타고 싶지 않았다.

조타로는 잠시 그 자리에서 넋을 놓고 앉아 있다가 갑자기 벌떡 일어나서 고개 위를 향해 소리쳤다.

"오쓰 님! 오쓰 님!"

뒤돌아서서 온 길을 되짚어 갑자기 달리기 시작한 그는 심각하고 중대한 뭔가에 달려드는 낯빛으로 이번엔 목검을 움켜쥐었다.

"오쓰 님은 어떻게 됐을까? 오쓰 님, 오쓰 님!"

때마침 고지 고개 위에서 삿갓을 쓴 사람이 내려오고 있었다. 그는 하오리도 없이 오배자五倍子로 물들인 윗옷을 입고 가죽바지에 짚신을 신고 있었다. 물론 칼도 차고 있었다.

8

"어이, 꼬마야."

사내는 스쳐 지나가는 조타로를 손을 들어 부르고는 발끝부터 찬찬히 훑어보며 물었다.

"무슨 일이 있느냐?"

조타로는 뒤돌아서서 물었다.

"아저씨, 저기서 오는 길이죠?"

"그래."

"그럼, 스무 살쯤 된 예쁜 여자 못 보셨어요?"

"음, 봤다."

"예? 어디서요?"

"요 앞, 나쓰미의 역참에서 젊은 여자를 묶어 끌고 가는 노부시들을 보았다. 나도 의심쩍게 여겼지만 물어볼 수도 없고 하여 그냥 지나왔는데, 아마 스즈카 계곡으로 근거지를 옮긴 쓰지카제 고헤이의 수하들일 게다."

"그, 그거다."

"얘야, 잠깐만."

사내는 막 뛰어가려는 조타로를 다시 불러 세웠다.

"그 여자가 네 일행이냐?"

"예, 오쓰 님이에요."

"섣불리 덤볐다간 네 목숨만 위험하다. 그보다는 곧 그자들이 이리로 지나갈 테니 내게 자세히 얘기해보거라. 좋은 방법을 가르쳐줄 수도 있으니까 말이다."

조타로는 왠지 그가 믿음이 가서 아침부터 있었던 일을 자세히 이야기해주었다. 오배자로 물들인 옷을 입은 사내는 삿갓 아래에서 몇 번이나 고개를 끄덕였다.

"그렇군. 잘 알았다. 그런데 그 시시도 바이켄이라고 이름을 바꾼 쓰지카제 고헤이의 수하들을 상대로 너희 둘이 아무리 발버둥을 쳐봤자 쓸모없는 짓일 게다. 좋아, 내가 오쓰란 처자를 그

자들에게 놓아주라고 하마."

"놓아줄까요?"

"물론 그냥은 놓아주지 않을지도 모르지. 그때는 또 내게 달리 생각이 있으니까 너는 아무 소리도 내지 말고 저기 수풀 속에 숨어 있거라."

조타로가 수풀에 몸을 숨기자 그 사내는 고개 아래로 부리나케 내려가 버렸다. 조타로는 구해주겠다는 말로 사람을 안심시켜놓고 그냥 도망쳐버리는 게 아닐까 불안해져서 수풀 속에서 고개를 내밀었다.

그때 고개 위에서 사람들의 목소리가 들리자 조타로는 얼른 다시 고개를 집어넣었다.

오쓰의 목소리가 들렸다. 양손을 뒤로 묶인 채 세 명의 노부시에게 둘러싸여서 걸어오는 그녀의 모습도 마침내 눈앞에 나타났다.

"뭘 두리번거리고 있는 거야? 빨리 걸어라."

"빨리 걸어!"

한 사내가 오쓰의 어깨를 밀며 윽박질렀다. 오쓰는 고갯길을 사선으로 비틀거리며 걸었다.

"일행을 찾고 있단 말이에요. 그 아이는 어떻게 됐을까. 조타로! 조타로!"

"시끄럽다."

오쓰의 하얀 맨발에서 피가 나고 있었다. 조타로가 여기에 있다고 소리치며 뛰어나가려는 순간 아까 그 무사가 삿갓은 어딘가에 벗어놓고, 스물예닐곱으로 보이는 거무스름한 얼굴로 혼잣말을 중얼거리며 고개 아래에서 뛰어왔다.

"큰일 났다!"

그 소리에 세 명의 노부시들은 고개 중간에서 걸음을 멈췄다. 그리고 미안하다며 스쳐 지나가는 그를 돌아보며 물었다.

"어이, 와타나베의 조카 아닌가. 큰일이라니, 대체 무슨 일인가?"

9

와타나베의 조카라고 하는 것을 보니 그 사내는 이 근방의 이가 계곡이나 고가 마을에서 사람들의 존경을 받고 있는 닌자인 와타나베 한조渡辺半蔵의 조카인 듯싶었다.

"아직 모르고 있었나?"

그가 물었다.

"모르다니?"

노부시들이 다가오자 와타나베의 조카는 손가락으로 고개 아래를 가리키며 말했다.

"지금 이 고지 고개 아래에서 미야모토 무사시라는 사내가 화가 잔뜩 나서 칼을 빼들고 길 한복판에 떡 버틴 채 오가는 사람들을 일일이 조사하고 있네."

"뭐, 무사시가?"

"내가 지나가자 내 앞으로 성큼성큼 다가와서는 이름을 묻기에 나는 이가 사람인 와타나베 한조의 조카로 쓰게 산노조柘植三之丞라는 사람이라고 대답하자 바로 사과를 하더니 실례가 많았다며 스즈카 계곡의 쓰지카제 고헤이의 부하가 아니라면 지나가도 된다고 하더군."

"흠……."

"내가 이번엔 무슨 일이 있느냐고 물었더니 야스 강의 노부시로 시시도 바이켄이라고 이름을 바꾼 쓰지카제 고헤이와 그 수하들이 이 길에서 자신을 잡아 죽이려고 계략을 꾸미고 있다는 소문을 들었다면서 그들의 함정에 빠지느니 차라리 이 부근에 자리를 잡고 마지막까지 싸우다 죽을 각오를 하겠다더군."

"산노조, 정말인가?"

"내가 왜 거짓말을 하겠나? 거짓이라면 미야모토 무사시라는 자를 내가 어떻게 알겠어?"

세 사람은 동요하는 기색이 역력했다.

어쩌지?

그들은 겁에 질린 눈으로 상의라도 하듯 서로를 쳐다보았다.

"조심하는 게 좋을 거야."

산노조가 툭 내뱉듯이 말하고 다시 가려고 하자 그들이 황급히 그를 불러 세웠다.

"어이, 산노조!."

"뭔가?"

"큰일이군. 두목도 그자가 무척 강한 놈이라고 하던데."

"상당한 실력이 있는 자임엔 틀림없더군. 고개 아래에서 칼을 빼들고 내 앞으로 다가올 때는 나조차 겁이 났으니까."

"어떻게 하면 되지? ……실은 두목의 명령으로 야스 강까지 이 여자를 끌고 가는 중인데."

"그게 나와 무슨 상관인가?"

"그러지 말고 좀 도와주게."

"싫어. 자네들을 도와줬다는 걸 알면 한조 백부님께 크게 야단맞을 거야. 하지만 방법은 알려줄 수 있지."

"알려주게. 그것만이라도 감사하지."

"밧줄을 묶고 데리고 가는 저 여자를 어디 가까운 수풀 속에라도, 그래 나무 밑동에라도 잠시 묶어놓고 몸이 자유로워지는 것이 먼저야."

"흐음, 그리고?"

"이 고개로 가면 안 돼. 조금 돌아가더라도 계곡 길을 건너 서둘러 야스 강으로 가서 이 사실을 알리고 가능한 한 멀찍이 에워싼 후에 손을 써야지."

"그거 묘안이군."

"상대가 죽을 각오로 덤벼들 테니 신중을 기하지 않으면 죽는 자가 꽤 나올 거야. 그러길 바라진 않겠지?"

"그야 당연하지. 그래, 그렇게 하자."

세 사람은 황급히 오쓰를 수풀로 끌고 가더니 나무 밑동에 붙들어 매고는 자리를 떴다가 다시 돌아와서 그녀의 입에 재갈을 물렸다.

"이제 됐어."

"그래 가자."

그들은 그대로 길이 없는 곳으로 모습을 감추었다.

마른 나무와 낙엽을 보호색 삼아 가만히 웅크리고 있던 조타로가 이때다 하고 수풀 속에서 살며시 고개를 들고 주위를 둘러보았다.

10

아무도 없었다. 오가는 사람도, 와타나베의 조카인 산노조도 보이지 않았다.

"오쓰 님."

조타로는 수풀을 헤치고 오쓰에게로 갔다. 그녀를 묶어놓은 밧줄을 풀고 그녀의 손을 잡고 길가로 나왔다.

"빨리 도망가요."

"조타로…… 네가 왜 거기서."

"그건 중요하지 않으니까 어서 가기나 해요."

"자, 잠깐만."

오쓰가 헝클어진 머리와 옷깃, 허리끈 등을 만지며 매무새를 다듬고 있자 조타로는 혀를 차며 말했다.

"지금 치장이나 하고 있을 때가 아니에요. 머리는 나중에 만져요."

"……그래도 방금 여기를 지나간 사람이 고개 아래에 무사시 님이 있다고 했잖아."

"그래서 치장을 한 거예요?"

"아니, 아니야."

오쓰는 이상하다 싶을 정도로 정색하며 변명했다.

"무사시 님을 만날 수만 있다면 더 이상 무서울 게 없으니까. 위험한 고비도 넘겼으니 안심해도 되니까……. 난 침착하단 말이야."

"그런데 이 고개 아래에서 무사시 님을 만났다는 말이 사실일까요?"

"그러고 보니 그 세 사람과 여기서 얘기하던 사람은 어디로 가 버린 걸까?"

조타로도 주위를 둘러보며 중얼거렸다.

"없네요. 이상한 사람이군."

그러나 어쨌든 두 사람이 호랑이 굴에서 무사히 살아나올 수 있었던 것은 와타나베의 조카라는 쓰게 산노조의 덕분인 것만은 틀림없었다.

게다가 오쓰는 무사시를 만날 수 있게 된다면 그 사람에게 뭐라고 감사해야 할지, 그런 생각까지 하고 있었다.

"자, 이제 가자."

"치장은 다 끝났어요?"

"그런 말하면 못써."

"그래도 좋은 것 같은데요?"

"자기도 좋으면서."

"당연히 좋죠. 좋은 걸 나는 오쓰 님처럼 감추거나 하지 않아요. 큰 소리로 말해볼까요? 난 기쁘다!"

조타로는 덩실덩실 춤을 추었다.

"그런데 혹시 스승님이 안 계시면 어떡하지? 오쓰 님, 제가 먼저 가서 확인해볼게요."

그는 오쓰를 돌아보며 말하고는 고갯길을 뛰어 내려갔다.

오쓰는 고지 고개를 뒤따라 내려갔다. 마음은 먼저 달려간 조타로보다 앞서서 달려가고 있었지만 걸음은 오히려 서두르지 않았다.

'이런 몰골로…….'

오쓰는 피가 난 발과, 흙과 나뭇잎으로 더러워진 소매를 쳐다보았다. 그리고 소매에 붙어 있던 낙엽을 떼서 손가락 끝으로 만지작거리면서 걷고 있는데, 나뭇잎에 말려 있던 하얀 솜에서 징그러운 벌레가 나와 손등을 기어 다녔다.

오쓰는 산에서 자랐지만 벌레가 싫었다. 화들짝 놀라 손을 털었다.

"빨리 와요, 빨리. 뭘 그렇게 꾸물거려요?"

고개 아래에서 활기가 느껴지는 조타로의 목소리가 들렸다. 목소리에서 활기가 느껴지는 것으로 보아 무사시를 찾은 모양이다. 오쓰는 그의 목소리에서 바로 알아챌 수 있었다.

"아아, 드디어."

그녀는 문득 지금까지 온갖 어려움을 겪으면서도 한마음을 잃지 않은 자신이 대견하고 자랑스러웠다. 기쁨으로 가슴이 쿵쾅거려서 견딜 수가 없었다.

하지만 그것은 여자인 자신만이 앞서서 느끼고 있는 기쁨에 지나지 않는다는 것을 오쓰는 잘 알고 있었다. 무사시를 만난다 해도 그가 자신의 한결같은 마음을 얼마나 받아들여줄까. 그녀는 무사시를 만난다는 기쁨과 함께 뭔지 모를 슬픔에 가슴이 저려왔다.

11

고개의 그늘진 곳은 흙까지 얼어붙어 있었지만, 고지 고개를 내려오자 겨울인데도 파리가 날아다닐 정도로 양지 바른 역참 찻집은 따뜻했다. 산기슭의 논을 향해 난 찻집에서는 소짚신이랑 막과자 따위를 팔고 있었다. 조타로는 그 찻집 앞에 서서 오쓰를 기다리고 있었다.

"무사시 님은?"

오쓰는 조타로에게 물어보면서 찻집 앞에 무리 지어 모여 있는 사람들 쪽을 가만히 살폈다.

"없어요."

조타로는 맥이 빠진 듯 대답했다.

"어떻게 된 거지?"

"글쎄요……."

오쓰는 믿을 수 없다는 표정이었다.

"그럴 리가 없잖아?"

"글쎄요. 아무 데도 보이지 않아요. 역참 찻집 사람에게 물어봐도 그런 무사는 보지 못했다고 하고…… 뭔가 착각한 것 같아요."

조타로는 그리 낙담하지 않는 표정이었다. 오쓰는 혼자 지레짐작하고 좋아했기 때문에 누구를 원망할 수도 없었지만, 그렇게 아무렇지도 않게 정리되어버리자 조타로의 태연한 모습이 괜스레 얄미웠다.

"다른 쪽은 더 찾아봤니?"

"찾아봤어요."

"저기 제사탑 뒤쪽은?"

"없어요."

"찻집 뒤에는?"

"없다고요!"

조타로가 귀찮은 듯 퉁명스럽게 대답하자 오쓰는 얼굴을 옆으로 돌려버렸다.

"오쓰 님, 우는 거예요?"

"……몰라."

"오쓰 님은 좀 더 똑똑한 줄 알았는데, 이럴 때 보면 순진한 건지 멍청한 건지 모르겠어요. 꼭 어린아이를 보는 것 같아요. 처음부터 거짓인지 사실인지 애매한 말이었잖아요. 그런데 혼자서 멋대로 사실로 믿고 무사시 님이 안 계신다고 울음이나 터뜨리다니, 어쩌면 좋을까?"

일말의 동정심도 느끼지 못하겠다는 듯 조타로는 깔깔 웃었다.

오쓰는 그 자리에 주저앉고 싶었다. 갑자기 세상의 모든 것이 빛을 잃고 전과 같은, 아니 지금까지 느껴보지 못했던 상실감에 사로잡혔다. 웃고 있는 조타로의 누런 이가 얄밉게 보이고 화가 나서 왜 자기가 이런 아이를 데리고 다니는지, 버릴 수만 있다면 버리고 혼자 찾아다니는 편이 훨씬 낫겠다고 생각했다.

생각해보니 무사시라는 같은 사람을 찾아다니고 있었지만, 조타로는 단지 스승으로서 그리워하는 것이고, 그녀는 삶의 동반자로서 그를 찾고 있는 것이었다. 그리고 또 이번 경우만 해도 조타로는 대수롭지 않다는 듯 금방 쾌활해졌지만, 오쓰는 그와는 반대로 며칠이나 기운을 차릴 수 없었다. 그것은 어린 조타로의 마음속 어딘가에는 언젠가 꼭 무사시를 만날 수 있다는 확신이 있었기 때문이고, 오쓰는 그렇게 낙천적으로 앞날을 내다볼 수 없었기 때문이다.

'이대로 평생 그 사람과는 만날 수도, 이야기를 나눌 수도 없는 운명이 아닐까?'

이렇게 나쁜 쪽으로도 생각이 흘러가곤 했다.

사랑은 서로를 갈구하지만, 사랑을 하는 사람은 또 지독하게 고독을 사랑하고 싶어 한다.

그렇지 않아도 오쓰는 천성적으로 고아로서의 특성이 있었다. 보통 사람들보다도 타인에 대해, 타인을 느끼는 것에 아무래도 예민했다.

짐짓 화난 모습으로 말없이 먼저 성큼성큼 걸어가는데 누군가 뒤에서 불렀다.

"오쓰 님."

조타로의 목소리는 아니었다. 제사탑의 비석 뒤쪽에서 마른 풀을 밟으며 다가오는 사람이 보였다.

12

그는 쓰게 산노조였다.

아까 그대로 고개 위로 올라간 줄만 알았는데 오가는 사람이 없는 수풀 속에서 불쑥 나온 것이다. 오쓰는 물론 조타로에게도 이상한 행동으로 보였다.

게다가 친근하게 오쓰 님 따위로 부르는 것도 이상했다. 조타로는 곧장 그에게 달려가 물었다.

"아저씨, 아까 거짓말했죠?"

"왜?"

"무사시 님이 이 고개 아래에서 칼을 들고 기다리고 있다더니 무사시 님이 어디에 있어요? 거짓말이죠?"

"멍청한 놈."

산노조는 조타로를 나무랐다.

"그 거짓말 덕분에 네 일행인 오쓰 님이 그놈들한테서 도망칠 수 있었잖느냐. 그런데 내게 화를 내는 놈이 어디에 있느냐? 또 나한테 한마디 인사 정도는 해야 마땅하지 않겠느냐?"

"그럼, 그게 아저씨가 그들을 계략에 빠뜨리기 위해 꾸며낸 말이었다는 거예요?"

"그렇다마다."

"뭐예요? 나한테는 한마디 말도 안 해주고."

조타로는 오쓰를 돌아보며 말했다.

"역시 거짓말이었대요."

듣고 보니 조타로에게 멋대로 화를 낸 것은 그렇다 쳐도 아무 상관이 없는 쓰게 산노조에게 원망스런 표정을 지을 이유는 털끝만큼도 없었다. 오쓰는 거듭 허리를 굽혀 도와준 호의에 감사를 표했다.

산노조는 만족한 표정으로 말했다.

"야스 강의 노부시는 저래도 요즘엔 꽤 얌전해진 편입니다. 그들한테 걸리면 이 산길에서 무사히 빠져나가기가 힘들죠. 하지만 이 아이의 얘기를 들어보니 당신들이 염려하고 있는 미야모토 무사시라는 사람은 생각이 깊은 사람인 듯하니 그들이 쳐놓은 그물에 호락호락 걸려들진 않을 것입니다."

"이 길 외에 고슈 가도로 나가는 길이 또 있나요?"

"있다마다요."

산노조는 한낮의 하늘에 솟아 있는 겨울 산봉우리를 올려다보았다.

"이가 계곡으로 나가면 이가의 우에노上野에서 오는 길, 또 아노安濃 계곡으로 가면 구와나나 욧카이치에서 오는 길 등 산길이며 샛길이 세 개 정도 있지요. 내 생각으로는 그 미야모토 무사시라는 사람은 벌써 다른 길로 빠져나가서 위험을 면했을 겁니다."

"그럼 안심이지만."

"오히려 위험한 것은 당신들 두 사람입니다. 어렵게 들개들의 무리에서 구해주었는데, 이 길에서 어물거리다가는 야스 강에서 바로 또 붙잡힐 겁니다. 길은 조금 험해도 저를 따라오면 아무도 모르는 샛길로 안내해드리겠습니다."

산노조는 그곳에서 고가 마을의 위쪽을 통해 오츠大津의 세토瀨戸로 나가는 마카도 고개馬門峠의 중간까지 동행하면서 길을 상세히 가르쳐주었다.

"여기까지 왔으니 이제 안심해도 됩니다. 밤에는 일찍 숙소에 묵도록 하고, 아무튼 조심해서 가시오."

오쓰가 몇 번이나 인사를 하고 돌아서려고 하자 산노조는 의미심장한 표정으로 그녀를 가만히 쳐다보았다.

"오쓰 님, 이젠 정말 헤어지게 되었네요."

그러더니 약간은 원망스런 표정으로 다시 말했다.

"여기까지 오는 동안 이제나저제나 하고 기다렸는데 끝내 묻지 않는군요."

"뭘 말이죠?"

"제 이름 말이오."

"이름은 이미 고지 고개에서 들어서 알고 있습니다."

"기억하고 있습니까?"

"와타나베 한조 님의 조카이신 쓰게 산노조 님."

"고맙소. 생색을 내려는 건 아니지만 항상 기억해주겠소?"

"예, 은혜는……."

"그런 말이 아니라 내가 아직 독신이라는 것을 말이오. …… 한조 백부님이 까다로운 분만 아니면 집으로 데리고 가고 싶지만…… 뭐, 그건 됐고. 요 앞에 작은 여관이 있는데, 그 집 주인도 나와 잘 아는 사이이니 내 이름을 대고 묵으면 될 것이오. …… 그럼, 조심히 가시오."

13

상대가 호의를 갖고 있는 것도 알고 친절한 사람이라고도 생각하지만, 그 친절이 전혀 달갑지 않을 뿐만 아니라 친절하면 친절할수록 오히려 꺼림칙해지는 사람이 있다. 쓰게 산노조에 대한 오쓰의 기분이 그랬다.

'속을 알 수 없는 사람이야.'

첫인상이 그래서인지 헤어지는 마당에도 늑대에게 잡혔다가 풀려나는 것처럼 안도감만 들뿐 마음에서 우러나오는 감사를 표할 생각은 들지 않았다. 좀처럼 낯을 가리지 않는 조타로조차 산노조와 헤어져서 고개를 넘자 중얼거렸다.

"기분 나쁜 사람이야."

오늘 자신들을 위험에서 구해준 사람에게 그런 험담을 하는 것은 도리가 아닌 줄 알면서도 오쓰 역시 고개를 끄덕였다.

"정말 그래. 대체 무슨 뜻일까, 자기가 아직 독신이라는 것을 기억해달라는 게……."

"분명 다음엔 오쓰 님을 각시로 데리러 오겠다는 속셈이겠죠."

"아, 정말 싫다."

그 이후로 두 사람의 여행은 더할 나위 없이 평안했다. 다만 한 가지 아쉬운 점은 오우미의 호숫가로 나가도, 세타瀨田의 가라하시唐橋(중국식 난간이 있는 다리)를 건너도, 또 오우사카逢坂의 관문을 지나도 끝내 무사시의 소식은 알 수 없었다는 것이다.

세밑 교토에는 벌써 가도마쓰門松(새해에 문 앞에 세우는 장식 소나무. 정식으로는 대나무를 곁들이고, 약식으로는 솔가지 하나에 인줄만 단다)가 걸려 있었다.

봄을 기다리는 거리의 장식들을 보면서 오쓰는 전에 놓친 기회를 아쉬워하기보다도 다음에 올 기회에 희망을 가졌다.

5조 다리 옆.

1월 1일 아침.

만약 그날 아침이 아니면 2일, 3일, 4일과 7일 아침까지 매일.

그 사람은 틀림없이 그곳에 와 있을 것이다. 오쓰는 조타로에게 그 말을 들었다. 단지 그것이 자신을 기다리는 것이 아니라는 사실이 서글플 뿐이었다. 그러나 어찌 됐든 무사시를 만날 수 있다는 것만으로도 자신의 바람이 거의 이루어지는 것이라고 오쓰는 생각했다.

'그런데 만약 그곳에?'

문득 그녀는 다시 그 바람을 어둡게 만드는 불안에 휩싸였다. 그것은 혼이덴 마타하치의 그림자였다. 무사시가 설날 아침부터 7일 사이에 아침마다 그곳에 와 있겠다는 것은 혼이덴 마타하치를 만나기 위해서였다.

조타로의 말에 따르면 그 약속은 아케미에게 전했을 뿐 당사자인 마타하치의 귀에는 들어갔는지 들어가지 않았는지 모른다고 한다.

'제발, 마타하치는 오지 않고 무사시 님만 있으면 좋으련만.'

오쓰는 간절히 빌었다. 그런 생각만 하면서 게아게蹴上에서 3조 어귀의 복잡한 세밀 거리로 접어들었다. 그녀는 불현듯 그 근방을 마타하치가 돌아다니고 있을 것 같은 기분이 들었다. 무사시도 있을 것만 같았다. 그녀에게는 그 누구보다도 무서운 존재인 마타하치의 어머니 오스기도 당장이라도 뒤에서 나타날 것 같았다.

아무 근심 걱정이 없는 조타로는 오랜만에 보는 도시의 화려함과 시끌벅적함에 마음이 들뜬 듯했다.

"벌써 숙소로 들어가려고요?"

"아니, 아직."

"이렇게 날이 밝은데 숙소에 일찍 들어가 봐야 따분하기만 할 테니 좀 더 돌아다녀요. 저쪽에 장도 선 것 같은데."

"장보다 중요한 볼일이 있지 않니?"

"볼일이라니, 무슨 볼일이요?"

"넌 이세를 출발할 때부터 등에 뭘 지고 왔는지 잊었니?"

"아, 이거요?"

"어쨌든 가라스마루 미쓰히로 님 댁을 찾아가서 아라키다 님께 부탁받은 물건을 전해드리기 전까지는 마음이 놓이지 않아."

"그럼 오늘 밤엔 그 집에서 묵는 건가요?"

"당치도 않아."

오쓰는 가모 강을 바라보면서 웃었다.

"그 지체 높으신 양반 댁에서 이가 득실거리는 널 묵게 해주실 것 같니?"

겨울 나비

1

맡고 있는 병자가 이부자리를 빠져나와 감쪽같이 사라졌다면 그 책임을 지고 있던 사람은 경천동지할 사건이다.

그러나 스미요시 해변의 여관에서는 병자가 병이 생긴 원인을 어렴풋하게나마 알고 있었고, 몰래 빠져나간 병자가 또다시 바다에 뛰어들 염려는 없었기 때문에 교토의 요시오카 세이주로에게 소식만 전해놓고 병자를 찾으려는 쓸데없는 수고는 하지 않았다.

한편 아케미는 새장에서 드넓은 하늘로 나온 새처럼 자유를 얻었지만 한번 바다에서 죽기 직전까지 갔던 몸이라 마음대로 훨훨 날아갈 수 없었다. 게다가 혐오하던 남자에게 처녀로서는 지울 수 없는 낙인이 찍힌 상처와 그로 인해 생긴 다양한 정신적, 생리적인 동요는 사나흘 사이에 쉽게 치유될 수 있는 것이 아니었다.

'너무 분해…….'

아케미는 배 안에서도 요도 강의 강물이 모두 자신의 눈물이라고 해도 모자랄 정도로 한탄했다.

그 분함은 또 단순한 분함이 아니었다. 가슴속에선 다른 사람을 사모하고 있는데 그 사람에 대한 영원한 사랑과 바람이 세이주로의 폭력에 의해 뭉개졌다고 생각하니 더욱 복잡한 심경이었던 것이다.

요도 강에는 가도마쓰에 쓸 장식재와 초봄의 물건들을 실어 나르는 작은 배들이 분주히 오가고 있었다. 아케미는 그것을 보자 무사시가 떠올랐다.

'무사시 님을 만나도…….'

복잡한 심경 속에서 눈물이 주르륵 흘러내렸다. 무사시가 5조 대교에서 혼이덴 마타하치를 기다리겠다고 한 정월 아침을 아케미는 얼마나 학수고대하며 기다렸는지 모른다.

'어쩐지 그 사람이 좋아.'

아케미는 그런 마음이 든 이후로 어떤 남자를 보아도 마음이 움직인 적이 없었다. 특히 늘 양어머니인 오코와 붙어 다니던 마타하치와 비교해볼수록 무사시에 대한 사모의 실이 더욱 굵어지면서 지금 이 순간까지도 끊지 못하고 가슴속에서 계속 연결해두고 있었다.

사모라는 것을 실에 비유하면 사랑은 그 마음을 가슴속에서 조금씩 감는 물레와 같은 것이다. 몇 년을 만나지 못해도 홀로 사모의 실을 뽑고, 오래전 추억도, 최근의 소식도, 모두 실로 삼아서 물레로 감아 크게 만들어간다.

어제까지는 아케미도 이부키 산에서 살던 무렵의 가련한 야생 백합과 같은 향기를 지닌 처녀의 정조를 간직하고 있었다. 그러나 지금은 그 모든 것이 산산이 부서진 듯했다.

아무도 알 리가 없는데도 자신을 보는 세상 사람들의 눈이 모두 변한 것만 같아 견딜 수가 없었다.

"어이, 아가씨."

아케미는 누군가 부르는 소리에 어스름이 깔리는 5조 근처의 사찰 거리를 겨울 나비처럼 추위에 떨며 걷고 있는 자신의 그림자를 발견했다. 주위엔 메마른 버드나무와 탑이 보였다.

"허리띠인지, 끈인지 모르지만 그렇게 풀어헤친 채 땅에 끌고 다니는데 내가 매줄까?"

천박한 말투에 두 개의 칼을 차고 있는 비쩍 마른 낭인이었다. 아케미는 처음 보는 남자였지만, 그는 번화가나 겨울날의 뒷골목을 하릴없이 어슬렁거리며 돌아다니는 아카카베 야소마라는 이름의 사내였다.

그는 다 해진 짚신을 질질 끌며 아케미의 뒤로 다가오더니 땅에 끌리던 그녀의 허리띠를 주워들었다.

"설마 아가씨가 가면극에나 나오는 광녀는 아닐 테고. ……사람들이 웃어. ……얼굴은 예쁘장한데, 머리만 좀 어떻게 해봐."

2

시끄럽다고 생각했는지 아케미는 못 들은 척하고 계속 걸어갔다. 야소마는 그것을 단순히 젊은 여자의 수줍음이려니 생각했다.

"아가씨는 도회지 사람 같은데 가출이라도 했나? 아니면 주인집에서 도망쳐 나온 건가?"

"……."

"조심해. 아가씨처럼 예쁘장한 여자가 누가 보면 무슨 사연이라도 있는 것처럼 멍한 얼굴로 다니다니. 요즘 도회지엔 여자만 보면 환장하는 노부시며 부랑자들 천지라고. 하물며 인신매매를 하는 자들도 있어."

"……."

아케미가 아무 대꾸를 하지 않는데도 야소마는 저 혼자 지껄이며 따라왔다.

"참나, 세상이 어쩌다가……."

대답도 저 혼자 한다.

"요즘 교토의 여자들이 에도 쪽으로 좋은 가격에 팔려나간다더군. 옛날 오슈奧州의 히라이즈미平泉에서 후지와라藤原 3대(1087년부터 1189년까지 히라이즈미를 중심으로 동북 지방 일대에서 세력을 떨친 후지와라노 히데사토藤原秀鄉의 후손을 일컫는 말)의 수도가 열렸을 때도 많은 교토의 여자들이 오슈로 팔려갔는데, 지금은 그 판로가 에도로 바뀌었지. 도쿠가와의 2대 쇼군인 히데타다秀忠가 에도에 막부를 여는 데 한창 공을 들이고 있으니 말이야. 그래서 교토 여자들이 속속 에도로 팔려가 스미초角町니 후시미초伏見町니 스미요시초住吉町니 하며 색주가 거리가 200여 리나 생겼다고 하더군."

"……."

"아가씨 같은 여자는 눈에 금방 띄니 팔려가지 않도록, 또 이상한 노부시 따위에게 끌려가지 않도록 각별히 조심하지 않으면 큰일 나."

"……닥쳐!"

아케미가 갑자기 개라도 쫓듯이 어깨 위로 손을 휘두르며 뒤를 노려보았다.

"닥쳐, 꺼져!"

그러는 아케미를 보고 야소마는 껄껄 웃었다.

"이거, 정말로 정신이 나갔나 보군."

"시끄러!"

"아닌가?"

"바보."

"뭐라고?"

"너야말로 미치광이야."

"하하하, 가엾게도 미친 게 분명하군."

"상관 마. 자꾸 귀찮게 굴면 돌로 때릴 거야."

"어허, 참."

야소마는 좀처럼 떨어지지 않았다.

"아가씨, 잠깐만 기다려봐."

"몰라, 이 짐승 같은 놈아."

아케미는 사실 무서웠다. 그렇게 욕을 하고 그의 손을 뿌리치더니 곧장 내달렸다. 옛날 등롱대신燈籠大臣이라 불리던 고마쓰小松의 저택이 있던 터인 억새밭을 헤엄치듯이 달아났다.

"어이, 아가씨."

야소마는 사냥개처럼 억새를 헤치며 쫓아왔다.

귀녀의 찢어진 입을 닮은 저녁달이 도리베 산鳥部山 부근에 보인다. 하필 해도 저물고 주위에는 사람도 다니지 않았다.

마침 그곳에서 2정(1정은 약 109미터)쯤 떨어진 저편에서 한 무리의 사람들이 터벅터벅 산에서 내려오고 있었지만, 아케미의 비명을 듣고도 도와주려고 나서지는 않았다. 왜냐하면 그들은 모두 하얀 예복에 하얀 끈이 달린 삿갓을 쓰고 손에는 염주를 든, 장례를 치르고 나서 아직 눈물도 채 마르지 않은 사람들이었기 때문이다.

3

아케미는 등이 떠밀려서 보기 좋게 억새 속으로 엎어지고 말았다.

"앗, 미안, 미안."

이상한 사내다. 야소마는 자기가 밀어서 넘어뜨려놓고는 이렇게 사과하면서 아케미의 몸을 위에서 덮치더니 꼭 끌어안았다.

"아팠지?"

아케미는 그의 수염 난 얼굴을 홧김에 찰싹찰싹 두세 번 때렸다. 하지만 야소마는 태연했다. 오히려 뺨을 맞는 것이 즐겁다는 듯 눈을 게슴츠레하게 뜬 채 맞고 있었기 때문에 때리는 사람이 기분 나쁠 정도였다. 게다가 아케미를 안고 있는 손을 풀지 않고 집요하게 볼을 비벼대고 있었다. 아케미는 무수한 바늘이 찌르는 것처럼 고통스러워서 얼굴을 찡그렸다.

'숨을 쉴 수가 없어.'

아케미는 손톱을 세웠다. 그 손톱이 몸부림치는 와중에 아카카베 야소마의 콧구멍을 쥐어뜯었다. 코가 사자머리처럼 빨갛게 물들었지만 그래도 야소마는 손을 풀지 않았다.

도리베 산의 아미타당阿弥陀堂에서 저녁 종이 제행무상諸行無常을 고하고 있었다. 하지만 이처럼 참혹한 삶을 살아내려는 인간의 귀에는 불가의 색즉시공을 일깨우는 소리도 쇠귀에 경 읽기에 지나지 않았다. 두 사람이 파묻혀 있는 마른 억새밭이 커다란 물결을 일으킬 뿐이었다.

"얌전히 있어."

"……."

"겁낼 거 없어."

"……."

"내 아내로 만들어줄게. 싫지 않지?"

"차라리 죽고 말겠다!"

소리를 지른 아케미의 목소리가 너무나도 비통하고 강경했기 때문에 야소마는 저도 모르게 말했다.

"뭐! 왜? 어째서?"

아케미는 손과 무릎과 가슴을 동백꽃 봉오리처럼 잔뜩 오므렸다. 야소마는 어떻게든 그녀의 저항을 말로서 풀려고 했다. 그는 또 이런 경험이 얼마나 많았는지 지금과 같은 시간을 즐기고 있는 듯했다. 험상궂은 얼굴과는 어울리지 않게 사로잡은 먹잇감을 희롱하며 여유를 부릴 줄 아는 느긋한 구석도 있었다.

"울 일이 아니야. 울 일이 전혀 아니라고."

그는 아케미의 귀에 입술을 대고 속삭였다.

"설마 네 나이에 사내를 모르는 건 아니겠지? 벌써 시집을 가고도 남았을 나이에 말이야."

아케미는 그 말에 요시오카 세이주로가 떠올랐다. 그때의 고통스러웠던 호흡이 생각났다. 하지만 지금은 그때와는 비교가 안 될 정도로 마음 한구석에서 침착함을 유지하고 있었다. 그때는 괴로움 때문에 방문의 문살도 보이지 않을 정도였다.

"잠깐만 기다려주세요."

달팽이처럼 웅크린 채 아케미가 말했다. 아무 의미 없이 한 말이었다. 병을 앓고 난 몸이 불덩이 같았다. 야소마는 그 열조차 병으로 인한 열이라고는 생각하지 않았다.

"기다려달라고? ……좋아, 기다려주고말고. 하지만 도망쳤다간 이번엔 험한 꼴 당할 줄 알아."

"칫."

아케미는 어깨를 세차게 흔들어 야소마의 집요한 손길을 뿌리쳤다. 그리고 겨우 조금 떨어진 그의 얼굴을 노려보면서 일어서서 물었다.

"뭘 하려는 거죠?"

"다 알고 있잖아."

"여자라고 무시하면 나한테도 여자의 자존심이라는 게 있으니까……."

풀잎에 베인 입술에서 피가 배어나왔다. 그 입술을 꼭 깨무는데 눈물이 주르륵 흘러내리면서 피와 합쳐져 하얀 턱을 홍건하게 적셨다.

"허…… 특이한 말을 하는군. 그런 말을 하는 것을 보니 정신이 완전히 나간 것은 아닌 모양이야."

"당연하지!"

아케미는 느닷없이 야소마의 가슴팍을 힘껏 밀쳐내고는 허겁지겁 도망치며 달빛이 일렁이는 드넓은 억새밭 너머로 소리쳤다.

"사람 살려, 사람 살려."

4

그때의 정신 상태만 보면 아케미보다 야소마가 일시적이긴 해도 완전히 미친 사람이었다.

흥분한 그는 더 이상 기교를 부릴 필요가 없었다. 인간의 탈을 벗어던지고 색정에 빠진 짐승이 되었다.

"살려주세요!"

푸르스름한 달빛 아래 채 열 간(1간은 약 1.8미터)도 가지 못해서 아케미는 짐승에게 붙잡혔다. 하얀 종아리가 무참히 꺾인 아케미는 자신의 검은 머리카락에 휘감긴 뺨으로 땅바닥을 쓸었다.

봄이 지척이었지만 가쵸 산花頂山에서 불어오는 바람은 들판에 서리가 내릴 만큼 차가웠다. 비명을 내지르는 새하얀 젖가슴이 겨울바람에 드러나자 야소마의 눈빛은 불을 뿜을 듯 이글거렸다.

그때 누군가가 느닷없이 야소마의 관자놀이를 딱딱한 물건으로 내려쳤다. 순간 온몸을 돌던 피가 그로 인해 잠깐 흐름을 멈추고 그곳에서 터져 나오듯 야소마는 비명을 질렀다.

"으악!"

야소마는 어리둥절해하며 비명을 지르면서 뒤를 돌아보았다. 그 순간 정면에서 공기를 가르는 소리가 나며 마디가 있는 퉁소가 정수리를 내려쳤다.

"이 짐승 같은 놈."

아프지 않았는지, 아프다고 느낄 새도 없었는지 야소마는 어깨와 눈초리가 맥없이 처지더니 고개를 좌우로 저으며 뒤로 벌렁 나자빠졌다.

"몹쓸 놈!"

야소마를 내려친 고무소가 손에 퉁소를 들고 야소마의 얼굴을 내려다보았다. 야소마는 입을 크게 벌린 채 기절해 있었다. 고무소는 자기가 내려친 곳이 두 번 다 머리였기 때문에 정신을 차리더라도 백치가 되는 건 아닐까 싶어서 차라리 죽여버리는 것보다 더 무자비한 짓을 했다고 자책하며 그의 얼굴을 유심히 살피고 있었다.

"……?"

한편 아케미는 고무소의 얼굴을 망연히 바라보고 있었다. 옥수수수염을 심어놓은 것처럼 코밑에는 가는 수염이 나 있고, 퉁소를 들고 있어서 고무소처럼 보이지만, 추레한 옷을 입고 허리에 칼을 차고 있는 것으로 보아 거지인지 무사인지 자세히 보지 않으면 판단할 수 없는 쉰 살가량의 남자였다.

"이제 괜찮다."

아오키 단자에몬青木丹左衛門은 그렇게 말하고 커다란 앞니를 드러내며 웃었다.

"안심해도 된다."

"감사합니다."

아케미는 그제야 인사를 하고 흐트러진 머리와 옷매무새를 가지런히 하더니 여전히 겁에 질린 눈으로 주위를 둘러보았다.

"어디에 사느냐?"

"집 말인가요? 집은 저…… 저……."

아케미가 갑자기 울음을 터뜨리며 양손으로 얼굴을 감쌌다. 고무소가 왜 그러느냐고 연유를 물어도 아케미는 솔직하게 털어놓지 않았다. 절반은 거짓을, 절반은 진실을 말하고 또다시 눈물을 흘렸다.

자신의 어머니는 친어머니가 아니고, 그 어머니가 자신을 돈에 팔아넘기려고 한 일, 스미요시에서 여기까지 도망쳐오는 중이라는 것까지는 사실대로 이야기했다.

"저는 이제 죽어도 집에 돌아가지 않을 작정입니다. ……그동안 많이 참았어요. 부끄럽지만 어렸을 때는 전투가 끝난 들판에서 죽어 있는 시체의 물건을 훔치는 일까지 했습니다."

아케미는 세이주로나 야소마보다 양모인 오코가 더 미웠다. 그녀에 대한 증오가 갑자기 밀려와서 그녀는 또다시 얼굴을 양손에 파묻고 흐느껴 울었다.

심원의 마

1

아미타 봉우리의 바로 아래에 있는 작은 계곡은 기요미즈사淸水寺의 종소리가 가깝게 들리면서도, 우타노나카 산歌の中山과 도리베 산으로 둘러싸여 조용한 데다 바람이 닿지 않아 그리 춥지도 않았다.

그 고마쓰 계곡에 다다르자 아오키 단자에몬은 데리고 온 아케미를 돌아보고 수염이 듬성듬성 난 윗입술을 젖히며 빙긋이 웃었다.

"여기가 내 임시 거처인데 한가롭지 않으냐?"

"여기라고요?"

아케미는 실례인 줄 알면서도 엉겁결에 되물었다.

다 쓰러져가는 아미타당이었다. 이 부근엔 비어 있는 당탑이며 가람이 적지 않았다. 여기부터 구로타니黒谷와 요시미즈吉水

부근은 염불문念佛門의 발상지라 정토진종의 창시자인 신란親鸞의 유적이 많았고, 또 염불행자인 호넨보法然房가 사누키讃岐로 유배를 떠나기 전날 밤에 이곳 고마쓰 계곡의 불당에서 그를 따르는 제자들과 귀의한 귀족, 선남선녀들과 이별의 눈물을 흘린 곳이기도 하다.

그때가 먼 옛날인 조겐承元(1207~1210) 시절의 봄이었는데, 오늘 밤은 떨어질 꽃도 없는 겨울의 끝자락이었다.

"들어오너라."

단자에몬이 먼저 불당 툇마루로 올라가서 격자문을 열고 손짓을 하자 아케미는 주저하며 그의 호의에 따를지 다른 곳으로 가서 혼자 잘 곳을 찾을지 망설이는 듯한 모습을 보였다.

"이 안이 생각 외로 따뜻하다. 지푸라기이지만 깔 것도 있고……. 아니면 나를 아까 그 나쁜 놈처럼 무서운 사람이라고 의심하는 게냐?"

아케미는 고개를 가로저었다.

아오키 단자에몬이 좋은 사람 같아서 그녀도 안심하고 있었다. 게다가 나이도 쉰을 넘었고. 하지만 그녀가 주저하고 있는 것은 그의 거처라는 불당이 지저분하고, 그의 옷이며 살갗의 때에서 나는 불결한 냄새 때문이었다.

그러나 달리 묵을 곳도 없었고, 또 아카카베 야소마에게 발각되기라도 하면 이번엔 어떤 봉변을 당할지 모른다. 게다가 아케미는 몸에서 열이 나고 나른해서 빨리 눕고만 싶었다.

"……괜찮겠지요?"

아케미는 계단에서 불당으로 올라서며 물었다.

"괜찮고말고. 여기는 며칠을 묵어도 아무도 뭐라 할 사람이 없다."

안은 캄캄했다. 박쥐라도 튀어나오지 않을까 싶을 정도로 어두웠다.

"잠깐만."

단자에몬이 구석에서 탁탁 부싯돌을 쳐서 어디서 주워왔는지 등잔에 불을 붙였다.

등잔불에 환해진 불당 안을 둘러보니 솥과 사기그릇, 목침, 멍석 등 다 주워 모은 것 같지만 제법 살림살이가 갖춰져 있었다. 그는 물을 끓여서 메밀수제비를 만들어주겠다며 화로에 숯을 넣고 불쏘시개에 불을 붙여 불씨를 만들더니 후후 불기 시작했다.

'친절한 사람이구나.'

조금 진정이 된 아케미는 불결해서 걱정되던 그의 생활에 그와 마찬가지로 편안함을 느끼기 시작했다.

"그렇게 열이 나고 몸이 나른한 것은 아마 감기 때문일 게다. 수제비가 다 될 때까지 거기서 한잠 자도록 해라."

구석에 멍석과 쌀가마니로 만든 잠자리가 있었다. 아케미는 그곳에 있는 목침으로 가서 지니고 있던 종이를 목침에 깔고 누웠다. 잠자리에는 덮는 이불 대신 어디서 주워왔는지 감물을 들인 찢어진 종이옷이 있었다.

"그럼, 먼저 좀……."

"그래, 아무 걱정 말고 푹 쉬거라."

"……죄송합니다."

아케미는 손을 모으고 인사한 뒤 종이옷 이불을 끌어서 덮으려고 하는데 이불 밑에서 번갯불 같은 눈을 가진 생명체가 갑자기 튀어나와 자기 머리를 뛰어넘는 바람에 비명을 꺄악 지르며 엎드렸다.

2

그런데 오히려 아케미보다 아오키 단자에몬이 더 놀라서 솥에다 붓고 있던 메밀가루 자루를 떨어뜨려 무릎이 새하얘졌다.

"앗, 왜 그러느냐?"

아케미는 엎드린 채 말했다.

"뭔가가, 뭔지 모르겠지만 쥐보다 좀 더 큰 짐승이 구석에서 튀어나와서……."

"다람쥐일 게다."

단자에몬은 주위를 둘러보며 말을 이었다.

"다람쥐란 놈이 종종 먹을 것 냄새를 맡고 오곤 한다. ……그런데 아무것도 보이지 않는데?"

아케미는 얼굴을 살짝 들었다.

"저기, 저쪽에."

"어디?"

단자에몬이 엉거주춤 뒤돌아보니 정말 동물 한 마리가 아무것도 없는 빈 불단의 난간 안에 있었다. 그것은 단자에몬의 눈과 마주치자 깜짝 놀란 듯 엉덩이를 움츠렸다.

다람쥐가 아니라 새끼 원숭이였다.

"……?"

단자에몬이 의아한 표정을 짓자 새끼 원숭이는 사람을 겁내는 기색도 없이 불단의 붉은 난간을 미끄러지듯 두세 번 오가더니 다시 원래 자리로 돌아가 앉아서 털이 난 복숭아를 닮은 얼굴을 천연덕스럽게 들고 눈을 껌뻑이며 뭔가 하고 싶은 말이 있는 듯한 표정을 지었다.

"이 녀석이 어디로 들어온 거지? ……허허, 어쩐지 밥알이 쏟아져 있다 했더니, 이놈 때문이었군."

그 말을 알아들은 것처럼 새끼 원숭이는 그가 다가오기 전에 불단 뒤로 도망쳐 숨어버렸다.

"……하하하하, 제법 재롱을 떠는구나. 먹을 것만 주면 나쁜 짓은 하지 않을 테니 내버려두자꾸나."

단자에몬은 무릎에 묻은 하얀 가루를 털고 다시 솥 앞에 앉았다.

"아케미, 무서워할 건 아무것도 없으니 그만 눈을 붙이거라."

"괜찮을까요?"

"야생 원숭이가 아니라 어디서 기르던 원숭이가 도망친 것 같으니 아무 걱정할 필요가 없다. 잠자리가 춥지는 않으냐?"

"……예."

"그럼, 어서 자거라. 감기는 푹 자고 나면 낫는 법이니까."

그는 솥에 메밀가루를 넣고 물을 부은 다음 젓가락 끝으로 휘휘 저었다.

화로에서 숯불이 활활 타오르고 있었다. 단자에몬은 화로에 솥을 걸어놓고 물이 끓는 동안 파를 잘게 썰기 시작했다. 도마는 불당 안에 있던 낡은 궤, 식칼은 녹슨 단검이었다. 씻지도 않은 손으로 썬 파를 나무접시로 옮겼는데, 파를 옮기고 난 자리를 닦으면 그대로 밥상이 되는 듯했다.

보글보글 물이 끓는 소리에 불당 안이 점점 따뜻해졌다. 단자에몬은 마른 장작 같은 무릎을 끌어안고 허기진 눈빛으로 거품이 끓어오르는 솥을 바라보고 있었다. 인간의 다시없는 즐거움이 솥 안에 들어 있다는 듯 흐뭇한 표정이다.

평소와 다름없이 기요미즈 사 쪽에서 종소리가 들려왔다. 한

행寒行(한겨울 30일 동안 추위를 참는 고행)은 이미 끝나고 초봄도 지척이건만, 섣달이 임박하면 사람들의 마음속 번민은 더욱 깊어지는 듯 밤새도록 불당 처마의 풍경 소리와 절간에 머물며 기도를 드리는 사람들의 애달픈 염불 소리가 끊일 줄 몰랐다.

'……나는 이렇게 내 죄과를 속죄하며 지내고 있지만 조타로는 어떻게 지내고 있을까? ……. 자식에게는 아무 죄도 없으니 아비의 죄는 아비인 저에게만 물으시고, 나무관세음보살, 조타로에게는 대자대비를 베풀어주십시오.'

단자에몬은 메밀가루가 눌어붙지 않게 젓가락으로 저으면서 아비 된 자의 나약한 심정으로 기도를 드리고 있었다.

"싫어!"

그때 갑자기 자고 있는 아케미가 누가 목이라도 조르는지 고함을 질렀다.

"나, 나쁜 놈……."

돌아보니 아케미는 눈을 감은 채 목침에 얼굴을 묻고 훌쩍훌쩍 울고 있었다.

3

아케미는 자신의 잠꼬대에 놀라 눈을 떴다.

"아저씨, 제가 지금 자면서 뭐라고 했나요?"

"깜짝 놀랐다."

단자에몬은 베갯맡으로 다가와 그녀의 이마를 닦아주면서 말했다.

"열 때문일 게다. 땀을 많이 흘리는구나."

"무슨…… 말을 했죠?"

"이런저런."

"이런저런요?"

아케미는 열이 오른 얼굴을 붉히며 부끄러운 듯 종이옷 이불로 얼굴을 덮었다.

"얘야, 넌 마음속으로 저주하는 사내가 있는 모양이구나."

"그런 말을 했나요?"

"응. ……어찌 된 게냐? 남자에게 버림이라도 당한 게냐?"

"아니요."

"속았느냐?"

"아니에요."

"알겠다."

단자에몬이 지레짐작하고 고개를 끄덕이는데 아케미가 갑자기 몸을 일으켰다.

"아저씨, 저, 저는 어쩌면 좋죠?"

다른 사람한테는 절대 말하지 않겠다며 혼자 끙끙 앓던 스미요시에서의 부끄러운 일을 아케미의 몸속에 내재되어 있는 분노와 슬픔이 아무래도 그녀의 입 밖에 내지 않을 수 없게 만든 모양이다. 그녀는 갑자기 단자에몬의 무릎에 매달리더니 아직도 잠꼬대를 하듯 오열하면서 그 일을 털어놓고 말았다.

"흐음……."

단자에몬은 콧구멍으로 뜨거운 숨을 몰아쉬었다. 참으로 오랜만에 여자의 냄새라는 것이 그의 코와 눈으로 스며들었다. 이젠 인간의 속기俗氣라는 것이 죄다 빠져나가고 엄동설한의 고목처럼 관능에 무감각해졌다고 생각했던 육신이 갑자기 뜨거운 피라도 주입된 듯 팽팽하게 부풀어 오르자 자신의 늑골 아래에도 아직 폐와 심장이 살아 있다는 것을 새삼 느꼈다.

"……흠, 요시오카 세이주로란 자가 그런 괘씸한 짓을 하는 놈이란 말이냐?"

단자에몬은 그렇게 되물으면서 마음속으로 세이주로라는 인간을 단순한 증오만으로는 부족한 인간이라는 듯 증오했다. 하지만 단자에몬의 노쇠한 피가 그토록 흥분한 것은 불의에 대한 분노 때문만은 아니었다. 마치 자신의 딸이 능욕이라도 당한 것처럼 이상야릇한 질투심이 그의 마음에 화를 일으켰다.

아케미는 그런 단자에몬의 모습이 믿음직하게 보였고, 이 사람한테는 이제 무슨 말이든 털어놓아도 안심할 수 있다고 생각했다.

"아저씨…… 저, 죽고 싶어요. 죽어버리고 싶어요."

아케미가 그의 무릎에 얼굴을 파묻고 괴로워하자 단자에몬은 엉뚱한 생각이 들어 조금 당혹한 표정을 지으며 말했다.

"울지 마라. 울지 마. 네가 마음으로부터 허락한 것이 아니니 네 마음까지 더럽혀진 것은 결코 아니다. 여자의 목숨은 육체보다 마음에 있는 거란다. 즉, 정조란 마음에 있는 것이야. 몸을 주지 않아도 마음속으로 다른 남자를 생각한다면 그 순간만이라도 여자의 정조는 추잡하게 더럽혀진 것이다."

아케미에게 그런 관념적인 위로는 소용이 없는 듯 아케미는 단자에몬의 옷을 흥건히 적실 정도로 뜨거운 눈물을 흘리면서 또다시 말했다.

"죽고 싶어, 죽고 싶어요."

"그만, 그만 멈추거라. 울지 마."

단자에몬은 아케미의 등을 쓰다듬어주었다. 그러나 하얀 목덜미를 바라보는 눈빛은 그녀를 동정하는 것 같지 않았다. 이 고운 살결의 향기를 이미 다른 사내에게 도둑맞았구나 하는 안타까움이 저도 모르게 드는 것이었다.

그런데 방금 전의 그 새끼 원숭이가 어느 틈에 솥으로 오더니 먹을 것을 물고 달아났다. 그 소리에 단자에몬은 아케미의 얼굴에서 무릎을 빼고는 주먹을 휘두르며 욕을 했다.

"이놈의 새끼!"

단자에몬에게는 여자의 눈물보다 역시 먹을 것이 더 중요한 듯싶었다.

4

날이 밝았다.

"마을로 탁발을 다녀올 테니 여길 잘 부탁하마. 돌아오는 길에 네 약과 따뜻한 음식, 그리고 기름이며 쌀 따위도 구해와야 해서 말이다."

아침이 되자 누더기 같은 가사를 걸친 단자에몬이 퉁소와 삿갓을 들고 아미타당에서 나갔다. 삿갓은 승려들이 쓰는 것이 아니라 일반 대나무 삿갓인데 비만 오지 않으면 코끝이 해진 짚신을 질질 끌며 마을로 걸식을 하러 나가곤 했다. 그 모습은 마치 허수아비가 걸어가고 있는 것처럼 코밑의 수염까지 초췌했다.

특히 오늘 아침의 단자에몬은 기운이 더 없어 보였다. 어젯밤에 밤새 뜬눈으로 지새운 탓이었다. 그토록 괴로움에 몸부림을 치고 슬피 울던 아케미는 따뜻한 소바유蕎麦湯(메밀을 삶은 물)를 마시더니 한바탕 땀을 흘린 후 깊은 잠에 빠졌지만, 단자에몬은 날이 밝을 때까지 한잠도 자지 못했다.

잠을 자지 못한 원인이 화창한 햇살 아래로 나온 오늘 아침에도 여전히 그의 머릿속에 남아 떠나질 않았다.

'딱 오쓰 또래네.'

그는 생각했다.

'오쓰와는 마음씨가 전혀 다르지만 오쓰보다는 사랑스럽구나. 오쓰에게는 기품이 있지만 차가운 아름다움이지. 아케미는 울든 웃든 화를 내든 모두가 다 고혹적이야.'

그녀의 그러한 고혹적인 아름다움이 어젯밤부터 강렬한 광선처럼 단자에몬의 노쇠한 세포를 젊게 만들고 있었다. 그러나 아무리 부정해도 나이는 어쩔 수 없었다. 잠을 자며 몸을 뒤척이는 아케미를 바라보면서 이내 또 다른 마음이 고개를 들었다.

'한심하구나. 나라는 인간은 도대체 어떻게 되어먹은 놈이냐. 이케다 가문을 섬기며 대대로 봉록을 받아온 집안을 망하게 하고, 히메지의 영지에서 이처럼 유랑삼계流浪三界의 떠돌이 신세가 되어버린 것도 애초에 여자 때문이 아니던가. 바로 오쓰라는 여자에게 지금 같은 번뇌를 가진 것이 원인이었지 않은가.'

그는 스스로를 경계하고 질책했다.

'아직도 정신을 차리지 못했느냐? 아아, 퉁소를 들고 가사는 입었건만 아직도 나는 보화普化의 맑고 깨끗한 오도悟道에 다다르기엔 너무나 멀었구나. 언제쯤 일신의 깨달음을 얻을 수 있단 말이냐.'

그는 참회의 눈을 감고 억지로 잠을 청하려다 아침에 이르렀던 것이다. 그 피곤함이 오늘 아침 그의 모습에는 잔뜩 묻어 있었다.

'그런 사심은 버리자. 하지만 사랑스러운 아이다. 또 가여운 상처를 안고 있다. 위로해주자. 세상의 남자들이 다 그렇게 욕정의 괴물만 있는 것은 아니라는 사실도 알려주자. 돌아가는 길에 약과 무엇을 더 가져다줄까. 오늘 하루의 동냥이 아케미의 기쁨이 된다고 생각하면 이 또한 보람이 아니겠는가. 그 이상의 욕망은 삼가도록 하자.'

겨우 그렇게 마음이 진정되자 안색이 조금이나마 좋아졌을 때였다. 그가 걷고 있던 절벽 위에서 한 마리의 매가 커다란 날갯짓을 하며 태양을 스쳐 지나갔다.

"……?"

단자에몬이 고개를 들자 잎이 떨어진 상수리나무 숲의 나뭇가지 끝에서 그의 얼굴 위로 잿빛의 새털이 솜털처럼 흩날리며 날아왔다.

매는 사로잡은 작은 새를 발톱으로 움켜쥐고 하늘을 향해 곧장 날아오르고 있었다. 매의 날개 안쪽이 아래에서 보였다.

"앗, 잡았다!"

그리고 어디선가 고함 소리가 들리더니 이어서 매 주인의 휘파람 소리가 울려 퍼졌다.

5

잠시 후, 엔넨 사延念寺 뒤편 언덕에서 이쪽으로 내려오는 사냥꾼 차림의 두 사내가 보였다. 한 사람은 왼손에 매를 앉히고 칼을 찬 반대편에는 사냥감을 넣는 주머니를 차고 있었다. 그리고 그의 뒤에는 날렵해 보이는 갈색의 사냥개가 따라오고 있었다. 4조 도장의 요시오카 세이주로였다.

또 한 명은 세이주로보다 훨씬 젊지만 몸집은 오히려 강건한 사내였다. 화려한 고소데에 등에는 석 자 남짓의 커다란 칼을 비스듬하게 둘러메고 머리는 마에가미인 것이 더 설명할 것도 없이 간류 사사키 고지로였다.

"맞아, 이 근처였어."

고지로는 걸음을 멈추고 주위를 둘러보면서 말했다.

"어제 저녁 때 내 새끼 원숭이가 사냥개와 싸우다 꼬리를 물리고 그것에 화가 났는지 이 근처에 숨어서 통 모습을 보이지 않더만…… 이 근처의 어느 나무 위에 있을 법한데."

"원숭이한테도 발이 달렸는데 있겠소?"

세이주로는 흥미가 없다는 표정으로 근처의 바위에 걸터앉으며 말했다.

"매를 풀어 사냥하는 데 원숭이 같은 걸 데리고 오는 법이 어디 있소?"

고지로도 나무둥치에 앉으며 말했다.

"데리고 온 것이 아니라 그 새끼 원숭이가 따라온 것이라 어쩔 수가 없었소. 하지만 꽤나 귀여운 놈이라 옆에 없으니 허전한 겁니다."

"고양이나 개 같은 동물을 좋아하는 것은 여자나 한가한 사람뿐일 거라 생각했는데, 그대 같은 무사 수련생이 새끼 원숭이를 좋아하는 것을 보니 무조건 그렇다고 볼 수는 없는가 보오."

게마毛馬 제방에서 실제로 본 고지로의 검술에 대해서는 십분 존경하고 있었지만, 다른 취미라던가 처세에 있어서는 다분히 어린 티가 났다.

그 이후 가령 사나흘 동안일지라도 같은 집에서 살아보니 역시 나이는 속이지 못한다는 사실을 잘 알게 되었다.

그래서 세이주로는 그에게 인간적인 존경은 그다지 품지 않는 대신에 오히려 사귀기에는 안성맞춤인 기분이 들어서 요 며칠 동안 매우 친밀하게 대했다.

"하하하하."

고지로가 웃으며 말했다.

"그것은 제가 아직 어리기 때문이지요. 당장이라도 여자를 알게 되면 원숭이 따위는 쳐다보지도 않을 겁니다."

그러고 나서 고지로는 태평하게 잡담을 하기 시작했는데, 반대로 세이주로는 뭔가 불안해하는 낯빛이 짙어져만 갔다. 자신의 팔에 앉아 있는 매의 눈처럼 끊임없이 주위에 신경을 곤두세우고 있는 눈빛은 초조한 기색이 역력했다.

"저 고무소는 뭐지? ……아까부터 우리 쪽을 꼼짝 않고 지켜보고 있군."

세이주로가 갑자기 중얼거리자 고지로도 뒤를 돌아보았다. 세이주로가 수상한 눈빛으로 쏘아본 것은 물론 그때까지 맞은편에서 멍하니 서 있던 아오키 단자에몬이었다. 단자에몬은 세이주로와 시선이 마주치자 뒤로 돌아서 터벅터벅 반대쪽으로 걸어가기 시작했다.

"고지로 님."

세이주로는 고지로를 부르더니 무슨 생각이 들었는지 갑자기 일어섰다.

"돌아갑시다. 아무리 생각해도 매사냥이나 하고 있을 때가 아니오. 오늘이 벌써 선달 스무아흐레, 돌아갑시다, 도장으로."

그러나 고지로는 그의 초조함이 또 시작되었구나 하고 냉소를 지으며 말했다.

"모처럼 매를 데리고 나왔는데 이제 겨우 산비둘기 한 마리에 개똥지빠귀 두세 마리밖에 잡지 못했습니다. 조금 더 산 위로 올라가 보지요."

"그만합시다. 마음이 내키지 않을 때는 매도 생각처럼 날지 않는 법이오. ……그보다는 도장으로 돌아가서 열심히 수련을 쌓는 게 낫지."

혼잣말처럼 내뱉은 그의 말끝에선 평소의 세이주로와는 다른 열의가 느껴졌다. 고지로가 싫다고 하면 자기 혼자서라도 먼저 돌아갈 것 같은 모습이었다.

6

"돌아가신다면 같이 가야죠."

고지로도 함께 걸음을 내딛기 시작했지만 유쾌한 안색은 아니었다.

"세이주로 님, 무리하게 권해서 죄송합니다."

"무슨 말이오?"

"어제도 오늘도 제가 매사냥을 나가자고 권해서 이렇게 데리고 나온 것 말입니다."

"아니오. 그대의 호의는 잘 알고 있소. ……하지만 연말이기도 하고, 귀공에게도 말했다시피 미야모토 무사시라는 자와의 중요한 결투도 목전에 와 있는지라."

"저는 그래서 세이주로 님께 매라도 풀어서 느긋하게 마음을 다스릴 것을 권한 것인데, 세이주로 님의 기질로는 그것이 불가능한 듯합니다."

"여러 소문을 들으니 무사시라는 자가 그렇게 만만하게 볼 수 있는 적은 아닌 듯하오."

"그렇다면 더더욱 당황하거나 조급해하지 말고 마음을 다스려야 합니다."

"조급해하는 건 아니지만 적을 업신여기는 것은 병법에서도 가장 경계하는 일이오. 나는 대결 때까지 충분히 수련을 쌓는 것이 당연하다고 생각하오. 그러고 나서 만에 하나라도 패하는 경우가 생긴다면 그것은 최선을 다한 패배다, 실력의 차이다, 도저히 어떻게 할 수가 없었다……."

고지로는 세이주로의 솔직함에는 호의를 느꼈지만, 동시에 기개와 도량은 부족한 듯 보였다. 이래서는 요시오카 겐포의 명성과 그 큰 도장을 오래도록 이끌어갈 수 있는 그릇이 되지 못한다고 유감스럽게 생각했다.

'아직은 동생인 덴시치로가 훨씬 선이 굵구나.'

하지만 그 동생도 기량은 형 세이주로보다 나았지만 손을 댈 수 없을 정도로 방종해서 가문의 명성이고 나발이고 소위 책임감이라는 게 전혀 없었다.

고지로는 동생도 소개를 받았지만 처음부터 성격이 전혀 맞지 않았고, 오히려 서로 묘한 반감만 품게 되었다.

'이 사람은 정직하지만 소심하다. 내가 도와주자.'

이렇게 생각한 고지로는 일부러 매를 데리고 나와 무사시와의 대결 따위는 머릿속에서 잊게 하려고 애를 썼지만 당사자인 세이주로의 입장에서는 그렇게 의연하게 있을 수만은 없었다.

세이주로는 이제라도 돌아가서 수련을 쌓겠다고 했다. 그의 그런 진지함은 좋지만 대체 무사시와의 대결 때까지 며칠이나 수련을 할 수 있을지 고지로는 묻고 싶은 심정이었다.

'그러나 천성이야…….'

고지로는 이런 일은 도와줄 수 없다는 것을 통감했다. 그래서 묵묵히 걸음을 옮기고 있는데, 방금 전까지 발밑에서 따라오던 갈색의 사냥개가 어느 틈에 보이지 않았다.

"왕, 왕."

멀리서 개가 맹렬하게 짖는 소리가 들렸다.

"아, 사냥감이라도 찾은 모양이오."

고지로는 그렇게 말하며 눈을 반짝였지만, 세이주로는 개가 쓸데없는 짓을 했다는 표정으로 말했다.

"그냥 갑시다. 그냥 내버려두고 가면 나중에 쫓아올 것이오."

"그렇지만……."

고지로는 아쉬운 표정이었다.

"잠깐만 보고 올 테니까 세이주로 님은 여기서 기다려주십시오."

그러고는 개 짖는 소리가 들리는 쪽으로 뛰어갔다.

사냥개는 사면이 일곱 칸 정도 되는 허름한 아미타당의 툇마루로 뛰어오르고 있었다. 그리고 다 부서진 창문의 덧문을 향해 짖어대며 달려가서 뛰어오르려다 나뒹굴고는 옆에 있는 붉은 칠을 한 기둥과 벽을 발톱으로 마구 긁어댔다.

7

'무슨 냄새를 맡고 저렇게 짖어대는 거지?'

고지로는 사냥개가 달려든 창문과는 다른 입구로 가서 얼굴을 불당의 격자문에 갖다 댔다. 안은 옻칠한 항아리 속같이 아무것도 보이지 않았다. 끼익, 손으로 문을 미는 소리가 나자 개는 꼬리를 흔들며 고지로의 발밑으로 달려왔다.

"시끄럽다."

개는 성질이 났는지 발로 걷어차도 눈 하나 깜빡하지 않았다.

그가 불당 안으로 들어서자 개가 잽싸게 옷자락을 헤치고 먼저 뛰어 들어갔다. 그리고 곧이어 고지로는 생각도 못했던 여자의 비명 소리가 귓전에 들려왔다. 아주 기겁을 한 듯 하늘을 찌르는 쇳소리와 흥분해서 짖어대는 개소리가 처절한 싸움을 벌이며 불당의 들보가 무너지지 않을까 싶을 정도로 어마어마하게 울려 퍼졌다.

"뭐지?"

고지로가 달려갔다. 그 순간 개가 무엇을 보고 그렇게 사납게 날뛰는지도 알 수 있었고, 또 필사적으로 비명을 지르며 덤벼드는 개를 막으려고 사투를 벌이는 여자의 모습도 눈에 들어왔다.

아케미는 아직도 종이옷 이불을 뒤집어쓰고 자고 있었다. 그런데 사냥개의 눈에 발각된 새끼 원숭이가 창문으로 뛰어 들어오더니 그녀 뒤로 숨어버렸던 것이다.

개는 새끼 원숭이를 쫓아와서 아케미를 물려고 덤벼들었다.

"꺄악!"

아케미가 비명을 지르며 벌렁 자빠진 순간 고지로의 발끝에서 짐승의 더 큰 비명 소리가 들렸다. 거의 동시에 들릴 정도로 간발의 차이도 나지 않았다.

"아야, 아야!"

아케미는 울부짖듯이 몸부림쳤다. 개는 입을 커다랗게 벌리고 그녀의 왼쪽 위팔을 물고 있었다.

"이놈이."

고지로가 다시 개의 옆구리를 걷어찼다. 그러나 개는 그의 처음 발길질에 이미 죽어버려서 다시 걷어차도 아케미의 팔을 물고 있는 큰 입은 떨어지지 않았다.

"놔, 놓으란 말이야."

발버둥치는 그녀의 몸 아래에서 새끼 원숭이가 풀쩍 뛰어나갔다. 고지로는 개의 위턱과 아래턱을 양손으로 잡고 힘을 주었다.

"이놈."

쩌억, 아교가 벗겨지는 소리가 났다. 개의 얼굴은 금방이라도 두 개로 갈라질 것처럼 덜렁거렸다. 고지로는 그것을 문 밖으로 휙 던져버렸다.

"이제 괜찮소."

그는 아케미의 옆에 앉으며 말했지만, 아케미의 위팔은 결코 괜찮은 상태가 아니었다.

새하얀 팔이 비목단緋牡丹처럼 붉은 피를 내뿜고 있었다. 하얀색과 빨간색의 선명한 대비에 고지로는 자기까지 아픔과 떨림을 느꼈다.

"술은 없소? 상처를 씻을 술 말이오. ……아니, 있을 리가 없지. 이런 곳에 있을 리가 없어. 그럼, 어쩌지?"

고지로가 그녀의 팔을 꾹 누르고 있는데 뜨거운 액체가 자기 손목으로 줄줄 흘러내렸다.

"혹시 이빨의 독이라도 들어갔으면 미쳐버릴 텐데. 안 그래도 요즘 종종 발광 비슷하게 하던 개였으니."

응급 처치에 애를 먹으며 고지로가 그렇게 중얼거리자 아케미는 고통스러운 듯 미간을 찌푸리며 하얀 턱을 허공으로 젖히면서 말했다.

"미친다고요? ……차라리 그게 나을지도. 미치고 싶어요."

"바, 바보 같은 소리."

고지로는 갑자기 얼굴을 들이대더니 그녀의 팔에 난 상처를 입으로 빨았다. 입 안에 피가 가득 차면 뱉어내고 다시 그녀의 하얀 살결을 힘껏 빨았다.

8

해질녘이 되자 아오키 단자에몬은 탁발을 마치고 터벅터벅 돌아와서 벌써 어둑어둑해진 아미타당의 문을 열었다.

"아케미, 적적했겠구나. 이제 돌아왔다."

오다가 구해온 그녀의 약과 먹을 것, 기름 항아리 따위를 구석에 놓았다.

"잠깐만 기다리거라. 지금 불을 켤 테니까."

그러나 불을 밝히자 그의 마음은 어두워졌다.

"어? 어디 갔지? 아케미, 아케미."

아케미의 모습이 보이지 않았던 것이다.

매몰차게 거절당한 자신만의 애정이 갑자기 주체할 수 없는 분노로 변해서 그는 눈앞이, 세상이 캄캄해졌다. 단자에몬은 분노가 가라앉자 뭐라 형용할 수 없는 외로움에 사로잡혔다. 앞으로 젊어질 리도 없고, 명예도 야심도 갖지 않겠다고 결심한 자신의 늙은 몸뚱이를 깨닫고는 울고 싶은 듯 얼굴을 찌푸렸다.

"위험에서 구해주고, 또 그렇게 돌봐주었건만, 아무런 말도 없이 가 버리다니…… 아아, 역시 이것이 세상인가 보구나…… 요즘 젊은 여자들은 다 그런 것일까. ……아니면 나를 아직 믿을 수 없어서?"

단자에몬은 푸념하듯 중얼거리다 그녀가 누워 있던 자리를 의심스런 눈빛으로 둘러보았다. 그곳엔 허리띠를 찢은 듯한 천 조각이 버려져 있었는데, 거기에 피가 조금 묻어 있었다. 단자에몬은 더욱 의심이 동해서 이상야릇한 질투심에 사로잡혔다.

그는 화가 치밀어서 짚으로 만든 잠자리를 발로 걷어찼다. 사온 약도 밖으로 던져버렸다. 그리고 하루 종일 탁발을 하러 다니느라 배가 고팠지만, 저녁밥을 지을 기력도 잃은 듯 퉁소를 들고 아미타당의 툇마루로 나갔다.

"아, 아."

그는 거기서 반 시진가량 하염없이 퉁소를 불며 번뇌를 허공으로 날려 보냈다. 인간의 정욕은 무덤에 들어갈 때까지 형체를 달리해가며 인간의 몸 속 어딘가에 잠재되어 있다는 것을 단자에몬이 부는 퉁소가 허공에 대고 고백하고 있었다.

'어차피 다른 사내에게 농락당하는 것이 그녀의 숙명이라면 굳이 나만 고지식하게 도덕적 통념에 얽매여 밤새 괴로워할 필요는 없었을 텐데.'

후회 비슷한 것이든, 그것을 스스로 경멸하는 마음이든, 잡다

한 감정이 한곳에 머무르지 못하고 혈관 속을 휘젓고 다니는 것이 이른바 번뇌라는 것이다. 단자에몬이 부는 퉁소는 오로지 그 감정의 혼탁함에서 벗어나 맑아지려고 하는 필사의 반성인 듯했지만. 업보가 깊은 이 사내의 타고난 성격인 듯 그가 정색하고 부는 만큼 그 소리는 맑아지지 않았다.

"고무소 님, 이 밤에 뭐가 그리 즐거워서 혼자 퉁소를 불고 계시오? 마을에서 얻어온 게 많고, 술이라도 사왔으면, 내게도 조금 나눠주시구려."

불당 마루 밑에서 거지가 고개를 내밀고 이렇게 말했다. 그 앉은뱅이 거지는 마루 밑에 살면서 위에서 지내고 있는 단자에몬의 생활을 왕후와 같이 올려다보며 부러워하고 있었다.

"너…… 너는 알겠구나. 내가 어젯밤 이리로 데리고 온 여자는 어디로 갔느냐?"

"그런 보석을 도망치게 하는 법이 어디 있소? 오늘 아침, 당신이 나가자 커다란 칼을 등에 맨 마에가미의 젊은 무사가 새끼 원숭이와 함께 여자까지 어깨에 둘러메고 데리고 갔수다."

"뭐? 그 마에가미가?"

"나쁜 사내로는 보이지 않던데. ……당신이나 나보다는."

마루 밑의 앉은뱅이 거지는 뭐가 우스운지 혼자서 키득키득 웃었다.

공개장

1

세이주로는 4조 도장으로 돌아오자마자 문하생의 손에 매를 넘겨주고 짚신을 벗었다.

"매를 매 방의 홰에 데려다 놓아라."

불쾌한 표정이 역력했다. 면도칼처럼 몸에 날이 서 있었다. 문하생들은 삿갓을 받아들고, 발 씻을 물을 가져오는 등 그의 신경을 건드리지 않으려고 조심하면서 물었다.

"같이 가신 고지로 님은 안 오십니까?"

"나중에 오겠지."

"사냥 중에 길이 엇갈리셨군요?"

"사람을 기다리게 해놓고 돌아오지 않아서 나 혼자 먼저 돌아왔다."

세이주로는 옷을 갈아입고 거실에 앉았다.

그 거실의 안뜰을 사이에 두고 넓은 도장이 있었다. 도장은 섣달 25일의 수련을 마지막으로 이듬해 봄에 다시 열 때까지 닫혀 있었다.

1,000명에 가까운 문하생들이 1년 내내 출입하던 도장에서 목검 소리가 들리지 않으니 갑자기 빈 집이 된 듯한 기분이었다.

"아직도 돌아오지 않았느냐?"

세이주로는 거실에서 몇 번이나 문하생들에게 물었다.

"아직 돌아오지 않았습니다."

고지로가 돌아오면 오늘은 그를 조만간 만날 무사시로 간주해서 단련할 생각이었지만, 그는 저녁이 되고 밤이 늦도록 끝내 모습을 나타내지 않았다. 다음 날도 마찬가지였다.

한 해의 마지막 날이 여지없이 찾아왔다. 올해도 오늘 하루밖에 남지 않은 섣달 그믐날의 점심 무렵이었다.

"어떻게 할 거요?"

요시오카 가의 바깥채에는 외상값을 받으러 온 자들이 장사진을 이루고 있었다. 키가 작은 장사치가 참다못해 소리를 질렀다.

"출납을 맡은 자가 집을 비웠다, 주인이 안 계신다고 하면 그것으로 다 되는 줄 아시오?"

"몇 십 번을 헛걸음만 시킬 작정이오?"

"지난 반년 동안의 외상밖에 없으면 선대의 면을 봐서라도 그냥 돌아가겠지만, 올해는 물론 작년 것까지 그대로 남았단 말이오."

장부를 두드리며 들이미는 사내도 있었다. 도장을 드나드는 목수, 미장이, 싸전, 술집, 옷가게, 그리고 세이주로가 유흥을 즐기며 여기저기 들락거리던 요정의 외상값 따위는 그래도 금액이 적은 편이었다. 동생 덴시치로가 형에게 알리지 않고 멋대로 빌려 쓴 고리의 빚도 있었다.

"당신들은 해결할 수 없으니 세이주로 님을 만나게 해주시오."

그 자리에 주저앉아서 꼼짝도 하지 않는 사람만 해도 네다섯 명이나 되었다.

평소 도장의 회계나 가계의 융통은 기온 도지가 맡아서 꾸려왔는데, 그런 그가 며칠 전 여행지에서 모아온 돈을 가지고 '요모기야'의 오코와 도망을 치고 말았다. 문하생들은 어떻게 하면 좋을지 알 수가 없었다.

"없다고 해."

세이주로는 그저 그 말만 하고 안채에 숨어 있었고, 동생 덴시치로 역시 그믐날같이 특별한 날에 집에 붙어 있을 리가 없었다.

그때 예닐곱 명의 사내들이 거들먹거리며 우르르 들어왔다. 자칭 요시오카 문하의 십검十劍이라는 우에다 료헤이植田良平와 그의 문하생들이었다.

료헤이가 외상값을 받으러 온 자들 앞에 우뚝 서서 그들을 노려보며 거만하게 물었다.

"대체 뭐냐?"

그들을 제지하던 문하생이 설명할 필요도 없다는 표정으로 간략하게 고했다.

"뭐야, 빚을 받으러 온 자들이란 말이냐? 빚을 갚으면 되지 않느냐. 이 집의 형편이 나아질 때까지 기다리거라. 기다리지 못하겠다는 놈은 내가 따로 할 말이 있으니 도장으로 오고."

2

우에다 료헤이가 이렇게 위압적으로 말하자 빚을 받으러 온 장사치들도 화가 나서 낯빛이 변했다.

'이 집의 형편이 좋아질 때까지 기다리라고? 더구나 기다리지 못하겠으면 따로 할 말이 있으니 도장으로 오라는 게 무슨 말이야?'

적어도 무로마치 쇼군 가의 검술 도장에 출사한 선대에 대한 신용이 있었기 때문에 머리를 숙이고 기분을 맞춰가며 물건이든 뭐든 빌려주었다. 그리고 내일 오라고 해도 예, 모레 오라고 해도 예, 어떤 말에도 예, 예 하며 우선은 받들어주었지만, 기어오르는 것도 정도가 있다. 그런 말에 겁을 집어먹고 물러가는 날에는 장사치로서 살아갈 수 없다. 장사치 없이 무사만으로 세상이 돌아갈 것 같으면 어디 한 번 해보라는 반감이 그들의 머릿속에 타올랐다.

료헤이는 머리를 맞대고 웅성거리는 조닌들이 멍청이로 보였다.

"자, 돌아가라, 돌아가. 여기서 죽치고 있어봐야 소용없다."

조닌들은 잠자코 있었지만 미동도 하지 않았다. 그러자 료헤이가 한 문하생에게 말했다.

"어서 쫓아버려라."

그때까지 꾹 참고 있던 조닌들도 그 말에는 더 이상 참을 수가 없었다.

"나리, 이건 너무한 거 아닙니까?"

"뭐가 너무해?"

"뭐라니, 그런 당치도 않은 말을……."

"누가 당치도 않은 말을 했다는 거냐?"

"아무리 그래도 쫓아버리라니……."

"그럼 왜 얌전히 돌아가지 않느냐? 오늘은 섣달그믐이다."

"그러니까 저희들도 해를 넘길지 어떻게 할지 말씀을 들어보겠다는 것 아닙니까?"

"우리도 바쁘다."

"그런 핑계가 어딨습니까?"

"그래서 불복하겠다는 것이냐?"

"외상값만 받으면 아무 불만도 없습니다."

"잠깐 이리 좀 오너라."

"어, 어디로?"

"괘씸한 놈."

"말씀이 지나치십니다."

"뭐라?"

"나리한테 한 말이 아닙니다. 그냥 하도 기가 차서."

"시끄럽다."

료헤이는 조닌의 멱살을 잡고 대문 밖으로 내던졌다. 그곳에 서 있던 조닌들이 황급히 뒷걸음질 치다가 두 명 정도가 서로 발이 걸려 자빠지고 말았다.

"또 불만이 있는 놈은 앞으로 나서라. 몇 푼 안 되는 외상 갖고 요시오카 가의 대문 앞에 죽치고 앉아 난동을 부리다니, 내 용서치 않겠다. 젊은 사부님이 갚겠다고 해도 내가 말릴 것이다. 자, 한 놈씩 대가리를 들이대라."

조닌들은 그의 주먹을 보고 앞 다퉈 일어났다. 그러나 문 밖으로 도망쳐 나오자 힘으로는 못 당하는 만큼 입을 모아 욕을 퍼부었다.

"언젠가 이 문에 매물이라는 종이가 붙으면 손뼉을 치며 비웃어주마."

"그날도 멀지 않았지."

"우리 바람일 뿐이라도."

조닌들의 그런 원망을 들으면서 료헤이는 저택 안에서 쓴웃음을 지었다. 그리고 다른 사람들과 함께 안채의 세이주로가 있는 거실로 들어갔다.

세이주로는 침통한 얼굴로 혼자 화로를 끼고 앉아 있었다.

"젊은 사부님, 어찌 그리 조용하십니까? 어디 아프십니까?"

료헤이가 물었다.

"아니네, 아무렇지도 않아."

수족 같은 문하생들이 예닐곱 명 들어오자 세이주로의 안색이 조금 풀렸다.

"드디어 그날이 다가왔네."

"그렇습니다. 저희도 그 일 때문에 이렇게 뵈러 왔습니다만, 무사시에게 통보할 결투 장소와 일시는 정하셨는지요."

"글쎄……."

세이주로는 생각에 잠겼다.

3

일찍이 무사시가 보낸 편지에는 결투 장소나 날짜는 이쪽에 일임할 테니 그것을 정월 초까지 5조 대교 부근에 방을 붙여 알려달라고 했다.

"우선 장소는……."

세이주로는 중얼거리듯 일동에게 물었다.

"라쿠호쿠洛北(교토의 북쪽 지역을 일컬음)에 있는 렌다이 사蓮台寺의 들판이 어떻겠나?"

"좋습니다. 그럼 날짜와 시각은?"

"정월 보름을 전후로 해서 정했으면 하는데."

"빠른 편이 좋을 듯합니다. 무사시 놈이 비겁한 계책을 꾸미기 전에 말이죠."

"그럼 초여드렛날은?"

"초여드레 말입니까? 그날이 좋겠습니다. 선친의 기일이기도 하고요."

"아, 아버님의 기일이군, 그럼 안 되지. ……초아흐렛날 아침 묘시卯時 하각下刻(묘시는 새벽 5시에서 7시까지, 각은 한 시진을 삼등분해서 상각 · 중각 · 하각으로 한다)으로 하세. 그렇게 정하지, 그렇게 하라고 전해."

"그럼, 그렇게 방을 써서 오늘 밤 안에 5조 대교 옆에 세울까요?"

"그래……."

"각오를 단단히 하셔야 합니다."

"물론이지."

세이주로의 입장에선 그렇게 말할 수밖에 없었다.

하지만 무사시에게 진다는 생각은 꿈에도 하지 않았다. 아버지 겐포의 손에 이끌려 어렸을 때부터 배운 기량은 이곳에 있는 수제자 중 누구와 언제 대결을 해도 진 적이 없었다. 하물며 이제 막 걸음마를 떼기 시작한 시골 무사인 무사시와 같은 자에게 질 턱이 없다고 자부하고 있었다.

그럼에도 불구하고 왠지 모르게 얼마 전부터 문득문득 두려움을 느끼거나 마음이 안정되지 않는 것은 자신이 검술 연마를 게을리 하고 있기 때문이 아니라 신변의 잡다한 일에 시달리고 있기 때문이라고 생각했다.

아케미의 일이 그중 가장 큰 원인이었고, 그로 인해 그의 기분은 그 후 불쾌하기 그지없었다. 그리고 무사시의 도전장을 받고 황급히 교토로 돌아와보니 기온 도지가 이미 도망을 쳤고, 또 집안 살림은 연말이 되자 결국 중태에 빠져서 하루가 멀다 하고 빚쟁이들이 찾아오는 등 세이주로의 마음은 한시도 안정을 찾을 수 없었다.

은근히 의지하고 있던 사사키 고지로도 이곳에 온 뒤로는 얼굴을 볼 수가 없었고, 동생 덴시치로도 자기를 멀리했다. 그는 애당초 무사시와의 대결에 자기를 도와줄 사람이 필요할 정도로 무사시를 강하게 보지는 않았지만, 그럼에도 이번 연말에는 왠지 모르게 마음 한구석이 허전한 것을 어쩔 수가 없었다.

"한번 봐주십시오. 이만하면 된 것 같습니다만."

우에다 료헤이와 그의 문하생들이 별실에서 새로 깎은 하얀 나무판에 방으로 써 붙일 글을 써서 그의 앞에 펼쳐놓았다. 아직 먹물도 마르지 않았다.

답시答示

우선, 바라는 바에 따라 대결을 고함

장소, 라쿠호쿠 렌다이 사 들판

일시, 정월 초아흐레 묘시 하각

시합에 관한 서약

만일 상대가 시합에 불응할 시에는 세상의 조롱거리가 될 것이며 본인이 불응할 시에는 즉시 신벌을 받을 것이다.

게이초 구 년 섣달 그믐날 밤

헤이안 요시오카 겐포 이 대 세이주로

사쿠슈 낭인 미야모토 무사시 귀하

"음, 됐다."

세이주로는 그제야 결심을 굳혔는지 크게 고개를 끄덕였다. 우에다 료헤이는 방을 겨드랑이에 낀 채 두세 명의 문하생을 데리고 섣달 그믐날의 초저녁 길을 성큼성큼 걸어서 5조 다리로 갔다.

고독 속의 깨달음

1

요시다 산吉田山의 아래쪽이다. 이 부근에는 적은 봉록을 받으면서도 귀족을 섬기며 평생 따분하게 살아가는 무사들의 집이 많았다. 아담하게 지은 집과 소박하고 작은 문 등이 밖에서 봐도 한눈에 알 수 있을 정도로 극히 보수적인 색채를 띠고 무사태평하게 늘어서 있었다.

무사시는 집집마다 문패를 보고 다녔다.

'여기도 아니고, 여기도…….'

그러다가 더는 찾을 기력을 잃었는지 그 자리에 우뚝 서버렸다.

'이젠 여기 안 사나?'

아버지 무니사이가 돌아가셨을 때 본 이후로 이모를 한 번도 만난 적이 없으니 그의 기억은 소년 시절의 멀고 흐릿한 기억에 지나지 않았다. 하지만 누님인 오긴お吟 외에 혈육이라곤 이모

한 분뿐이라 어제 교토에 들어서자 문득 생각이 나서 찾아온 것이었다.

이모의 남편이 고노에近衛 가에서 적은 녹을 받으며 무사로 일했다는 것은 기억하고 있다. 요시다 산에 가면 금방 알 수 있을 거라 생각하고 왔지만 막상 와서 보니 비슷한 모습을 한 집들이 너무 많았다. 집은 비교적 작았지만 모두 나무숲 안쪽에 달팽이처럼 문을 닫아건 채 문패가 없는 집도 있어서 찾기도, 물어보기도 어려웠다.

'이사 간 게 분명해. 그만 찾자.'

무사시는 포기하고 시내 쪽으로 발길을 돌렸다. 시내 쪽 하늘 위로 내리는 저녁 어스름은 연말 대목장의 불빛을 받아 불그스름하게 보였다.

섣달 그믐날의 해질 무렵이었다. 시내로 들어오니 어디에서나 시끌벅적한 소리가 들렸다. 사람들이 조금 많이 다니는 거리로 나오자 사람들의 눈빛도, 걸음걸이도 달랐다.

"어?"

무사시는 그의 옆을 스쳐지나간 한 부인을 돌아보았다. 이미 7, 8년이나 보지 못한 이모였다. 외가 쪽인 반슈播州 사요고佐用鄕에서 도회지로 시집갔다는 그 이모가 틀림없었다.

'닮았어.'

그런 생각이 바로 들었지만, 그래도 혹시나 하는 생각에 잠시 뒤를 따라가며 주의 깊게 보았다. 마흔 살가량의 몸집이 작은 부인은 장에서 산 물건을 안고 아까 무사시가 한참을 찾아 헤매던 한적한 샛길로 접어들었다.

"이모님."

무사시가 부르자 그 부인은 의아한 표정으로 한동안 그의 얼굴과 모습을 말똥말똥 쳐다보다가 이윽고 평소 무사안일한 생활과 어려운 살림에 익숙한 듯 나이에 비해 다소 늙어 보이는 눈가에 놀라움을 드러냈다.

"앗, 너는 무니사이의 아들 무사시가 아니냐?"

소년 시절에 보고 처음 만나는 이모가 다케조라 부르지 않고 무사시라고 부른 것이 의외라기보다는 왠지 모르게 섭섭한 마음이 들었다.

"예, 신멘新免 가의 다케조입니다."

무사시가 그렇게 말하자 이모는 그의 그런 모습을 그저 바라보기만 할 뿐 많이 컸다느니, 몰라볼 정도로 달라졌다느니 따위의 말은 하지 않았다.

오히려 매정하게 나무라듯 말했다.

"그런데 넌 여기에 무슨 일로 온 게냐?"

무사시는 어릴 적 헤어진 생모에 대한 기억이 전혀 없었다. 하지만 이모와 이렇게 이야기를 나누고 있자니 어머니도 살아 있을 때는 키가 저만 했을까, 목소리가 저랬을까 하고 눈매며 머리카락 끝에서까지 돌아가신 어머니의 모습을 찾아보았다.

"딱히 일이 있어서 찾아온 것은 아닙니다. 교토에 왔다가 문득 생각이 나서."

"나를 보러 온 것이냐?"

"예, 갑작스럽지만……."

그러자 그녀는 손을 저으며 말했다.

"여기서 봤으니 됐다. 볼일이 없으면 그만 돌아가거라."

2

'이것이 몇 년 만에 만난 이모란 사람이 조카에게 할 말인가?'

무사시는 남들보다 더한 매정함을 느꼈다. 어머니 다음으로 어리광을 부리던 철부지가 불현듯 후회의 빛을 띠며 저도 모르게 말했다.

"이모님, 그게 무슨 말씀이십니까? 돌아가라니 돌아가겠지만, 길에서 만나자마자 돌아가라니 도무지 이해할 수 없습니다. 저를 나무랄 일이 있다면 숨김없이 말씀해주십시오."

그렇게 추궁 당하자 그녀는 난처한 표정으로 말했다.

"그럼, 잠깐 이모부라도 만나보고 가거라. 단, 이모부가 원래 그런 사람이니 오랜만에 찾아온 너에게 행여나 섭섭한 말을 해도 노파심이라 생각하고 기분 나빠 하지 말거라."

그 말에 무사시는 다소나마 위안을 받고 이모를 따라 집으로 들어갔다.

이윽고 장지문 너머로 이모부인 마쓰오 가나메松尾要人의 목소리가 들렸다. 천식을 앓는지 기침소리와 별로 달가워하지 않는 이모부의 목소리를 듣자 무사시는 또다시 이 집의 차가운 벽을 느끼며 옆방에서 머뭇거리고 있었다.

"뭐, 무니사이의 아들 무사시가 왔다고? 아니, 대체 뭐 하러? ……그래서 지금 집 안에 들어와 있다고? 왜 나한테는 아무 말도 않고 집에 들인 게야?"

무사시가 참다못해 이모를 불러 그만 돌아가겠다고 말하려던 참이었다.

"거기 있느냐?"

그때 가나메가 문을 열더니 문지방 너머로 미간을 찌푸리며 불렀다. 다다미 위로 소짚신이라도 올라온 것처럼 지저분한 촌놈을 보는 눈빛이었다.

"네가 여기 무슨 일로 왔느냐?"

"지나는 길에 안부가 궁금하여 왔습니다."

"거짓말 마라."

"예?"

"거짓말을 해도 나는 다 알고 있다. 너는 고향을 발칵 뒤집어놓은 죄로 많은 사람들의 원한을 샀을 뿐만 아니라 가문의 명예에도 먹칠을 하고 쫓겨난 몸이다."

"……."

"그런 네가 무슨 염치로 뻔뻔하게 친척들을 찾아다니는 게냐?"

"죄송합니다. 조만간 조상님들과 고향 분들께 사죄드릴 생각입니다."

"여태 고향에도 돌아가지 못하는 건 악인악과惡因惡果다. 네 아버지도 지하에서 울고 있을 게다."

"오래 있었습니다. 이모님, 이만 돌아가겠습니다."

"기다리지 못할까, 이놈!"

가나메가 버럭 소리를 질렀다.

"이 근방에서 어물거리다가는 봉변을 당할 게다. 그 혼이덴 가의 오스기라는 고집 센 노파가 반년쯤 전에 한 번 찾아왔고, 또 얼마 전부터 이따금 찾아와서 우리 부부에게 무사시가 있는 곳을 가르쳐달라는 둥 무사시가 찾아오지 않았느냐는 둥 행패를 부리고 있다."

"그 노파가 여기에도 왔었습니까?"

"난 그 노파한테 모든 얘길 들었다. 친척만 아니면 널 잡아 묶어서 노파의 손에 넘겨주겠지만, 그래도 그럴 순 없지. ……우리 부부에게까지 폐를 끼치고 싶지 않으면 잠시 쉬었다가 오늘 밤 안에라도 떠나라."

뜻밖이었다. 이모와 이모부는 오스기의 말을 곧이곧대로 듣고 자신을 대하고 있었다. 천성적으로 입이 무거운 무사시는 뭐라 표현할 수 없는 섭섭함과 우울함을 느끼며 그저 고개만 숙이고 있었다.

그런 무사시가 딱하게 보였는지 이모는 저쪽 방에 가서 좀 쉬라고 했다. 그것이 최대의 호의인 듯했다. 말없이 일어나 방으로 들어간 무사시는 며칠 동안 쌓인 피로가 한꺼번에 밀려오기도 하고, 또 날이 밝으면 5조 대교에서 약속도 있었기 때문에 곧바로 누워 칼을 가슴에 안았다. 이 세상에 자기 혼자뿐이라는 고독을 안고 있는 듯한 모습이었다.

3

살갑게 맞아주지는 않았지만, 혈연관계인 이모와 이모부이기에 일부러 그렇게 모질고 독한 말을 해준 것이라는 생각이 들기도 했다.

잠시나마 화가 치밀어서 대문에 침을 뱉고 가 버리고 싶은 생각까지 들었지만 무사시는 그렇게 해석하고 누워 있었다. 헤아려봐도 몇 명 안 되는 친척이었다. 가급적 그들을 선의로 대하며 남보다도 진한 혈연관계로 맺어져 있는 사람으로서 평생 무슨 일이라도 생기면 도움을 주거나 도움을 받으며 살고 싶었다. 무사시만은 그렇게 생각했다.

그러나 무사시의 그런 생각은 현실 세계를 모르는 감상에 지나지 않았다. 젊다기보다는 유치하다 싶을 정도로 그는 아직 사람을 보는 눈이나 세상을 보는 눈이 미천한 청년에 지나지 않았다.

그런 그의 생각은 그가 크게 이름을 떨치거나 부를 얻은 후라면 전혀 이상할 것이 없겠지만, 겨울 하늘 아래를 때에 찌든 옷 한 벌로 떠도는 신세에, 더구나 섣달 그믐날에 찾아든 친척집에서 생각할 일은 아니었다.

그의 생각이 잘못되었다는 것은 이내 알 수 있었다.

"좀 쉬었다 가거라."

이모의 그 말 한마디를 믿고 그는 고픈 배를 부여잡고 기다렸지만 초저녁부터 부엌에서 음식 냄새와 그릇이 달그락거리는 소리가 들리는데도 그가 있는 방으로는 아무도 들어오지 않았다.

화로 속에는 반딧불만 한 불씨밖에 없었다. 그러나 배고픔과 추위는 다음 문제였다. 그는 팔베개를 한 채 두 시진쯤 깊이 잠을 잤다.

"아, 제야의 종소리다."

무의식중에 벌떡 일어났을 때는 며칠 동안 쌓인 피로가 말끔히 가셨고, 정신도 매우 맑았다.

교토에 있는 사원들에서 치는 종소리가 무명無明과 유명有明의 경계에서 은은하게 울려 퍼졌다. 제행번뇌諸行煩惱의 제야의 종이 사람으로 하여금 1년 동안의 제행에 대한 반성을 불러일으켰다.

'나는 옳았어.'

'나는 해야 할 일을 했어.'

'나는 후회하지 않아.'

무사시는 그런 사람이 얼마나 될까 싶었다. 종이 한 번 울릴 때마다 무사시는 후회만이 밀려왔다. 후회 막심한 추억만 떠올랐다.

올해뿐만이 아니다. 작년, 재작년, 재재작년, 어느 해고 스스로가 부끄럽지 않은 날들을 보낸 해가 있었던가. 후회하지 않는 하루가 있었던가.

인간이란 무언가를 하고 나면 즉시 후회하는 존재인가 보다. 인생의 동반자인 아내에 대해서도 남자들 대다수는 후회해도 소용없는 후회를 하며 산다. 여자가 후회하는 것을 용납할 수 있는 것은 여자들은 남에게 푸념을 하지 않기 때문이다. 하지만 남자들은 종종 푸념을 한다. 용감하고 씩씩한 말투로 자기 아내를 해져서 버린 게다짝처럼 매도한다. 울며 말하는 것보다 비장해서 더 추하다.

아직 아내는 없지만, 무사시에게도 그와 비슷한 후회와 번뇌가 있었다. 그는 벌써 이모님 댁을 찾아온 것을 후회하고 있었다.

'난 아직 누군가에게 의지하고자 하는 마음을 지우지 못했어. 항상 혼자다, 혼자 힘으로 해야 한다고 경계하면서도 불현듯 남에게 의지하려고 한다. ……바보 같은 놈, 어리석은 놈, 난 아직 미숙하구나.'

그렇게 참회하고 나자 그런 자신의 모습이 또 더욱더 추하게 여겨져서 무사시는 자신이 너무나 부끄러워졌다.

"그래, 글로 써놓자."

무슨 생각을 했는지 그는 항상 몸에서 떼어놓지 않는 무사 수련 보따리를 끄르기 시작했다.

그때, 행장 차림의 노파가 대문 밖에서 문을 쾅쾅 두드리고 있었다.

4

무사시는 종이를 네 겹으로 접어서 철한 수첩을 보따리에서 꺼내더니 재빨리 벼룻집을 끌어당겼다. 수첩에는 그가 떠돌아다니는 동안 느꼈던 감상이나 선종의 가르침, 지리에 관한 기억, 스스로를 경계하는 말 따위가 적혀 있었고, 또 군데군데 서툴게 그린 사생화寫生畫 등도 있었다.

"……."

그는 붓을 들고 여백을 응시했다. 108번의 제야의 종소리는 아직도 멀리서, 때론 가까이에서 울리고 있었다.

나는 어떤 일에도 후회하지 않겠다.

무사시는 그렇게 썼다.

자신의 약점을 찾아낼 때마다 그는 스스로를 경계하는 말을 하나씩 썼다. 하지만 쓰는 것만으로는 아무 의미가 없다. 아침 저녁으로 경문을 외듯 가슴에 새겨야 한다. 따라서 문구도 시처럼 쉽게 읊을 수 있는 것이어야 했다. 그 때문인지 그는 고심을 거듭했다.

'나는'이라는 말을 '내가 한'으로 바꾸었다.

내가 한 어떤 일에도 후회하지 않겠다.

입속에서 중얼거려보았지만, 무사시는 아직 자신의 마음에 꼭 들지 않는지 마지막 글자를 지우고 다시 고쳐 적은 후에 붓을 내려놓았다.

내가 한 어떤 일에도 후회하지 않으리.

처음에는 '후회하지 않겠다'였지만 그것으로는 아직 미흡한 것 같아 '않으리'로 고쳤다. 내가 한 어떤 일에도 후회하지 않으리.

"됐어!"

무사시는 만족해하며 마음속으로 맹세했다. 어떤 일이든 자신이 한 일에 후회하지 않는 높은 경지에 도달하려면 몸과 마음을 부단히 단련하지 않으면 이룰 수 없는 바람이라고는 생각했지만, 그 이상을 마음 깊은 곳에 새겨 넣듯 굳게 맹세했다.

'반드시 그 경지에 다다르고 말겠어.'

그때 등 뒤의 장지문이 열리며 이모가 무사시를 불렀다.

"무사시야……."

굳은 표정으로 입속에서 중얼거리듯 떨림이 있는 목소리였다.

"가는 날이 장날이라고 너를 붙잡아둔 게 마음에 걸리더니만 아니나 다를까 하필 지금 혼이덴 가의 오스기 노파가 와서 현관에 벗어놓은 네 짚신을 보고 무사시가 찾아온 게 틀림없다며 너를 내놓으라고 난리다. ……그래, 여기서도 들리는구나. 저렇게 막무가내다. 얘야, 어떻게 하겠느냐?"

"……오스기 노파가요?"

귀를 기울이니 정말 늘 변함없는 고집불통 노인의 쉰 목소리가 초겨울의 찬바람처럼 들려왔다.

이모는 제야의 종소리도 이미 멎었고, 이제 약수라도 길어 오려던 새해 첫날부터 혹시 피라도 보게 되면 어쩌나 하는 께름칙한 표정을 노골적으로 드러내며 무사시에게 말했다.

"도망쳐라, 무사시. 도망쳐야 아무 일도 없이 끝난다. 지금 이 모부가 네가 오지 않았다고 둘러대며 시간을 벌고 있으니 그 사이에 뒷문으로……."

그녀는 황급히 방으로 들어와 무사시의 짐과 삿갓을 집어 들고, 이모부의 가죽 버선과 짚신 한 켤레를 뒷문에 놔주었다.

무사시는 그녀에게 떠밀려 버선과 짚신을 신고 면목이 없다는 듯 말했다.

"이모님, 정말로 죄송하지만 밥 한 그릇 먹을 수 없을까요? 실은 초저녁부터 굶어서요."

"무슨 소리를 하는 게냐? 지금 그럴 때가 아니니다. 자, 자, 이거라도 갖고 빨리 가거라."

이모는 하얀 종이에 네모지게 자른 떡을 다섯 개쯤 싸서 내주었다. 무사시는 그것을 받아들고 인사를 했다.

"안녕히 계십시오."

새해 첫날부터 무사시는 온몸의 털이 죄다 뽑힌 겨울새처럼 차갑게 얼어붙은 빙판길을 밟으며 짙은 어둠 속으로 맥없이 나갔다.

5

머리카락도 손톱도 모두 얼어붙는 것 같았다. 자신이 내쉬는 입김만이 하얗게 보이고, 그 숨결 또한 입가에 난 솜털에 닿자마자 서리로 변한 건 아닐까 의심스러울 정도로 추웠다.

"으, 추워라."

무사시는 무심결에 소리를 내어 말했다. 팔한지옥八寒地獄이라 해도 이 정도는 아닐 성 싶은데, 유독 오늘 아침엔 왜 이렇게 추운 걸까?

'몸보다 마음이 추운 탓이겠지.'

무사시는 자신의 질문에 스스로 대답해보았다. 그리고 또 생각했다.

'애초에 난 미숙한 놈이야. 걸핏하면 사람의 살결을 그리워하는 갓난아기처럼 젖비린내 나는 감상에 마음이 흔들리고, 고독을 서글퍼하고, 따뜻해 보이는 남의 집 불빛을 부러워했어. 참으로 못난 마음이야. 왜 나에게 주어진 이 고독과 유랑에 감사하고 이상과 긍지를 갖지 못할까?'

아플 정도로 얼어붙었던 그의 발은 발가락 끝까지 뜨거워져 있었고, 어둠 속에서 내쉬는 하얀 숨결도 뜨거운 김 같은 박력으로 추위를 밀어내고 있었다.

'이상이 없는 떠돌이, 감사할 줄 모르는 고독, 그것은 거지의

삶이다. 서방정토로 왕생하는 법사와 거지의 차이는 그것이 마음에 있느냐 없느냐의 차이일 뿐이다.'

번쩍, 발밑에서 하얀 빛이 내달렸다. 내려다보니 살얼음판 위였다. 어느새 그는 강가로 내려와 가모 강의 동쪽 기슭을 걷고 있었다.

하늘도 강물도 아직 어두웠고, 날이 샐 기미는 보이지 않았다. 강가라는 것을 깨닫자 갑자기 발길이 떨어지지 않았다. 요시다 산에서 여기까지는 누가 코를 잡아 뜯어도 모를 정도로 짙은 어둠 속을 아무런 고통도 없이 걸어왔다. 그러나 갑자기 어둠이 두려워졌다.

"그래, 불이라도 피우자."

무사시는 제방 아래로 가서 근처에 떨어져 있는 마른 나뭇가지와 나무 조각 같은 불을 피울 수 있을 만한 것들을 모았다. 그리고 부싯돌을 비벼서 작은 불꽃을 일으키려는데 정말 많은 정성과 인내가 필요했다.

겨우 마른 풀에 불이 붙었다. 그 위에 정성껏 땔감을 쌓았다. 어느 순간에 이르자 갑자기 커진 불길은 바람에 일렁이며 불을 만든 사람의 얼굴을 덮칠 기세로 확 타올랐다.

무사시는 품속에서 떡을 꺼내 모닥불에 구웠다. 노릇해지며 부풀어 오르는 떡을 보고 있자니 다시 소년 시절 보냈던 설날의 풍경이 떠오르면서 집 없는 아이의 감상이 물거품처럼 마음속에서 명멸했다.

"……."

짠맛도, 단맛도 없는 그냥 떡 그 자체의 맛이었다. 그러나 이 떡을 씹으며 그는 세상이라는 것의 맛을 느꼈다.

"……나의 설날이다."

모닥불을 쬐면서 떡을 먹고 있는 그의 얼굴에는 갑자기 뭐가 재미있는지 보조개 두 개가 패였다.

"좋은 설날이구나. 나 같은 사람한테도 다섯 조각의 떡이 생긴 것을 보면 하늘은 누구한테나 설날만은 베풀어주는가 보다. 술은 찰랑찰랑 흐르는 가모 강의 강물, 가도마쓰는 히가시 산東山의 서른여섯 봉우리. 그래, 몸을 정결히 하고 새해의 첫 해돋이를 맞아보자."

무사시는 강가로 가서 허리끈을 풀었다. 속옷까지 모두 벗어버리고 물속에 풍덩 몸을 던졌다. 그리고 물새가 날개를 퍼덕이듯 물보라를 일으키며 온몸을 씻기 시작했다. 이윽고 밖으로 나와 몸을 닦고 있는 동안 등 뒤에서 구름을 헤치고 나온 새벽빛이 희미하게 비치기 시작했다.

그런데 그때 강가에서 타다 남은 모닥불을 보고 제방 위에 서 있는 한 사람이 있었다. 모습과 나이는 전혀 다르지만, 그 역시 윤회에 따라 떠돌아다니는 혼이덴 가의 오스기였다.

바늘

1

'저놈이 저기 있었구나.'

오스기는 속으로 이렇게 부르짖었다. 기쁨과 두려움이 복잡하게 얽히며 긴장되어 있던 마음이 혼란스러워진다.

"이 몹쓸 놈!"

초조한 마음과 부들부들 떨리는 몸이 순간 따로따로 놀면서 그녀는 그만 제방의 소나무 아래에 털썩 주저앉고 말았다.

"기쁘구나. 마침내 여기서 이렇게 만나게 되다니. 이 또한 얼마 전에 스미요시 포구에서 불의의 죽음을 당한 곤 숙부의 넋이 이끌어준 덕분일 터."

그녀는 아직도 곤로쿠의 뼈 한 조각과 머리카락을 허리에 찬 보자기 속에 넣어 항상 지니고 다녔다.

'곤 숙부, 자네는 비록 죽었어도 나는 혼자라고 생각하지 않네. 무사시와 오쓰를 잡아 징벌할 때까지 고향 땅은 밟지 않겠다고 맹세하고 길을 떠난 우리가 아닌가. 자네는 죽었어도 자네의 혼백은 내게서 떠나지 않을 게야. 나도 늘 자네와 함께 있다고 생각하고 반드시 무사시를 처치할 테니 저승에서나마 잘 지켜보시게.'

곤로쿠가 죽은 지 이레밖에 되지 않았지만 오스기는 매일 아침저녁으로 그런 말을 하며 자신도 백골이 될 때까지 그 마음을 잃지 않겠다고 다짐했다. 지난 며칠 동안 그녀는 마치 귀신과 같은 형상으로 무사시의 뒤를 쫓았다.

그러다가 요시오카 세이주로와 무사시 사이에 조만간 결투가 벌어진다는 항간의 소문을 처음 들었다. 그리고 이어서 어제 저녁, 5조 대교의 세밀 인파 속에서 요시오카의 문하생 서너 명이 세워놓고 간 팻말을 보게 되었다.

오스기는 그것을 몹시 흥분해서 몇 번이나 읽었다.

'가당찮은 놈, 제 분수도 모르고 여기까지 왔으면 천운인 줄 알아야지. 요시오카에게 죽을 게 뻔한데, 그래서는 고향에 큰소리치고 떠나온 내 체면이 서지 않아. 무슨 수를 쓰든 요시오카에게 죽임을 당하기 전에 내 손으로 그놈의 머리를 잘라 고향 사람들에게 보여줘야 해.'

오스기는 안달이 났다. 몸에는 곤로쿠의 백골을 꽉 잡아매고, 마음속으로는 조상님과 신의 가호를 빌었다.

'교토를 이 잡듯이 뒤져서라도 반드시 찾아내야만 해.'

그녀는 다시 마쓰오 가나메의 집을 찾아가서 독설을 퍼부으며 추궁했지만 아무 소득이 없자 실망만 한 채 이곳 2조 강가의 제방으로 돌아오던 참이었다.

그런데 강가 아래에 불빛이 보여 거지가 불이라도 피우고 있는 건가 생각하면서 무심하게 제방에 서서 바라보고 있었는데, 타다 남은 모닥불에서 열 간쯤 떨어진 물가에 벌거벗은 남자가 추위도 모르는지 목욕을 하고 땅으로 올라오더니 다부져 보이는 몸을 닦고 있었다.

'무사시다!'

무사시라는 것을 확인한 오스기는 그대로 주저앉은 채 한동안 일어서지 못했다. 무사시는 지금 알몸이다. 곧장 달려가 베어버리기에는 더할 나위 없는 기회였다. 그러나 이 노파의 쪼그라든 심장은 그러질 못했다. 나이와 더불어 복잡해진 감정이 행동보다 앞서 격앙되면서 마치 이미 무사시의 목이라도 벤 것 같았다.

'기쁘구나. 신의 가호인지 부처님의 조화인지, 여기서 무사시 놈을 만난 건 예삿일이 아닐 것이다. 평소의 신심信心이 통해서 신불이 내 손으로 원수를 갚도록 보살펴주신 게야.'

그녀는 합장을 하고 몇 번이나 하늘을 향해 절을 올렸다.

2

강가에 있는 돌 하나하나가 새벽빛을 받아 도드라져 보였다. 목욕을 끝낸 무사시는 옷을 입고 단단히 졸라맨 허리끈에 칼을 꽂은 후 무릎을 꿇고 하늘과 땅을 향해 말없이 고개를 숙이고 있었다.

'지금이다.'

오스기가 그렇게 생각하며 일어서는데 무사시가 강가의 물웅덩이를 뛰어넘더니 급히 반대편으로 걸어가는 것이었다. 멀리서 불렀다가 도망칠 것을 우려한 오스기는 제방 위에서 서둘러 같은 방향으로 걷기 시작했다.

정월 초하루의 마을 지붕과 다리에는 안개 사이로 부드러운 빛줄기가 비치기 시작했지만, 하늘에는 아직 별이 떠 있고 히가시 산의 기슭은 먹물처럼 어두웠다.

3조 가교 아래를 지나 강가에서 제방 위로 모습을 나타낸 무사시는 성큼성큼 걸어가고 있었다.

오스기는 몇 번이나 부르려고 했다. 그러나 노인답게 상대의 빈틈이나 거리 따위의 다양한 조건을 치밀하게 생각하다가 오히려 무사시에게 끌려가듯 쫓아가는 꼴이 되고 말았다.

무사시는 이미 알고 있었다. 그러기에 일부러 뒤를 돌아보지 않았다. 돌아서서 눈과 눈이 마주쳤을 때 오스기가 선택할 행동을 알고 있었다. 비록 노인이라고는 해도 죽을 작정으로 칼을 들고 덤벼드는 이상 자기가 상처를 입지 않을 만큼의 대응은 해야만 한다.

'무서운 상대다.'

무사시는 마음속으로 그렇게 생각했다.

고향에 있을 무렵의 다케조라면 바로 때려눕히거나 피를 토하고 뻗어버리게 만들어줬을 것이다. 하지만 지금은 그럴 마음이 아니었다.

원한은 자신에게서 비롯된 것이고, 오스기가 자신을 일곱 생을 다시 살 때까지 원수처럼 여기고 달려드는 것은 어디까지나 왜곡된 감정과 오해에 의한 것이기 때문에 그것만 풀면 될 것이었다.

그러나 자신의 입으로 백만 번을 말한다 한들 저 노파가 '그래, 그랬구나.' 하고 쉽게 원한을 풀고 지난 일을 모두 잊을 리는 없을 것이다.

하지만 아무리 오스기라도 아들인 마타하치가 직접 자신의 입으로 세키가하라 전투에 참전했던 두 사람의 전후 사정과 모든 경위를 소상히 밝힌다면 자신을 혼이덴 가의 원수라고도 하지 못할 것이며, 또 며느리를 가로채 달아난 놈이라고 원망할 수도 없을 것이다.

'좋은 기회야. 마타하치를 만나게 해주자. 5조까지만 가면 마

타하치가 먼저 와서 기다리고 있을지도 몰라.'

무사시는 자신이 전달한 약속이 그에게도 전해졌을 것이라 믿고 있었다. 따라서 5조 대교까지만 가면 이 노파와 아들이 만나 그동안의 자신에 대한 오해가 비로소 말끔하게 풀릴 것이라고 생각하고 있었다.

그 5조 대교의 기슭이 눈앞에 보이기 시작했다. 고마쓰의 장미 정원과 헤이쇼코쿠뉴도平相國入道의 관사 등이 기와지붕을 나란히 하고 늘어선 다이라平 가문이 번창하던 무렵부터 이 부근은 민가와 사람들의 왕래가 많은 중심지로 센고쿠戰國 시대 이후로도 옛 모습이 남아 있었지만 아직 어느 집도 문을 열지는 않았다.

섣달 그믐날 초저녁에 깨끗하게 쓸어놓은 빗질 자국이 아직 잠들어 있는 집 앞에 그대로 남아서 아스라이 밝아오는 새해의 첫 햇빛을 서서히 맞이하고 있었다.

오스기는 뒤에서 무사시가 남기고 간 큼지막한 발자국을 보았다. 발자국조차 미웠다. 다리까지는 이제 1정이나 반 정.

"무사시!"

오스기가 소리쳤다. 목청이 찢어지는 듯한 목소리였다. 오스기는 두 주먹을 움켜쥐고 머리를 앞으로 쑥 내민 채 달려오고 있었다.

3

"거기 가는 짐승 같은 놈아, 귀가 안 달렸느냐!"

물론 무사시에게 그 소리가 들리지 않을 리 없었다. 늙어빠진 노파라고는 하지만 죽음을 각오한 그녀의 발소리는 무시무시했다.

무사시는 등을 보인 채 계속 걸어갔다.

'이거 참 난처하게 됐군.'

어떻게 할지 순간 생각이 나지 않았다. 그러고 있는 사이에 오스기가 무사시를 가로질러 앞을 막아섰다.

"이놈, 서지 못하겠느냐!"

앞으로 돌아간 오스기는 뾰족해진 어깨와 앙상한 갈비뼈를 물결이 일렁이듯 헐떡이며 천식을 일으켰을 때처럼 잠시 입에 침을 모으고 숨을 가다듬고 있었다.

무사시는 어쩔 수 없다는 표정으로 결국 아는 체를 했다.

"오오, 혼이덴 가의 할머님이 어쩌다 이런 곳에."

"뻔뻔한 놈. 그건 내가 할 소리다. 기요미즈의 산넨 고개三年坂에서는 감쪽같이 놓치고 말았지만 오늘이야말로 네 목을 내가 가져가야겠다."

오스기는 싸움닭처럼 가늘고 주름진 목을 키가 큰 무사시를 향해 쭉 뻗으며 말했다.

무사시는 우람한 체격의 호걸이 분노에 차서 소리치는 것보다 이 노인네가 뿌리가 드러난 앞니를 날려버릴 듯한 기세로 소리치는 목소리가 더 무섭다는 생각이 들었다.

그렇게 무서움을 느끼는 이유로는 어렸을 때의 선입관이 큰 영향을 끼치고 있었다. 마타하치도 한창 장난이 심하던 여덟아홉 살 무렵, 마을의 뽕나무밭이나 혼이덴 가의 부엌에서 이 노파가 고함이라도 한번 치면 깜짝 놀라서 꽁무니가 빠지게 도망쳤다.

그 천둥소리 같던 목소리가 아직도 무사시의 머릿속 어딘가에 깊이 자리하고 있었던 것이다.

애당초 어렸을 때부터 좋아하지 않았던, 성질이 괴팍한 노파였다. 또 세키가하라에서 고향으로 돌아온 자신을 모질게 대했던 노파의 행동에 대한 증오는 하나도 빠짐없이 뼛속 깊이 새겨져 있었다. 하지만 그녀에게는 이길 수 없다는 어렸을 때부터의 기억이 남아 있었기 때문에 시간이 흐르자 그때의 원통함도 무뎌지게 되었다.

그에 반해 오스기는 어렸을 때부터 봐온 장난꾸러기 꼬마인 다케조가 도저히 머릿속에서 지워지지 않았다. 쇠버짐 자국이 선명한 머리에 코흘리개 기형아처럼 팔다리만 가늘고 길었던 갓난아기 때부터 알던 무사시다. 자신은 늙고 그가 어른이 된 것은 인정해도, 옛날부터 아귀처럼 여기던 생각은 추호도 바뀌지 않았다.

그 아귀 때문에 자신의 집안이 이 모양으로 풍비박산 났다고 생각하니 오스기는 고향 사람들에 대한 대의명분뿐 아니라 감정 때문에라도 이대로 땅속에 묻힐 수가 없었다. 무사시를 무덤으로 안고 들어가야 한다는 것은 살아 있는 지금 이 순간의 가장 큰 바람이었다.

"새삼스레 여러 말 할 것 없다. 순순히 목을 내놓지 않으려거든 내 칼을 받거라. 이놈, 준비는 되었느냐?"

오스기는 그렇게 말하고 손에 침을 바르는지 왼손 손가락을 입술에 잠깐 대더니 그 손으로 단검 자루를 잡고 다가왔다.

4

사마귀가 앞발을 치켜들고 수레를 향해 달려든다는 당랑지부螳螂之斧라는 말이 있다. 오스기처럼 삐쩍 마른 사마귀가 낫을 닮은 가느다란 다리로 펄쩍펄쩍 뛰며 사람을 향해 덤벼드는 모습을 조롱하며 하는 말이다.

오스기의 눈매는 사마귀를 닮았다. 아니, 피부색이며 모습까지도 쏙 빼다 박았다.

노파가 다가오는 모습을 그 자리에 우뚝 서서 가소롭다는 듯 지켜보고 있는 무사시의 어깨나 가슴팍은 사마귀를 비웃는 강철 수레라고 할 수 있었다. 웃음이 나올 만한 상황인데도 문득 측은한 생각이 든 무사시는 웃지 않았다. 오히려 노파를 위로해주고 싶은 뭐라 표현할 수 없는 동정심이 일었다.

"할머니, 할머니, 잠깐만요."

무사시가 가볍게 오스기의 팔을 잡았다.

"뭐, 뭐냐?"

오스기는 쥐고 있는 칼자루와 입술 밖으로 튀어나온 앞니를 부들부들 떨면서 말했다.

"비, 비겁한 놈. 나는 네놈보다 마흔 해나 더 살았다. 새파랗게 젊은 놈의 거짓부렁에 내가 속아넘어갈 줄 아느냐? 쓸데없는 말은 들을 필요도 없다. 널 깨끗이 죽여주마."

오스기의 피부는 이미 흙빛으로 변했고, 말 속에선 죽음을 각오한 결연함이 느껴졌다.

무사시는 고개를 끄덕이며 말했다.

"알겠습니다. 알겠어요. 할머니의 마음은 잘 알겠습니다. 과연 신멘 무네쓰라新免宗貫의 가신으로 그 기둥이 되었던 혼이덴 가의 미망인답습니다."

"말조심하거라. 손자뻘 되는 네놈한테 칭찬을 듣고 기뻐할 내가 아니다."

"그렇게 곡해하는 것이 할머니의 허물입니다. 제 말도 좀 들어보십시오."

"유언이냐?"

"아니요, 변명입니다."

"미련한 놈."

화가 치밀어 오른 오스기는 작은 몸집을 까치발로 세우며 소리쳤다.

"듣지 않겠다, 듣지 않겠어. 이제 와서 변명 따위는 듣고 싶지 않아."

"그럼 잠시만 그 칼을 저에게 맡겨주십시오. 곧 5조 대교에 마타하치가 올 것이니 모든 일이 저절로 밝혀질 것입니다."

"마타하치가?"

"예, 작년 봄께 마타하치에게 전갈을 넣어놓았습니다."

"뭐라고?"

"오늘 아침에 여기서 만나자고."

"거짓말 마라."

오스기는 일갈하고 고개를 가로저었다. 마타하치와 그런 약속을 했다면 당연히 일전에 오사카에서 그를 만났을 때 자기에게 말했을 것이다. 마타하치는 무사시의 전갈을 받지 못한 것이었지만, 오스기는 그 한마디만으로 무사시의 말이 모두 거짓말이라고 단정해버렸다.

"보기가 흉하구나, 무사시. 너도 무니사이의 아들이건만, 죽을 때는 떳떳하게 죽어야 한다고 네 아비가 가르치지 않았더냐? 말장난은 필요 없다. 늙은이의 일념, 부처님의 가호를 받고 있는 이 칼을 어디 한번 받아보아라!"

팔꿈치를 구부려서 무사시의 손을 떼어낸 오스기는 느닷없이 허리에 찬 칼을 빼서 양손에 들더니 무사시의 가슴을 향해 곧장 찔렀다.

"할머니, 진정하세요."

무사시는 옆으로 비껴나 피하면서 손바닥으로 가볍게 그녀의 등을 쳤다.

"대자대비."

오스기는 몸이 달아서 뒤를 돌아보는 것과 동시에 나무관세음보살을 두세 번 외치더니 맹렬하게 칼을 휘둘렀다. 무사시는 그녀의 손목을 붙잡고 팔을 뒤로 꺾었다.

"할머니, 이러면 나중에 후회합니다. ……자, 5조 대교가 바로 저기예요. 어쨌든 저를 따라오는 게 좋을 겁니다."

뒤로 팔이 잡힌 오스기는 자신의 어깨 너머로 무사시를 흘겨보았다. 그리고 침이라도 뱉으려는지 입을 오물거리더니 입에 머금고 있던 숨을 훅 뱉었다.

"앗!"

무사시는 오스기의 몸을 밀치고 한손으로 왼쪽 눈을 누르며 뒤로 껑충 물러났다.

5

눈동자가 불에 덴 것처럼 뜨거웠다. 눈에 불똥이라도 들어간 것처럼 아팠다.

무사시는 눈꺼풀을 누르고 있던 손을 내려서 보았다. 손에는 피가 묻어 있지 않았지만 왼쪽 눈은 뜰 수조차 없었다.

오스기는 상대의 그런 모습을 보고 빈틈을 놓치지 않았다.

"나무관세음보살."

즉각 칼을 휘두르며 무사시를 공격했다.

무사시는 살짝 당황한 듯 몸을 피하면서 비스듬하게 물러섰다. 그때, 오스기의 칼이 그의 소맷자락을 뚫고 팔꿈치 위쪽을 살짝 스쳤다. 찢어진 소매의 하얀 안감에서 피가 빨갛게 배어 나오는 것이 보였다.

"베었다!"

오스기는 미친 듯이 기뻐하면서 칼을 마구 휘둘렀다. 뿌리를 내리고 있는 거목의 몸통이라도 벨 듯한 기세로 상대가 전혀 대응하지 않고 있는 것은 아랑곳도 않고 오로지 나무관세음보살만을 시끄럽게 외치면서 무사시의 앞뒤를 뛰어다니고 있었다.

무사시는 그것에 대응해 그저 몸만 옮기고 있을 뿐이었다. 그러나 한쪽 눈은 모래가 들어간 것처럼 몹시 아팠고, 왼쪽 팔꿈치는 스친 상처이긴 했지만 소매가 흘러내리는 피로 물들 정도였다.

'방심했다!'

그것을 깨달았을 때는 이미 그 대가를 치른 후였다. 그로서는 이처럼 선수를 빼앗기고 상처까지 입은 적은 여태 한 번도 없었다. 하지만 이것은 결투가 아니었다. 무사시에게는 이 노파와 싸울 뜻이 전혀 없었기 때문이다. 애초에 승패는 생각하지 않았음이 분명하다. 하물며 몸도 민첩하지 못한 노인네가 휘두르는 칼 따위는 안중에도 없는 것이 당연하기도 했다.

그러나 그것이 바로 방심이라는 것이다. 결투의 전체적인 관점에서 보면 이는 명백히 무사시의 패배이고, 무사시의 미숙함을 오스기의 신앙심과 칼끝이 만천하에 드러내 보인 것이라 해도 틀린 말은 아닐 것이다. 무사시도 자신의 그런 부주의함을 깨달았다.

'실수를 범했구나.'

동시에 그는 더욱 기세등등해져서 덤벼드는 오스기의 어깨를 전력을 다해 손바닥으로 탁 쳤다.

"앗!"

칼은 멀리 날아갔고, 오스기는 양손으로 땅바닥을 짚으며 넘어졌다.

무사시는 칼을 주워 왼손에 들고 오른손으로 일어나려고 꿈틀대는 오스기의 몸을 옆으로 안아 일으켰다.

"아아, 분하다!"

오스기는 거북이처럼 무사시의 겨드랑이 아래에서 버둥거리면서 소리쳤다.

"아, 신령님도 부처님도 무심하시지. 원수를 눈앞에 두고……. 무사시, 더 이상 나를 모욕하지 말고 목을 치거라. 자, 이 늙은이의 목을 치란 말이다."

무사시는 입을 꾹 다문 채 성큼성큼 걷기 시작했다.

오스기는 그동안 쥐어짜내는 듯한 쉬어터진 목소리로 계속 떠들었다.

"이리 된 것도 무운武運이고 천명일 게다. 신의 뜻이라면 무슨 미련이 있겠느냐. 곤 숙부도 객사했고, 나도 원수에게 당했다는 사실을 알면 마타하치가 분연히 일어나서 반드시 원수를 갚아줄 테니 내 죽음은 결코 개죽음이 아니다. 오히려 그 아이를 위해서는 좋은 약이지. 무사시, 어서 이 늙은이의 목숨을 거둬라. ……어디로 가는 게냐? 나를 욕보일 셈이냐? 어서 목을 쳐라."

6

무사시는 귀조차 기울이지 않았다.

노파를 옆구리에 끼고 5조 대교까지 오자 그녀를 어디에 내려놓을지 생각하듯 주위를 두리번거렸다.

"그래……."

무사시는 강가로 내려가서 그곳의 교각에 묶여 있는 나룻배 바닥에 오스기를 가만히 내려놓았다.

"할머니, 잠시 여기에 계세요. 곧 저쪽에서 마타하치가 올 테니까요."

"무, 무슨 짓이냐!"

오스기는 무사시의 손을 뿌리치고 주변의 지푸라기를 집어 던지면서 말했다.

"마타하치가 여기 올 리 없다. 아, 그러고 보니 너는 이 늙은이를 그냥 죽이는 것만으로는 성에 안 차서 5조 다리를 오가는 사람들의 구경거리로 만들어 나에게 창피를 주고 나서 죽일 속셈인 게로구나?"

"뭐, 어떻게 생각하든 상관없습니다. 곧 알게 될 테니."

"죽여라!"

"하하하하."

"뭐가 우스우냐? 이 늙은이의 가는 목 하나 싹둑 벨 수 없단 말이냐?"

"벨 수 없습니다."

"뭐라고?"

오스기가 무사시의 손을 물었다. 무사시가 마땅한 방법을 찾지 못하고 오스기를 배의 횡대에 묶으려고 했기 때문이다.

무사시는 자신의 팔을 오스기가 마음대로 물도록 내버려둔 채 천천히 그녀의 몸을 묶었다. 그러고는 들고 온 칼을 다시 칼집에 넣어서 오스기의 허리에 원래대로 돌려주고 자리를 떠나려고 했다.

"무사시, 네 이놈! 너는 무사의 도를 모른단 말이냐? 모른다면 내가 가르쳐주마. 이리 다시 오너라."

"나중에요."

무사시는 오스기를 한 번 힐끗 보고는 제방 쪽으로 발길을 옮기려다가 뒤에서 오스기가 계속 고함을 지르자 돌아가서 그녀의 머리 위에 거적을 몇 장 덮었다.

바로 그때 히가시 산 위로 커다란 태양의 새빨간 불꽃 고리가 보이기 시작했다. 올해의 첫 태양이었다.

"……."

무사시는 5조 대교 앞에 서서 황홀하게 바라보고 있었다. 붉디붉은 햇빛이 뱃속까지 비추는 것 같았다. 1년 동안 소아병적인 좁은 생각에 사로잡혀 있던 어리석음이 웅대한 빛 앞에서 자취도 없이 사라진 듯 상쾌했다. 살아 있다는 기쁨으로 가슴이 벅차올랐다.

"더구나 나는 젊다!"

다섯 조각의 떡은 발뒤꿈치까지 힘을 가득 채워주었다. 그는 발길을 돌려 다리 위를 둘러보았다.

"마타하치는 아직 안 온 모양이군."

그런데 뭔가를 발견한 듯 무사시의 눈이 동그래졌다.

"어?"

그곳에 자기보다 먼저 와서 기다리고 있는 것은 마타하치도 그 누구도 아니었다. 우에다 료헤이 이하 요시오카의 문하생들이 어제 이곳에 세워두고 간 그 팻말이었다.

—장소는 렌다이 사 들판.

—일시는 구 일 묘시 하각.

"……."

무사시는 팻말에 얼굴을 가까이 가져가서 아직 먹물 냄새도 가시지 않은 듯한 팻말의 글자를 응시했다. 글만 읽고 있는데도 그의 몸은 고슴도치처럼 투지와 피가 끓어오르면서 온몸의 신경이 바짝 곤두섰다.

"아, 아야!"

무사시는 다시 왼쪽 눈에 극심한 통증을 느끼고 무심코 눈꺼풀에 손을 갖다 댔다가 숙인 턱 아래에 바늘 하나가 박혀 있는 것을 발견하고는 깜짝 놀랐다. 좀 더 자세히 살피니 바늘은 옷깃과 소매에 서릿발처럼 박혀서 반짝반짝 빛나는 것이 네다섯 개나 있었다.

7

"아, 이것이었구나."

그중 하나를 뽑아서 자세히 살펴보았다. 바늘의 길이는 바느질을 하는 바늘과 비슷하고, 굵기도 같았지만 이 바늘에는 실을 꿰는 바늘귀가 없었다. 그리고 바늘의 모양도 둥글지 않고 삼각형이었다.

"이 늙은이가."

무사시는 강가를 내려다보며 소름이 돋는 듯 중얼거렸다.

'이것이 말로만 듣던 취침吹針(중국에서 전해진 것으로 알려져 있으며 바늘을 입에 물고 불어서 적의 눈을 맞히는 것이 목적이다)이구나. 저 할망구한테 이런 암수가 있을 줄은 꿈에도 생각지 못했는데, 아아, 위험할 뻔했다.'

그는 호기심과 강한 지식욕에 사로잡혀 바늘을 일일이 빼낸 다음 다시 옷깃에 빠지지 않도록 꽂았다. 다른 날에 연구 자료로 삼을 생각이었을 것이다. 그가 아직 미천한 경험의 테두리 안에서 들은 바에 따르면 일반 검술가들 사이에서도 취침이라는 기술이 있다는 설과 없다고 주장하는 설이 나뉘어 있었다.

있다고 주장하는 자의 말에 따르면 취침은 꽤 오랜 전통을 가지고 있는 일종의 호신술로 중국의 한漢나라에서 귀화한 베를 짜는 여자나 바느질하는 여자들이 장난으로 하던 기법이 발

전하여 무술에 이용되기에 이르렀다고 한다. 또 취침은 독립적인 무기라고는 할 수 없지만 아시카가足利 시대(무로마치 시대. 1336~1573. 아시카가 씨에 의한 무가 정권 시대)까지 공격을 하기 전에 쓰는 수법으로 사용된 것은 분명했다.

그에 비해 없다고 주장하는 자들은 이렇게 반박했다.

"바보 같은 소리 하지 마. 무예를 하는 사람이 그런 애들 장난감 같은 것의 유무를 논한다는 것만으로도 수치스럽다."

또 무예의 정도론에 근거하여 이렇게 말하기도 한다.

"한나라에서 건너온 여자들이 유희로 삼았는지 어땠는지는 모르지만 유희는 어디까지나 유희일 뿐 무술이 아니다. 우선 사람의 입속에는 침이라는 것이 있어서 뜨겁고, 차갑고, 시고, 매운 것과 같은 자극은 적절히 조절할 수 있지만 바늘 끝을 아프지 않게 물고 있을 수는 없다."

이 말에 반대쪽에서는 또 이렇게 반박했다.

"그런데 그것이 가능하다. 물론 수련이 필요하지만 몇 개를 침으로 감싸서 입에 물고 있다가 그것을 미묘한 호흡 조절과 혀끝의 움직임으로 적의 눈을 향해 불 수 있다."

이 말에 또 반대하는 자는 가령 가능하다고 해도 인간의 신체에서 오로지 눈만 공격의 대상이 아닌가. 그 눈에 바늘을 날려도 흰자위 부분에는 아무 효과가 없다. 눈동자의 한가운데를 맞혀야 비로소 적을 장님으로 만들 수 있는데, 그렇다 해도 치명적인 것은 아니다. 아녀자들이나 하는 그런 잔재주가 어떻게 발달할 수 있단 말인가, 라고 반박한다.

이에 대한 답변은 또 이렇다.

"그래서 보통 무기처럼 발달하고 있다고는 아무도 말하지 않는다. 하지만 그런 암수가 지금도 남아 있는 것은 사실이다."

무사시는 예전에 어딘가에서 이런 논쟁을 벌이고 있는 것을 얼핏 들은 적이 있었지만, 물론 그도 그런 잔재주는 무도로 인정하지 않는 사람 중 하나였고, 실제로 그런 기술을 부리는 사람이 있다고도 생각하지 않았다.

그러나 세상의 아무리 시답지 않은 잡담 중에도 듣는 사람의 듣는 방법에 따라서는 언젠가 도움이 될 때가 반드시 있다는 것을 무사시는 지금 절실히 깨달았다.

눈이 자꾸 아팠지만 다행히 눈동자를 찔린 것은 아닌 듯했다. 눈가의 흰자위 일부가 욱신욱신 쑤시며 눈물이 흘러내렸다.

무사시는 몸을 이리저리 더듬었다. 눈물을 닦을 천 조각을 찢으려고 했지만 허리끈도 찢지 못하고, 소매도 찢지 못하고, 뭘 찢어야 될지 몰라 손이 방황하고 있었다.

그때 누군가 뒤에서 비단을 찢는 소리가 들렸다. 돌아보니 한 여자가 그의 동태를 살피고 있었는지 자기의 붉은 속옷자락을 한 자쯤 이로 찢어서 그것을 들고 무사시를 향해 종종 걸음으로 뛰어왔다.

미소

1

아케미였다.

머리에는 설 단장도 하지 않았다. 옷차림은 흐트러져 있었고 발도 맨발이었다.

"어?"

무사시는 눈을 크게 뜨고 아무 의미 없이 그렇게 소리쳤다. 얼굴은 낯이 익었지만, 누군지는 생각나지 않았다.

아케미는 그렇지 않았다. 자기만큼은 아니어도, 그 몇 분의 일이라도, 무사시도 자기를 생각하고 있었을 것이라고 믿고 있었다. 어느새 몇 년의 세월을 그렇게 자기 혼자서만 믿어왔다.

"나예요…… 다케조 님. 아니, 무사시 님."

아케미는 속옷자락을 찢은 붉은 천 조각을 손에 들고 조심스럽게 다가왔다.

"눈을 어디 다친 거예요? 손으로 비비면 더 나빠질 테니 이걸로 닦으세요."

무사시는 잠자코 호의를 받았다. 붉은 천으로 한쪽 눈을 누른 채 아케미의 얼굴을 다시 찬찬히 보았다.

"잊었나요?"

"……."

"나를."

"……."

"나를."

아무 반응이 없는 상대의 무표정한 얼굴을 보자 그녀가 간직해온 절실한 마음에 불현듯 불안감이 엄습했다. 상처투성이가 된 영혼이지만 이것만은 확실하다고 부여잡고 있던 것이 자기 혼자 만들어낸 환상에 지나지 않았다는 사실을 문득 깨닫게 된 순간 가슴 한구석에서 핏덩이 같은 것이 솟구쳐 올라왔다.

"크흑."

아케미는 입과 코에서 터져 나오는 오열을 양손으로 막으며 어깨를 떨었다.

"아아."

생각이 났다. 무사시는 방금 그녀의 모습에서 기억이 떠올랐다. 그 모습에는 이부키 산에서 소매의 방울을 울리며 뛰어다니던 무렵의 세상에 상처를 입지 않은 소녀다움이 남아 있었기 때문일 것이다.

갑자기 억센 팔이 그녀의 병을 앓고 난 것처럼 보이는 가녀린 어깨를 끌어안았다.

"아케미구나. 그래, 아케미야. ……어떻게 여기까지 온 거야? ……어떻게? 대체 어쩌다가?"

무사시의 계속되는 물음은 그녀의 슬픔을 더욱 흔들었다.

"이제 이부키의 집에서는 살지 않는 거니? 어머닌 어디에 계시고?"

무사시는 오코의 소식을 묻자 자연스럽게 마타하치와의 관계가 떠올랐다.

"지금도 마타하치와 함께 살고 있니? 실은 오늘 아침에 마타하치와 여기에서 만나기로 했는데, 설마 네가 대신 온 건 아니겠지?"

모두가 아케미의 마음과는 상관없는 말들뿐이었다. 아케미는 무사시의 품속에서 고개를 가로저으며 그저 흐느껴 울기만 했다.

"마타하치는 오지 않니? ……도대체 어떻게 된 일이야? 자초지종을 말해봐. 계속 울고만 있으면 알 수가 없잖아."

"오지 않아요. ……마타하치 님은 그 전갈을 받지 못했기 때문에 여기엔 오지 않아요."

간신히 그 말만 하고 아케미는 눈물에 젖은 얼굴을 무사시의 가슴에 묻은 채 바들바들 떨었다.

그동안 무사시를 만나면 하려던 말들이 모두 물거품처럼 뜨거운 피 속에서 떠올랐다가 사라졌다. 하물며 양어머니의 손에 의해 처참한 운명의 나락으로 떨어진 스미요시 포구에서의 일을 시작으로 오늘까지 겪었던 일들은 도저히 입 밖에 낼 수 없었다.

다리 위에는 어느새 화창한 새해 첫날의 햇빛을 받으며 기요미즈 사로 참배를 가는 설빔 차림의 여자들과 세배하러 다니는 사람들이 드문드문 지나가고 있었다. 그들 사이에서 연말이고 설날이고 없는 평소의 더벅머리 모습 그대로인 조타로가 불쑥 모습을 나타냈다. 그는 다리 중간쯤 와서 무사시와 아케미를 발견했다.

"어? 오쓰 님인 줄 알았더니, 오쓰 님이 아닌 것 같네."

남녀의 수상한 행위라도 본 것처럼 조타로는 야릇한 표정을 지으며 그 자리에 멈춰 섰다.

2

마침 아무도 보고 있지 않아서 다행이었지만 사람들이 오가는 길가에서 남녀가, 그것도 다 큰 어른이, 가슴과 가슴을 맞대고 끌어안고 있으니 조타로는 놀라지 않을 수 없었다.

게다가 존경하는 스승님이.

여자도 여자라고 생각했다.

그의 어린 마음은 이유도 없이 고동을 치면서 질투와 슬픔이 교차했다. 뭐가 이렇게 초조하고 화가 나는지 돌이라도 주워서 던지고 싶은 마음조차 들었다.

'뭐야, 저 계집애는? 언젠가 마타하치라는 사람한테 스승님의 전갈을 전해달라고 부탁한 아케미잖아? 술집 계집이라 앙큼하군. 어느새 스승님과 저렇게 친해졌지? 스승님도 스승님이지. ……오쓰 님한테 일러야겠다.'

조타로는 그 자리에서 오가는 사람들을 이리저리 둘러보다 다시 난간에서 다리 밑을 내려다보았지만 오쓰의 모습은 보이지 않았다. 아직 오지 않은 모양이다.

'어떻게 된 거지?'

얼마 전부터 묵고 있던 가라스마루의 저택에서는 오쓰가 먼저 나갔다.

오쓰는 오늘 아침 여기서 무사시와 만날 수 있다고 확신하고 있었기 때문에 어제부터 가라스마루 가의 안주인에게서 받았다는 초봄용 고소데를 입고 밤에는 머리를 감고 묶으면서 오늘 아침을 기다리느라 잠도 제대로 이루지 못한 모습이었다. 그러더니 날이 밝기를 기다리지 못하고 새벽녘에 조타로에게 이렇게 말했다.

"이러고 있느니 기온 신사에서 청수당으로 첫 참배를 돌고 5조 대교로 가 봐야겠어."

그러자 조타로가 자기도 가겠다고 따라나서려고 하자 평소와 달리 오쓰는 조타로를 사랑의 훼방꾼 취급을 하며 말했다.

"아니, 난 무사시 님하고 단둘이 이야기할 것이 있으니 넌 날이 밝으면 가급적 천천히 5조 대교로 오렴. 걱정 마. 네가 올 때까지 무슨 일이 있어도 무사시 님과 거기에서 기다리고 있을 테니까."

그러고는 혼자 먼저 나갔던 것이다.

딱히 곡해하거나 화가 난 것은 아니었지만 조타로도 썩 유쾌한 기분은 아니었다. 조타로도 이젠 매일 함께 지내는 오쓰의 마음 정도는 헤아릴 수 있는 나이였다. 남녀 사이에 흐르는 감정이 대략 어떤 것인지도 야규의 여관집 고차小茶와 마구간 볏짚 속에서 뭐라고 표현할 말은 없지만 뒤엉켜 구르며 체험한 적은 있었다.

그 체험에 비춰봐도 어른인 오쓰가 울거나 우울해하는 평소의 모습은 이해가 가지도 않고 우습고 낯 간지러워서 동정도 가지 않았지만, 지금 무사시의 가슴에 매달려 울고 있는 사람이 오쓰가 아니라 아케미라는 의외의 여자라는 것을 직접 보자 크게 놀라면서 분노 같은 것을 느꼈던 것이다.

그래서 '뭐야, 저 계집애는.'이라며 오쓰의 역성을 들게 되었고,

'스승님도 스승님이지.'라고 자기 일처럼 화를 내다가 끝내 '오쓰 님은 뭐 하고 있는 거지? 오쓰 님한테 일러야겠다.'라고 초조해하면서 오쓰를 찾아 다리를 아래위로 두리번거리기 시작한 것이었다.

그런데 오쓰가 보이지 않자 조타로가 저 혼자 안달복달하고 있을 때 두 사람은 사람들의 시선이 신경 쓰였는지 다리 옆 난간 쪽으로 자리를 옮겨서 무사시는 팔짱을 끼고 있고, 아케미도 나란히 서서 강가를 내려다보며 고개를 숙이고 있었다.

조타로가 반대쪽 난간을 따라 지나가도 두 사람은 알아차리지 못했다.

"바보같이, 언제까지 부처님한테 절만 하고 있을 거야?"

조타로는 중얼거리면서 5조 언덕 쪽으로 발돋움을 하고 오쓰를 초조하게 기다렸다.

그가 서 있는 곳에서 열 걸음쯤 떨어진 곳에는 줄기가 굵은 네다섯 그루의 버드나무가 있었다. 그 버드나무에는 물고기를 잡아먹기 위해 백로 무리가 자주 날아왔는데, 오늘은 그 백로가 한 마리도 보이지 않는 대신 마에가미를 한 젊은이가 와룡처럼 낮게 뻗은 늙은 버드나무 줄기에 기대 무언가를 가만히 응시하고 있었다.

3

아케미와 나란히 다리 난간에 팔꿈치를 기대고 있던 무사시는 그녀가 열심히 하는 말에 일일이 고개를 끄덕이고는 있었지만, 그녀가 여자로서의 부끄러움도 버리고 진심으로 하나가 되기를 바라는 그 낮고 강한 목소리가 그의 귀를 지나 마음속까지 파고들었는지는 알 수 없었다.

왜냐하면 고개는 자주 끄덕이고 있었지만 시선은 영 다른 데가 있었기 때문이다. 사랑하는 사람끼리 이야기를 나누다 잠깐 눈을 돌리는, 그런 정경과는 전혀 다른 것으로 한마디로 지금 무사시의 눈동자는 무색무열無色無熱의 불꽃과 같았다. 무사시는 시선을 한곳에 못 박은 채 눈도 깜빡이지 않았다.

아케미는 지금 그런 상대의 시선이 이상하다는 인식조차 하지 못하고 있었다. 자기만의 감정에 이끌려 혼자 묻고 혼자 대답하면서 흐느껴 울 뿐이었다.

"……아아, 난 이제 당신한테 모든 것을 말했어요. 숨기는 것은 아무것도 없어요."

난간 위에 가슴을 얹고 있던 그녀는 무사시에게 조금씩 다가갔다.

"세키가하라 전투가 끝난 지 벌써 5년이 되었어요. 그 5년 동안 나란 여자는 방금 다 얘기했듯이 처지도 몸도 완전히 변해버렸어요."

아케미는 흐느껴 울며 말을 이었다.

"하지만…… 아니요…… 나는 조금도 변하지 않았어요. 당신을 생각하는 이 마음만은 티끌만큼도 변하지 않았어요. 그것만은 분명히 말할 수 있어요. 아시겠어요? ……무사시 님, 그 마음을…… 무사시 님."

"으음."

"알아주세요. 나는 부끄러움을 무릅쓰고 모든 것을 말했어요. 나는 당신과 처음 이부키 산에서 만났을 때처럼 더 이상은 순결한 들꽃이 아니에요. 한 사내에게 더럽혀진 보잘것없는 여자예요. ……하지만 정조라는 것이 육체적인 것일까요, 정신적인 것일까요? 육체적으로는 순결하지만 마음이 음탕한 여자라면 그 여자는 이미 순결한 처녀라고 할 수 없지 않을까요? ……나는, 나는 이제 이름은…… 이름은 말할 수 없지만 어떤 사람 때문에 처녀가 아니에요. 하지만 마음만은 더럽혀지지 않았어요. 티끌만큼도 더럽혀지지 않은 마음을 지금도 간직하고 있다고요."

"음, 음."

"불쌍히 여겨주시겠죠? ……. 진심을 바치고 있는 사람에게 숨기는 것이 있다는 건 정말 괴로운 일이에요. 당신을 만나면 뭐라고 말해야 할까, 말하지 말까, 말할까, 몇 날 밤을 고민하고 또 고민했는지 몰라요. 그러다 당신한테만은 거짓을 갖고 있어서는 안 되겠다고 결심했죠. ……내 마음을 알아주세요. 그럴 수 있다고 생각해주시겠어요? 아니면 불결한 여자라고 생각하시나요?"

"으음, 아아."

"예? 어느 쪽이죠? 그때만 생각하면 나, 나는, 너, 너무 화가 나요."

그녀는 난간 위에 엎드렸다.

"그래서 난 이제 당신에게 사랑해달라는 말 같은 건 너무 뻔뻔한 것 같아서 할 수 없어요. 또 말할 처지도 못 되는 몸뚱이에요. 하지만 무사시 님, 지금 말한 마음, 처녀의 마음, 하얀 진주 같은 첫사랑의 마음, 그것만은 잃지 않을 거예요. 앞으로 어떤 삶을 살든, 아무리 남자가 많은 곳을 가든 말이죠."

머리카락 한 올 한 올이 모두 흐느껴 울었다. 난간을 적시고 있는 눈물 아래에서는 설날의 밝은 햇살을 담고 무한한 희망으로 빛을 발하며 흘러가는 강물 소리가 들렸다.

"음…… 으음."

그녀의 서글픈 이야기는 무사시로 하여금 고개를 들지 못하게 했다. 하지만 그의 눈동자는 여전히 이상한 빛을 띠고 다른 곳에 못 박힌 채 움직이지 않았다.

그의 시선을 따라가 보니 다리 난간과 강가가 만드는 갈고리 모양의 두 선을 이어 삼각형을 만들 수 있는 한 선이 똑바로 그어졌다. 그리고 그 끝에는 아까부터 늙은 버드나무 줄기에 기대 가만히 이쪽을 바라보고 있는 간류 사사키 고지로가 서 있었다.

4

무사시는 어렸을 때 아버지 무니사이에게 이런 말을 들은 적이 있다.

"너는 날 닮지 않았다. 내 눈동자는 이렇게 검은데 네 눈동자는 갈색을 띠고 있어. 종조부이신 히라타 쇼겐平田將監 님의 눈이 다갈색이어서 매서웠다고 하니 네가 아무래도 그 종조부님을 닮은 모양이다."

밝고 화창한 아침 햇살을 비스듬하게 받고 있는 탓일까. 그렇다 해도 무사시의 눈은 티끌 하나 없는 호박처럼 맑고 날카로웠다.

'흐음, 저자구나.'

사사키 고지로는 지금 일찍이 여러 소문으로 들어온 미야모토 무사시라는 인간을 보고 있었다.

무사시 또한 주의를 게을리 하지 않았다.

'저자는 누구지?'

두 사람은 다리 난간과 강가의 늙은 버드나무 사이에서 처음부터 무언중에 서로 상대의 깊이를 헤아리고 있었다.

검술 대결로 말하면 검과 검 끝을 겨눈 채 가만히 상대의 기량을 가늠하면서 호흡을 참고 있을 때와 비슷했다.

게다가 무사시와 고지로는 각자 서로 다른 의혹을 품고 있었다.

고지로는 이렇게 생각했다.

'고마쓰 계곡의 아미타당에서 데리고 온 뒤로 지금까지 내가 돌보고 있는 아케미와 저 무사시란 자가 어떤 연고로 저리도 다정하게 사담을 나누고 있단 말인가?'

고지로가 불쾌해하는 것도 당연했다.

'마음에 들지 않는 놈이야. 바람둥이일지도 몰라. 아케미도 그렇지, 내게는 아무 말도 않고. 어딜 가나 뒤를 밟아보았더니…… 저런 자에게 매달려 울고 있다니.'

불쾌한 마음이 마른침처럼 부글부글 끓어올랐다.

무사시는 고지로의 눈에 선명하게 드러나는 반감과 무사 수련생끼리 길을 오가다 마주쳤을 때 품게 되는 자부심과 자부심의 반발에 의해 생기는 묘한 적개심을 읽을 수 있었다.

'어떤 자일까?'

무사시는 그가 궁금했다.

'상당한 실력을 가진 자야.'

은연중에 그의 실력을 가늠해보며 경계심을 품었다.

'그런데 저 눈의 해의害意는 뭐지? 방심할 수 없는 자야.'

그렇게 눈으로 보는 것이 아니라 마음으로 서로를 관찰하고 있었기 때문에 두 사람의 눈은 지금 불꽃을 튀기고 있다고 해도 과언이 아니었다.

나이는 무사시가 한두 살 아래인지, 고지로가 아래인지, 어느 쪽이든 큰 차이는 나지 않았다. 서로가 한창 혈기왕성할 때이고, 검술이든 세상물정이든 정치든, 모든 것을 다 안다는 자부심으로 충만한 청년들이다.

맹수가 맹수를 보면 바로 으르렁거리듯 고지로와 무사시도 처음 보는 순간 왠지 모르게 머리털이 곤두서는 듯한 인상을 받았다.

그러다가 고지로가 먼저 시선을 돌렸다.

'후후.'

무사시는 그의 옆얼굴에서 그렇게 자신을 업신여기는 듯한 느낌을 받았지만, 마음속에서는 자신의 눈빛이, 정신력이, 그를 결국 압도했다는 생각에 더없이 유쾌했다.

"아케미."

무사시는 난간에 엎드려 울고 있는 그녀의 등에 손을 얹으며 물었다.

"저기, 저 젊은 무사 수련생은 누구지? 널 아는 사람 같은데, 대체 누구야?"

"……."

그제야 고지로가 거기 있다는 걸 안 아케미는 울어서 퉁퉁 부은 얼굴에 당황한 기색을 보이며 말했다.

"아…… 저 사람이."

"저 사람이 누구야?"

"저, 그게……."

아케미는 말을 더듬었다.

5

"등에 멋진 칼을 차고, 여봐란 듯 화려한 옷차림에 검술에 대한 자신감도 상당한 자 같은데…… 도대체 너와 저 사내는 어떤 사이야?"

"딱히…… 깊이 아는 사이는 아니지만."

"알긴 아는 사람이군."

"예."

무사시에게 오해를 받는 것이 두려운 듯 아케미는 확실하게 말했다.

"언젠가 고마쓰 계곡의 아미타당에서 사냥개에게 물렸을 때 피가 멈추지 않고 너무 많이 나서 저 사람이 묵고 있는 숙소로 가서 의원을 불렀어요. 그리고 그 후로 사나흘 신세를 지고 있을 뿐이에요."

"그럼, 한집에서 같이 사는 사람이군."

"같이 지내곤 있지만 아무 사이도 아니에요."

아케미는 힘주어 말했다.

무사시는 별 의미 없이 물은 것이었는데, 아케미는 저 혼자 다른 의미로 착각하고 있는 듯했다.

"그렇군. 그럼 자세한 것은 몰라도, 저자의 이름 정도는 들었겠지?"

"예…… 간류라고도 부르는데 본명은 사사키 고지로라고 했어요."

"간류라."

처음 듣는 이름은 아니다. 유명하다고는 할 수 없지만 여러 지방의 무사들 사이에서는 꽤 알려져 있는 이름이다. 물론 실제로 그의 모습을 보는 것은 이번이 처음이지만, 무사시가 듣기로는, 또 상상하던 사사키 고지로는, 좀 더 나이가 많은 사람이라 생각했는데 의외로 젊은 사내여서 색다른 기분이었다.

'저자가 소문으로 듣던…….'

무사시가 다시 고지로 쪽으로 시선을 돌렸을 때였다. 아케미와 무사시가 그렇게 속삭이고 있는 모습을 곱지 않은 시선으로 보고 있던 고지로는 볼에 보조개를 지으며 웃었다. 무사시 역시 미소로 화답했다.

그러나 그 무언의 미소는 석가모니와 아난다(석가모니의 10대 제자 중 한 사람)가 손에 연꽃을 들고 지은 미소와 같은 평화로운 것이 아니었다.

고지로의 미소에는 복잡한 빈정거림과 도전적인 야유가 깃들어 있었다. 무사시의 미소에도 그것을 느끼고 응수하는 패기에 찬 전의가 깃들어 있었다.

그런 두 남자 사이에 끼여서 아케미는 자신의 마음을 좀 더 호소하려고 했지만 미처 말을 꺼내기도 전에 무사시가 먼저 말했다.

"아케미, 넌 저 사람과 먼저 숙소로 돌아가는 게 좋겠어. 우린 조만간 다시 만나기로 하고…… 조만간 다시."

"꼭 오시는 거죠?"

"그럼, 가고말고."

"숙소를 알려드릴게요. 6조의 사원 앞에 있는 즈즈야数珠屋라는 곳이에요."

"응, 그래."

무사시가 건성으로 대답하는 것이 못 미더웠는지 아케미는 난간 위에 있는 무사시의 손을 갑자기 자신의 소매 안으로 끌어당겨 꼭 잡으면서 애원하는 눈빛으로 말했다.

"꼭이요……. 예? ……꼭!"

그때 갑자기 저쪽에서 배를 움켜잡고 큰 소리로 웃는 자가 있었다. 이쪽으로 등을 보이고 걸어가는 사사키 고지로였다.

"하하하. 와하하하. 하하하하."

너무나 바보같이 큰 소리로 웃으면서 걸어가는 그를 본 조타로는 욱해서 다리 앞 길가에서 고지로를 노려보고 있었다.

그렇지 않아도 조타로는 스승인 무사시에게 화가 나 있던 참이었다. 또 여태까지 오지 않는 오쓰에게도 부아가 치미는 건 마찬가지였다.

"대체 어떻게 된 거야?"

발을 동동 구르며 마을 쪽으로 조금 걸어가니 바로 앞 네거리에 있는 소달구지의 바퀴 사이로 오쓰의 하얀 얼굴이 언뜻 보였다.

물고기 무늬

1

"아, 저기 있었네!"

조타로는 귀신이라도 본 것처럼 소리를 지르며 달려갔다.

오쓰는 소달구지 뒤에 쭈그리고 앉아 있었다. 오늘 아침 그녀는 전에 없이 머리와 입술에 서툴지만 화장을 해서 옅은 향기를 풍기고 있었고, 고소데는 가라스마루 가에서 받았다는 홍매화 빛 천에 하얗고 푸른 자수가 새겨진 초봄용 옷이었다.

그 하얀 옷깃과 홍매화 빛이 달구지 바퀴 사이로 보이자 조타로는 소의 콧등을 쓰다듬고는 옆으로 달려갔다.

"뭐예요, 이런 곳에서. 오쓰 님, 오쓰 님, 뭐 하는 거예요?"

가슴을 안고 웅크리고 앉아 있는 그녀의 뒤에서 조타로는 그녀의 머리며 화장이 엉망이 되는 것은 생각지도 안고 목덜미를 끌어안았다.

"뭐 하고 있어요? 목이 빠져라 기다렸다고요. 빨리 가요."

"……."

"오쓰 님, 빨리 가자구요."

조타로는 그녀의 어깨를 흔들며 말했다.

"무사시 님도 저기 와 있잖아요. 봐요, 여기서도 보이죠? 그런데 저 정말 화가 많이 났었어요. 어서 가요, 오쓰 님! 빨리 가지 않으면 못 만난다고요."

이번엔 그녀의 손목을 잡고 팔이 빠질 정도로 힘껏 잡아당겼지만, 문득 그녀의 손목이 젖어 있는 것이며 오쓰가 얼굴을 들지 않는 것이 이상해서 가만히 살폈다.

"어라, 어라, 오쓰 님. 뭐 하고 있나 했더니 울고 있었군요?"

"조타로."

"예."

"무사시 님이 보지 못하게 이 뒤로 숨어. ……어서."

"왜요?"

"아무튼……."

"칫!"

조타로는 다시 화가 나서 그 울분을 풀 길이 없다는 듯 불퉁하게 말했다.

"이래서 난 여자가 싫다니까. 이렇게 영문 모를 소리나 하고. 무사시 님을 만나고 싶다고 그렇게 울며 찾아다니더니 이제 와서 갑자기 이런 곳에 숨어서 나한테까지 숨으라니……. 참 나, 어이가 없어서 웃음도 안 나오네."

오쓰는 채찍질이라도 당하듯 그의 말을 고분고분 듣고 있다가 빨갛게 부어오른 눈을 살짝 들면서 말했다.

"조타로…… 그렇게 말하지 마. 부탁이니까 너까지 날 괴롭히지 말아줘."

"내가 언제 오쓰 님을 괴롭혔어요?"

"제발 아무 말 하지 말고 나와 같이 여기에 가만히 웅크리고 있어."

"싫어요. 거기에 소똥이 있잖아요. 정월 초하루부터 울기나 하고, 까마귀가 웃겠어요."

"……무슨 말을 해도 상관없어. 이미…… 이미 난."

"웃어줄게요. 아까 저쪽으로 간 젊은 사람처럼 나도 배를 잡고 웃어줄게요. ……그래도 괜찮아요?"

"마음껏 비웃으렴."

"아니요, 웃지 못하겠어요……."

조타로는 오히려 콧물을 훌쩍이면서 금방이라도 울 것 같은 표정을 지었다.

"아, 알았다! 오쓰 님은 아까부터 저기에서 무사시 님이 다른 여자와 저렇게 이야기를 하고 있어서 질투하는 거죠?"

"……그, 그렇지 않아. 그런 게 아니야."

"그렇네. 그게 맞네. ……그래서 나도 부아가 치밀었어요. 그러니까 더더욱 오쓰 님이 나가야 한다고요. 오쓰 님은 벽창호야, 벽창호."

2

아무리 오쓰가 고집을 부리며 나가지 않으려고 해도 조타로가 힘으로 억지로 잡아끄는 데는 당할 수가 없었다.

"아야. ……조타로, 어리다고 그렇게 함부로 행동해서는 안 돼. 나 보고 벽창호라고 하지만 너야말로 내 마음을 너무 몰라."

"나도 알아요. 질투하고 있잖아요."

"그런…… 그런 것만은 아니야. 지금 내 심정은……."

"알았으니까 어서 나오기나 해요."

오쓰는 소달구지 뒤에서 질질 끌려나왔다. 조타로는 줄다리기라도 하는 것처럼 다리에 힘을 잔뜩 준 채 버티고 서서 무사시가 있는 쪽을 돌아다보았다.

"앗, 벌써 없어졌어요. 아케미가 벌써 없어졌어요."

"아케미? 아케미가 누구지?"

"지금 저기서 스승님이랑 같이 있던 여자요. ……앗, 스승님도 가고 있어요. 빨리 가지 않으면 놓치겠어요."

오쓰는 더 이상 신경 쓰지 않겠다는 듯 조타로가 먼저 뛰어가자 오쓰도 일어섰다.

"같이 가, 조타로!"

거기서 오쓰는 다시 한 번 5조 대교 쪽으로 눈길을 돌렸다. 아케미가 아직 그 근처에 있는지 확인하려는 듯 세심하게 둘러보았다. 그리고 이내 두려운 적이 사라지기라도 한 듯 미간의 주름을 펴면서 안심한 표정을 짓더니 다시 황급히 달구지 뒤로 가서 울어서 부은 눈을 소매로 닦고 머리를 매만지고 옷매무새를 가지런히 했다.

조타로가 다급한 목소리로 오쓰를 불렀다.

"오쓰 님, 빨리 와요. 스승님이 강가로 내려간 것 같아요. 몸단장 같은 건 하지 않아도 되잖아요."

"강가로?"

"예, 강가로. 그런데 뭘 하려고 내려간 거지?"

두 사람은 나란히 다리 기슭으로 달려갔다.

그곳의 요시오카 쪽에서 세운 팻말 앞에는 이미 많은 사람들이 모여 있었다. 소리를 내며 팻말을 읽고 있는 사람도 있고, 처음 들어보는 미야모토 무사시라는 자가 어떤 자인지 주위 사람들에게 물어보고 있는 사람도 있었다.

"아, 죄송합니다."

조타로는 사람들 사이로 헤치고 들어가 다리 난간에서 강가를 내려다보았다. 오쓰도 금방 무사시를 찾을 수 있을 것이라 생각했다.

그런데 그 짧은 시간에 무사시는 온데간데없이 사라지고 어디에서도 찾아볼 수 없었다.

'도대체 어디로 간 거지?'

한편 무사시는 방금 전 아케미의 손을 뿌리치고 억지로 그녀를 쫓아 보낸 뒤 이 다리 위에서는 더 이상 혼이덴 마타하치를 기다려봤자 올 것 같지도 않고, 또 요시오카 쪽에서 세운 팻말의 방문도 읽은 터라 달리 볼일이 없어서 훌쩍 제방을 내려가 교각 옆에 있는 배로 뛰어가고 있었다.

배에서는 아까부터 거적에 덮인 오스기가 횡대에 묶여서 몸부림치고 있었다.

"할머니, 유감스럽게도 오늘 마타하치는 오지 않을 것 같습니다. 나도 조만간 꼭 그를 만나서 그 마음 약한 녀석을 격려해줄 생각이지만, 할머니도 그를 찾아내서 아들과 함께 행복하게 지내세요. 그 편이 내 목을 노리는 것보다 조상님들께는 더 큰 효행이 될 겁니다."

무사시는 작은 칼을 들고 거적 아래로 손을 뻗어 오스기의 몸을 묶은 밧줄을 끊었다.

"듣기 싫다. 함부로 입을 놀리지 말거라. 쓸데없는 상관 말고 날 베든가, 나한테 베이든가 어서 결판을 내자."

오스기는 얼굴에 핏대를 세우고 거적 안에서 고개를 내밀었다. 하지만 무사시는 그때 이미 할미새처럼 모래톱과 자갈을 밟으며 가모 강을 가로질러 반대편 제방으로 뛰어오른 뒤였다.

3

오쓰는 보지 못했지만 조타로는 얼핏 강 건너 저편에서 움직이는 사람 그림자를 본 듯했다.

"앗, 스승님이다, 스승님!"

조타로는 강가로 뛰어내렸다.

물론 오쓰도 뛰어내렸다.

그런데 왜 이때 조금 돌아가는 길이긴 해도 5조 대교로 건너가지 않았을까? 오쓰는 조타로의 기세에 이끌려 어쩔 수 없었다고 해도, 조타로가 잘못 내디딘 걸음은 그녀가 또다시 무사시를 만나지 못하는 것만으로 끝나지 않았다.

조타로의 건강한 다리 앞에는 강도 산도 문제가 되지 않았지만, 봄 나들이옷으로 단장한 오쓰에게는 바로 눈앞에 나타난 가모 강물이 너무나 큰 장애였다.

무사시의 모습은 이미 어디에도 보이지 않았지만, 그녀는 건널 수 없는 강물을 보자 저도 모르게 죽음이 갈라놓은 사람을 향해 울부짖듯 소리쳤다.

"무사시 님!"

그러자 그녀의 외침에 대답하는 사람이 있었다.

"어, 너!"

거적을 젖히고 배 위에 우뚝 서 있는 오스기였다.

오쓰는 아무 생각 없이 그곳을 돌아보았다가 꺄악! 비명을 지르고 얼굴을 감싼 채 도망치기 시작했다.

오스기의 하얀 머리카락이 바람에 흩날렸다.

"오쓰, 네 이년!"

너무 흥분한 나머지 오스기의 다음 말은 목소리가 째지며 귀청을 찢을 듯이 수면 위에서 쩌렁쩌렁 울렸다.

"할 말이 있다! 게 섰거라!"

오스기는 무사시가 자신에게 거적을 덮어씌운 것은 여기서 오쓰와 만나기로 약속했기 때문이고, 또 둘이 정담을 나누던 중에 뭔가가 비위에 거슬린 무사시가 오쓰를 뿌리치고 가 버리자 그녀가 울며 무사시를 부르고 있다고 추측했다.

'그래, 맞아.'

그러고는 바로 자신의 그런 그릇된 추측을 사실로 단정했다.

"나쁜 년!"

오스기는 무사시 이상으로 오쓰를 증오하고 있었다. 아직 약속만 하고 집에도 들이지 않았건만 아들의 정혼자인 오쓰를 이미 며느리로 생각했고, 그런 오쓰가 아들을 싫어하자 자신을 싫어하는 것처럼 분통이 터지고 앙심을 품게 된 것이다.

"게 서지 못하겠느냐!"

두 번째 고함이 들렸을 때는 오스기가 입이 귀까지 찢어진 듯한 형상으로 바람 속을 내달리고 있을 때였다.

깜짝 놀란 조타로가 그녀를 붙잡으며 물었다.

"할머니는 누구세요?"

"비켜라!"

오스기는 탄력은 없지만 완고한 힘으로 조타로를 뿌리쳤다. 조타로는 대관절 이 노파가 누구인지, 또 무엇 때문에 오쓰가 저렇게 놀라서 달아났는지, 전혀 알 수 없었다.

하지만 사태가 범상치 않다는 것만은 느낄 수 있었다. 더구나 미야모토 무사시의 유일한 제자인 아오키 조타로가 노파의 가느다란 팔에 떠밀려서 물러설 수는 없었다.

"이 할망구가 날 밀쳤겠다?"

벌써 저만치 앞서 가는 오스기를 쫓아가 뒤에서 덮쳤다. 오스기는 손자의 목덜미를 잡고 혼낼 때처럼 왼팔로 조타로의 목을 감고 찰싹찰싹 서너 대 후려쳤다.

"어린 놈이 감히 누굴 방해해? 이놈! 혼을 내주마."

"켁, 켁……."

조타로는 목을 길게 뺀 채 목검의 칼자루만 부여잡고 있었다.

4

슬프고 괴롭긴 해도, 또 남들은 어떻게 볼지 모르지만, 오쓰는 지금 자신의 심정이, 그리고 삶이 결코 불행하다고는 생각하지 않았다.

희망도 있고, 그날그날의 즐거움도 있는 젊은 날의 화원이었다. 물론 괴롭거나 슬픈 일이 많은 날들이었지만, 괴로움과 슬픔을 떠나서 그저 즐겁기만 한 즐거움이 있으리라고는 믿을 수 없었다.

하지만 오늘만큼은 그녀가 그렇게 생각하며 견딜 수 있었던 마음도 사라져버릴 것만 같았다. 지금까지 간직해온 순진한 마음에 균열이 생기는 듯해서 슬펐다.

아케미와 무사시.

그 두 사람이 5조 다리의 난간에서 남의 이목은 아랑곳 않고 나란히 있는 것을 멀리서 본 순간 오쓰는 다리가 떨리고 어지러워서 하마터면 쓰러질 뻔하다 겨우 추스르고 소달구지 뒤로 가서 주저앉아버렸다.

'오늘 아침에 왜 여기에 와서…….'

후회를 해도, 울어도 소용이 없다는 생각에 잠깐 동안이지만 죽음을 떠올리기도 하고, 남자들은 다 거짓말쟁이라는 생각이 들기도 하고, 증오와 사랑, 분노와 슬픔, 자신이라는 인간에게

조차 혐오감을 느끼며 우는 것만으로는 마음의 통곡을 진정시킬 수 없었다.

하지만 오쓰는 무사시의 곁에 아케미가 있을 때는 자신의 존재를 드러낼 수 없었다. 온몸의 피가 질투의 불길로 변해 미쳐버릴 것 같았지만, 이성 역시 얼마간 남아 있었다.

'천박하게…….'

오쓰는 필사적으로 스스로를 타일렀다.

'냉정해야 해, 냉정하자, 냉정하자…….'

자기가 하려는 행위에 대한 의지를 모두 평소 여자로서 쌓아야 할 수양으로 여기며 꾹 눌러버렸다.

그러나 아케미가 떠나자 그녀는 그런 절제를 죄다 던져버렸다. 무사시에게 말할 작정이었다. 무슨 말을 할지 생각할 겨를 따위는 애초부터 없었지만, 가슴속에 있는 말을 모두 할 작정이었다.

인생의 길은 늘 첫 걸음이 중요하다. 또 어떤 경우에는 상식만으로도 충분히 알 수 있는 것을 자칫 잘못 생각해서 그 첫 걸음이 10년의 실수가 되기도 한다.

무사시를 놓치는 바람에 오쓰는 오스기와 조우하고 말았다. 설날인데도 오늘이 얼마나 재수 없는 날인지, 그녀의 화원에는 뱀만 혀를 날름거리며 기어 나왔다.

그녀는 3, 4정쯤 되는 거리를 정신없이 도망쳤다. 평소에도 무서운 꿈을 꿨다 싶으면 그 꿈속엔 꼭 오스기의 얼굴이 있었다. 그 얼굴이 꿈도 아니고 실제로 쫓아오고 있었다.

숨이 차서 죽을 지경이었다.

오쓰는 뒤를 돌아다보았다.

휴우~ 그제야 겨우 그녀는 한숨 돌릴 수 있었다. 오스기는 반 정쯤 뒤에서 조타로의 목을 조르며 멈춰 서 있었다. 조타로 역시 얻어맞고 휘둘려도 필사적으로 매달리며 오스기를 놓지 않았다.

당장이라도 조타로가 허리에 찬 목검을 뽑을지도 몰랐다. 아니, 필히 그럴 것이다. 그러면 오스기도 칼을 뽑아 대응할 것이 틀림없었다.

오쓰는 오스기의 인정사정 봐주지 않는 성격을 뼈에 사무치도록 잘 알고 있었다. 자칫했다간 조타로를 진짜로 벨지도 모른다는 생각이 들었다.

"아아, 어떻게 하지?"

이곳은 이미 7조의 강 아래쪽이었다. 제방 위를 봐도 사람은 보이지 않았다.

조타로는 구해주고 싶고, 오스기의 곁으로 가기는 두렵고, 그녀는 어쩔 줄을 몰랐다.

5

"빌어먹을, 빌어먹을 할망구."

조타로는 목검을 뽑았다.

목검은 뽑았지만 목덜미가 노파의 겨드랑이 밑에 꽉 붙들려서 아무리 발버둥 쳐도 빠져나올 수가 없었다. 쓸데없이 땅바닥을 차고 허공을 때리며 난폭하게 굴수록 적의 기세만 살려줄 뿐이었다.

"이 꼬마가 뭔 짓거리냐? 개구리 흉내라도 내는 게냐?"

노파는 언청이처럼 보이는 긴 앞니로 의기양양하게 웃어 보이고는 강가에서 조타로를 질질 끌며 앞으로 나아가다 저편에 멈춰 서 있는 오쓰를 보았다.

'잠깐.'

그녀를 본 오스기는 갑자기 늙은이다운 교활한 생각을 떠올리고는 마음속으로 그렇게 중얼거렸다.

오스기가 생각하기에 이대로는 아무래도 불리했다. 늙은이의 다리로 쫓아가거나 힘으로 상대하니까 결판이 나지 않는 것이다. 무사시 같은 상대에게는 속임수가 통하지 않지만, 이번 상대는 어리숙하고 순진한 여자와 어린아이, 사탕발림으로 잘 구슬려놓고 나중에 마음대로 요리하면 될 것이다.

"오쓰야, 오쓰야."

오스기는 손을 들어 저쪽에 있는 오쓰를 불렀다.

“얘, 오쓰야. 너는 어째서 이 늙은이를 보면 그렇게 도망가는 게냐? 전에 미카즈키三日月 찻집에서도 그랬고 지금도 날 마치 귀신 보듯 하면서 바로 도망을 치니 네 마음을 도무지 이해할 수가 없구나. 이 늙은이의 마음을 모르겠느냐? 네가 잘못 생각한 게다. 의심암귀疑心暗鬼(의심하게 되면 없던 귀신도 생긴다. 의혹을 가지면 가질수록 불안해진다)야. 나는 결코 너를 해칠 마음이 없단 말이다.”

그 말에 저편의 오쓰는 여전히 의심을 거두지 않는 표정이었지만, 노파의 겨드랑이 밑에 있는 조타로는 달랐다.

“할머니, 정말이에요?”

“암, 저 아이는 이 할멈의 마음을 오해하고 있는 모양이구나. 내가 그저 무서운 사람이라고…….”

“그럼, 내가 오쓰 님을 불러올 테니 이 손을 놔주세요.”

“너 그렇게 말하고 손을 놓으면 이 늙은이를 목검으로 치고 도망갈 생각이지?”

“내가 그런 비겁한 짓을 할 것 같아요? 서로 오해해서 싸우면 안 되잖아요.”

“그럼 오쓰에게 가서 이렇게 전하고 오너라. 혼이덴의 노파는 객지에서 가와하라河原의 곤 숙부와 사별한 뒤로 그의 백골을 허리에 차고 늙은 몸을 끌고 이렇게 떠돌아다니고 있는데, 지금은 옛날과 달리 기력이 쇠했다고. 또 한때는 오쓰를 원망했지만 지금은 그런 마음이 싹 가셨다고 말이다. ……그리고 무사시에게는 말하지 않았지만 오쓰는 여전히 며느리로 생각하고 있다, 예전의 인연으로 돌아오라고는 하지 않을 테니 하다못해 이 늙은이의 지난 잘못과 앞으로의 일에 대해 의논할 마음이 없느냐, 이 늙은이를 불쌍히 여겨서라도……."

"할머니, 너무 길어서 기억할 수가 없잖아요."

"아니, 이제 됐다."

"그럼, 놔주세요."

"똑바로 전해야 된다."

"알았어요."

조타로는 오쓰에게 달려갔다. 그리고 오스기의 말을 그대로 전하고 있는 듯했다.

"……."

오스기는 강가의 바위에 걸터앉아 일부러 보지 않는 척 딴청을 부렸다. 물가의 얕은 여울에 작은 물고기 떼가 한가로이 물고기 무늬를 그리고 있었다.

'올까? 안 올까?'

오스기는 헤엄치고 있는 물고기보다 빠른 눈빛으로 곁눈질하며 오쓰의 동태를 살피고 있었다.

6

오쓰는 의심이 더욱 깊어져서 쉽사리 다가가려고 하지 않았지만, 조타로가 자꾸만 조르는 바람에 어쩔 수 없이 조심조심 오스기 쪽으로 걸어왔다.

오스기는 마음속으로 이미 독 안에 든 쥐라 생각했는지 긴 앞니를 드러내며 히죽 웃었다.

"오쓰야."

"……어머님."

오쓰는 강가에 무릎을 꿇고 오스기의 발 앞에 손을 짚었다.

"용서해주세요. ……용서해주세요. 이제 와서 새삼 뭐라고 변명은 하지 않겠습니다."

"그게 무슨 소리냐."

오스기의 목소리는 예전처럼 다정하게 들렸다.

"애초에 마타하치가 잘못했다. 언제까지 너의 변심을 원망할 수 있겠느냐. 나도 한때는 너를 못된 며느리라 생각했지만 이제 그런 마음은 모두 흘려보냈다."

"그럼, 용서해주시는 건가요? 제 잘못을."

"그렇다마다……."

오스기는 말끝을 흐리며 오쓰를 따라 강가에 쪼그리고 앉았다. 오쓰는 손가락으로 강모래를 후벼파고 있었다. 차가운 모래 표면을 파내자 그 구멍에서 따뜻한 봄의 강물이 퐁퐁퐁 솟아나왔다.

"그 일은 어미인 내가 대답해도 되겠지만, 어쨌든 마타하치와 약혼을 했던 네가 한 번은 그 녀석을 만나봐야 하지 않겠느냐? 애초에 녀석이 좋아서 너를 버리고 다른 여자를 택한 것인데 이제 와서 다시 예전처럼 되돌리자고 할 수도 없을 테고, 그리 말한다 한들 내가 그렇게 멋대로 구는 놈을 용납할 수도 없는 일이고 보니……."

"……예, 예."

"어떠니, 오쓰야. 만나주겠느냐? 너와 마타하치를 나란히 앉혀놓고, 이 늙은이가 마타하치에게 단단히 이르마. 그러면 의견일치도 볼 수 있고, 나 또한 어미로서의 역할을 다할뿐더러 체면도 서게 될 게야."

"예."

고운 모래 속에서 어린 게가 기어 나왔다가 봄 햇살이 눈부신 듯 돌 뒤로 숨어들었다.

조타로는 게를 잡아서 오스기 뒤로 돌아가 그녀의 작게 틀어올린 머리 위에 떨어뜨렸다.

"하지만 어머님, 지금은 오히려 마타하치 님을 만나지 않는 게 나을지도……."

"내가 같이 만나마. 만나서 확실하게 해두는 편이 네 앞날을 위해서도 좋지 않겠느냐?"

"그렇긴 하지만……."

"그렇게 하자꾸나. 난 네 앞날을 위해서 이러는 게다."

"그런데 마타하치 님이 지금 어디 있는지 모르지 않나요? 어머님은 마타하치 님의 거처를 아세요?"

"곧…… 알게 될 게다. 알 수 있을 거야. 실은 얼마 전에 오사카에서 만났었다. 또 역마살이 도져서 날 버리고 스미요시를 떠났다만 그 아이도 나중에는 후회를 하며 반드시 여기 교토로 날 찾아올 게다."

오쓰는 그 말을 듣자 갑자기 마음이 복잡해졌다. 오스기의 말이 이치에 맞는 것처럼 여겨지면서도 한편으로는 갑자기 자식 복이 없는 늙은 어미에게 측은지심이 생겼다.

"어머님, 그럼 저도 함께 마타하치 님을 찾아보겠습니다."

오스기는 모래를 만지작거리고 있는 그녀의 차가운 손을 덥석 잡았다.

"정말이니?"

"예. ……예."

"그럼, 우선 내 숙소로 같이 가자꾸나."

오스기는 그렇게 말하고 일어서면서 목덜미로 손을 뻗어 게를 잡았다.

7

"아이고, 뭔가 했더니 징그러워라."

조타로는 오스기가 몸을 부르르 떨면서 손가락 끝에 매달린 꼬마 게를 털어내는 우스꽝스러운 모습에 오쓰의 뒤에서 입을 막으며 킥킥 웃었다. 그러는 조타로를 보고 오스기가 눈치를 채고 조타로를 흘겨보았다.

"네놈이구나? 장난 친 것이."

"아니에요. 내가 한 짓이 아니에요."

조타로는 제방 위로 도망쳤다.

그리고 위에서 오쓰를 불렀다.

"오쓰 님."

"왜?"

"오쓰 님은 저 할머니 숙소로 같이 갈 거예요?"

오쓰가 대답하기도 전에 오스기가 말했다.

"물론이고말고. 내가 묵고 있는 숙소는 바로 거기 산넨 고개 아래다. 교토에 오면 항상 거기에 묵는다. 너한테는 볼일이 없으니 어디든 돌아갈 데가 있거든 돌아가거라."

"알았어요. 그럼, 난 가라스마루 님 댁에 먼저 가 있을 테니 오쓰 님도 용무가 끝나면 바로 와요."

조타로가 먼저 달려가기 시작하자 오쓰는 갑자기 불안해졌는지 그를 쫓아가며 불렀다.

"조타로, 잠깐만!"

그 모습을 보고 오스기는 오쓰가 혹시 도망치려는 생각이 아닌가 하고 당황한 듯 곧바로 뒤쫓아 올라갔다. 그 짧은 시간에 두 사람은 서로 이야기를 나누었다.

"조타로, 이렇게 됐으니 나는 저 할머니의 숙소로 가겠지만, 기회를 봐서 이따금 가라스마루 님 댁으로 갈 테니 그 댁 분들에게 그렇게 전해주렴. 그리고 넌 당분간 그 댁에서 신세를 지면서 내 일이 정리될 때까지 기다려줘."

"예, 언제까지고 기다릴게요."

"그리고…… 그 사이에 나도 알아보겠지만, 무사시 님이 계시는 곳을 찾아봐줘. 부탁한다."

"싫어요. 찾아봐야 또 소달구지 뒤에 숨어서 나오지도 않을 거잖아요. ……그러니까 아까 내가 뭐라고 했어요?"

"아깐 내가 바보 같았어."

오스기가 곧 뒤따라와서는 두 사람 사이에 끼어들었다. 오쓰는 노파의 말을 믿고 있었지만 그녀가 듣는 데서 무사시의 얘기를 하는 것은 좋지 않은 것 같아 입을 다물었다.

어깨를 나란히 하고 다정하게 걸으면서도 오스기의 바늘처럼 날카로운 눈은 끊임없이 오쓰를 주시하고 있었다. 이제는 시어머니가 아니라 해도 오쓰는 왠지 거북해서 몸을 움츠렸다. 그러나 그 이상으로 교활한 노파의 계략과 자기 앞에 놓인 위험한 운명은 알아차리지 못하는 듯했다.

방금 전에 있었던 5조 대교 근처까지 돌아오자 그곳에는 이미 설빔 차림을 한 사람들이 오가고 있었고, 버드나무와 매화 위로 해가 높이 솟아 있었다.

"무사시가 누굴까?"

"무사시라는 무사도 있었나?"

"금시초문인걸."

"그런데 요시오카를 상대로 이렇게 대놓고 결투를 할 정도라면 꽤 실력이 있는 무사임이 틀림없어."

팻말 앞에는 새벽녘보다 훨씬 많은 사람들이 모여 있었다.

오쓰는 그 자리에 우뚝 멈췄다.

오스기와 조타로도 팻말을 바라보고 있었다. 사람들은 물고기 떼가 한곳에 모였다가 흩어지듯이 무사시에 대한 이야기를 수군거리면서 팻말 앞에 모였다가 흩어지기를 반복하고 있었다.

(4권으로 이어집니다)

요시카와 에이지 대하소설

미야모토 무사시 | 3 | 불의 권

1판 1쇄 인쇄 2019년 11월 15일
1판 1쇄 발행 2019년 11월 21일

지은이 | 요시카와 에이지
옮긴이 | 김대환
펴낸이 | 김대환
펴낸곳 | 도서출판 잇북

책임디자인 | 한나영
인쇄 | 에이치와이프린팅

주소 | (10893) 경기도 파주시 와석순환로 347, 212-1003
전화 | 031)948-4284
팩스 | 031)624-8875
이메일 | itbook1@gmail.com
블로그 | http://blog.naver.com/ousama99
등록 | 2008. 2. 26 제406-2008-000012호

ISBN 979-11-85370-28-6 04830
ISBN 979-11-85370-25-5(세트)

※값은 뒤표지에 있습니다. 잘못 만든 책은 교환해드립니다.

이 도서의 국립중앙도서관 출판예정도서목록(CIP)은 서지정보유통지원시스템 홈페이지(http://seoji.nl.go.kr)와 국가자료종합목록 구축시스템(http://kolis-net.nl.go.kr)에서 이용하실 수 있습니다. (CIP제어번호 : CIP2019045064)